1

Das Markenzeichen des ›Red-Man-Tabak‹ – ein Indianerprofil mit von Rost zerfressenem Auge – starrte gen Westen. In einem Dickicht gelber Kreosotbüsche rosteten zwei Lastwagen vor sich hin. Aus der Höhlung eines Scheinwerfers zuckte flink das schmale Band einer Eidechsenzunge hervor.

Es war Mittag in der Painted Desert. Vierzig Grad.

Das Tabakmarkenzeichen und verschiedene Motorhauben, senkrecht aneinandergeschweißt, bildeten die Wände von Abner Tasupis Schuppen. Ein Stück Stahlblech diente als Dach. Gelegentlich reparierte Abner Autos, und gelegentlich verkaufte er Enco-Benzin direkt vom Faß. Gewöhnlich aber waren die Fässer leer, und er hörte den ganzen Tag Transistorradio. Ein Gallup-Sender hatte Navajo-Discjockeys. Abner haßte zwar die Navajos, aber Hopi-Discjockeys gab es nicht. Auf der Black Mesa lebten eine Menge Hopis, doch keiner wagte es, ihn zu besuchen.

Nun ja, einer.

Youngman Duran saß zwischen den explodierenden Sprungfedern eines Autositzes im Schuppen. Zwischen seinen Beinen stand ein halbleerer Krug Gallo-Port.

»Tut mir leid«, entschuldigte sich Abner bei seinem einzigen Freund, »aber es geht nicht anders: Sie müssen sterben.«

»Irgend jemand, den ich kenne?«

Nackt, bis auf Unterhosen und Lederkilt, hockte Abner auf dem bloßen Erdboden und mahlte Maismehl. Er war über neunzig, aber sein brauner Körper war so hart wie ein Chitinpanzer. Sein graues glattes Haar, über den Augen kurz geschnitten, rahmte ein flaches Gesicht mit breiten Wangenknochen und dicken, rissigen Lippen.

»Komm, Abner, mir kannst du es doch erzählen! Verdammt, ich bin nicht umsonst Hilfssheriff.«

Youngman war dreimal jünger als Abner. Sein pechschwarzes Haar war kürzer geschnitten und unter einen schmutzigen Stetson gestopft. Der Hut hatte einen Schweißrand, und die Schweißflecken unter den Armen und auf dem Rücken hatten den größten Teil seines Khakihemdes in einen dunklen, nassen Schwamm verwandelt. Er setzte sich zurecht, versuchte es sich bequem zu machen, ohne sich an einer Sprungfeder zu stechen. Youngman haßte Portwein, aber richtiger Alkohol war in der Reservation nur schwer zu finden. Außerdem mochte er Abner.

Abner nahm mit beiden Händen Maismehl auf und begann, rückwärts gehend, es von der Tür aus an den Wänden entlang auszustreuen.

Youngman zog eine Packung feucht gewordener Zigaretten heraus.

»Alle, die du kennst.«

»Na ja, Abner, das ist wenigstens ein Anfang.«

Der Schuppen kam Youngman immer wie eine Hochwasserlinie vor, an der das Treibgut verschiedener Kulturen auf dem Trockenen zurückgelassen worden war. Eine Schachtel mit Zündkerzen und Steckern. Wulsteisen und Wagenheber. Suppen- und Bohnendosen auf einem Herd, bestehend aus einem leeren Benzinfaß, T-Shirts, mit denen Löcher in der Wand zugestopft waren, daneben Maiskolben, die an geflochtenen Halmen hingen. Auf einer Apfelsinenkiste standen in einer Reihe mehrere Kachina-Puppen, jede dreißig Zentimeter hoch, eine mit einer hölzernen Krone aus Sonnenstrahlen, eine andere mit Adlerfedern auf dem Kopf, grob geschnitzt, fünfzig bis hundert Jahre alt oder noch älter.

»In Phoenix kriegst du tausend Dollar für eine von deinen

Puppen. Verkauf sie lieber, bevor sie dir noch gestohlen werden.«

»Hierher kommt niemand, Floh.« Abner war mit dem Ausstreuen des Maismehls fertig. »Deswegen mache ich mir keine Sorgen.«

»Aber sie glauben, du willst sie verhexen, Abner.«

Auf einem Schiffskoffer standen Einmachgläser mit Peyote und Datura, geriebenem Stechapfel. Youngman widerstand der Versuchung zuzugreifen. Er war früher schon *high* gewesen und hatte sich sieben Jahre lang bemüht, *high* zu bleiben. Aber das war bei der Army gewesen. Jetzt rauchte er höchstens ein bißchen Gras und trank gelegentlich Wein. Die ›Hochs‹ waren nicht mehr so *high*, aber dafür ging es auch nie wieder so tief hinunter, daß er beinahe den Boden berührte. Mit Abner war das etwas anderes. Abner war Priester. Und Abner hatte recht: Die Menschen hielten sich von ihm fern.

»Verdammt, was meinst du damit, daß alle sterben müssen? Du kannst von Glück sagen, daß du das zu *mir* gesagt hast. Jeder andere hätte dich ernst genommen, Abner. Das weißt du.«

Das Daturaglas war offen. Der Schiffskoffer war mit Reiseaufklebern bepflastert: ›Tijuana‹, ›Truth or Consequences‹, ›Tombstone‹. Einer davon hätte ebensogut ›Mars‹ lauten können. Abner hatte den Koffer in einem Pfandhaus gekauft; er war nie weiter gekommen als bis nach Tuba City.

»Es ist heiß, und die Gebrüder Gallo haben schwer gearbeitet. Komm, Abner, trink einen Schluck.«

Abner schüttelte den Kopf. Der Alte ist an der Datura gewesen, dachte Youngman. Eine kräftige Dosis gemahlener Samen war Gift. Eine kleine Dosis getrockneter Wurzeln ließ das Gehirn hochsteigen wie einen Wagen auf dem Wagenheber. Es gab viele verschiedene Möglichkeiten, in einer Reservation zu sterben. Suff, Datura oder Narrenkraut. Bei Nacht mitten auf dem Highway sitzen. Die Zeit einfach verstreichen lassen, während sich die Sekunden häufen wie Sand in einem offenen Grab.

Abner öffnete den Koffer.

»Verdammt noch mal, Abner! Du hast mir versprochen, in meiner Gegenwart nie Medizin zu machen.«

»Du glaubst doch nicht dran«, entgegnete Abner lächelnd.

»Ganz recht, aber ich mag es auch nicht. Ich möchte mich einfach hinsetzen und mich ein bißchen mit dir unterhalten. Wie immer.«

»Ich weiß, daß du das willst.« Der Alte lächelte immer noch. »Aber dafür ist es jetzt zu spät.«

»Hör zu, wir fahren ein bißchen raus. Vielleicht können wir 'n paar Kaninchen schießen.«

Abner zog eine Decke von einem Gegenstand im unteren Fach des Apfelsinenkistenregals. Youngman sah einen Käfig mit einem Kaninchen, das die Nase an die Latten gepreßt hielt. Er wußte, daß Abner sich keinen Luxus wie frisches Fleisch leistete. Der Alte lebte zumeist von Maisfladen, Chilis, Mais und vielleicht mal einem getrockneten Pfirsich.

Der Koffer enthielt, was Abner immer als seine ›Geheimsachen‹ bezeichnete. Paho-Stäbe. Federn. Gläser mit getrocknetem Mais, gelb, rot und blau. Abner schüttete kleine Maishäufchen auf den Kofferdeckel vor den Kachinas.

»Ich möchte nur nicht, daß sie dich holen«, erklärte Youngman. »Sie werden nämlich bestimmt mich damit beauftragen. Diese Leute sind verrückt. Die glauben an deinen Hokuspokus.«

Aus einer anderen Ecke des Schrankkoffers holte Abner einen Beutel mit Federn, kramte darin herum und fand schließlich die schwarz-weißen Schwanzfedern eines Würgers. Er steckte je eine Feder in jedes Maishäufchen. Das Ganze wirkte nun wie ein Altar. Abner trat einen Schritt zurück, um sein Werk zu begutachten.

»Die Mitte möchte ich für die *Pahana*-Tafel freilassen. Hübsch, nicht?«

»Was ist das, die *Pahana*-Tafel?«

»Das weißt du nicht?«

»Nein.«

»Dann weißt du sehr wenig.« Abner rieb sich die Hände.

»Ich weiß, daß du von deinem Traumstaub da *high* bist. Wieviel Datura hast du genommen?«

»Nicht viel.« Ohne sich umzudrehen, hob Abner die mageren Schultern. »Du wirst viel mehr brauchen, Floh.«

Youngman war enttäuscht. Das ›Medizinmachen‹ war das Musterbeispiel vergeblicher Liebesmüh. Noch nie war dadurch ein armer, ungebildeter Indianer reich, klug und weiß geworden. Wenigstens nicht in Arizona. Und von den Kachina-Puppen wußte jeder, daß sie nichts weiter waren als Kinderspielzeug.

Mit boshaften gemalten Gesichtern starrten ihn die Kachinas an.

»Ja. Ich brauche 'ne Handvoll ›uppers‹, 'n bißchen ›speed‹, eine Prise Kokain, ›acid‹ und eine Dose Coors-Bier, wenn ich den Großen Geist spüren soll.«

»Und trotzdem«, behauptete der alte Abner, »bist du wirklich 'n guter Kerl.«

Youngman kratzte sich zwischen den Brauen. Zuweilen hatte er das Gefühl, daß er und Abner sich mit Hilfe eines unfähigen Dolmetschers unterhielten, obwohl sie beide die Hopi-Sprache mit derselben Beimischung von Englisch benutzten. Im Geiste versetzte er sich einen Tritt. Er hätte nicht bei Abners elendem Schuppen haltmachen sollen, er hätte geradewegs zur Momoa-Ranch fahren sollen, wie er es eigentlich vorgehabt hatte.

Abner holte eine Mineralwasserflasche heraus, die mit einem Pfropfen aus Alufolie verschlossen war. Er entfernte den Pfropfen und schüttete sich eine Art Sand in die Hand, wie Youngman ihn noch niemals gesehen hatte. Er war sehr fein, schwarz und glänzend wie Augen. Als seine Hand gefüllt war, hockte sich Abner nieder und zeichnete mit einem feinen Strom des schwarzen Sandes, den er durch Zeigefinger und Daumen rieseln ließ, ein Hakenkreuz in eine Ecke des Schuppens. Die Linien waren schnurgerade, die Ecken rechtwinklig wie mit dem Winkelmaß gezogen. Seine Hand, jetzt leer, war ölverschmiert.

Verdammt, dachte Youngman. Er hatte nicht die geringste Lust, den Alten zu verhaften.

»Bist du bei der Peabody-Mine gewesen, Abner? Das Schwarze da ist kein Sand.«

»Du bist wirklich ein feiner Kerl. Und dumm bist du auch nicht.« Abner füllte die Hand von neuem und begann weitere Hakenkreuze zu zeichnen. »Nein, das stammt nicht aus der Peabody-Mine.«

Einen Monat zuvor hatte man Abner dabei erwischt, daß er ganze Kartons voll Klapperschlangen in die Tagebaumine der Black Mesa kippte. Die Wachtposten hätten ihn erschossen, wenn Youngman nicht gerade noch rechtzeitig gekommen wäre, um ihn persönlich zu verhaften. Anschließend hatte er Abner laufenlassen.

»Sag mir, daß ich mir keine Sorgen um dich machen soll, Onkel.«

»Mach dir keine Sorgen.« Abner konzentrierte sich auf seine Zeichnung. »Es wird wirken. Das hier habe ich nicht aus einer weißen Mine. Ich habe es von Toten.«

Der schwarze Sand besaß eine beinahe zähflüssige Konsistenz. Youngman trank Wein. Abner zeichnete noch zwei weitere Hakenkreuze, formte ein perfektes Quadrat daraus, dessen vier Ecken, davon war Youngman überzeugt, genau in die vier Himmelsrichtungen wiesen.

»Was hast du vor, Abner?«

Abner kehrte zum Schiffskoffer zurück, belud beide Arme mit Flaschen voll schwarzem Pulver und trug sie in die Mitte des Quadrats aus Hakenkreuzen. Er hockte sich nieder, öffnete eine Flasche, füllte seine Hand und begann wieder zu zeichnen. Es war seltsam mit diesen Priestern: So alt und schwach sie auch sein mochten – sowie sie mit ihrer sogenannten Medizin hantierten, war es, als würden sie von Magneten an Ort und Stelle gehalten; man brauchte zwei Mann, um sie fortzuziehen. Natürlich eine Frage des Gleichgewichts. Das neue Muster, das Abner zeichnete, war ein Kringel aus schwarzem Sand, der zu einer Spirale wurde.

»Sei mir nicht böse, Floh.« Abner füllte sich wieder die Hand. »Aber ich denke viel darüber nach und finde, es muß etwas geschehen mit dieser Welt. Erstens sind da die gottverdammten Navajos. Diese Hunde müssen weg. Und dann, finde ich, sämtliche Bundesgerichtshöfe und das Indianerbüro. Die auch.« Pulver rieselte aus Abners Hand, erweiterte die Spirale. »Sie bringen uns um, Floh. Bestimmt, das haben sie immer getan. Jetzt sind sie es, sie und die Konzerne. Peabody Coal. El Paso Gas. Ich werd' sie erledigen, Floh, und ich werde mich um sie kümmern.«

Abner hielt inne, um eine neue Flasche zu öffnen.

Youngman mußte über den ständigen Gebrauch seines Hopi-Namens lächeln. Er hatte ihn immer nur von Abner gehört.

»Du willst die El Paso Gas stoppen?«

»Um die ist es bestimmt nicht schade; nur die Leute, die tun mir leid.«

»Natürlich.«

Das würde El Pasos Wirtschaft in ihren Grundfesten erschüttern, dachte Youngman, die Tatsache, daß ein drogenberauschter neunzigjähriger Hopi-Medizinmann draußen in der Wüste etwas gegen sie unternehmen wollte. Darauf prost, sagte er sich.

»Ich hab' gesehen, wie die Schaufeln die Black Mesa aufgraben.« Abner spuckte zur Tür hinaus. »Ich höre, daß sie das Wasser nehmen wollen.«

»Das Wasser geht nach Los Angeles. He, Abner, laß endlich deine Medizin und trink 'n bißchen von dem Zeug hier.« Youngman bot ihm den Wein an. Abner schüttelte den Kopf.

»Dann muß Los Angeles auch weg. Und Tucson, Phoenix, Albuquerque. Alle Städte.«

»Das sind aber viele Menschen. Hast du jemandem davon erzählt?«

Die Arme wie Kompaßnadeln ausgestreckt, drehte sich Abner auf den Knien, und die schwarze Spirale wand sich einmal, zweimal um sich selbst, schwang in schönem Bogen nach rechts und rollte sich zu einem größeren Kreis in entgegengesetzter Richtung.

Von seinem Platz aus konnte Youngman die ausgeschlachteten Lastwagen draußen sehen. Verrostete Schildkrötenpanzer wie die Überreste prähistorischer Tiere. Verdammt viele Fossilien in diesem Land, dachte er. Die Indianer eingeschlossen. Er schraubte die Kappe wieder auf den Weinkrug.

»Wie willst du das denn anfangen, Abner? Willst du ein Gewehr nehmen und auf die Autos auf dem Highway schießen? Dynamit? Wie willst du das alles stoppen?«

»Ich will sie nicht stoppen, ich will alles beenden.« Abner hob den Kopf. Er hatte kleine, kraftvolle Augen mit schwarzer Iris und fleckigem Augapfel. »Ich will das Ende der Welt herbeiführen.«

Die beiden Spiralen aus schwarzem Sand waren fertig. Die kleinere hatte drei, die größere vier Windungen. Zusammen ergaben sie zwei Schlangen in einer Gesamtbreite von einem Meter fünfzig. Obwohl Abner immer wieder hatte einhalten und sich eine neue Handvoll Sand hatte holen müssen, entdeckte Youngman nirgends eine Unterbrechung oder einen Knick. Nicht die geringste Abweichung der konzentrischen Kreise. Im Dämmer des Schuppens glänzte Abners Kunstwerk sauber und blank wie eine doppelt zusammengerollte Schlange.

Nervös blickte Youngman zur Tür hinaus, an den Lastwagen und seinem Jeep vorbei. Der Himmel war so blau wie Wasser, so tief wie ein Türkis in einer Silbermuschel. Die Luft bewegte sich wie ein Tänzer, der, mit getrockneten Samenhülsen rasselnd, den Fuß über den sandigen Boden zieht. Am nördlichen Horizont stand die Mauer der Black Mesa. Im Süden, zweihundert Meilen entfernt, lag Phoenix; im Osten, einhundertfünfzig Meilen entfernt, Albuquerque. Sie hätten ebensogut auf verschiedenen Planeten liegen können. Und genau das habe ich gesucht, erinnerte sich Youngman, einen anderen Planeten. Er fingerte die letzte Zigarette aus der Packung.

Abner ging zu seinem Koffer und holte Flaschen mit leuchtend rotem Sand heraus.

»Wie willst du das Ende der Welt denn herbeiführen?«

»Anders.« Abner bat Youngman mit einer Handbewegung um einen Zug aus der Zigarette. »Die erste Welt endete durch Feuer. Die Menschen waren von einer Frau und einer Schlange fehlgeleitet worden. Der Schöpfer schickte Flammen vom Himmel und öffnete die Vulkane. Alles verbrannte, bis auf ein paar gute Hopis.«

Abner begann innerhalb der Hakenkreuze und um die Doppelschlange herum einen roten Ring zu ziehen.

»Die zweite Welt war gut, bis die Menschen zu wohlhabend, zu fett wurden. Sie dachten nur noch ans Reichwerden. Der Schöpfer sah, was geschah, und ließ die Erde stillstehen. Die Erde verließ ihre Bahn, und alles erstarrte, alles war mit Eis bedeckt. Alles starb, bis auf ein paar gute Hopis.«

Youngman stieß einen rauchgeschwängerten Seufzer aus. Die Geschichte war die ewige Litanei seiner Jugend, immer wieder hatte er sie gehört.

»Die dritte Welt war perfekt.« Abner malte den roten Sandkreis weiter. »Die Städte waren voller Juwelen und Federteppiche. Die Menschen vergaßen das einfache Leben. Die Frauen wurden Huren. Die Männer begannen zu kämpfen, flogen von einer Stadt zur anderen, lagen im Krieg. Der Schöpfer hatte genug. Er steckte ein paar gute Hopis in hohle Schilfrohre und bedeckte die Erde mit Regen und Wasser.«

Vom Altar her lauschten die Puppen starr, aufmerksam. Ein wolkengesichtiger Sternengott. Ein gehörnter Maisgott. Ein rundköpfiger Clown. Ein Tänzer mit einer mit Federn geschmückten Schlange. Stumme Zeugen auf einem Schiffskoffer.

Der rote Ring war fertig. Abner holte eine Flasche mit weißem und eine mit orangegelbem Sand heraus.

»Schließlich stieg das Land empor, und der Schöpfer ließ die Hopis in der Wüste aufs Trockene gelangen.« Er öffnete zuerst die Flasche mit dem orangegelben Sand. »›Dies ist jetzt eure Vierte Welt‹, sagte er. ›Ihr Name ist Tuwaqachi, Vollständige Welt. Ihre Farbe ist *sikyangpu*, gelbweiß. Ihre Himmelsrichtung ist Norden, auf die Black Mesa zu. Ihr Hüter ist Masaw, der Gott des Todes. Von nun an werdet ihr das einfache Leben führen müssen.‹«

Die Figur, die Abner zwischen den Spiralen und dem Ring zeichnete, stellte einen laufenden Hund dar.

»Kojoten-Clan«, sagte er zu Youngman. »Du.«

»Großartig«, gab Youngman voll Unbehagen zurück.

Abner öffnete die Flasche mit weißem Sand und trat vorsichtig auf die andere Seite der Spirale hinüber.

»Wir haben also Welten vorher und Welten nachher. Für uns kommt nach der Vierten Welt eine Fünfte Welt.«

»Vielleicht«, meinte Youngman, »vielleicht beschleunigst du die Dinge ein bißchen.«

»Die Prophezeiungen, meinst du? Nun, diese Welt soll durch Atombomben enden, das behaupten einige von den anderen Priestern. Ich habe darauf gewartet, aber ich glaube nicht, daß das bald geschieht. Darauf kann man sich nicht verlassen. Deswegen werde ich ihr jetzt ein Ende bereiten.«

»Wann?«

»Heute.«

Dicht neben dem roten Ring beendete Abner den weißen Umriß eines Vogels. Danach entschuldigte er sich und ging hinaus, hinter einen Busch, um zu urinieren. Youngman wartete, sehnte sich nach einer Zigarette. Abner kam schniefend zurück.

»Schöner Tag heute, wie? Läuft die Maschine gut?«

»Der Jeep? Der ist okay. Hör mal, ich muß jetzt zu den Momoas. Anschließend fahre ich in die Berge. Kommst du mit?«

Abner schüttelte den Kopf; er kicherte. Seine Augen waren ein wenig glasig.

»Du hast da draußen gar nicht gepinkelt«, warf Youngman ihm vor. »Du hast wieder was von dem Zeug gegessen.«

»Willst du auch was?«

»Nein.«

»Wirst schon noch wollen.« Abner hörte nicht auf zu kichern.

Der Alte war schon früher wunderlich gewesen. Aber nie so schlimm wie jetzt. Selbst wenn er Abner mitnahm und mit ihm in die Mesa hinauffuhr, wer würde ihm helfen? Wer würde nicht davonlaufen?

»Wissen die anderen Priester von deinem Plan?«

»Ich hatte sie gebeten zu kommen. Einige von ihnen sind zu beschäftigt, weil sie Touristenkram machen müssen. Andere wollen die Sportsendungen im Fernsehen nicht verpassen. Ich komme ohne sie aus.«

Abner öffnete eine andere Flasche mit schwarzem Sand. Er schwankte ein wenig, als er um sein Gemälde herumging, doch als er sich bückte, um eine letzte Figur innerhalb des roten Rings zu zeichnen, waren seine Bewegungen sicher. Sorgfältig formte er aus dem öligen Sand einen Mann ohne Kopf. Von seinen Schultern flatterte ein zerfetztes Cape; aus dem Cape streckten sich Finger. Abner öffnete einen Lederbeutel und entnahm ihm winzige Knochen, die er zu einer Halskette ordnete. Wo Augen und Mund sein sollten, legte er runde Maiskolbenscheiben hin. Unter die Augen kamen Scherbenbahnen aus Spiegelglas, so daß die kopflose Gestalt gleichzeitig ins Leere zu starren und zu weinen schien.

»Fast fertig.« Zufrieden richtete Abner sich auf.

Er reinigte sich die Hände an einem Lappen und kramte in seinem Koffer, bis er mit einem Hirschfänger und einem Ledergürtel wieder auftauchte. Einen Fuß auf das Ende des Gürtels gestellt, zog er ihn an seinem Bein entlang straff und begann die Messerklinge daran zu schärfen.

»Wenn du der Welt ein Ende machen willst, spielt ein Tag mehr auch keine Rolle«, meinte Youngman. »Warte bis morgen.«

»Das Radio sagt, morgen abend regnet es vielleicht.«

»Na und?« Beinahe hätte Youngman gelacht.

»Neue Wolken kommen, Floh«, erklärte Abner ernst. »Ich habe sie herbeigeträumt. Meine Wolken mögen keinen Regen.«

Abner prüfte die Schärfe der Klinge. Dann ging er zu dem

Kaninchenkäfig hinüber, holte das Tier heraus und hängte es mit einer Lederschnur bei den Hinterbeinen an die Schuppentür. Das Kaninchen zuckte wild und rollte die Augen.

»Was mögen deine Wolken denn?« fragte Youngman.

Abner packte das Kaninchen bei den Ohren und bog ihm den Kopf zurück, bis der Hals gestreckt war. Er legte das Messer an das weiße Halsfell, dann ließ er seine Hand wieder sinken.

Zögernd starrte der Alte vor sich hin; mit der einen Hand immer noch das zappelnde Kaninchen haltend, stand er reglos im Lichtrahmen der Tür. Die Spiegelung ließ das Messer aufblitzen. Youngman war es, als taste eine blinde Hand über sein Gesicht, als habe er plötzlich die Sehkraft verloren.

»Was mögen sie?« wiederholte er.

Das Kaninchen zappelte. Das Messer blitzte, bewegte sich in Abners Hand.

Der Alte ist verrückt, dachte Youngman. Senil. Nach lebenslangem Genuß von Datura, Gras, Peyote und miesem Schnaps endlich über den Jordan. Gestolpert über Geschichten, Prophezeiungen, Lügen und Frustration. Nicht daß er Abner besonders liebte, nicht stärker jedenfalls, als man einen knorrigen Eisenbaum oder einen Schornstein lieben konnte. Wenn jedoch der Baum stürzte oder der Schornstein zersplitterte, trat unweigerlich ein Gefühl von Verlust auf. Ein Probierstein war einem genommen worden. Aber ein Medizinmann, der in einem Schrottplatzschuppen Kriegspläne gegen die Dienststellen des Indianerbüros, gegen die Bagger und die Millionen der Bergwerksgesellschaften schmiedete? Das war nicht nur mitleiderregend, das war einfach komisch. Abner war immer noch der Überzeugung, die Hopis seien das auserwählte Volk. Aber sie waren nicht auserwählt; sie waren zur Ausrottung verurteilt.

Abners Augen verrieten, daß er antworten wollte, aber nicht konnte.

»Du würdest mir doch nicht glauben, Floh«, sagte er schließlich.

»Warum hast du dann angefangen, von all dem zu reden?«

»Weil du mein Freund bist. Du bist ein Teil davon, und du

mußt mir helfen. Keine Angst«, fuhr Abner beruhigend fort, »wir werden sie alle töten.«

»Sag mir, was ich tun soll.«

»Später, wenn ich tot bin.«

Der Wind, der durch den Schuppen pfiff, wurde schärfer. Youngman überlegte, ob er die Weinflasche noch einmal öffnen sollte.

»Wenn du so lange warten kannst, Abner, werde ich es wohl auch können.«

Als Youngman aufstand, schienen sich die glänzenden Ringe der Spiralen zu bewegen. Eine Illusion im Schatten. In Abners Augen jedoch, aus der Höhe der Datura, drehten sich die Spiralen, wie Youngman vermutete, und wurden immer schneller. Er hegte immer noch den Verdacht, daß Abner ein Gewehr nehmen und damit auf die den Highway befahrenden Autos schießen würde.

»Doch wenn du die Welt diesmal anders beenden willst«, fuhr Youngman fort, »würde ich wirklich gern wissen, wie.«

»Anders.«

»Keine Sintflut, kein Feuer, kein Eis, keine Bomben. Gewehre vielleicht? Wie, Abner?«

»Diesmal wird Masaw sie beenden«, erklärte Abner. »Heute abend werde ich ihn sehen.«

»Heute abend wirst du ihn sehen? Den Gott des Todes?«

Abners Aufmerksamkeit wandte sich wieder seinem Gemälde und der unfertigen Gestalt ohne Kopf mit den weinenden Augen und dem runden Mund innerhalb des roten Sandringes zu. Der schwarze Körper, das schwarze Cape glänzten weich wie Pelz.

»Wenn ich alles richtig mache«, antwortete er.

Youngman nahm den Hut ab und fuhr sich mit der Hand durchs Haar. Er fühlte sich hilflos, begriff überhaupt nichts.

»Okay.« Er gab auf. Als er den Schuppen verließ, blieb er neben Abner und dem hängenden Kaninchen in der Türöffnung stehen, halb im Schatten, halb im Licht. »Wenn überhaupt jemand so etwas kann, dann du.«

Auf dem Weg zu seinem Jeep hörte er, wie das Klagen des Kaninchens unvermittelt abbrach.

Er war als Mitglied des Kojoten-Clans geboren, einziger Sohn eines arbeitslosen Bauarbeiters und einer ewig zankenden Frau. Sein Vater, Joe Duran, groß wie ein Bär, Arme wie Pfähle, machte sich niemals Gedanken über seine Arbeitslosigkeit. Einmal im Jahr schleppte er in White Sands für die Air Force Backsteine, eine Tätigkeit, die ihn seiner Meinung nach vollauf mit dem Adelsprädikat der Arbeit ausstattete. Am besten konnte Joe Duran trinken und jagen. Er schaffte es, mit fünf Patronen in den Dinnebito Wash hinaufzusteigen und mit vierfacher Beute zurückgeschwankt zu kommen. »Die letzte Patrone habe ich für mich selbst reserviert«, pflegte er Youngman zu erklären. Die dritte Kunst, die er beherrschte, waren die Clownerien. Wann immer für eine Zeremonie Clowns benötigt wurden, fragte man Joe Duran zuallererst. Mit weißem Puder maskiert, stolperte er trunken durch eine Reihe von Priestern, jagte, einen Holzpenis schwenkend, hinter weiblichen Zuschauern her oder balancierte fast selbstmörderisch rückwärts am Rand einer Mesa entlang. Was alle umwerfend komisch fanden, obwohl es sich kaum von Joe Durans Verhalten an jedem anderen Tag unterschied, und was seine zänkische Frau mit der Zeit natürlich wahnsinnig machte.

Youngman erinnerte sich, gesehen zu haben, wie sein Vater mit verkehrt herum angezogenen Kleidern auf seinen überdimensionalen Händen auf dem höchsten Punkt der Mesa gestanden und laut gelacht hatte, während Youngmans Mutter mit Messern und Steinen nach ihm warf. An einem letzten Rest von geistiger Gesundheit Halt suchend, ließ sie sich in Window Rock mit einem Navajo ein. Joe Duran folgte den beiden, erschoß sie mit seiner Schrotflinte, stieß den toten Navajo aus dem Bett, legte sich neben seine Frau und jagte sich eine Ladung Rehposten durch den Kopf. Es war ein alltägliches Melodram in der Reservation.

Youngman wurde in eine Missionsschule gesteckt. Das Leben dort war ziemlich bequem. Er hatte zu essen, Freunde, ein Bett. Im Unterricht verhielt er sich möglichst still und beobachtete die anderen. Die Lehrer stuften ihn als ›langsam, möglicherweise zurückgeblieben‹ ein. Bis zum Alter von vierzehn Jahren. Da bekam die Schule eine Spende in Form von Ölfarben. Von da an nahm man durchaus von ihm Notiz.

Er besaß Gewandtheit, den scharfen Blick des Jägers für Farben. Er sprach nicht viel mehr als früher, saß aber jede wache Minute vor seiner Staffelei und malte Landschaften, nichts als Landschaften. Sie wurden ausgestellt und zu seiner Verwunderung auch gekauft. Youngman experimentierte mit Aquarellfarben, Temperafarben und Acrylfarben, besessen nicht so sehr von der Kunst wie von der Entdeckung, daß er Geld verdienen konnte. Mit einem einzigen Schritt überholte er alle anderen Indianer, die er kannte, und vor allem seinen Vater. Innerhalb von zwei Jahren entwickelte er eine auf Acryl und Lack beruhende Technik, die seinen Wüstenlandschaften einen harten, edelsteinähnlichen Glanz verlieh, der vollkommen zynisch und künstlich wirkte. Nur Youngman selbst wußte, was er da tat. Er malte die Wüste nicht, er tötete sie. Auf seinen Bildern waren die Vögel so leuchtend bunt und tot wie Souvenir-Anstecknadeln und die Regentropfen wie Steine. Es war ein Stil, den nur Weiße zu schätzen wußten, aber sie bezahlten dafür. In den Galerien von Santa Fe und Phoenix boten sie beträchtliche Summen.

Von den Weißen hofiert, zahlte er mit der gleichen Münze zurück. Er schnitt sich die Haare und trug Sportsakkos. Und stellte fest, daß ein gutaussehender junger Mann aus ihm wurde – kein hübscher, dazu waren seine Züge zu kantig. Nur gelegentlich verriet er sich durch eine finstere Feindseligkeit im Blick, die er von seiner Mutter geerbt hatte.

Die University of New Mexico bot Youngman ein Stipendium für die Kunstakademie an. Das ist der zweite Schritt nach oben, sagte sich Youngman. Alle Möglichkeiten standen ihm offen.

Im Sommer vor seinem ersten Semester an der Universität

kehrte Youngman ins Reservat zurück. In Shongopovi sollte der Schlangentanz stattfinden. Aus Spaß schloß sich Youngman den Läufern an, deren Wettlauf quer durch die Wüste den Beginn der Zeremonie ankündigte. Zum erstenmal nach sieben Jahren trug er einen Lederkilt und Mokassins. Ausdauer hatte er schon immer gehabt. Nach der Hälfte der Strecke waren seine Mokassins blutdurchtränkt. Der Schmerz feuerte ihn an. Auf dem Boden des Canyons überholte er die ortsansässigen jungen Männer und sprintete den schmalen Pfad hinauf. Er gewann. Der Schlangen-Clan wollte Youngman gerade den Preis überreichen, als ihnen ein Priester des Feuer-Clans Einhalt gebot.

»Dieser junge Mann ist kein Hopi. Gebt den Preis einem Hopi. Sonst wird sich mein Clan entfernen.« Dieser Priester war Abner.

»Ich bin ein Hopi, und ich habe gewonnen«, protestierte Youngman.

»Du bist leer. Ich sehe in dich hinein, aber es ist nichts da. Dieser Preis ist nur für richtige Menschen.«

Gedemütigt kehrte Youngman nach Albuquerque ins College zurück. Aber im College war es nicht so, wie er es erwartet hatte. In den meisten Fächern erwies er sich als verblüffend ungebildet, sogar für einen Indianer. Von Geschichte, Literatur, Naturwissenschaft und Sozialwissenschaft wußte er so gut wie nichts. Und schlimmer noch: Er war mit seinem Talent am Ende. Solange er die Wüste malte, und sei es auch noch so stark verfälschend, genügte seine Vorstellungskraft. Vor jede andere Aufgabe gestellt, selbst in Elementarvorlesungen, entpuppte er sich als absolut unfähig. Es war, als kenne er nur ein einziges Lied mit einer einzigen Variation und sei ansonsten stumm. Aber es gab Möglichkeiten, seine Frustration auszuleben. An der Universität studierten auch andere Indianer, zumeist Navajos, für die ein Hopi minderwertig war. Youngman fing Schlägereien an mit Navajo-Banden, mit weißen Footballspielern, praktisch mit jedermann. Nach einem einzigen Jahr mit schlechten Noten wurde er eingezogen. Nach einem Jahr Army kam er vors Kriegsgericht und wurde ins Militärgefängnis Leavenworth gesteckt, wo er die nächsten sechs Jahre seines Lebens verbrachte.

Im Alter von siebenundzwanzig Jahren wurde Youngman entlassen und ging nach Los Angeles. Mit Mexikanern zusammen arbeitete er als Indianerstatist beim Film, mischte für Malergeschäfte Farben und überführte für Hertz Leihwagen. Als er eines Morgens einen Continental nach Burbank brachte, fuhr er durch die Canyons, die Los Angeles zu einem Archipel von Betoninseln machen. Er bog vom Freeway ab, ließ den Wagen irgendwo stehen und wanderte zu Fuß in den Canyon hinein, der in Farbe und Struktur zerknittertem braunem Papier ähnelte. Ganz still saß er da und beobachtete die Schatten, die wie Katzen über die Berge schlichen. Tageskatzen, die sich genüßlich auf dem warmen Boden reckten und streckten. Er blieb lange dort sitzen. Gegen Sonnenuntergang besprengten Tausende von Sprinklern die ausgedörrten Wände des Canyons mit Wasser, das von den Flüssen Arizonas gekauft und abgeleitet worden war. Rund wie Murmeln rollten die Wassertropfen durch die Luft und zerbarsten in den letzten Strahlen der Sonne. Ein Tropfen nach dem anderen, Million um Million, explodierte lautlos im Stöhnen des Freeway. Wasser, das in den Rokkies als Regen gefallen, als Colorado River durch den Grand Canyon geflossen war, das die Wüste zum Ziel gehabt hatte, jedoch in ein Sprinklersystem umgeleitet worden war. Er lachte, bis er nahezu weinte.

Youngman lieferte den Wagen zehn Stunden zu spät ab, wurde gefeuert und kehrte am nächsten Morgen in die Reservation zurück, kaum besser dran als bei seiner Abreise.

Während des ersten Jahres nach seiner Heimkehr lernte er erst einmal wieder zu leben. Er lernte seine Muttersprache noch einmal, lernte, welche trockenen Löcher Wasser gaben, wenn man mit einem Stock darin bohrte, wie man Kleidungsstücke mit einer Knochennadel flickte und den Unterschied zwischen der Fährte eines fliehenden und eines nichtsahnenden Hirsches erkannte.

Am Ende dieses Jahres kam ein Lieferwagen voll alter Männer zu seinem Lager.

»Du bist immer noch hier?« fragten sie. »Wir erwarteten, daß du längst fort wärst.«

»Ich bin immer noch hier.«

»Willst du bleiben?«

»Ja.«

»Dann müssen wir sehen, was wir mit dir anfangen. Du bist ein rastloser Mensch. Kommst niemals zur Ruhe. Wir können dir nicht befehlen fortzugehen, denn wir sind uns unserer Verpflichtungen bewußt. Deswegen werden wir dir eine Arbeit geben. Von heute an bist du Hilfssheriff. Morgen fährst du nach Hotevilla und läßt dich vereidigen. Vielleicht können wir so etwas Gutes aus dir herausholen.«

Die alten Häuptlinge bestiegen wieder ihren Lieferwagen und fuhren davon.

Das war vor zwei Jahren gewesen. Seine Aufgabe als Hilfssheriff bestand weitgehend darin, Betrunkene zu entwaffnen und dafür zu sorgen, daß die Touristen keine Kameras mitbrachten, wenn sie in die Pueblos kamen, wo die Tänze stattfanden. Youngman hatte soviel Zeit, wie er wollte, sich in die Wildnis zurückzuziehen. Er machte keinen Ärger, weil es seine Pflicht war, Recht und Gesetz aufrechtzuerhalten. Die alten Häuptlinge waren gar nicht so dumm.

Youngman schaltete herunter und ließ den Jeep durch ein Wacholdergebüsch auf eine ungepflasterte Straße klettern. Die Momoa-Ranch lag in den Bergen oberhalb des Dinnebito Wash. Während sich die Straße bergaufwärts wand, fiel die Temperatur. Das Buschwerk wich wiederum dem Wacholder, Eichen und Pinien. In den Bergen gab es Wasser, und Wasser bedeutete Reichtum.

»Endlich kommst du«, begrüßte Joseph Momoa den Hilfssheriff. »Wo zum Teufel hast du gesteckt?«

Joe Momoa und seine Familie besaßen fünftausend Morgen Wald- und Grasland, inklusive zweier Quellen und Weiden für fünfhundert Rinder und siebenhundert Schafe. Sein Haus, mit

Rotholz verschalt, war von einer Fernsehantenne gekrönt, die so groß war wie eine Radarantenne. Die Scheune war in eine Garage für sechs Wagen und einen Fitnessraum verwandelt worden. Joe selbst hatte sich mitsamt seiner Frau und seinen Söhnen, Joe jun. und Ben, in einen wohlhabenden Mormonen verwandelt. Die drei Momoa-Männer glichen einander: einschüchternde Statur, Flanellhemden und protzige Acme-Stiefel. Joe fuhr einen Lastwagen mit Klimaanlage. Seine Söhne rasten auf bunten Motorrädern herum. Sie waren die Rockefellers unter den Hopis.

»Was wolltest du mir zeigen?« erkundigte sich Youngman.

»Wart's ab.«

Joe ging ihm voran zu einem steil abwärts führenden Pfad unter Pinienzweigen. Der Kerl geht nicht mal mehr wie ein Indianer, dachte Youngman voll Ironie. Er gestand es sich ungern ein, aber auch er ging seit Jahren nicht mehr wie ein Indianer.

»Die Piniennüsse müßten dies Jahr zehntausend Dollar bringen«, sagte Joe automatisch.

»Und wieviel die Fichten?«

Über die Schultern warf Joe ihm einen finsteren Blick zu. Die Fichten wuchsen oberhalb des Momoa-Besitzes, und jedes Jahr wurden Hunderte von Bäumen heimlich und illegal abgeholzt und abtransportiert.

»Das ist dein Problem«, sagte Joe jun. einen Schritt hinter Youngman.

Sie kamen auf eine Weide mit Corrals und Hürden. In den Hürden wimmelte es von Schafen. Rinder drängten sich an ihrem Trog. Die Hütehunde duckten sich, als sie die Momoas bemerkten.

»Jetzt sieh dir das an!« Joe deutete auf den mittleren Corral.

Zuerst dachte Youngman, der Corral sei leer, doch als er durchs Tor kam, sah er drei Pferde auf der Seite liegen, deren Augen offenstanden und rollten. Eines kämpfte sich auf die Knie, und nun erkannte Youngman auch, daß das, was er zuerst für eine dunkle Decke auf dem Pferderücken gehalten hatte, in Wirklichkeit geronnenes Blut und Unmengen von Fliegen waren.

»Hol eine Pferdedecke«, befahl er Ben Momoa.

»Pa?« Ben trat einen Schritt zurück.

»Tu, was er sagt.« Joe nahm eine Decke von der obersten Stange der Corraleinzäunung und warf sie mit Schwung seinem Sohn zu.

Das kniende Pferd ließ den Kopf hängen wie ein von Narrenkraut betäubtes Tier. Fliegen, träge von Blut, flogen auf, als Ben die Decke zu schwenken begann. Youngman wischte sich die Fliegen vom Gesicht.

»Was zum Teufel ist hier passiert?« fragte er.

»Das wollten wir von dir wissen«, antwortete Joe.

Der Widerrist und die Keule des Pferdes sahen aus, als seien sie von einem Wahnsinnigen mit einem scharfen Rasiermesser zerfetzt worden. Youngman tätschelte dem Tier den Kopf, fuhr mit der Hand über die Mähne und hielt plötzlich inne. Vom Hals bis zum Schweif bestand der Rücken des Pferdes aus rohem Fleisch, getrocknetem Blut und herabhängenden Hautstreifen. Die Schnitte waren jedoch nicht tief.

»Schwenk die Decke weiter«, sagte Youngman zu Ben.

»Mir wird schlecht.«

Nicht sehr tief, eher die Löcher von einer v-förmigen Lederahle. Und dazu mehr, als Youngman zählen konnte. An den Beinen und dem Bauch des Pferdes waren lange Streifen von Blut getrocknet, aber es hatte mehr Blut verloren als das. Es war benommen, litt aber eindeutig keine Schmerzen. Youngman untersuchte den Schwanz. Er war braun von getrocknetem Blut; er hätte restlos verklebt sein müssen.

»Nun?« fragte Joe.

Youngman untersuchte die Hufe. Sie waren glatt, sahen ganz und gar nicht so aus, als hätte das Pferd nach irgend etwas ausgeschlagen. Youngman ging zu den anderen Pferden hinüber. Sie waren in noch schlechterer Verfassung. Die Fliegen hier bildeten unruhige, summende Buckel. Auch bei diesen Pferden untersuchte er die Hufe. Sie waren glatt wie Marmor, doch die Pferde starben an Blutverlust. Drei Pferde, bei denen die halbe Haut abgerissen war, aber sie hatten sich nicht gewehrt.

»Ich weiß nicht«, sagte Youngman.

Er holte tief Luft und trat von den verstümmelten Pferden zurück. Sie versuchten nicht einmal, die Fliegen abzuwehren. Youngman musterte den Erdboden.

»Habt ihr je eure Hunde hier hereingelassen?«

»Zu den Pferden? Nie!«

Youngman fand nichts als Hufabdrücke im Boden. Und die waren auch nicht tief; keine Spur, die auf Erregung schließen ließ, keine Spur, die darauf hinwies, daß etwas anderes als die Pferde im Corral gewesen wäre.

»Habt ihr die Pferde heute morgen so gefunden?«

»Ja.«

Youngman blickte zum klarblauen Himmel hinauf. Adler? Lächerlich. Als er den Blick wieder senkte, entdeckte er etwas, das er schon vorher hätte sehen müssen. Dort, wo das Blut den Boden färbte, gab es breitere, noch dunklere Flecken. Mit den Fingerspitzen nahm er ein wenig davon auf. Es war klebrig und roch nach Ammoniak.

»Jesus.« Er wischte sich die Finger an sauberer Erde ab. »Tja, ich habe keine Ahnung, was es sein könnte.«

»Kojoten«, behauptete Joe überzeugt.

»Kojoten? Bei euren Schafen vielleicht. Oder bei einem Kalb. Aber nicht bei den Pferden, nicht so. Ihr hättet eure Hunde gehört. Wir hätten Spuren gefunden. Kein Kojote beißt so merkwürdig.«

»Dann eine Katze.«

»Nein.«

»Was dann?«

»Ich sagte doch, ich weiß es nicht.«

»Es ist nichts mehr zu finden, verdammt! Ich habe drei Pferde verloren, ich werde sie erschießen müssen. Hier liegen gute Pferde im Wert von insgesamt sechshundert Dollar, deswegen will ich, verdammt noch mal, erleben, daß die Polizei was tut. Ich verlange, daß du eine Jagd veranstaltest, und ich meine damit nicht, daß du halbherzig eine Spur verfolgst. Ich meine eine richtige Jagd. Die Navajos haben einen Hubschrauber. Den holst du dir, und dann werden wir über die Berge fliegen und jeden verdammten Kojoten abschießen, der uns vor die Flinte kommt.«

»Auf diese Weise werdet ihr das Tier, das eure Pferde überfallen hat, niemals kriegen.«

»Und ich behaupte, wir werden es kriegen, und wenn wir die gesamten Berge so leerschießen müssen, wie sie es schon längst hätten sein müssen.«

»Hör mal, ich weiß, was für ein Verlust diese Pferde für dich sind.«

»Gar nichts weißt du. Du besitzt ja nicht mal ein einziges Pferd. Also mach dich an die Arbeit und sieh zu, daß du diesen Hubschrauber für mich und meine Jungs kriegst. Die Gewehre stellen wir. Wir haben genug davon.«

Youngman konnte es sich gut vorstellen. Ein Hubschrauber über dem Dinnebito Wash, aus dem die Momoa-Söhne auf alles schossen, was sich bewegte. Würden die ihre Freude daran haben!

Das kniende Pferd fiel auf die Seite. In dicken Spiralen ließen sich Fliegen auf seinem Körper nieder.

»Keine Navajos, kein Hubschrauber«, erklärte Youngman.

»In zwei Wochen tritt der Stammesrat zusammen.« Joes Gesicht rötete sich. »Denen werde ich mal erzählen, wieviel du trinkst. Ich rieche es deutlich.«

»Laß die Pferde von einem Tierarzt untersuchen.« Youngman wandte sich zum Gehen. »Wenn der sagt, es war eine Katze oder ein Kojote, werden wir uns noch mal unterhalten.«

»Junior!« schrie Joe.

Joe jun. vertrat Youngman den Weg. Er war um vierzig Pfund schwerer als Youngman, doch unter Youngmans funkelndem Blick begann Joe jun. zu schlucken und trat beiseite.

»Was wir hier brauchen, wäre ein richtiger Hilfssheriff«, rief Joe Momoa hinter Youngman her. »Kein Rumtreiber. Ein richtiger Hilfssheriff, wie die Navajos sie haben. Und ich kenne dich, Duran. Du bist ja nicht mal ein richtiger Hopi!«

Vor dem Haus stieg Youngman in seinen Jeep. Statt jedoch

den Weg, den er gekommen war, wieder bergab zu fahren, lenkte er den Wagen höher in die Berge hinauf. Die Familie Momoa zu vergessen kostete ihn nicht viel Mühe, der Anblick der Pferde aber ließ sich nicht so leicht verjagen. In den Bergen gab es Silberlöwen. Die hohen Regionen waren ihr Reich. Aber sie liefen vor den Menschen davon, statt sie anzugreifen.

Pinien und Wacholder fielen zurück, an ihre Stelle traten Chihuahua-Fichtenwälder und dann Ponderosafichten, so kerzengerade wie die Zähne eines Kammes, und Erlengehölze. Die Luft wurde frisch und kalt.

In gewisser Weise hatte Momoa recht. Genaugenommen war Youngman tatsächlich kein Hopi, sondern vom Stamm der Tewa Pueblo. Die Tewas hatten die Spanier aus New Mexico vertrieben. Vor zweihundert Jahren, als die friedlichen Hopis von Navajos und Apachen überrannt wurden, hatten die Hopis die Tewas gebeten, ihnen zu Hilfe zu kommen und an ihrer Stelle Krieg zu führen. Die Tewas kamen, kämpften und blieben. Der Tewa-Held hieß Popay. Floh. Genau wie Youngman.

Als Youngman die Bergschulter erreichte, füllte Dämmerung das trockene Flußbett. Die Wüste hatte eine matte Purpurfärbung angenommen. Die Bergkuppen waren noch besonnt und würden es eine weitere Stunde lang bleiben. Youngman vertauschte seine Stiefel mit den Mokassins, die Abner für ihn gemacht hatte. Er nahm sein Gewehr und seine Schlafdecke und wanderte zu Fuß zwanzig Minuten, bis er einen Bach erreichte, dem er bis zu seiner Quelle folgte. Hier legte er sich auf einen moosbedeckten Felsen und tauchte sein Gesicht ins Wasser.

Als er den Kopf hob, sah er, daß unter einem Fichtenzweig ein Kaninchen hockte und ihn beobachtete. Youngmans Hand glitt in seine Gewehrhülle. Er konnte das Kaninchen zum Abendbrot essen und die Füße morgen früh Abner bringen. Das Kaninchen putzte sich mit der Vorderpfote die Schnauze. Den Ellbogen am Gewehrkolben, schob Youngman eine Patrone in den Lauf. Er zog das Gewehr heraus. Das Kaninchen hoppelte ein paar Schritte vor, ein perfektes Ziel vor dem grünen Hintergrund. Wassertropfen rollten über Youngmans Gesicht, tropften von seinem Kinn in den Bach. Auf einmal fiel Youngman ein, daß Abner ja schon ein Kaninchen hatte, und sofort ließ sein Hunger nach.

»Verschwinde!«

Nach einem Abendessen, das aus Monterey-Jack-Käse und Tortillas bestand, legte sich Youngman die Schlafdecke über die Schultern, um nicht zu frieren. Die Sterne funkelten kalt. Einmal, als er den Strahl seiner Taschenlampe über den Bach wandern ließ, fing sich das Licht in den Augen der Nachttiere, die sich dort versammelten. Spinnenaugen waren silbrig, Krötenaugen rot. In der Bewegung glichen sie winzigen Blitzen.

Man hatte Youngman nicht gezwungen, in der Army zu bleiben; Hopis konnten den Status von Wehrdienstverweigerern wählen. Aber er blieb, und einige Tests ergaben, daß sein Gefühl für Raumverhältnisse besonders ausgeprägt war. Also wurde er zum Sergeanten befördert, in der Auswertung von Luftaufnahmen an dreidimensionalen Bildgeräten geschult und zur Andersen Air Force Base in Guam versetzt. Jeden Tag und jede Nacht starteten in Guam aus drei Maschinen bestehende Staffeln achtmotoriger B-52-Bomber nach Nord-Vietnam, jede mit zwanzig Tonnen Bomben an Bord. Ihre Ziele wurden aufgrund von Fotos bestimmt, die von zwischen Vietnam und Thailand oder Guam hin und her fliegenden U-2 aufgenommen worden waren. Tagaufnahmen konnten in Landkarten mit Codenummern und Koordinaten umgewandelt werden. Nachtaufnahmen waren Infrarot-Puzzles, und niemand konnte die roten, grünen und blauen Flecken, die die Wärme menschlicher Aktivität, die kühle Temperatur von Wäldern und die Kälte des Wassers bei Nacht markierten, besser entziffern als Youngman. Der Feind konnte Abfälle verbrennen oder Kraftwerke mit Wasser besprühen – Youngman ließ sich niemals täuschen, und der Bombenhagel, den er aus der Ferne dirigierte, traf immer das Ziel. Es war faszinierend für ihn, ein spannendes Spiel. Nach einem Jahr erhielt er die erste Auszeichnung sowie einen Erholungsurlaub in Bangkok, wo man ihm zu vernünftigen Preisen vietnamesische Fingerhalsketten und Skalps anbot. Und eine Brieftasche aus zusammengenähten Geschlechtsteilen.

In jener Nacht in Bangkok, als Youngman zwischen zwei Huren lag, hörte er seinen Vater lachen. Das ist also der Witz, dachte Youngman. Das war schon immer der Witz gewesen. Joe, der einen Holzpenis schwenkte. Der rückwärts tanzte, ein Bein über den Rand der Mesa hinausgestreckt. Die Fingerhalskette. Joe im Handstand. Die Bomber, die mit ihrer Last von der Startbahn abhoben. Die schrumpelige Brieftasche. Die wunderschönen Feuerlandkarten. Die Schrotflinte im Mund. Die Menschen liebten es, einander zu töten. Das war lustig.

»Nein.« Youngman, zwischen den Huren, richtete sich auf.

Er kehrte nach Guam zurück und wurde einen Monat später vor ein Kriegsgericht gestellt: Er hatte Aufklärungsfotos absichtlich falsch interpretiert und die B-52-Bomber Nachtangriffe auf das Chinesische Meer fliegen lassen. Youngman antwortete, er habe beschlossen, den Krieg ernst zu nehmen, und er habe keine Lust mehr, Kriege zu führen. Er hätte zwanzig Jahre bekommen können, aber es kam öfter vor, daß Bomber ihre Last ins Meer warfen, entweder, weil ein Angriff abgeblasen worden war, oder – ebenso oft –, weil ein Pilot kurz vor dem Abschluß seines Sechsmonatseinsatzes stand. Außerdem war aufgrund von Youngmans außergewöhnlicher Abstellung von der Army nach Guam nicht ganz klar, unter welche Gerichtsbarkeit er fiel. Er bekam zwei Jahre.

Anfangs war es gar nicht so schlecht. Es gab Indianer im Militärgefängnis von Leavenworth; er bildete sich mit Hilfe der Bibliothek weiter und hatte einen Job im Fotoatelier, bis ihn, einen Monat vor Ablauf der Strafe, ein Wärter mit einer Wasserpistole voll Urin bespritzte. Es handelte sich lediglich um einen oft geübten Scherz eines gelangweilten Gefängniswärters, doch Youngman riß das Messer aus einer Fotoschneidemaschine und brachte dem Wärter einen Schnitt bei, der bis auf den Armknochen ging. Als Youngman einen Monat später aus der Strafzelle kam, erhielt er noch zwei weitere Jahre, das erste Viertel in

Einzelhaft, einer engen, unbeleuchteten, schwarz gestrichenen Zelle. Gegen Ende seiner zweiten Strafe, als Youngman in einer Straßenbaukolonne arbeitete, ergriff einer der anderen Indianer die Flucht – idiotischerweise, denn hier gab es nichts, wohin er hätte fliehen können, nur Meilen um Meilen flacher, eintöniger Kansas-Prärie. Als der Aufsichtsbeamte sein Gewehr hob und schießen wollte, schlug ihn Youngman nieder und erklärte, er werde den Geflohenen zurückholen. Youngman hatte seinen Freund fast eingeholt, als er von hinten durch zwei Schüsse mit 30-30-Schrot niedergestreckt wurde. Er lag zwei Monate im Lazarett und bekam zwei weitere Jahre. Von da an ließen die Wärter ihn in Ruhe, und er schloß keine neuen Freundschaften.

Im ersten Winter, den er wieder in der Reservation verbrachte, kam er zufällig an Abners Garage vorbei. Der Feuer-Clan-Priester war schon vor langer Zeit als Hexer von der Mesa verjagt worden, aber er erkannte Youngman.

»Hast du eine Panne? Hast du dein Auto irgendwo stehenlassen?« In eine Decke gewickelt trat Abner aus der Garage.

»Ich hab' keinen Wagen.« Youngman setzte seinen Rucksack ab. Neben den Ölfässern stand eine Regentonne. Er zerschlug die Eisdecke und schöpfte Wasser zum Trinken.

»Langer Weg bis zur Mesa.«

»Ich will nicht zur Mesa«, antwortete Youngman.

»Hier draußen gibt es sonst nichts, wo man bleiben kann«, behauptete Abner streitlustig.

»Hier draußen kann man überall bleiben.«

Der Alte kehrte der kühlen Sonne den Rücken, um seinen Besucher besser sehen zu können.

»Arbeitest du beim Büro oder bei den Konzernen?«

»Nirgends.«

»Was machst du denn sonst?«

»Ich wandere.« Youngman wandte sich um und schwang sich den Rucksack wieder auf die Schulter. »Sonst nichts. Okay?«

»Warte.« Abner wollte Youngman nicht gehen lassen. »Setz dich eine Minute.«

Achselzuckend hockte sich Youngman hin, ohne den Rucksack von der Schulter zu nehmen. Abner hockte sich ihm gegenüber. Nach ein paar Minuten wandte Youngman den Blick von Abners Augen ab und studierte das Terrain, das zunächst so flach wie ein Brett wirkte und erst mit einiger Geduld den Schatten kahler Büsche und die Vertiefungen von Arroyos erkennen ließ. Als er schließlich wieder Abner ansah, grinste der Alte.

»Vor einiger Zeit habe ich mal gesagt, du seist innen leer«, begann Abner. »Jetzt sehe ich, daß du ein richtiger, ganzer Mensch bist.«

»Und?«

»Drinnen habe ich etwas Wein.«

Von da an waren sie Freunde, wie Abner behauptete.

In den Bergen oberhalb des Dinnebito Wash legte sich Youngman nieder und ließ die Nachtgeräusche in seinen Kopf herein. Beim Beobachten eines Hotomkam genannten Sterns, der nach Westen wanderte, schlief er ein.

Während des Sonnenuntergangs war ein Baby geboren worden. Blind und haarlos fiel es in eine Wiege, gebildet von der Membrane zwischen den Beinen seiner Mutter. Instinktiv begann es durch seine Milchzähne zu zwitschern, während die Mutter die Flügel ihres Babys spreizte und an Duftdrüsen schnupperte, durch die sie es auch im Dunkeln von allen anderen Kindern unterscheiden konnte. Erst dann ließ sie es zu einer wartenden Brustwarze emporklettern. Während es trank, beobachtete sie mit blanken Augen und übergroßen Ohren, wie der Rest der Kolonie aus der Lethargie erwachte. Nach und nach wurden alle lebendig. In der Nachbarnische breitete ein Männchen seine Flügel um ein Weibchen, sein Bauch an ihrem Rücken, und schlug ihr beim Kopulieren die Zähne in den Nakken. Durch das Eigengewicht des Weibchens fixierten sich die Sehnen ihrer Zehen am Höhlendach in einem Klammergriff, den nicht einmal der Tod lösen konnte. In der Nähe kämpften zwei Männchen, trommelten schreiend mit den Flügeln gegen die Decke. Mit gesträubten Schnauzhaaren umkreisten sie einander, bis sie sich aufeinander stürzten und ihre Flügel als Knüppel benutzten. Ein Kampf löste andere aus, Wogen der Spannung, die wuchsen, während das Tageslicht schwand. Die größeren Mitglieder der Kolonie, die Weibchen, sahen mit geringem Interesse zu. Das kopulierende Paar trennte sich, das Männchen gesellte sich zu anderen Männchen, das Weibchen begann sich zu putzen. Ein sieben Tage altes Baby entfaltete Stummelflügel und begann zu schwatzen. Die Aktivitäten der großen Kolonie, das Paaren, das Kämpfen, das Gebären, gingen weiter, bis der Lichtstrahl, der zum Höhlendach hereinfiel, zu einem dünnen Band geworden war und ein anderes, stärkeres Bedürfnis erwachte. Andere Wesen ihrer Art mochten das Zwielicht, die Dämmerung suchen; diese warteten auf die Dunkelheit. Fast wie umgekehrte Spinnen, die Flügel zusammengelegt, mit gepolsterten Klauen nach dem Stein tastend, bewegten sich Hunderte von Männchen und Weibchen seitwärts oder rückwärts auf das nachlassende Licht am Schlundloch zu. Platte Gesichter, von Barthaaren gerahmt, konzentrierten sich auf das Zeichen des vergehenden Tages. Als das Zeichen schwand, entfaltete ein zehnjähriges Weibchen die Schwingen und flog aufwärts. Die übrigen folgten, einer nach dem anderen; innerhalb von Sekunden strömten sie, über tausend, durch das Schlundloch hinaus, stießen beim Klettern trompetenähnliche Schreie aus, die sie an ihre Position im Schwarm dirigierten. Biologisch gesehen waren sie ein Wunder der Evolution. Sechsunddreißig Zentimeter breite Flügel mit Membranen, die fünfmal so dünn waren wie Chirurgenhandschuhe, machten sie so schnell wie Schwalben. Daunenweiches Fell, grau am Rücken, braun am Bauch, minderte den Luftwiderstand. Farbenblinde Augen verstärkten das Licht der aufgehenden Sterne, so daß der Canyon für sie glühte und die Wüste vor ihnen mit Silber übergossen war. Über dem Canyonrand trieben sie wie eine Wolke dahin, doch als sie die Wüste erreichten, flogen sie immer tiefer, bis sie einer meterhoch über der Wüste dahinrollenden Flut glichen. Vor sich und um sich herum breiteten sie ein Netz stummer Schreie und Echos, die zu ihren von einer Extramuschel markierten großen, empfindlichen Ohren zurückkehrten. Jede Fledermaus flog so dicht neben ihren Gefährten, daß sie wie eine feste Masse wirkten, und dennoch flogen sie ungehindert zwischen Kakteen und Buschwerk hindurch. Das Gelände war den Fledermäusen fremd, unterschied sich aber nicht allzu sehr von ihrer mexikanischen Heimat. Hungrig sogen ihre flachen, spatenförmigen Nasen die vom Nachtwind herbeigetragenen Tierwitterungen auf. Ein Schwarm Nachtfalter näherte sich den Fledermäusen, löste sich auf und entkam. Die Fledermäuse schwenkten ab, in den Wind, wo die Gerüche kräftig waren und weit reichten. Ein Nachtfalke, der den Faltern folgte, änderte seinen Kurs, stieg abrupt hoch empor und zog davon. Im Gegensatz zu Vögeln konnten die Fledermäuse nicht segeln. Sie konnten nur fliegen und flogen lediglich der Nahrung wegen; mit vierzehn Flügelschlägen pro Sekunde hielten sie einen steten, zielsicheren Rhythmus ein, bis der warme Duft, den sie suchten, die Luft schwängerte. Winzige Partikel Schweiß und Plasma drangen in die Falten ihrer Nüstern. Die Flut schwenkte abermals ab, und die stummen Schreie wurden drängender. Eintausend Schnauzen öffneten sich, zeigten das ausgeprägte Kinn, die langen Eckzähne und, im Gegensatz zu den Zähnen anderer Fledermäuse oder Geschöpfe, Schneidezähne, die so gebogen und scharf wie Klingen waren. Die Biologen nannten die Fledermäuse Desmondontidae, ein Name, der diese speziellen Zähne und diesen Trieb beschrieb. Vampire.

2

Die Morgensonne wärmte Abners Schuppen, einen schmutzigweißen Kleinbus des Öffentlichen Gesundheitsdienstes und fünf Touristen, die Youngmans Jeep erwartungsvoll entgegenblickten. Youngman teilte die meisten Touristen in zwei Kategorien ein. In Seelenschlepper, die gewöhnlich jung, schäbig gekleidet und darauf aus waren, in die Religion der Indianer ›einzudringen‹. Und in Kameraschlepper, die älter, sauberer und nur darauf aus waren, wieder in klimatisierte Räume zu kommen. Die drei Frauen und zwei Männer neben dem Lieferwagen gehörten eindeutig der zweiten Kategorie an, obwohl sie, in ihren teuren Freizeitanzügen, ein bißchen besser als die meisten anderen gekleidet waren. Einer der Männer hatte sich übergeben und sein pastellfarbenes Hemd beschmutzt. Youngman stieg aus dem Jeep. Abner konnte er nirgends entdecken.

Als er fragte, ob er ihnen helfen könne, legte eine der Frauen die Hand vor den Mund.

»Haben Sie sich über Abner geärgert?« Youngman versuchte es mit einem Lächeln. »Schenken Sie ihm keine Beachtung. Er ist immer so.«

»Nein, er ist . . .« Der Mann mit dem beschmutzten Hemd deutete auf den Schuppen. »Gott sei ihm gnädig.«

Aber Youngman hörte schon nicht mehr zu. Er lief um den Wagen herum, an den Kreosotbüschen mit den rostenden Lastwagen vorbei in den Schuppen.

Der Eingang und der Boden ringsherum dort, wo das Kaninchen geschlachtet worden war, wies Blutflecken auf. Eine Blutspur lief um das Sandgemälde und durch den Ring aus rotem Sand bis zu der Zeichnung des Mannes mit dem Cape, wo mit dem Blut die Umrisse eines Kopfes um den Mund und die weinenden Augen gemalt waren. Rechts von der Figur war der rote Rand durchbrochen, zur Seite gefegt und durch einen mit Würgerfedern geschmückten Gebetsstab markiert. Ein zweiter Gebetsstab nagelte eine Zigarettenpackung, die Youngman am Tag zuvor weggeworfen hatte, in die Figur des Kojoten. Und in der Mitte des Gemäldes, quer über der Doppelspirale, lag Abner, tot, immer noch im Kilt, eine Maske aus Kaninchenhaut über dem Gesicht. Seine eigene Haut war von der Schädeldecke bis zu den Füßen so gründlich zerfetzt und weggerissen worden, daß an den Fingern und Knien die Knochen durchschimmerten.

Youngman war nicht der einzige, der dieses Bild voll Abscheu und Entsetzen betrachtete. Im Türrahmen stand ein weiterer Tourist in einer Windjacke, ein kleingewachsener Mann mit selbstsicherem Gehabe und glattem, unbewegtem Gesicht. Auf der anderen Seite des Gemäldes stand die Krankenschwester des Gesundheitsdienstes, ein blondes junges Mädchen in verschossenen Jeans.

»Wann seid ihr hier angekommen?« erkundigte sich Youngman bei ihr.

»Vor zehn Minuten.«

Der Tourist kniete sich neben Abner. Er räusperte sich und zog eine Bibel aus seiner Windjacke, doch ehe er ein Wort sagen konnte, riß ihn Youngman beim Jackenkragen hoch.

»Hier wird nicht missioniert!«

»Rot oder weiß« – der Mann hielt seine Bibel empor –, »jeder Mensch verdient einen letzten Segen.«

»Er war Priester des Feuer-Clans«, sagte Youngman.

»Vielleicht aber war er außerdem ein Christ.«

»Nicht mal im Tod.« Youngman wandte sich an das junge Mädchen. »Haben die hier irgendwas berührt?«

»Nein«, antwortete sie ärgerlich. »Und es sind keine Missionare.«

»Wir gehören zu einer Stiftung.« Der Tourist zog seine Jacke zurecht. »Wir wollen nur helfen . . .«

»Ist doch dasselbe«, schnitt Youngman ihm das Wort ab. »Warum sind Sie hergekommen?«

»Miss Dillon hatte sich erboten, uns die Reservation zu zeigen und uns zu Ihrem berühmten Schlangentanz mitzunehmen. Wir kamen ein paar Tage zu früh, deswegen dachten wir, daß wir dann gleich ein bißchen campen könnten. Ich heiße John Franklin.« Franklin besaß eine volltönende Baritonstimme, von der Art, die in einem Direktionszimmer gut trägt. In Abners Schuppen klang sie zu laut.

»Hast du die Leiche untersucht?« fragte Youngman das junge Mädchen.

»Für Abner konnte ich nichts mehr tun, deswegen habe ich nach Spuren gesucht. Für den Fall, daß ein tollwütiger Kojote frei herumläuft. Wir haben hier übrigens nur gehalten, weil ich mich nach dir erkundigen wollte.«

»Hast du Spuren gefunden?«

»Nein.« Anne Dillon besaß ein gebräuntes, ovales Gesicht mit tiefliegenden Augen. Sie war bei der Jagd beinahe ebenso gut wie Youngman, das wußte er.

»Ich hab' mir die Leiche angesehen«, mischte sich Franklin ein. »Das Blut scheint ganz frisch zu sein. Dieser Überfall von wilden Hunden, oder was es sonst gewesen ist, muß sich unmittelbar vor unserer Ankunft abgespielt haben.«

Mit dem Stiefel stieß Youngman gegen Abners Bein.

»Ist schon steif. Ungefähr seit zehn Stunden tot.«

Youngman ging den beiden voraus zum Lieferwagen, wo sich die anderen Missionare zusammendrängten, als erwärme sich der Vormittag nicht schon auf seine gewohnte Backofentemperatur.

»Alles in Ordnung«, versicherte Franklin ihnen. »Ich glaube, das hier ist der Hilfssheriff Duran, von dem Miss Dillon gesprochen hat.«

»Was für Kameras haben Sie bei sich?« fragte Youngman.

Franklin hatte eine Nikon, die anderen ähnliche 35-mm-Kameras, bis auf Mrs. Franklin, eine verängstigte Dame mit blaugetöntem Haar, die eine SX-70 emporhielt.

»Das ist genau das, was ich brauche. Und ein Blitzlicht, falls Sie eins haben.«

Youngman nahm die Polaroidkamera und ging damit allein in den Schuppen. Er machte zwei Aufnahmen von Abner und vier vom Schuppen, legte sie zum Entwickeln hinter den Altar auf den Schiffskoffer und kehrte zum Lieferwagen zurück.

»Danke.« Er gab Mrs. Franklin die Kamera und dazu acht Dollar. »Für den Film und die Blitzlichter.«

»Aber Sie brauchen doch nicht . . .«

»Ich glaube, Sie sollten jetzt weiterfahren.« Er steckte sich eine Zigarette an, während sie einstiegen. Anne setzte sich hinters Lenkrad. Er blickte ihnen nach, bis sie nicht mehr zu sehen waren, dann machte er die Zigarette aus und betrat den Schuppen.

»Verdammt noch mal, Abner!«

Ungefähr zehn Minuten lang blieb Youngman still stehen; nur seine Augen bewegten sich. Er verschloß seine Sinne vor dem Geräusch des Windes und den Lichtstreifen, die durch die Wände hereindrangen, und vor allem vor dem Gedanken an die weißen Camper, weil Abner sich große Mühe gegeben hatte, seine Schrottgarage in eine heilige *kiva* zu verwandeln – und nur im Zusammenhang mit einer *kiva* mußte Youngman jetzt denken und sehen.

Vor dem Altar stand eine Holzplatte mit Brot, rohem Fleisch, Tabak und Maismehl; etwas von dem Maismehl war auf dem Fußboden verstreut. Neben dem Altar war ein Feuer gelegt worden. In der Asche fand Youngman Fichtennadeln und Wacholderborke. Als er in einer Ecke des Schuppens das Kaninchen liegen sah, ließ er die verkohlte Borke fallen. Das Kaninchen war abgezogen, aber nicht zubereitet, seine Kehle war aufgeschlitzt, damit es bei lebendigem Leibe ausblutete: Farbe für Abners Gott.

Tatsache war, daß der Hilfssheriff das Kaninchen und das Gemälde nicht besser verstand als Franklin. Zu lange war Youngman von der Reservation fort gewesen, und ein Teil von ihm würde, so lange er jetzt auch bleiben mochte, immer und ewig weiß sein. Er hatte den Faden verloren. Er glaubte an nichts, geschweige denn an die Götter eines Medizinmannes, der Benzin verkaufte. Er wußte nur, daß Abner gesagt hatte, er werde der Welt ein Ende bereiten.

Er hockte sich neben Abner nieder und hob die Maske. Abners Mund stand offen, angefüllt mit Daturaklumpen. Falls der Tod grauenvoll war, hatte Abner das nicht gewußt; oder er hatte es gewußt und Vorsorge getroffen. Jedenfalls konnte er nichts gespürt haben.

»Onkel«, fragte ihn Youngman laut, »was hast du vor? Was zum Teufel tust du da?«

Nur noch Augen und Zähne, starrte Abner zu seinem Freund empor. Die Haut, die nicht zerfetzt war, war von kleinen Klauenspuren durchlöchert. Trotz der Leichenstarre waren einige Wunden noch feucht.

Der Geruch. Youngman fuhr zurück. Derselbe Geruch wie in Joe Momoas Corral. Rings um Abners Leiche war die Spirale mit Ammoniakpech gesprenkelt.

Abners Augen waren trocken. Die weiten Pupillen hatten sich zu Schlitzen zusammengezogen. Ziegenaugen.

»Ich verstehe es nicht, Abner. Ich weiß weder was noch warum. Willst du mir nicht helfen?«

Abners Zähne waren, wie die der meisten Reservationsindianer, nur noch verrottete, dünne Stifte. Das Kinn zeigte ein starres Grinsen.

»Okay, Onkel.« Youngman drückte ihm die Augen zu.

Er wickelte die Leiche in ein Tuch und legte sie auf den Rücksitz des Jeeps. Dann kehrte er in den Schuppen zurück, um die Fotos zu holen. Laut polizeilicher Vorschrift mußte der Schauplatz eines mysteriösen Todes unangetastet bleiben. Für wen und wozu, fragte er sich. Er selbst verkörperte die gesamte Polizei, die es hier gab, es sei denn, Beamte aus Arizona würden hinzugezogen. Wegen eines toten Indianers würden sie in einer, vielleicht auch erst in zwei Wochen kommen. Hier handelte es sich nicht um Mord. Hier gab es Tiere in der Wüste. Alles mögliche konnte passieren.

Das Sandgemälde war wunderschön, vollständig und wunderschön und absolut rätselhaft. Dort, wo Abner gelegen hatte, in der Mitte des stinkenden Flecks, sah man die Negativsilhouette eines ausgestreckten Körpers.

»Scheißkerl.« Youngman zertrat das Sandgemälde. Rote, blaue, gelbe und weiße Körner prasselten gegen die Wände. Als der Fußboden wie ein entweihtes Kunstwerk aussah, begann er den schwarzen Umriß der Silhouette zu zertreten. Ammoniakpech klebte an seinen Stiefeln. Er nahm losen Sand auf und streute ihn über den Umriß. Der Umriß verblaßte, schimmerte aber immer noch durch den Sand. Er blickte auf. Ein Wüstenskink beobachtete ihn von einem Orangenkistenregal an der Wand herab. An den Kinnbacken der Eidechse wuchsen Flügel. Sie sprang davon, als Youngman das Regal von der Wand riß. Er zerbrach das Brett über dem Knie, warf die Teile auf den schmutzigen Fußboden und riß ein Streichholz an. Dann drückte er es zwischen den Fingern aus. Es hatte keinen Sinn, den Schuppen niederzubrennen.

»Tot. Ganz schlicht und einfach tot.«

Als Youngman den Schuppen verließ, hörte er nördlich, von der Mesa her, das Husten von Donner. Eine Leiter dunkler Wolken stieg bis in den Himmel empor. In den Wolken explodierten Blitze wie Bomben. Ein Wind fuhr vor dem Gewitter einher.

Der Hilfssheriff legte den ersten Gang ein und fuhr den Wolken entgegen. Ein Ball Beifuß rollte in entgegengesetzter Richtung vorbei.

Die Gesichter, die man in den Wolken sieht, dachte Youngman. Traurige Gesichter mit grauen und blauen Wangen. Aufgedunsen. Augen geschlossen. Kurz vorm Weinen. Nur Wasser, kein Atomregen. Kein Ende der Welt.

»Du hast es verpatzt«, sagte er zu dem Mann im Tuch. »Du

hast der Welt kein Ende bereitet, nur dir selbst. Ein Mann in deinem Alter sollte den Unterschied kennen.«

Die Gewitterwolken kletterten höher. Die heiße Wüstenluft war eine Mauer, die von den Wolken überwunden werden mußte, bis es schließlich zwei Mauern gab, die eine warm und unsichtbar, die andere von einem kühlen, brodelnden Blau. Die unsichtbare Mauer wich zurück, die dunkle rückte vor, warf einen langen opalisierenden Schatten vor sich her.

Unter den Füßen der Wolken verlief eine waschbrettähnliche Straße mit einem Laden in einem Holzhaus, einer Tiefkühltruhe, die im Freien stand, und einem *hogan* aus Lehm und Baumstämmen. Gilboa hieß der Ort, der einst eine Stadt gewesen war. Die US-Post brachte nichts mehr; die sechs Bewohner von Gilboa mußten ihre Briefe in Shongopovi auf der Mesa aufgeben und holen. Landkarten ignorierten es, ebenso die Versorgungsbetriebe und Telefongesellschaften. Und die Waschbrettstraße verschwand auf beiden Seiten nach ungefähr zehn Meilen, ausgelöscht von Wind und Sand.

Dicke Wassertropfen ritten auf dem Wind. Das eigentliche Gewitter hatte noch nicht begonnen. Youngman hielt vor dem *hogan*, nahm Abner auf die Arme und ging hinein. Nachdem er den Toten auf den Boden gebettet hatte, hob er den Arm und drehte an einer herabhängenden Glühbirne.

Das Büro des Hilfssheriffs bestand aus einem Rollsekretär mit Stuhl. Einem Funkgerät. Einer Metallkiste für seine Gewehrpatronen, zwei Flaschen Jim Beam, einem Plastiksack Marihuana und Unterwäsche. Staub, viel Staub, weil er oft wochenlang fort war. Zwei Landkarten – eine Karte der Reservation und eine Autokarte des Arizona State Highway – waren an die Wand geheftet. Sie raschelten unter der Brise, die Youngman hereinließ, um den *hogan* zu lüften.

Er rollte den Lattendeckel des Schreibtischs hoch und nahm aus einem Fach ein Berichtformular. Die Formulare waren aus Restbeständen gekauft und der Stempel ›Phoenix Police Department‹ mit Bleistift ausgestrichen worden. In einem anderen Fach fand er einen klecksenden Kugelschreiber.

NAME – Abner Tasupi. BERUF – Garagenbesitzer. GEBURTSDATUM – unbekannt. RASSE-GESCHLECHT – Indianer-männlich. STRAFTAT – Tod. Unter MODUS OPERANDI trug Youngman ein: ›Angriff eines nicht feststellbaren Tiers, möglicherweise an Tollwut erkrankt.‹ Dann ging er zu seinem Jeep hinaus.

Windhosen tanzten hin und her über Gilboas Straße. Hundert Meter entfernt auf der anderen Straßenseite beleuchteten die Blitze Selwyns Handelsposten. Der Laden war ein Grabmal vergangener Bestrebungen. Ein abblätterndes Schild an der Wand verhieß ›Fremdenzimmer – Benzin – Süßwaren – Textilien – Indianerkuriosa‹. Die blecherne Cola-Reklame hatte ein zerbrochenes Thermometer. Die Doppeltür aus Fliegendraht war mit Isolierband geflickt.

Im vorderen Teil des Ladens gab es Mehl, Bohnen, Käse, Wolldecken, Stoffe, Äxte und Hacken, Hirschfänger und Munition. Über dem Tresen hing ein augenloser Elchkopf. Unter dem Tresen gab es versetzten Schmuck und Whisky in Literflaschen. Selwyn war mit John Franklin und den anderen Weißen im Hinterzimmer. Auf dem Boden saßen, Töpfe und Lehmstränge zu ihren Füßen, eine alte Hopi-Frau und vier Halbblutmädchen. Anne war mit ihrem Wagen davongefahren; sie wollte Feuerholz suchen, ehe der Regen losbrach.

Selwyn war früher Quäkermissionar gewesen. Er trug sein weißes Haar relativ lang, so daß es das Velourshemd berührte, das auf der Brust offenstand. In den Haaren auf seiner Brust ruhte eine Türkiskette.

»Sie brauchen mir nicht zu erklären, daß diese Menschen Hilfe brauchen. Nächstens werden Sie mir noch erklären, die Wüste sei trocken. Ich weiß es doch! 'Tschuldigung.« Selwyn hielt sich den Handrücken vor den Mund und rülpste. »Hören Sie, ich habe diesen Indianern mein ganzes Leben gewidmet. Offen gesagt, ich habe sie mit Liebe und Blut überschüttet.«

»Das ist überaus bewundernswert.« Mrs. Franklin schickte ein Lächeln in Selwyns Alkoholnebel.

»Und was kriege ich dafür? Ins Gesicht spucken sie mir. 'ne

Eidechse ist hier dankbarer als diese Leute. Denen da vom Büro hab' ich gesagt, als sie vor zehn oder zwölf Jahren hier durchkamen, werft ruhig euer Geld für 'nen Flug zum Mond raus. Ich war bereit, als Experte auszusagen. Pardon.« Stirnrunzelnd betrachtete er einen Tabakkrümel, den er sich von der Zunge gepflückt hatte, als könne er sich nicht mehr erinnern, wann er zuletzt geraucht hatte. »Ohne mich gäbe es kein Gilboa. Wußten Sie das? *Mein* Generator produziert hier den Strom, und nicht nur für mich, sondern auch für diese verdammte Tiefkühltruhe, in die sie ihr gottverdammtes Wild reintun, und für diesen Strolch, der hier als Hilfssheriff auftritt. Verstehen Sie? Die hassen mich, weil ich ihnen helfe. Ich verkaufe ihnen Lebensmittel auf Kredit. Dafür hassen sie mich. Und hier ist das beste Beispiel überhaupt. Diese dämlichen Weiber stellen Töpfe her. Töpfe! Ich meine, im Hinterzimmer jedes Handelspostens im Navajo-Gebiet sitzen Weiber, die Decken machen. Also, die Decken, die kann man für zwei-, dreitausend Dollar das Stück verkaufen. Mein Pech, daß diese Wilden hier nichts weiter können als Töpfe machen. Großer Gott« – er rieb sich die Augen –, »hat denn niemand 'n Glimmstengel für mich?«

Als keine Antwort kam, machte er die Augen auf und folgte den Blicken seiner Besucher zum Türrahmen, an dem der Hilfssheriff lehnte.

»Gut.« Der Besitzer des Handelspostens kehrte den Missionaren den Rücken und wandte sich Youngman zu. »Du hast immer Glimmstengel bei dir.«

Youngman hatte Selwyns Klagelieder schon zahllose Male gehört. Die ›dämlichen Weiber‹, die Töpfe machten, waren Selwyns Frau und seine Töchter.

»Sicher.« Er schüttelte eine Zigarette für Selwyn aus dem Päckchen. Youngman sah, daß Franklins Gruppe einen Streit erwartete. Nicht zu fassen. Genau wie sein Laden war auch Selwyn ein Wrack in der Wüste, kaum tief genug im Sand verankert, um nicht in einen Arroyo zu rollen oder was sonst hier draußen als Gosse diente. Wer würde einen so heruntergekommenen Weißen dulden, wer sonst als die Indianer? »So!« Youngman hielt ein Streichholz an die zitternde Zigarette.

»Danke«, murmelte Selwyn. »Diese Bibelprediger, die sie uns herschicken, von denen kriegt man ja Hämorrhoiden in den Ohren.«

»Wirklich?«

»Wollen mir was über Indianer erzählen, großer Gott! Bleib noch 'n bißchen. Die werden ihren Arsch gleich rausbewegen, dann können wir 'n Kleinen heben.«

Selwyns Frau kicherte, und Franklin räusperte sich, weil Selwyns Stimme wieder zu ihrer normalen Lautstärke zurückgefunden hatte.

»Wir wollten Proviant fürs Campen einkaufen«, erklärte Franklin. »Durch unseren veränderten Terminplan hatten wir in Flagstaff dazu keine Zeit.«

»Ich muß gehen«, wandte sich Youngman an Selwyn. »Aber ich brauche Maismehl, einen Strick und einen weißen Sack.«

»Wer ist denn gestorben?«

»Abner.«

»Scheiße! Was du nicht sagst.«

»War das der indianische Gentleman, den wir heute morgen gesehen haben?« erkundigte sich Franklin, wurde jedoch nicht beachtet.

»Du wirst ihm doch kein ordentliches Begräbnis geben, oder?« fragte Selwyn den Hilfssheriff.

»Warum denn nicht?« Franklin war empört.

»Weil er ein gottverdammter Hexer war, darum!« Selwyn fuhr zu Franklin herum.

»An so was werden Sie doch nicht glauben!«

»Glauben? Bruder Franklin, Sie wissen wohl nicht, wo Sie sich befinden, wie? He, Schatz«, rief Selwyn zu seiner Frau hinüber, »gibt es hier draußen Hexen?«

Die Frau hörte auf zu kichern. Sie faltete die Hände im Schoß und betrachtete ihre Töpfe.

»Hexen?« Selwyn lachte. »Also, die Heiligen und Apostel machen an der Reservationsgrenze halt. Was glauben Sie denn, wer hier existieren kann? Indianer, Saufbolde, Landstreicher. Himmel, bis obenhin war ich voll von ›Hallelujah‹ und ›Amen‹ und dem Heiligen Geist, als ich vor vierzig Jahren hierher kam. Ich möchte wetten, daß ich ein genauso großes Arschloch war wie Sie, Bruder. Schwer zu glauben, nicht wahr? Bis an den Stehkragen vom Heiligen Wort erfüllt. Und dann, eines Tages, kam ich dazu, wie ein paar Gemeindemitglieder eine alte Frau mit der Axt erschlugen. Das war ein Anblick! ›Warum tötet ihr diese Frau?‹.fragte ich sie. Und als ich sie daran hindern wollte, hätten sie mich fast auch erschlagen. Sie wollten sie umbringen, weil sie sich in der vorangegangenen Nacht in einen Wolf verwandelt und einen Mann getötet hatte.«

»Das haben Sie doch wohl nicht geglaubt!«

»Natürlich nicht. Ich gehöre nicht zu diesen ungebildeten Wilden. Andererseits . . . Nun ja, ich halte mich fern von Pueblos, in denen es spukt, wissen Sie, und wenn die Indianer eine Hexe totschlagen, was ungefähr einmal im Jahr vorkommt, halte ich schön brav den Mund.« Selwyn machte eine Pause. »Sie sehen mich so mitleidig an. Sehen Sie nicht mich an, sehen Sie sich um. Versuchen Sie mal, das Ende dieser Sandwüste zu erkennen, und verlaufen Sie sich mal in diesen Canyons. Wenn Ihnen das passiert, dann fragen Sie sich, was für Götter in einer solchen Gegend wohnen.«

»Wir sind nicht ganz und gar unaufgeklärt«, protestierte einer der anderen Camper sanft. »Jeder Kulturkreis glaubt an einen anderen Schöpfer. Doch welchen Namen man IHM auch gibt, der Schöpfer ist auf der ganzen Welt derselbe.«

»Ach! Meinen Sie den Skelettmann?«

»Wen?«

»Den Skelettmann. Masaw. Nennen Sie ihn, wie Sie wollen. Pluto, Satan. Ich kenne einen Mann« – Selwyns Augen glänzten wie vergilbtes Porzellan –, »der überzeugt ist, daß sich die Hölle hier auf Erden befindet. Vielleicht kommen Sie eines Tages auch zu der Überzeugung.«

»Hilfssheriff, wenn dieser Mann, den wir heute morgen gefunden haben, ein sogenannter Hexer gewesen sein soll«, sagte

Franklin, »besteht dann vielleicht die Möglichkeit, daß er umgebracht wurde?«

»Abner? Niemals«, antwortete Selwyn an Youngmans Stelle. »Der war ein viel zu mächtiger Hexer. Sicher, sie haben ihn von der Mesa gejagt. Aber anfassen würden sie ihn ebensowenig, wie sie sich ihre Hände abhacken würden. Der würde sofort aus dem Grab steigen und sich rächen. Wie ein Wolf würde er kommen, oder . . .«

»Der Mann, den Sie gefunden haben«, fiel Youngman ihm ins Wort, »war ein alter Einsiedler. Weiter nichts. Niemand hat ihn umgebracht, und wenn ich irgendwo munkeln höre, daß dem so wäre, weiß ich, wo dieses Gerücht seinen Ausgang genommen hat. Stimmt's, Selwyn?« Er nahm den Ladenbesitzer beim Arm. »Entschuldigen Sie uns bitte.«

Youngman zog Selwyn in den vorderen Ladenteil.

»Du solltest was trinken, Alter.«

»Wenn ich nüchtern bin, rede ich zuviel.«

»Du bist nicht nüchtern, du bist einfach nicht betrunken genug. Du solltest aber klug genug sein, hier nicht von Hexen zu faseln. ›Er steigt aus seinem Grab . . .‹ Himmel!« Youngman fand unter dem Tresen eine Flasche, öffnete sie und kippte Selwyn Whisky in den Mund. Ein Windstoß ließ die Fliegendrahttüren aufspringen. Selwyn zuckte zusammen; an seinem Kinn lief Whisky herab.

»War nur der Wind«, beruhigte ihn Youngman.

»Aber er könnte.«

»Dann bete heute abend schön.«

»Er könnte 'ne ganze Menge tun.«

»Jetzt nicht mehr.«

Blitze zuckten über Gilboa. Als ein Blitz die Tiefkühltruhe draußen traf, verwandelte sich das Innere des Ladens zunächst in Silber und dann, vom Rückfluß der Elektrizität, in Schwarz. Der Generator begann wieder zu arbeiten. Das Licht im Laden warf einen wachsgelben Schein. Eilig suchte Youngman die Dinge zusammen, die er brauchte.

»Schreib's auf die Rechnung.«

»Was denn sonst?« Selwyn fühlte sich schon besser. »Vielleicht kann ich eine von diesen Betschwestern da drin überreden, daß sie einen Topf kauft.«

Die Wolken zerrissen wie große Segel. In einer halben Stunde würden sie acht Zentimeter Wasser regnen, ein Viertel des gesamten Niederschlags im Jahr, so viel, daß Arroyos zu Stromschnellen wurden und der Regen die gepanzerten Samen von Perückenbaum, Eisenbaum und blauem Grünholz aufbrach. Gilboas Straße wurde zum Morast, und die Räder des Jeeps zogen Kielwasserwellen hinter sich her, als Youngman die hundert Meter bis zu seinem *hogan* fuhr.

Vor dem Büro parkte ein Land-Rover. Youngman mußte durch den Schlamm laufen, ehe er mit der Schulter die Tür aufstoßen konnte.

Abner lag noch in der Ecke, aber das Laken war zurückgeschlagen, und neben der Leiche kniete ein Weißer.

»Ihr Missionare gebt anscheinend nicht so leicht auf.« Youngman drückte die Tür ins Schloß.

Der Weiße blickte auf. Er war in Youngmans Alter, tief gebräunt, mit kurzgeschorenem rotem Haar, großen blauen Augen und breitem Lächeln, er trug grobes Khakizeug und war groß, so groß, daß die Leiche zu seinen Füßen wie eine Puppe wirkte. Seine Hände steckten in Gummihandschuhen und hielten keine Bibel, sondern ein Skalpell und eine kleine durchsichtige Plastiktüte.

»Einen Moment noch.« Seine Stimme klang geschäftsmäßig.

»Keine Sekunde! Aufstehen!«

Widerwillig gehorchte der Besucher und mußte gebeugt stehen, um nicht gegen die Decke zu stoßen. Er rollte den Handschuh von der Rechten und streckte sie Youngman höflich entgegen.

»Ich muß mich entschuldigen. Ich kann mir vorstellen, wie dies hier ausgesehen hat. Mein Name ist Hayden Paine.« Zehn Sekunden lang hielt er die Hand ausgestreckt, bevor er sie wieder sinken ließ. »Nun ja. Lassen Sie mich schnell einpacken, dann werde ich Ihnen alles erklären.«

»An Ihrer Stelle würde ich lieber sofort damit anfangen.«

Paine lächelte; er blieb trotz seiner blutigen Handschuhe, der Enge im *hogan* und des trommelnden Regens gelassen.

»Ich spreche bei allen Sheriff- und Gesundheitsämtern der Reservation vor. Das hier wird Sie sicherlich beruhigen.« Er reichte Youngman ein gefaltetes Dokument. Während Youngman las, hockte sich Paine vor einen Aluminiumkoffer. Er zog den zweiten Handschuh aus, warf beide in einen Plastikbeutel, säuberte sich die Hände mit Alkohol und Watte und klebte den durchsichtigen Umschlag zu.

»An alle, die es angeht«, las Youngman auf dem Dokument. »Mr. Hayden Paine führt eine medizinische Untersuchung durch, die für unser Volk von größter Wichtigkeit sein kann. Er besitzt die Erlaubnis, die Reservation zu bereisen und sich an alle Beamten der Reservation im Zusammenhang mit seiner Untersuchung um Hilfe zu wenden.« Der Briefkopf bestand aus einem Prägestempel mit Sonne, Bergen und gekreuzten Maisstengeln. Unterzeichnet war der Text mit ›Walker Chee, Vorsitzender des Navajo-Stammesrates‹.

»Falls Sie es wünschen – ich habe noch mehr Ausweise.« Paine verschloß seinen Koffer.

»Nein, danke. Sie befinden sich in der falschen Reservation.«

»Ich weiß, dies ist Hopi-Territorium, aber . . .«

»Bis jetzt haben Sie mir noch gar nichts erklärt. Als ich hereinkam, waren Sie damit beschäftigt, eine Leiche zu schänden, und Sie haben mir noch immer nicht gesagt, warum.«

»Diese medizinische Untersuchung soll, wie ja in dem Schreiben erklärt wird . . .«

»In dem Brief wird gar nichts erklärt. Was ist das für eine Untersuchung?«

Paine ließ sich nicht mehr als eine leichte Verlegenheit anmerken. Er nahm den Brief wieder an sich.

»Das ist alles ziemlich technisch, Sheriff.«

»Hilfssheriff.«

»Hilfssheriff. Ich führe eine serologische Untersuchung von Antikörpern durch. Wenn ich Antikörper in den Blutproben der einheimischen Bevölkerung identifiziere, kann ich Krankheiten identifizieren, die für dieses Gebiet typisch sind. Manche Krankheiten können ausschließlich so festgestellt werden. Das Ganze ist ein komplizierter Vorgang, und wenn ich ihn näher erklären wollte, fürchte ich, Sie würden es nicht verstehen. Das würde kein Laie«, setzte Paine hastig hinzu. »Ich kann Ihnen nur versichern, daß diese Untersuchung notwendig ist, wenn wir das Gesundheitsniveau hier anheben wollen. Ich habe ziemlich viel Schwierigkeiten gehabt, Blutproben von den älteren Bewohnern der Reservation zu bekommen, und als ich den Toten hier sah, ergriff ich ganz einfach die günstige Gelegenheit. Ich wollte weder den Toten noch Sie beleidigen, glauben Sie mir. Ich wollte Ihnen wirklich nur helfen.«

Paines Stimme war immer lauter geworden, denn das Trommeln des Regens, von Donnergrollen unterbrochen, hatte stetig zugenommen. Ungeduldig wartete Paine, daß der Lärm nachließ. Youngman liebte diesen Regen; wie jeder, der in einer Wüste lebte. Und mehr noch: Der Wolkenbruch zwang Paine zu schweigen. Er zwang ihn, seinen eigenen Wortregen zu trinken. Für die Indianer waren Worte die Waffe der Weißen. Es war höchst interessant zu beobachten, wie ein Weißer zu schweigen versuchte. Youngman verschränkte die Arme und wartete. Schweigen konnte sehr aufschlußreich sein.

Paine behielt sein breites Lächeln. Er war ungefähr dreißig. Seine Bräune wirkte wie Lack, mit Ausnahme eines Streifens Schlaflosigkeit um die Augen. Eine Minute verging bei prasselndem Regen.

Paine seufzte. Er hatte eine breite Brust und kräftige Arme, helle Kupferhärchen bis hinunter zu den Handgelenken, die von gebogenen Narben markiert waren. Draußen schlug ein Blitz ein, vermutlich in den Land-Rover. Paine blickte bei dem Krachen nur einmal ganz kurz zur Seite. Selbstsicher und beherrscht. Das Gewitter erreichte allmählich seinen Höhepunkt. Es war nicht so sehr der Regen, der die Wüstensamen öffnete, als seine Heftigkeit. Paines Lächeln war wieder entspannt-amüsiert.

Die blauen Augen waren klar wie Teiche mit glatter, unbewegter Oberfläche. Vollkommen neutral. Blaue Augen hatten kein Pigment, erinnerte sich Youngman. Alles nur Lichtbrechung. Tote Augen, behauptete Abner. Hatte er behauptet. Paine hielt, immer noch belustigt, dem Blick des anderen ruhig stand. Unter den Bodenbrettern des *hogan* gurgelte Wasser. Weitere fünf Minuten vergingen, während sich die Blitze auf die bescheidene Erhebung von Selwyns Laden konzentrierten.

Selwyns Generator ließ nach. Die Birne im *hogan* glimmte so schwach wie eine brennende Zigarette und begann mit jedem mühsamen Klopfen des Generators noch schwächer zu pulsieren. Youngman sah, wie Paines Blick zu dem Leichnam hinüberwanderte. Paine ballte die Hände zu Fäusten und löste sie wieder. Der Blick wanderte zurück. Youngman sah, wie sich die blauen Augen verschatteten und die Pupillen sich zu Punkten verengten. Er griff nach seinem Gewehr. Die Glühbirne verlosch bis auf einen einzigen orangefarbenen Faden.

Youngman griff in Paines Brusttasche und zog den durchsichtigen Umschlag heraus. Paines Hand schloß sich um das Handgelenk des Hilfssheriffs.

»Aber ich brauche das!« schrie Paine.

Die Mündung von Youngmans Gewehr bohrte sich unter Paines Kinn. Paine bog sich ein wenig hintenüber, bis sein Kopf gegen die Wand stieß. Er ließ Youngmans Arm los, doch dieser bohrte ihm den Lauf noch tiefer ins Kinn.

»Sie haben gelogen«, stellte Youngman trocken fest. Er war sicher, daß ihn der andere verstand. »Ich weiß nicht, worin, aber Sie haben gelogen.«

Er trat zwei Schritte zurück und richtete den Gewehrlauf auf die Gürtelschnalle des Arztes. Paine machte eine Handbewegung, hielt aber inne, als ihm ein Aufblitzen verriet, daß sich der Hammer hob.

»Sie machen einen Fehler, Hilfssheriff! Ich brauche diese Blutprobe! Sie wissen nicht, was Sie tun! Bitte!«

Mit dem Fuß stieß Youngman den Aluminiumkoffer über den Boden.

»Gehen Sie mit den Navajos spielen! Die glauben alles.«

Paines Miene verriet, daß er Youngman bei dem Donner nicht verstehen konnte, also öffnete Youngman die *hogan*-Tür. Die Straße draußen glich einem seichten Fluß.

»Ich habe Sie gewarnt«, sagte Paine. Wenigstens glaubte Youngman, daß er das gesagt hatte, denn bei offener Tür konnte man sich nicht einmal schreiend verständigen. Paine nahm seinen Koffer und trat in den Regen hinaus; an seinem Land-Rover mußte er stehenbleiben, um aufzuschließen. Youngman, der ihm von der *hogan*-Tür aus zusah, entdeckte, daß hinter seinem Jeep der Wagen des Gesundheitsamtes hielt. Warum, fragte er sich, verschloß man in einem Ort wie Gilboa seinen Wagen? Er wartete, bis der Land-Rover mit eingeschalteten Scheinwerfern und Scheibenwischern davonfuhr. Nach zwanzig Metern sah man im strömenden Regen nur noch die Rücklichter.

Anne Dillon stieß die Tür des Kleinbusses auf. Youngman stieg ein, so naß, als käme er aus der Dusche; Hut und Gewehr warf er auf das Feuerholz auf dem Rücksitz.

Der Wagen war besser isoliert als Youngmans Büro. Hier konnte man wenigstens reden.

»Wie ich sehe, bist du immer noch damit beschäftigt, für den Tourismus zu werben.« Sie wandte sich zu Youngman um. »Das mit Abner tut mir leid.«

»Mir auch.«

»Eigentlich bin ich aber gekommen, um mir eine Entschuldigung abzuholen.«

»Entschuldige bitte.«

»Das reicht nicht. Ich kriege endlich diese Stiftungsleute dazu, den weiten Weg aus dem Mittelwesten bis hierher zu machen, und kaum sind sie hier, beleidigst du sie und bringst mich in Verlegenheit. Seit wann bist du der Hüter von allem, was in dieser Gegend heilig ist? Du hast mich zum Narren gemacht. Und jetzt erwartest du, daß ich dir verzeihe.«

»Nun, du wirst dir Mühe geben. Du wirst dir verdammt große Mühe geben.«

Annes Augen waren blau, aber mit braunen Flecken gesprenkelt. Manchmal sehr analytische Augen.

»Weißt du, Youngman, du hast da eben etwas sehr Grausames gesagt. Ich brauche dich nicht zu lieben. Ich kann mir verdammt große Mühe geben, dich nicht mehr zu lieben.«

»Spielt das noch eine Rolle?«

»Was soll das heißen?«

»Das heißt, daß du in einer Woche endgültig die Reservation verläßt und zu deinem Treuhandfonds und Backgammon, oder was die Reichen in Phoenix sonst noch für Beschäftigungen haben, zurückkehrst. Ich hatte gedacht, wir würden diese Woche zusammen verbringen, aber jetzt sieht es aus, als hättest du genug mit deinen Vogelbeobachtern oder Missionaren, oder was immer sie sind, zu tun. Was tun sie denn eigentlich wirklich? Schenken sie den Bedürftigen Geld? Oder nur den romantisch Bedürftigen? Woher kommt das Geld?«

»Von religiösen Gruppen, zumeist von Konzernen.«

»Noch besser. Eine romantische Steuerabschreibung. Das ist der Gipfel. Vom Standpunkt eines Bedürftigen. Dann mach nur weiter, sieh zu, daß du zu deinem Nervenkitzel kommst. Oder noch besser, teile deinen Nervenkitzel mit ihnen. Weiße Göttin der Hopis, Schutzpatronin der Augensalbe.«

»Wenn wir beide die ganze Woche zusammen wären, würdest du mir dann solche Sachen sagen?«

»Was sonst?«

Er sah zu, wie der Regen gegen die Windschutzscheibe klatschte, denn sie starrte ihn fassungslos an. Es dauerte eine Weile, bis er merkte, daß ihre Augen schwammen.

»Nein«, sagte Youngman, »solche Dinge hätte ich niemals gesagt. Ich bin ein Mistkerl, und ich bin verdammt eifersüchtig.«

Sie zog ihn an sich. Ihre Finger gruben sich in seinen Rücken, und am Hals spürte er eine heiße Träne.

»Die Eifersucht akzeptiere ich«, flüsterte sie. »Das andere kannst du dir sonstwo hinstecken.«

»Ich habe eine ganze Woche Zeit dazu.«

»Jetzt wünschte ich, sie wären doch nicht gekommen. Sie warten auf mich.«

Während sie sich küßten, glitt seine Hand in ihre Bluse und strich so sanft über ihre Brust, daß die Spitzen unter seiner Handfläche steif wurden.

»Ich fahre aber keine ganze Woche mit ihnen, nur vier Tage«, berichtigte sie.

Und streckte sich auf der Sitzbank aus.

»Vielleicht sollte ich mitfahren.« Youngman legte sich auf sie.

»Hm, auf solche romantischen Bedürftigen sind sie nicht vorbereitet. Das ist nur mein Aufhänger. Können sie uns vom Handelsposten aus sehen?«

»Niemand kann etwas sehen.«

Anne war zwei Jahre zuvor in die Reservation gekommen; die Teilnahme am freiwilligen medizinischen Hilfsdienst war ihre Art von Flucht aus Phoenix und vor einem Familienvermögen, das entstanden war aus dem billigen Einkauf von Wüstengrund und dem hochbezahlten Verkauf dieses Bodens als Versuchsgelände für die Air Force. Das Leben der Dillons war ein Traum: Araberpferdeausstellungen, Golf in Scottsdale, eine Loge im Sombrero Playhouse und Tennisbälle mit Monogramm von Neiman-Marcus. In Annes Augen jedoch war dieser Traum eine Art Schlafkrankheit, die jeden ansteckte, den sie kannte. Diese Gruppe von Schlafwandlern lebte ihr Leben, scheinbar ohne etwas von Chicano-Slums, Neger-Elendsvierteln und indianischer Armut zu ahnen. Als sie das College besuchte, diagnostizierte sie ein merkwürdiges Syndrom dieses ›Schlafs‹, die in dieser privilegierten Klasse vorherrschende Idee, sie seien irgendwie die echten Eingeborenen, während alle anderen, vor allem die Armen verschiedener Hautfarben, die Eindringlinge seien. Infolgedessen wurden die Chicanos Mexikaner genannt, und die Schwarzen waren Neger. Ein toter Indianer war ein interessantes Detail der Westernromantik, ein lebender Indianer dagegen ein gesellschaftliches Übel. Und es war leicht, diesen Traum auszuleben, denn die Rechte dieser weniger vom Glück begünstigten Gruppen – vor allem die Land- und Wasserrechte der Indianer – anzuerkennen, führte unweigerlich zu unbequemen Schuldgefühlen. Phoenix hielt nichts von Schuldbewußtsein; es gehörte nicht zum dortigen Lebensstil.

Schuldbewußtsein. Anne arbeitete vom Hotevilla Pueblo auf der Mesa aus. Wenn sie bis zu hundert Meilen weit über die Mesa und bis in die Wüste hinein fuhr, um auch entlegene Pueblos mit Antibiotika und einfacher Chirurgie zu versorgen, hatte sie viel Zeit, soziales Schuldbewußtsein als Motivation zu erkennen. Anfangs fand sie, daß es stank. Die Indianer stanken, die Pueblos stanken, und die chronischen, nässenden Geschwüre, die sie Tag um Tag behandeln mußte, stanken auch. Nach sechs Monaten meinte sie, genug zu haben, und wollte ihre Jeans wieder mit dem weißen Tennisdreß vertauschen. Aus reinem Eigensinn blieb sie noch weitere sechs Monate, und dann ereigneten sich merkwürdige Dinge. Entweder hörten die Indianer auf zu stinken, oder sie roch sie einfach nicht mehr. Wenn die weißen Touristen, die dem Reservat einen Besuch abstatteten, sie als Weiße behandelten, wunderte sie sich jedesmal mehr. Und sie lernte Youngman kennen.

Ihre Wege hatten sich auch vorher schon mehrmals gekreuzt, oft genug, daß sich eine ausgesprochene Antipathie zwischen ihnen entwickeln konnte. Diesmal war sie ins Bergland um Moencopi hinaufgefahren – ein Gebiet, das sowohl von den Hopis als auch von den Navajos beansprucht wurde – um einen Jungen zu behandeln, der von einem tollwütigen Wolf gebissen worden war. Navajo-Polizisten und Youngman kamen, um das Tier zu töten, das in einem Vorratshaus Zuflucht gesucht hatte. Während die Navajos mit ihren Gewehren draußen vor dem Vorratshaus warteten, ging der Hopi-Hilfssheriff, mit einer Decke und einer Pistole bewaffnet, hinein. Um den Preis eines Bisses durch die Decke erschoß er den Kojoten. Während der folgenden vier Tage behandelte Anne den Jungen und den Hilfssheriff mit einer Reihe schmerzhafter Injektionen in den Bauch. Am ersten Tag erklärte sie Youngman, er habe den

Schmerz verdient, weil er in das Vorratshaus eingedrungen sei statt zu warten. Er antwortete, im oberen Teil des Vorratshauses hätten sich die Hühner- und Kaninchenställe der Familie befunden, und wenn der Kojote dort hineingekommen wäre, wäre die Nahrung der Familie für ein halbes Jahr verloren gewesen. Sie war mit Medikamenten zur Hand, was hatte er also zu verlieren? Von den Schmerzen einmal abgesehen.

Innerhalb eines Monats traf sie Youngman regelmäßig an verschiedenen Plätzen auf der Mesa und in der Wüste. Sie stellten die übliche Reihenfolge einer Verbindung auf den Kopf, begannen mit der physischen Erlösung durch den Sex und fingen erst dann an zu reden und sich aus der Einsamkeit zu erlösen. Die Liebe, fanden beide, kam gegen ihren eigenen Willen. Und jetzt, da sie den Gesundheitsdienst und die Reservation verließ, war die Liebe nur noch eine Last, ein peinliches Souvenir.

Sie klammerte sich an ihn, behielt ihn in sich. Aber der Sturm klang ab zu leichten Böen. Kalte, fließende Schatten liefen über ihre Arme.

»Ich muß gehen. Vier Tage kannst du doch noch warten, nicht wahr?«

»Selwyns Töchter haben mich noch nicht verführt.«

»Versucht haben sie's. Wenn sie könnten, würden sie mich umbringen.«

»Dann gib nur acht auf herabfallende Töpfe.«

»Ich muß wirklich fort.« Anne küßte ihn und schob ihn von sich.

Sie richteten sich auf und zogen ihre Kleider zurecht. Der Regen hatte nachgelassen, fast schon wieder aufgehört.

»Wer war das eigentlich, den du vorhin rausgeworfen hast?«

»Ach, niemand. Er kam mit einer Schwindelgeschichte über eine Untersuchung auf Antikörper im Blut, mit deren Hilfe er Krankheiten feststellen könnte.«

Schweigend knöpfte Anne ihre Bluse zu.

»Woher weißt du, daß es eine Schwindelgeschichte war?«

Sie strich sich die Haare zurück.

»Ich wußte es eben.«

»Youngman, das ist genau die Untersuchung, die der Gesundheitsdienst vor Jahren schon durchführen sollte. Und du hast ihn rausgeworfen? Weißt du denn nicht, wie viele Hopis ich auf perniziöse Anämie und Blutparasiten behandeln muß?«

Sie merkte, wie ihre Wut zunahm; sie konnte sie nicht unterdrücken.

»Es war eine Schwindelgeschichte.«

»Wie viele Hopis erblinden jedes Jahr aufgrund einer Geschlechtskrankheit, wie viele werden taub, weil sie Ohrenatresie haben? Warum hast du mich nicht mit ihm reden lassen? Hatte er ein Beglaubigungsschreiben?«

»Einen Brief aus Window Rock«, gestand Youngman. Was Paine mit Abner gemacht hatte, erwähnte er nicht; er wollte sich nicht verteidigen.

»Ach so, deshalb! Er hatte nur einen Brief von den Navajos, und das war dir nicht gut genug. Vielen Dank. Vielleicht wäre ich anderer Meinung gewesen.«

Sie spürte, wie er sich bei jedem Wort weiter von ihr zurückzog und sie ausschloß. Was soll's, dachte sie. Gemeinsam waren sie ein perfektes Beispiel für die Zentrifugalkraft. Warum erschöpfte sie sich im Kampf dagegen? Youngman tastete im Handschuhfach nach Zigaretten.

»Rauch deine eigenen«, sagte Anne.

»Deine sind nicht mehr frisch.«

»Na und?«

»Wir sollten sie lieber jetzt rauchen.«

Außer über seine Sturheit ärgerte sie sich stets über seine Armutsgewohnheiten. In der Tat hatte er sich das Rauchen nicht mehr frischer Zigaretten im Gefängnis angewöhnt.

»Du traust den Navajos nicht, du traust den Weißen nicht. Bist du paranoid? Wenn du Hilfe von anderen so sehr haßt, warum duldest du dann mich?« fragte sie.

»Ich liebe dich.«

»So einfach ist das?«

»Was könnte einfacher sein?«

»Nun, Youngman, ich werde in einer Woche endgültig von hier verschwinden. Kommst du mit?«

»Nach Phoenix?«

»Es muß nicht unbedingt Phoenix sein. Irgendwohin. Nach Mexiko, wenn du willst.«

»Und was soll ich da machen?«

»Du bist einer der sehr wenigen Hopis, die es auch außerhalb der Reservation schaffen können. Du verstehst was von Fotografie, von Malerei. Ich habe genug Geld für uns beide, bis du auf eigenen Füßen stehst.«

»Du könntest auch hierbleiben.«

»Ich bin hiergeblieben. Ich bin das Publikum bei all deinen Kämpfen gegen die eingebildeten Kränkungen aller gewesen, die versucht haben, dir zu helfen. Franklin, zum Beispiel.«

»Der will mir helfen?« Youngman lachte.

»Seine Stiftung vertritt, unter anderem, eine Anzahl von pharmazeutischen Werken. Die Hopis brauchen eine Spende von Medikamenten und von Geld für eine eigene Klinik. Ich hatte gehofft, das letzte, was ich für euch tun könnte, ehe ich fortging, wäre die Zusicherung einer solchen Spende, bisher aber habe ich den größten Teil des Vormittags damit verbracht, mich für dich zu entschuldigen.«

»Tu das nicht!« Youngmans Miene wurde finster. »Entschuldige dich niemals für mich bei diesen Leuten!«

Anne blickte aus dem Seitenfenster hinüber zu einem Regenbogen, der sich schon wieder auflöste. Sie war eher bedrückt als wütend. ›Diese Leute‹, das waren die *pahans*, die Anglos, die Weißen. Irgendwie jedoch zählte Youngman sie selbst nicht dazu. Natürlich würde einmal der Tag kommen, da er sie dazu zählen würde . . . Und sie bat ihn, mit ihr die Reservation zu verlassen? War sie verrückt?

»Vielleicht ist es ja nur der Sex«, flüsterte sie vor sich hin.

»Mag sein.« Youngmans Ohren waren scharf.

Verdammt noch mal, sie dachte gar nicht daran, in seiner Gegenwart noch einmal zu weinen! Also nahm sie den Autoschlüssel und startete.

»Wir werden das Lager ein paar Tage verlassen und zum Angeln zu Joe Momoa fahren. Anschließend kommen wir mit den Momoas zum Schlangentanz. Dort sehen wir uns dann.«

»Geh nicht.«

»Warum nicht?« Annes Hände lagen auf dem Lenkrad.

Youngman wußte es nicht. Er hatte es rasch gesagt, ohne zu überlegen, nur aufgrund einer plötzlichen Bilderfolge vor seinem inneren Auge. Joe Momoas Pferde, das Sandgemälde, Abners Augen, ein Fleck aus schwarzem Pech. Der Geruch dieses Pechs.

»Hör mal.« Anne berührte Youngmans Hand. »Wenn ich wiederkomme, fahren wir beide ein paar Tage allein los, ja?«

»Das ist es nicht.«

»Was denn?«

Vor allem der Geruch. Einmal eingeatmet, schien er ins Blut einzudringen.

»Etwas, das Abner gestern gesagt hat.«

»Ach so.« Sie sah sie vor sich. Zwei betrunkene Indianer in der heißen Sonne. »Das ist alles?«

»Warum fahrt ihr nicht jetzt sofort auf die Mesa und wartet dort auf den Tanz? Wenn die eine Menge Indianer sehen wollen, dann sind sie da doch an der richtigen Adresse.«

»Sie wollen campen.« Anne schüttelte den Kopf und legte den Gang ein. Als sie nicht weitersprach, stieg Youngman aus und schloß die Tür.

Durchs Fenster sah er zu ihr hinein. Das schwarze Haar hing ihr feucht in die Stirn. Vom Fahrersitz aus wirkte er kaum größer als ein Junge.

Anne wußte nicht, was sie sagen sollte; nur, daß er sich irrte. Er war zu bitter, zu schweigsam, zu mager, zu dunkel. Zu indianisch.

Youngman sah zu, wie sie zu Selwyn hinüberfuhr, und kehrte dann in seinen *hogan* zurück.

Die Toten mußten vor Sonnenuntergang begraben werden. Youngman hielt eigentlich nichts davon, doch Abner hatte sehr viel davon gehalten, und Abner war schließlich der Tote.

Youngman hob ein Bodenbrett auf, unter dem noch eine Pfütze Wasser stand, und wusch Abner Gesicht und Hände. Mit der weißen Farbe von Selwyn bemalte er Abners Arme und Beine mit Punktlinien, und über Abners linkes Auge zeichnete er einen Halbmond, die Insignie der Priester. Er kämmte Abner das Haar und band ihm Federtuffs an Haar, Handgelenke und Fußknöchel. Er füllte die Hände des Toten mit Maismehl. Zum Glück hatte sich die Leichenstarre schon wieder gelöst, denn er mußte die Finger über dem Maismehl zusammenbinden. Den Rest des Mehls strich er auf Abners Gesicht, was wegen des zerfetzten Fleisches ein bißchen schwierig war. Mit dem Messer schnitt er Löcher in den weißen Baumwollsack, um so eine ›Wolkenmaske‹ für Abners Kopf herzustellen. In der Wüste wurde nichts verschwendet, nicht einmal die Toten; sie waren verpflichtet, als Regen wiederzukehren. Nachdem er Abner in das Laken gewickelt hatte, bückte er sich und band die Beine so, daß es aussah, als knie der Tote. Abner war eine kleine Leiche. Youngman trug ihn unter dem einen, einen Spaten unter dem anderen Arm zum Jeep hinaus.

Er fuhr ungefähr fünfzehn Meilen, bis er eine von gelben Grünholzbäumen gekrönte Anhöhe erreichte. Hier grub er durch fünf Zentimeter nasse Erde und einen Meter trockenen Sand ein Loch, setzte Abner mit dem Gesicht nach Osten aufrecht hinein und steckte sich eine Zigarette an.

»Nun, Onkel, jetzt solltest du eigentlich eine Familie haben, die an deinem Grab ein paar Worte spricht. So mußt du mit mir vorliebnehmen. Offengestanden, ich würde dir lieber ein paar Fragen stellen als eine Ansprache halten. Ich möchte verdammt gern wissen, ob du nun ein guter Mensch warst oder nicht. Ehrlich gesagt, ich weiß nicht mal, ob das so wichtig ist.

Du solltest ihnen eins auswischen. Du solltest nicht als Wolke zurückkommen, sondern als Kaktus, eh?«

Abners Lider unter den Löchern der Wolkenmaske waren geschlossen. Auf der Wange der Maske erschien ein rötlicher Fleck. Und während sich der Fleck ausbreitete, erschienen weitere. Abner blutete immer noch.

»He, Alter, du bist tot!« sagte Youngman.

Nicht nur die Maske wurde rot, das Laken auch. Rosenrote Punkte, die größer wurden. Youngman hatte nicht die Nerven, die Maske abzunehmen, deshalb ließ er sich ins Grab hinab und öffnete das Laken. Alle Wunden an Abners Brust und Armen waren naß und bluteten. Vielleicht sind sie durch die Fahrt im Jeep wieder aufgeplatzt, dachte Youngman. Aber die Wunden von Toten bluten nicht. Er griff ins Laken nach Abners Handgelenk, das naß und kalt war und keinen Puls hatte. Dann fiel sein Blick auf Abners Hand. Sie hatte die Schnur zerrissen, mit der sie zugebunden war, und lag offen auf Klumpen von blutgetränktem Maismehl.

Als die Sonne unterging, erhob sich ein Abendwind, der die Zweige der Grünholzbäume wie gelbe Gischt schwanken ließ. Youngman schaufelte das Grab zu und bedeckte es, um die Raubtiere abzuwehren, mit Steinen. Auf die Steine stellte er ein Pflanzholz, die symbolische Leiter vom Grab in die Geisterwelt. Der Wind schlug das Holz gegen die Steine.

»Ruhe, Abner. Laß das Holz los.« Das Holz stand still. »Versuch jetzt erst mal tot zu sein. Vielleicht gefällt es dir.«

Youngman fuhr denselben Weg nach Gilboa zurück. Einmal hielt er und sah sich um. Die letzten Sonnenstrahlen berührten die Anhöhe und färbten die Grünholzbäume leuchtend rot.

Nach dem Koran schuf Jesus die erste Fledermaus. Während des Ramadan, der Fastenzeit, da die Gläubigen von Sonnenaufgang bis Sonnenuntergang nichts essen dürfen, befand sich Christus in den Bergen bei Jerusalem und konnte den westlichen Horizont nicht sehen. So nahm er Lehm in seine Hände und formte daraus ein geflügeltes Wesen, dem er den Lebensatem einblies. Dieses Wesen – eine Fledermaus – flog in eine Höhle, aus der es jeden Abend auftauchte, um Jesus von der sinkenden Sonne zu berichten.

Die alten Ägypter betrachteten die Fledermäuse wegen ihrer Brustwarzen als Musterbeispiel mütterlicher Fürsorge. Das chinesische Schriftzeichen für Fledermaus wurde auch für

›Glücklichsein‹ verwendet, und manche Völker des Südpazifik schätzten die Fledermäuse als Sexualtotem.

In der Neuen Welt jedoch war die Fledermaus ein Gott. Sein Maya-Name war Zotzilaha. Ganze Städte und Völker trugen seinen Namen, und in ganz Mexiko zeigten Tempel sein Abbild: einen schreitenden Mann mit Flügeln, Gesicht, Zähnen und Zunge einer Fledermaus, in der einen Hand einen abgetrennten Menschenkopf, in der anderen ein Herz. Zotzilaha, der Fledermausgott, der über das Feuer gebot, verwandelte sich in den höchsten Sonnengott der Azteken, Huitzilopochtli, der ganze Opferberge menschlicher Herzen verlangte, herausgeschnitten von den in Umhänge aus Fledermausfellen gehüllten Priestern. Im Jahre 1519, dem Jahr, für das die Wiederkehr eines verlorenen Weißen Bruders geweissagt wurde, traf Cortez in Mexiko ein. Bewaffnet mit dieser Prophezeiung und mit Unterstützung aufständischer Stämme nahm er Montezuma gefangen. Die Spanier verzeichneten Angriffe von ›blutsaugenden‹ Fledermäusen, aber da war das Aztekenreich schon gefallen.

Götter sterben, Völker verändern sich, doch die Natur bleibt. Jahrhunderte nach Cortez beherrschten die Vampirfledermäuse noch immer den mexikanischen Dschungel und zogen, Berichten zufolge, während der letzten zwanzig Jahre aus keinem den Menschen erklärlichen Grund stetig nach Norden. Es war eine Nachtwanderung, von der man nur durch vereinzelte und unwissenschaftliche Berichte über getötete Ziegen, Rinder, ja sogar Menschen in den Sonorabergen erfuhr.

Jetzt, in der neuen Umgebung von Wüste und Mesas, jagten die Vampire, wie sie es immer taten, mit Geduld und Intelligenz. Sie ließen zwei Herden ungeschorener Schafe und ein totes, vergiftet für die Kojoten ausgelegtes Kaninchen unbehelligt. Die Arroyos waren im Mondlicht dunkle Bänder. Tigersalamander huschten in den feuchten Bachbetten der Arroyos dahin, nährten sich von Insekten und dienten den Nachtschlangen als Nahrung. Keine Fledermaus stieß gegen die Nadeln der fast zwanzig Meter hohen Saguaros.

In das schrille Zwitschern der Fledermäuse mischte sich ein anderer Ton. Er kam mit dem Wind aus großer Entfernung, ein nasaler, klagender Country-and-Western-Song. Wie auf Kommando schwenkten die tausend Fledermäuse ab, ihr Gezwitscher nahm an Stärke zu, die Membranen ihrer mächtigen Schwingen schlugen schneller. Dieser ganz bestimmte Klang, das wußten sie, bedeutete Mensch. Mensch und seine Tiere, bequem an einer Stelle versammelt. Ein See des Lebens.

Zwei Meilen entfernt saß Isa Loloma, vierzehn Jahre alt, in der Fahrerkabine seines Dodge-Lastwagens. Arme und Rükken schmerzten ihn von einem mit Schafescheren und dem Binden fettiger Wolle ausgefüllten Tag. Er trank langsam eine Dose lauwarmen Orangensprudel und lauschte seinem Transistorradio. Der Lastwagen hatte keinen Motor. Seine Radnaben ruhten auf Blöcken. Er diente lediglich dem Zweck, die Kojoten abzuschrecken, und diesen Zweck erfüllte er gut. Isas Nächte waren lang und einsam.

Die Nacht trieb Possen. Manchmal wurde der Navajo-Sender aus Gallup schwächer, und statt dessen kamen Sender aus Houston oder Kansas City herein, sprachen Stimmen über Steakhäuser und Astronauten. Dann brauchte er nur die Hände aufs Lenkrad des Lastwagens zu legen, die Augen zu schließen und sich vorzustellen, er fahre mit seinem eigenen Eldorado den Freeway irgendeiner Anglo-Stadt entlang, trage ein maßgeschneidertes Hemd mit Perlmuttschnallen und sitze auf einer Kroko-Brieftasche voller Zwanzig-Dollar-Scheine.

An diesem Abend sendete Gallup mit gleichmäßiger Kraft. Jeder Piggly-Wiggly-Supermarkt im Bernalillo County, berichtete die Stimme aus dem Äther, nehme gern Rabattmarken in Zahlung. Der Tuba City Club halte einen Tanzabend ab. Massey-Ferguson-Traktoren wünschten gute Unterhaltung bei den Sportmeldungen.

Isa trank seine Limonade ganz langsam. Als ihm die Lider schwer wurden, kletterte er aus dem Wagen, rieb sich die Beine und lief auf der Stelle, um sein Blut wieder in Gang zu bringen. Immer noch gähnend, zog er die alte Browning-Auto-5-Flinte seines Vaters aus der Decke auf der Sitzbank. Die Schafe waren ruhig. Er würde eine Runde um die Herde machen und dann zurückkommen, um ein bißchen zu schlafen.

Etwas flatterte an ihm vorbei. Ein Ziegenmelker, dachte er. Probleme machten die Schafe nur im Frühjahr, wenn die Kojoten wegen der Lämmer kamen, oder beim Scheren, wenn ein schlechter Arbeiter die Schafe schnitt und der Blutgeruch die Kojoten wild machte. Aber Isa war ein guter Schafscherer. Er schor die Schafe bis auf die rosa Haut, und zwar ohne den geringsten Kratzer.

Er hatte ungefähr fünf Meter zurückgelegt, als er plötzlich hellwach wurde. Er konnte die Schafe kaum sehen, hörte aber ein ständiges Rascheln. Die Schafe waren da, sie würden das Gras niemals verlassen, das wußte er. Aber da war dieses Rascheln, ein eifriges, papierenes Rascheln, das aus allen Richtungen zugleich kam. Er bekämpfte einen ersten, kindlichen Impuls davonzulaufen. Und dann, wenige Meter vor sich, sah er einen hellen Fleck: den Kopf eines schlafenden Schafes. Baby, tadelte er sich selbst.

Seltsamerweise konnte er zwar die Beine, nicht aber den Körper des Schafes sehen. Er nahm den Kopf eines anderen Schafes wahr, aber auch dort sah er den Körper nicht. Ein Flügel streifte die langen Haare des Jungen, fächelte seine Wange. Etwas berührte seinen Fuß. In seiner Tasche steckte eine rostige Taschenlampe mit schwächlichen Batterien. Er richtete den Lichtstrahl auf das nächstliegende Schaf. Der blaßgelbe Schein holte die gleichmäßig atmenden Nüstern des Tiers aus der Nacht. Dann glitt er weiter, über den lockigen Kopf nach hinten.

Zuerst schienen die Flanken des Schafes von einem grauen Tuch bedeckt zu sein. Dann hoben zwei Fledermäuse den Blick in den Lichtstrahl, und er erkannte, daß dieses Tuch aus einem Dutzend Fledermäusen bestand, die auf einer Decke von Blut lagen. Das nächste Schaf hatte ebenfalls eine Schicht von Fledermäusen, und als Isa den Lichtstrahl weiterwandern ließ, sah er, daß alle Schafe so bedeckt waren und beim Mahl der Fledermäuse schliefen. Die Tiere waren größer, als er sie jemals gesehen hatte, und jene, die er störte, funkelten ihn lediglich mit aufgerissenen Schnauzen an. Er richtete den Strahl senkrecht nach unten und trat nach einer Fledermaus, die an seiner Hose emporkletterte.

Mit aller Kraft schwang Isa das Gewehr seines Vaters gegen die Schafe.

Als Gemeinschaft ließen sich die Fledermäuse erst durch den Knall der Flinte aufstören. Zwei Fledermäuse waren tot. Jene, die in der Nähe saßen, flogen auf, nur um sich in einiger Entfernung wieder niederzulassen. Die Gemeinschaft als solche rückte näher, umringte die Quelle des Geräuschs. Führer gab es nicht unter ihnen, höchstens jene, die dem gemeinsamen Instinkt als erste folgten, die Weibchen, die aggressivsten Einzeltiere einer sehr aggressiven Spezies. Dieser Instinkt galt dem Schutz der Nahrung und dem Zurückschlagen des Angreifers, der, wie sie deutlich sehen konnten, ein einzelner Mensch war. In gewissem Sinne also wiederum Nahrung. Der Ring wurde enger.

Nahrung war etwas Großartiges. Es gab nur wenige Tiere auf der Welt – und keine mit dem Intelligenzgrad der Fledermäuse –, deren Sinne und Organe so ausschließlich auf das Sichern der Nahrung ausgerichtet waren, und das mochte daher kommen, daß kein anderes Tier in so starkem Maß davon umgeben war. An nahezu jedem warmblütigen Tier nahmen sie das Pulsieren der Nahrung wahr, oder sie witterten sie in der schwer mit Schweiß und Atem beladenen Luft. Infolgedessen gab es für die Fledermäuse auch keine natürlichen Feinde, nicht mal die Menschen – konnte es keine Feinde geben, denn alles war für sie ja Nahrung.

Eine Fledermaus schoß an dem Jungen vorbei, wich mühelos dem Hieb des Gewehrkolbens aus. Eine zweite jagte vorüber, ritzte seine Nase auf. Wild um sich schlagend, drehte der Junge sich im Kreis. Seine Erregung, sein schweres Keuchen und das Klopfen seines Herzens machten die Fledermäuse wild. Wie ein Hexenkessel schwirrten sie um ihn herum, immer gerade noch außerhalb der Reichweite der Flinte. Eine schoß von oben herab und riß ihm das Ohr auf. Er stürzte. Sofort war sein Rükken mit Fledermäusen bedeckt, die sich an sein Hemd hängten und die Haut freilegten. Als eine weitere Fledermaus auf seiner Hand landete, ließ der Junge die Flinte fallen, rappelte sich auf und begann zu laufen.

Sie folgten dem dahinhetzenden Jungen, bis er den Lastwagen erreichte, hineinsprang, die Tür zuwarf und das Fenster hochkurbelte. Eine Zeitlang drängten sie sich noch auf Motorhaube und Windschutzscheibe. Dann kehrten sie eine nach der anderen zu den Schafen zurück. Zu ihrem Festmahl.

3

»Wenn ich sterbe und zur Hölle fahre« – Selwyn schaute blinzelnd in die Sonne –, »dann wird's mir da ziemlich bekannt vorkommen.«

Er umklammerte die Flasche in seiner Brusttasche, weil Youngman den Wagen um ein Loch in der Straße herumlenkte. Auf dem Rücksitz des Jeeps saßen Selwyns Frau Esther und eine seiner Halbbluttöchter. Der Teenager war fein herausgeputzt in einem schwarzen, mit Rot besetzten Kleid. Vor ihnen ragte jenes Zentrum des Hopi-Universums empor, das man die Black Mesa nannte. Von der gigantischen Mesa streckten sich vier Finger südwärts in die Wüste aus. Sie hießen, von West nach Ost, Third Mesa (mit den Pueblos Hotevilla und Oraibi), Second Mesa (mit den Pueblos Shongopovi und Shipaulovi), First Mesa (Hano und Walpi) und Antelope Mesa (mit den Ruinen von Awatovi). Von unten, von der Straße aus gesehen, wirkte die Mesa wie eine lange, oben abgeflachte Steinmauer, die sich in beiden Richtungen bis zum Horizont erstreckte. Nur zwei leichte Wölkchen belebten den Himmel.

»Hat Anne dir gesagt, wo sie campen wollte?« erkundigte sich Youngman.

»Ich habe sie nicht gefragt. Die würde mich ohnehin nicht mal grüßen, Romeo. Die ist hinter dir her, das weißt du. Reiche, weiße junge Mädchen, das sind die Schlimmsten. Ich meine, die ist doch nichts für dich! Nimm dagegen mal meine Tochter Mae hier. Du könntest es schlechter treffen.« Er bemerkte Youngmans Mangel an Interesse. »Typisch. Die Leute wollen Dekken, ich habe Töpfe. Sie wollen weiße junge Mädchen . . .«

»He, Selwyn. Du hast mir nie erzählt, warum du den Missionarsberuf an den Nagel gehängt hast.«

»Hab' ich auch nicht. Er hat mich an den Nagel gehängt. Ich hab' nämlich 'n anderen Bakterienstamm gekriegt. Verstehst du?«

»Nein.«

Selwyn benutzte die Gelegenheit einer relativ glatten Strecke der ungepflasterten Straße, um aus seiner Flasche zu trinken.

»Nach meiner Theorie ist die Religion eine Krankheit. Eine große Religion ist wie eine Epidemie. Nehmen wir zum Beispiel das Christentum, den Islam, den Buddhismus. Genau wie Epidemien. Sie beginnen an einer Stelle, breiten sich entlang der Handelsstraßen aus, blühen und gedeihen ein paar hundert Jahre lang und verschwinden wieder. Oder werden von einer neuen Epidemie ausgelöscht. Ich wurde hierhergeschickt, als wäre ich ein Krankheitserreger, um dein Volk zu infizieren. Statt dessen« – er zuckte die Achseln – »infiziertet ihr mich.«

»Womit?«

»Mit einer sehr trockenen Kehle.« Selwyn hob wieder die Flasche.

Als sie näher kamen, schien sich die Third Mesa nach der Straße auszustrecken, ein Schanzwerk aus Fels, oben eben wie ein Brett, bis auf mehrere zerfallene, schachtelähnliche Adobe-Bauwerke. Das alte Oraibi war immer noch bewohnt, allerdings spärlich, als seien die Menschen Überlebende einer Katastrophe.

Esther stieß Youngman an.

»Ich muß Maes Beinwickel in Ordnung bringen. Halt in Spanish Place an.«

Youngman hielt neben der Straße unter einem Mesquitebaum und einem verwitterten Blechschild mit der Aufschrift: ›Achtung! Besucher sind in Oraibi nicht erwünscht. Wegen Nichtbeachtung unserer Stammesgesetze sowie der öffentlichen Gesetze gilt dieses Dorf hiermit als geschlossen.‹

Selwyn trat hinter das Schild und urinierte. Maes weiße Baumwoll-Beinwickel hatten sich gelöst und den Blick auf Sportsocken zu fünfundneunzig Cent freigegeben. Während Esther die traditionellen Bandagen richtete, legte Youngman die Beine auf die Windschutzscheibe und rauchte.

Es gab kaum etwas, worin sich dieses Stück Highway von den anderen unterschied, obwohl manche Hopis behaupteten, hier hätten ihre Vorfahren im Jahre 1540 einen Conquistador namens Pedro de Tovar und seine Truppen begrüßt.

Er sollte angeblich der *Pahana* sein, der Weiße Bruder, der die Hopis tausend Jahre zuvor verlassen hatte, als sie ihre lange Diaspora außerhalb Mexikos begannen. Im Jahre 1100 wurde Oraibi gegründet; die anderen Pueblos folgten, sobald weitere Clans auf der Black Mesa eintrafen. Gemeinsam warteten sie auf den bärtigen Weißen Bruder, dessen Ankunft die Vollendung der Welt kennzeichnen würde. Doch *Pahana* kam nicht in dem Jahr, in dem sie ihn erwarteten; er war in der Gestalt des Cortez damit beschäftigt, das Aztekenreich zu zerstören. Während sie warteten, schnitten die Hopis für jedes Jahr, das der Bruder zu spät kam, eine Kerbe in einen Stock.

Zwanzig Kerben trug der Stock, als de Tovar am Horizont auftauchte. Hastig bereiteten sich die Hopis auf diesen epischen Höhepunkt vor. Die Priester des Feuer-Clans und des Bären-Clans eilten in die Wüste hinunter, um zur Begrüßung einen Streifen blaues Maismehl vor den Pferden und den gepanzerten Männern auszustreuen. De Tovar beobachtete es verwirrt, und so war es an dem katholischen Priester, einen Entschluß zu fassen. »Für wen sind wir hier?« rief er. »Santiago!« antworteten die Truppen, töteten die Hopis, die ihnen im Weg standen, mit ihren Lanzen, jagten auf die Mesa hinauf und unterwarfen sich die Pueblos.

Zum größeren Ruhm Gottes wurden die Hopis zu Christen und Sklaven gemacht. Sie wurden in die Minen hinabgeschickt, wo sie nach Gold, Silber, Quecksilber und ölgetränktem Schiefer suchen mußten, der genauso brannte wie Kohle. Indianer, die man bei der Ausführung heidnischer Riten ertappte, wurden ausgepeitscht und mit brennendem Terpentin übergossen. Einhundertundvierzig Jahre lang litten die Hopis für ihren Irrtum hinsichtlich de Tovars, bis der Tewa namens Popay ihnen eine geknotete Schnur schickte, durch die er ihnen den Zeitpunkt des Aufstands der gesamten Pueblos im Südwesten bekanntgab. Auf der Black Mesa war der Schrei einer Zwergohreule das Zeichen zur Rebellion. Die Castillo-Soldaten wurden an den Kirchentüren erschlagen, die Priester am Altar erstochen, ihre Stahlpiken vergraben und die Kirchen bis auf den letzten Mauerstein geschleift. Alles in allem fanden während des Rückzugs nach Mexiko über fünfhundert Spanier den Tod, und obwohl die Hopis anschließend von Spaniern, Mexikanern und Amerikanern überrannt wurden, wurde der Stamm berüchtigt für seinen Widerstand gegen eine neuerliche Bekehrung.

Sie warteten nunmehr auf den echten, den wahren *Pahana*.

Seinen Reißverschluß zuziehend, kam Selwyn hinter dem Schild hervor.

»In der Bibel steht, Jesus sei in die Wüste gegangen und habe dort vierzig Tage lang gefastet.« Er schüttelte seine Hose. »Eigentlich interessant zu wissen, wie lange der Sohn Gottes es ausgehalten hat, wie ein Hopi zu leben, eh?«

»Selwyn, du bist ein zynischer Hund.«

»Nicht im Vergleich mit dir. Ich rede nur so. Der Schnaps bewirkt, daß ich rein bleibe.«

»Nur nicht deine Nieren.«

Zwei Autos kamen die Straße zur Mesa herauf. Das erste war ein neuer Buick Le Sabre, lackglänzend trotz der dicken Staubschicht. Als er vorbeifuhr, konnte Youngman einen Blick auf den Fahrer werfen, einen Indianer im Straßenanzug, mit breitem Gesicht, der beim Fahren in ein Autotelefon sprach. Ein Aufkleber an der Stoßstange lautete ›*Dine Bizeek*‹ – ›Macht den Navajos‹.

»Walker Chee!« Voll Ehrfurcht blickte Mae dem Wagen des Vorsitzenden des Stammesrates der Navajos nach.

»Kopfklopfer.« Youngman benutzte die Bezeichnung der

Hopis für die Navajos, nach dem uralten Brauch der Navajos, die Köpfe ihrer Gefangenen zu zerschmettern.

Der zweite Wagen war ein Cadillac. Hinter dem Lenkrad saß ein Mann, der Youngman unbekannt war, in weißen Hemdsärmeln und mit Krawatte. Hinter der Sonnenbrille verborgen, warf er einen flüchtigen Blick zu den Indianern am Straßenrand hinüber.

Nachdem er die ganze Nacht den Signalen gefolgt war, lag Paine in seinem Land-Rover und schlief. Er schwitzte und träumte in der frühmorgendlichen Hitze.

Er war wieder in Mexiko.

Er und sein Vater waren Immunologen, unter Vertrag beim Instituto Nacional de Investigaciones Pecuarias und arbeiteten in der Forschungsstation für Vampirfledermäuse in Mexico City. Ziel dieser Forschungsstation war es, die *derrienque* unter Kontrolle zu bringen, die von Vampirbissen übertragene Tollwut. Und der besondere Auftrag der Paines war es herauszufinden, warum einzig die Vampire weitgehend immun gegen das tödliche Virus waren, das sie übertrugen.

Paines geschlossene Lider glänzten. Er war wieder in der Sierra Madre del Sur, nahe der Grenze von Guatemala. In der Höhle. Er, sein Vater und Ochay folgten dem Licht ihrer Helmlampen, tasteten sich dreißig Meter über dem Höhlenboden auf einem schmalen Grat entlang. Die Höhle zog sich eine halbe Meile weit in den Berg hinein. Im großen und ganzen war sie eiförmig, die Wände unterhalb des Grats bogen sich glatt bis zum Boden hinab, die Wände darüber wölbten sich weitere dreißig Meter hoch bis zu riesigen Stalaktiten und zu den Schlafplätzen der Fledermäuse hinauf. Paine war Teamleiter und erster Mann. Er hing an einem Nylonseil, das durch gezahnte Kletterhaken gezogen war, die er in den Kalkstein schlug. Joe Paine und Ochay kamen dicht hinter ihm; ungesichert zogen sie sich Hand über Hand am Seil entlang, beide mit einem roten Giftkanister auf dem Rücken. Wegen der Kletterei trugen sie diesmal keine Vinylanzüge, sondern nur Brillen und Gasmasken, um sich vor dem Ammoniak zu schützen, das von dem Fledermausdung aufstieg. Ohne Maske konnte ein Mensch eine maximale Ammoniakkonzentration von hundert Teilen pro Million eine Stunde lang überleben; in der Nähe des Höhleneingangs hatten sie eine Konzentration von viertausend ermittelt.

»Weiter, wir sind noch nicht da«, sagte Hayden Paine.

Dr. Joseph Paine wurde zu alt für diese Art Arbeit. Graue Haarsträhnen standen wie Eulengefieder unter seiner Matrosenmütze hervor, und das Gewicht des Kanisters drückte ihn in die Knie. Aus Stolz weigerte er sich jedoch, sich auf die Laborarbeit in der Hauptstadt zu beschränken. Außerdem konnte er so seinen Sohn unter Kontrolle halten.

Ohne den Alten wäre auch Ochay vermutlich nicht mitgekommen. Alle Mexikaner der Station wußten genau, daß der Sohn ein verrückter Ruhmsüchtiger war, der sich die größten Schlafplätze in den unzugänglichsten Bergen aussuchte. Von den zehn ursprünglichen Mitgliedern des Teams waren nur Ochay und Hayden Paine nicht durch Bisse, Stürze oder Ammoniak ums Leben gekommen. Wäre der Alte nicht eingetroffen, hätte die Expedition nicht stattfinden können.

Paine, ganz vorn, grub die Steigeisen seiner Stiefel in den Fels. Der schlüpfrige Kalksteingrat war einen halben Meter breit; ein glänzender Stalaktit, halb von der Wand getragen, blockierte ihnen den Weg.

Der alte Paine, hinter Hayden, zog seine Maske herunter, um ihm etwas zu sagen.

»Schluß für heute. Wir können die Kanister hier festzurren und morgen wiederkommen.«

Paine ignorierte seinen Rat. Mit der Linken schwang er den Pickel kräftig um den Vorsprung in der Wand herum auf die andere Seite. Er zog am Griff. Der Pickel schien festzusitzen. Er packte ihn, schwang sich selbst um den Stalaktiten herum und erreichte den Punkt, wo der Grat weiterlief. Als er einen neuen Haken einschlug, hallte das Echo seiner Schläge weit in die Tiefe der Höhle hinein. Ein paar Fledermäuse beschwerten sich schreiend.

Die Höhle war von zwei Millionen Fledermäusen bewohnt. Weiße, geisterhafte Fledermäuse. Fleischfressende, speernasige Fledermäuse. Nektarsaugende Fledermäuse. Winzige, insektenfressende Fledermäuse in einem Dutzend verschiedener Gattungen. Fleischfressende Fledermäuse der Gattung *vampyrum spectrum* mit einer Flügelspanne von neunzig Zentimetern. Fischfressende Fledermäuse. Und jene Kolonie, von der sich alle anderen fernhielten, die echten Vampire, genannt *desmodus*.

»Gebt mir die Kanister«, befahl Paine.

Joe Paine und Ochay hakten die Kanister ans Seil. Von der anderen Seite aus beobachtete Paine, wie die Kanister um den Stalaktiten herumpendelten, dann zog er das Gift mit größter Behutsamkeit auf den Grat.

»Jetzt kommt.«

»Ich schaff's nicht«, antwortete Ochay.

»Die Vampire sind weiter hinten.«

»Ich kann nicht . . .«

Ein schriller Schrei. Heftige Unruhe unter der Höhlendecke, wo die *vampyrum spectrum* hingen. Mit seiner Laterne folgte Ochay dem Sturz eines rosigen *spectrum*-Babys bis auf den Boden.

Der Höhlenboden war eine eigene Welt, eine dampfende braune Suppe aus verdautem Nektar, Fleisch, Insekten und Blut. Mit zwanzig Prozent Protein ernährte sie Unmengen von Bakterien. Über eine Million Milben, aasfressende Käfer, Kröten und Bergkrebse pro Quadratmeter. Riesige Kakerlaken und Giftschlangen. Für sie alle war der Guano ein steter Nahrungsregen oder ein Nahrungsregen für ihre Nahrung. Der Sturz einer unglückseligen Fledermaus war ein Festmahl für sie und für die Fledermaus eine sekundenlange Agonie.

»Weiter.« Paine zog am Seil.

Zuerst schwang sich Joe Paine um den Stalaktiten, anschließend Ochay. Der Mexikaner zitterte.

»Du riskierst zuviel.« Joe Paine klammerte sich an die Wand. »Ochay . . .«

»Wenn ich es kann, kann er es auch.«

»Aber wir haben bald keine Luft mehr. Ich würde vorschlagen . . .«

»Aber du bist nicht der Teamleiter. Das bin ich.«

Paine ging weiter. Als sie tiefer in die Höhle vordrangen, verengte sich der Grat auf dreißig Zentimeter, dann auf fünfundzwanzig, auf fünfzehn. Nach jedem zweiten Schritt mußte Paine jetzt einen Haken einschlagen, während sein Vater und Ochay sich hinter ihm mit den Kanistern abschleppten.

»Er hat Angst«, flüsterte der Vater Hayden zu. »Du mußt ihn verstehen. Er hat Angst vor dir. Und ich glaube, ich habe jetzt auch Angst vor dir.«

»Ich komme ohne euch aus.«

»Wirklich?«

In den Gewölben oben bewegten sich Gestalten, drehten sich Ohren nach dem Klang der menschlichen Stimmen. Selbst durch die Maske konnte Paine die Veränderung des Ammoniakgeruchs wahrnehmen, der immer fauliger, durchdringender wurde.

»Dies ist die letzte Höhle, in die du einsteigst. Dafür werde ich sorgen«, erklärte Joe Paine.

»Wir sind gleich da.«

Es war das Ende des Seils, nicht etwa der immer geringer werdende Luftvorrat, der Paine schließlich zum Halten zwang.

»*Madre de Diós*«, schluchzte Ochay.

Paine hatte in den Expeditionswagen eine Auswahl nasser und trockener Gifte mitgebracht. Für eine Höhle von dieser Größe hatte er Cyanogas gewählt. Die untere Hälfte jedes Kanisters enthielt komprimierte Luft, die obere Hälfte Giftpulver. Er band die beiden Kanister so zusammen, daß sie flach lagen, und senkte sie mit einem Extra-Seil vom letzten Haken aus hinunter, bis ihre Oberkante sich auf der Ebene des Grates befand. Nachdem er die Kanistertüllen so eingestellt hatte, daß sie einen Sektor von neunzig Grad bestrichen, stellte er die Uhr an jeder Tülle auf dreißig Minuten ein. Waren die Uhren abgelaufen, würde sich aus den Kanistern ein dreißig Meter weit reichender Cyanogasregen ergießen, der sich bei der Berührung mit der Feuchtigkeit in der Höhle in Blausäure verwandelte, die für jede Lebensform, mit der sie in Kontakt kam, tödlich war, auch für die Männer, die das Gift brachten. Paine führte alle Bewegungen mit mechanischer Gelassenheit aus.

»*Por favor* . . .« flehte Ochay.

»Wir kehren um«, sagte Joe Paine zu seinem Sohn. »Wenn wir beide, du und ich, nach Mexico City zurückkommen, werden wir vielleicht gleich in die Staaten weiterfliegen.«

Paine hörte nicht zu. Er blieb allein zurück, um sich zu vergewissern, daß beide Uhren richtig liefen. Als er ganz sicher war, richtete er den Strahl seiner Taschenlampe zur Decke, die aus gezackten braunen Steinen zu bestehen schien. Dann breitete einer dieser Steine die Flügel und bewegte sich, daß seine gebleckten Zähne ins Licht kamen. Paine nahm die Taschenlampe herunter, bevor weitere Vampire aufgestört wurden.

Er löste sich vom Seil und knotete es an den letzten Haken. Sein Vater und Ochay waren inzwischen ungefähr zehn Meter von ihm entfernt. Sie schafften den Rückweg schneller als den Hinweg und näherten sich bereits dem perlenartig schimmernden Stalaktiten, von dem sie behauptet hatten, sie könnten ihn nicht überwinden. Er prüfte den Zeiger seiner Sauerstoffflasche. Zwanzig Minuten. Gerade eben Zeit genug.

An der plötzlich nachlassenden Spannung des Seils merkte Paine, bevor er es sah, daß jemand abgestürzt sein mußte. Seine Lampe holte wirbelnde Beine aus der Schwärze, dann hörte er das Aufschlagen eines Körpers nach einem langen Fall. Sein Lichtstrahl zeigte ihm, daß es Ochay war, der während des ganzen Weges geweint hatte, aber kein Wort sagte, als er fiel. Er versank im Schlamm.

»Eine Spinne!« schrie Joe Paine. »Eine Spinne am Seil!«

Wieder zuckte das Seil in Paines Händen und wurde schlaff.

»Hayden! Schnell!«

Joe Paine hing drei Meter unterhalb des Grats an einem schmalen Vorsprung. Hand über Hand zog sich Paine am Seil entlang.

»Ich rutsche ab!«

Paine sah, wie die Finger seines Vaters, flach auf dem schlüpfrigen Kalkstein liegend, allmählich rutschten. Auf dem Grat kam Paine eine Tarantel entgegen, deren Beinspanne mindestens fünfundzwanzig Zentimeter betrug. Er zertrat sie mit seinem Stiefel.

»Gib mir die Hand.« Er langte hinunter.

»Ich komme nicht dran!«

Paine wickelte sich das Seil zweimal ums linke Handgelenk und beugte sich so weit hinab, wie es nur ging. Sein Vater stemmte sich hoch und streckte eine Hand aus, die zu kurz und zu feucht war, um sie zu fassen. Die beiden Männer starrten einander sekundenlang an, dann begann Joe Paine abzurutschen. Er glitt den Höhlenhang hinab, fiel dann drei bis vier Meter und rutschte wieder, bis er, winzig klein im Schein von Paines Taschenlampe, unten aufschlug.

»Hayden! Wirf mir etwas runter!«

Paine zerrte am Seil, daß er beinahe die Balance verlor, bis die Haken aus dem weichen Kalkstein rissen. Er band das schlaffe Seil um seinen Pickel und warf ihn hinunter. Fünf Meter über dem Kopf seines Vaters baumelte er hin und her.

»Ich habe sie überall am Körper! Großer Gott, die fressen mich bei lebendigem Leib!«

Ochays Pickel lag noch auf dem Grat. Paine rammte ihn tief in den Kalkstein und hängte sich dran. Sein eigener Pickel hing jetzt nur noch zwei Meter über dem Vater. Er riß sich die Maske ab.

»Geh zur Wand! Kletter dran hoch!«

»Ich kann nichts sehen! Hayden, sie sind . . . O Gott! . . . Nein!«

»Du sollst klettern!«

»O Gott!«

Stille, bis der letzte Schrei kam.

»Hayden!«

Er erwachte, zitternd wie in hohem Fieber, eine Hand um das Bein eines Wagensitzes gekrampft. Auf Händen und Knien, immer noch zitternd, kroch er zum Lebensmittelbehälter des Land-Rovers und goß sich einen Liter Wasser über den Kopf. Er grub sich die Fäuste in die Augen, löschte den Vater und Ochay und die anderen aus. Er brauchte eine Minute, um das Fläschchen zu öffnen und die Valiumtabletten herauszuschütteln.

Er mußte schlafen. Mußte schlafen. Aber bitte, lieber Gott, nicht mehr träumen! Wenn er es nur bis zum Abend aushalten konnte.

»Vergiß nicht, mich auf dem Rückweg abzuholen«, sagte Selwyn, als er mit Esther und Mae am Fuß der Mesa aus dem Jeep stieg, wo die Familie von Esthers Schwester zu acht Personen in einem Aluminium-Wohnwagen hauste, der für die Kinder eine Rennbahn zwischen Bierkühler und Fernsehapparat war. Mit Kopfschmuck aus Souvenirläden dekoriert, fielen die Kinder über Selwyn her und bearbeiteten ihn mit ihren Gummi-Tomahawks.

»Und geh bloß niemals eine Mischehe ein«, stöhnte Selwyn.

Youngman fuhr allein in die Wüste zurück, wo der Schlangen-Clan Schlangen fing.

Auf der offenen Heckklappe von Cecils Kombiwagen saßen Cecil Somiviki und sein jüngerer Bruder Powell. Zwischen ihnen lag ein Leinensack, der sich ununterbrochen bewegte, weil er Schlangen enthielt: Diamant- und Prärieklapperschlangen, Wühlnattern, Peitschenschlangen, Vipernattern, vor allem aber die kleinen Hopi-Klapperschlangen. Beide Brüder hatten sich bis auf Badehose und ledernen Lendenschurz ausgezogen; Cecil hatte einen Stetson auf, und Powell trug eine Sonnenbrille. Von Zeit zu Zeit schüttete der ältere Bruder Wasser über den Sack, damit die Schlangen es schön kühl hatten.

»Was gibt's Neues?« begrüßte Cecil Youngman. Er war der Stammessheriff und verkaufte nebenbei von seinem Kombiwagen aus Propangas an die Pueblos.

»Abner Tasupi ist tot.«

»Scheiße! Wie ist das passiert?«

»Wurde von irgendwelchen Tieren angegriffen. War völlig zerfressen.«

»Scheiße!«

Powell schwieg. Er war neunzehn und beugte sich eifrig über die Stammeszeitung ›Qua' Toqti‹, den ›Adlerschrei‹, als sei ein Gespräch eine Ablenkung für ihn, die unter seiner Würde war.

»Mann, war das ein verrückter, beschissener Mistkerl! Mann, war der verrückt! Das ist die beste Nachricht, die ich heute gehört habe.«

»Aber Cecil, er war nichts weiter als ein alter Mann.«

»Er war ein Killer. Das weiß doch jeder. Ein Hexer.«

»Du glaubst doch wohl nicht an diesen Unsinn!«

»Nein, tu ich nicht, aber stimmen tut's doch. Weshalb, glaubst du, haben wir ihn rausgeschmissen? Ewig war er oben im Maski Canyon, wo die Geister-Pueblos sind. Und wenn er zurückkam, hatte er Leichengift gemacht. Ich möchte wetten, daß er mindestens fünfzehn, zwanzig Mann umgebracht hat. Wenn er einen Mann haßte, verwandelte er sich in einen schwarzen Hund und riß das arme Schwein über den Rand der Mesa. Selbst die Kopfklopfer hatten Angst vor ihm. Übrigens, dieser Walker Chee war hier. Der will dir ans Leder.«

»Das wäre nicht das erste Mal.«

»Diesmal sagte er, du hättest einen *pahan* schlecht behandelt. Ich will nichts Näheres davon wissen, aber hör bitte auf damit. Und was ist mit Joe Momoa? Warum mußt du die Leute immer so mies behandeln? Und die falschen Leute suchst du dir auch immer aus. Lern doch mal, mit ihnen auszukommen – mir zuliebe!«

Ein Schlangenpriester kam zum Kombiwagen. Er ging mit ausgestreckten Armen und hielt in jeder Hand drei bis vier sich erfolglos windende Klapperschlangen, bleiche und schwere Diamantklapperschlangen und eine grobschuppige und gekrümmte Sidewinder. Cecil öffnete den Sack, während Powell eine Adlerfeder zur Hand nahm. Als eine Hopi-Klapperschlange den Kopf aus dem Sack steckte, schwenkte er die Feder, und die Schlange duckte sich wieder hinein. Der Priester warf die Schlangen in den Sack, schnorrte eine Zigarette und trottete wieder in die Wüste hinaus.

»Hat Momoa einen Tierarzt kommen lassen?« erkundigte sich Youngman.

»Ich habe erst gestern von Joe gehört. Er sagte nur, daß er im Wash irgendwelche Nachtviecher erschießen wollte. Vielleicht meinte er dich.« Cecil rauchte; Asche trieb über seinen Bauch. »Du warst nicht da, du weißt nichts über Abner. Hast du davon gehört, wie die Arizona Public Gas ein paar Leute in den Jeddito Wash geschickt hat? Abner kriegt Wind davon. Macht sich zurecht, als wäre er Masaw. Wirklich. Dieser Wahnsinnige schaufelt ein Grab, zieht sich Totenkleider an, bemalt sich mit Kaninchenblut und läuft rüber zum Jeddito, um dort Medizin zu machen.«

»Hat's geholfen?«

»Was denkst du denn? Diese *pahans* sehen einen Verrückten, in Lumpen gekleidet und mit Blut bedeckt, laut schreiend auf sich zukommen. Glaubst du vielleicht, die würden bleiben? Scheiße, Mann!«

Powell räusperte sich.

»Hört euch das an, hier in der Zeitung. ›Obwohl die *pahans* den Gila-Fluß trockengezapft haben, obwohl die *pahans* das Vierfache ihres legalen Anteils von Wasser aus dem Colorado-Fluß gestohlen haben, obwohl sie den Powell-See und den kleinen Colorado-Fluß vergewaltigt haben, obwohl sie den San-Juan-Fluß gleich ganz gestohlen haben, fällt der Wasserspiegel unter Phoenix so schnell, daß aus der Stadt in zwanzig Jahren möglicherweise eine Geisterstadt geworden sein wird.‹«

»Arschloch.« Cecil gähnte. »Bevor es in Phoenix einen ausgetrockneten Swimming-pool gibt, haben sie uns hier oben den letzten Tropfen Spucke abgezapft.«

»Das ist typisch für dich, diese Bemerkung.« Powell war der Starschüler seiner Missionsschule. »Wir haben einfach keine Führung, nichts als alte Männer und so unpolitische Typen wie ihr beide. Deswegen müssen wir uns Chee anschließen; der ist wenigstens eine Führernatur und weiß, wie er einen Vertrag lesen muß. Deswegen haben die Navajos Kraftwerke und Kohlepachtverträge. Chee könnte diese Reservation wieder in Schwung bringen.«

»Ja, und dann manövriert er uns geradewegs in ein Klo und macht den Deckel zu, sobald er kann.« Cecil kramte hinter dem Schlangensack nach ein paar Bierdosen. Eine davon reichte er Youngman. »Hast du einen gefunden, der dumm genug ist, Abner zu beerdigen?«

»Mich.«

»Oho. Na ja, dann kriegst du ja auch seinen Schuppen. Aber was ist mit seiner Medizin? Er kannte sich mit allen möglichen Sachen aus, mit denen sonst keiner umgehen konnte.«

»Ich glaube nicht an dieses Zeug.«

»Das tut keiner. Aber du solltest dich wenigstens drum kümmern oder alles dem Feuer-Clan zurückgeben. Die sind heute alle oben in Shongopovi.«

Youngman fuhr die Straße zur Mesa hinauf, an dem Wendeplatz für die Lastwagen der Cal Gas, die es nicht weiter nach oben schafften, und an Obstgärten vorbei, die kleine verschrumpelte Pfirsiche trugen, an Maispflanzen vorbei, die nicht höher wurden als bis an die Brust eines Mannes, bis zu den neuen, aus Furnierholz und Beton erbauten Häusern des Shipaulovi-Pueblo, in dem Cecil wohnte, und dann noch zwei Meilen am Rand der Mesa entlang. Ein Besuch im Shongopovi-Pueblo löste bei Youngman immer eine tiefe Niedergeschlagenheit aus. Mehr als alle anderen Pueblos war Shongopovi die Heimat der alten ›Traditionalisten‹, die sich von den Navajos und von den Weißen zurückgezogen hatten.

Eine Müllkippe. Ungefähr hundert einsame Häuser aus Erde und Stein, auf Geröll gebaut. Flankiert von Anbauten aus Beton. Kein Grashalm, keine richtige Straße, nur in Gassen dösende Fliegen, ein runzliges Gesicht an einem zerbrochenen Fenster und Schatten, die am Adobe fraßen. Bewohnte Ruinen um eine staubige Plaza, hoch oben über der Wüste. Niemand hatte sich jemals hinabgestürzt. In Shongopovi schlurfte man langsam ins Vergessen hinein.

Die Sonne war grell. Youngman parkte auf der Plaza vor dem Haus, das Harold Masito, einem Priester des Bärenriemen-Clans, gehörte, und trat durch eine Fliegendrahttür in den kühlen, dunklen Innenraum. Harold saß auf dem Sofa und flickte Gebetsstäbe. Die Wände waren mit Farbfotos seiner Enkel und einem Petit-Point-Porträt von John Kennedy geschmückt.

Früher einmal war Harold einer der stärksten Männer der Reservation gewesen. Jetzt waren seine Muskeln erschlafft, war sein Körper gebeugt und sein Gesicht um die schwere Nase und das wuchtige Kinn herum geschrumpft. Er gehörte zu den Männern, die Youngman zum Hilfssheriff gemacht hatten.

»Abner ist tot.« Youngman nahm ehrerbietig auf einem Klappstuhl Platz.

»Hm.« Harold nickte. Sorgfältig befestigte er eine Flaumfeder am unteren Ende des Stabes.

»Vor zwei Tagen. Du gehörst zu seinen Freunden, deswegen wollte ich es dir sagen.«

»Wirklich?«

Harold widmete sich einem anderen Gebetsstab, bemüht, seine arthritischen Finger ruhig zu halten.

»Wirklich. Ich mußte ihn allein begraben. Vor seinem Tod hatte er dich und die anderen Priester gebeten, zu ihm herauszukommen.«

»Ich gehöre nicht zum Feuer-Clan.«

»Aber du warst sein Freund. Du hättest ihn wenigstens besuchen können. In zwei Jahren warst du nicht ein einziges Mal bei ihm, und jetzt ist er tot.«

»Du bist erzürnt.«

»Verdammt noch mal, ja! Was bin ich denn? Eine Null. Abner wurde von einer Null begraben. Das erscheint mir alles andere als richtig, Onkel. Abner war jemand, er hatte etwas Besseres verdient. Etwas viel Besseres, als daß ihm alle den Rücken kehrten und ihn allein in der Wüste sterben ließen. Schon als ich noch klein war, war Abner ein großer Mann.«

»Abner war ein großer Mann«, bestätigte Harold nach einer Pause von fünf Minuten. »Aber dann wurde er verrückt, gefährlich. Vorher war er ein sehr großer Mann, das stimmt. Möglicherweise der größte Mann auf der Welt. Hungrig?«

Harold ging zur Hintertür hinaus, wo seine Frau an einem *horno*, einem Steinofen, arbeitete. Als er zurückkam, brachte er flaches, dampfendes Pfannenbrot mit.

»Butter habe ich nicht. Möchtest du Margarine?«

»Nein danke, Onkel.«

Nachdenklich setzte sich der Alte aufs Sofa. Das Brot in seiner Hand wurde kalt. Schließlich verlor Youngman die Geduld.

»Du hast ihn wie Dreck behandelt, schlimmer als einen *pahan*. Du und der Feuer-Clan und die anderen Ältesten. Jetzt ist der arme Hund tot, und du benimmst dich immer noch so. Warum?«

»Abner war alt, sehr alt«, seufzte Harold. »Älter als ich. Schwer zu glauben, daß er tot ist, aber er ist unter Freunden. Wie du sagtest, war ich sein Freund. Was wir taten, macht mir Kummer, aber es war notwendig. Und wenn er tot ist, wie du sagst, dann hat er Freunde.«

»Danach habe ich nicht gefragt, Onkel. Antworte mir bitte. Warum habt ihr Abner so behandelt?«

»Du bist mehr Tewa als Hopi. Du bist ein Krieger . . .«

»Ach, hör auf, Onkel!« Youngman rutschte auf seinem Stuhl nach vorn. »Ich war kein Krieger. Ich war ein gottverdammter Sträfling in Leavenworth. Abner hätte bei seinem Begräbnis eine bessere Gesellschaft verdient, und ich möchte wissen, warum er die nicht bekommen hat. Nenne mir einen Grund!«

Harold nahm einen Gebetsstab, dann legte er ihn wieder hin und sah Youngman an.

»Weißt du, er hat ständig mit Masaw gesprochen, und Masaw kam die Mesa-Wand herauf, das hat den Leuten Angst gemacht. Und dann ging Abner hinaus zu den Pueblos der Toten, und wenn er wiederkam, roch er nach den Toten, und das war für uns unangenehm.«

»Du meinst, Abner war ein Hexer. Stimmt's? Ist das alles? Und ihr alle, ihr Priester, habt daran geglaubt.«

»Du weißt doch, wie es ist«, antwortete Harold. »Alles ist in

Ordnung, solange wir uns um alles kümmern. Solange wir die Zeremonien richtig abhalten, wird es Regen geben, wird Masaw uns vor unseren Feinden schützen. Okay. Aber Abner ging zu weit.«

»Zu weit?«

»Er hat Masaw jede Nacht hier herumlaufen lassen. Ich habe ihn gesehen.«

»Masaw?«

»Ganz recht. Von weitem, denn wenn er dich anrührt, bist du tot. Begreifst du, was ich meine? Sogar der Tod wird hungrig. Er muß seinen Bauch füllen.«

»Ich werde dir sagen, was ich gesehen habe. Ich sah die Leiche eines alten Mannes. Nicht eines Hexers. Eines alten Mannes, der mein Freund war und der dein Freund gewesen ist und der Freund aller Menschen hier auf der Mesa. Und wenn er in letzter Zeit ein bißchen verrückt gespielt hat, dann vielleicht nur, weil die Priester hier oben, all seine alten Freunde, ihn dazu getrieben haben.«

»Es war gut von dir, daß du ihm in diesem letzten Jahr Gesellschaft geleistet hast.« Harold Masito wich Youngmans Blick aus. »Zu wissen, daß wir uns in dir nicht getäuscht haben, ist ein schönes Gefühl für mich. War da noch was?«

Youngman seufzte.

»Ja, Onkel, da war noch was. Seine Sachen. Was soll ich damit machen, oder wem soll ich sie geben?«

»Ich verstehe. Aber ich fürchte, du kommst zu spät. Die Priester des Feuer-Clans sind schon in eine *kiva* hinuntergegangen und werden erst in zwei Tagen wieder herauskommen. Außerdem haben sie Abner die Clantafel schon vor einem Jahr abgenommen.«

»Was für eine Tafel?«

»Die Tafel des Feuer-Clans. Ohne die kann Abner nicht allzuviel anrichten.«

Youngman war nicht an Stories über eine Tafel interessiert, also blieb ihm nichts anderes übrig, als sich zu verabschieden. Er dankte Harold für das Gespräch. An der Tür blieb er stehen.

»Noch eines, Onkel. Hast du was davon gehört, daß Abner der Welt ein Ende bereiten wollte?«

»Nein«, gab Harold kurz zurück. Er griff nach einem Gebetsstab und einer Flaumfeder. Die Flaumfeder entfiel seinen knorrigen Fingern und trieb, sich langsam drehend, aufwärts. »Bist du sicher, daß er tot ist?«

Youngman ging wieder hinaus auf die Plaza. Die Sonne stand genau im Zenit, schien die Mesa zum Schmelzen bringen zu wollen. Durch seine Sonnenbrille blinzelte Youngman zum silbrigen Wasserturm hinüber; dabei fiel sein Blick auf ein paar Jungen, die auf einem Dach mit einem selbstgemachten Kreisel spielten, und dann mitten auf die Plaza. Roh gefertigte Leitern markierten drei über die staubige Plaza verteilte Löcher. Die Leitern führten in die *kivas* hinab, unterirdische Kammern. An dem Bogensymbol und dem Pferdehaar an den beiden näherstehenden Leitern erkannte er, daß sie von Antilopen- und Schlangenpriestern besetzt waren, die für den Schlangentanz schon seit sechs Tagen in ihrem Versteck waren.

Aus einer Tür zwei Häuser entfernt kamen zwei Männer. Einer davon war Walker Chee, der andere war der Weiße, der den Cadillac gefahren hatte. Chee füllte den ganzen Türrahmen aus. Navajos waren anders als Hopis: Sie waren größer, fleischiger, und ihre Köpfe schienen irgendwie quadratisch zu sein. Chee unterstrich diese Eigenschaften mit seinem Haar, das einen Messerschnitt verriet und ihm bis auf den Kragen seines dunklen, dreiteiligen Anzugs fiel, mit einer Seidenkrawatte und Türkisringen an den dicken Fingern. Der Weiße nahm die Sonnenbrille ab. Seine Züge waren wie mit dem Radiergummiende eines Bleistiftes gezeichnet, breit und rötlich. Keiner der beiden bemerkte Youngman, der im Schatten stand.

Der Weiße runzelte die Stirn.

»Sie haben gesagt, der Handel sei gültig.«

»Nur noch ein paar Tage, Piggot.«

»Nur noch ein paar Tage, immer wieder höre ich dasselbe. Meine Leute warten. Was für ein Spiel treiben Sie eigentlich? Außerdem wollten Sie mir Karten vom Canyon bringen.«

»Die Karten sind unwichtig«, entgegnete Chee.

»Wissen Sie, wie teuer solche Karten sind?«

»Wir wollen hier keine Karten. Hier nicht. Halten Sie sich zurück und überlassen Sie alles mir.«

»Sie wollen mich hinhalten, Mr. Chee. Ich möchte wissen, warum.«

Ein Dorfältester gesellte sich zu den beiden Männern, und Youngman ergriff die Gelegenheit, sich ungesehen davonzustehlen. Er kam bis in die Mitte der Plaza.

»Hilfssheriff, ich muß Sie sprechen«, rief Chee ihm zu.

Youngman blieb stehen.

»Entschuldigen Sie mich.« Chee trennte sich von Piggot und dem Ältesten und kam allein zu Youngman herüber. Der Stammesvorsitzende bewegte sich mit besitzergreifender Selbstverständlichkeit und führte Youngman beiseite, bis sie außer Hörweite waren. Youngman war sich sehr stark dessen bewußt, daß er kleiner und, im Vergleich zu ihm, ungepflegter war. Ungefähr tausend Fliegen summten auf der Plaza herum. Keine von ihnen wagte es, auf Chee zu landen. Chee gewährte ihm gnädig ein Lächeln.

»Sie sind Hilfssheriff Duran, nicht wahr?« fragte er leise.

»Ja.«

»Und Sie waren gestern grob zu einem gewissen Mr. Paine, ist das richtig?« Chee senkte seine Stimme noch mehr.

»Ich habe ihn darauf hingewiesen, daß er sich in der falschen Reservation befand.«

An den Fenstern rings um die Plaza erschienen Augen. Der Weiße untersuchte die Sohlen seiner Schuhe.

»Wollen Sie mir auch sagen, daß ich mich in der falschen Reservation befinde?« fragte Chee.

»Sind Sie verwirrt?«

»Nein, durchaus nicht. Darin unterscheiden wir uns, Sie und ich. Sehen Sie, ich habe Unmengen von eigenen Indianern, die so sind wie Sie. Dumm und arm. Wenn Ihnen das eine Genugtuung ist – schön. Ich habe schon mehrfach von Ihnen gehört, Duran. Sie sind das beste lebende Beispiel von Ignoranz in Arizona, wußten Sie das? Sie können sich selbst nicht helfen, und Sie können anderen nicht helfen. Ich rackere mich ab, um der Mesa ein bißchen Geld zu verschaffen. Ich gehe nach Washington, New York, Houston und beweise ihnen, daß ein Indianer nicht unbedingt betrunken oder dumm sein muß, und sobald ich jemanden dazu bewege, hier herauszukommen und uns zu helfen, kommt so ein Dummkopf wie Sie und macht alles kaputt. Möglicherweise glauben Sie, ich tue das, damit ich auf die Titelseiten der Illustrierten komme. Schön, Sie haben ein Recht auf Ihre Meinung. Aber in meiner Reservation gibt es drei Kraftwerke und zwölf geplante Kraftwerke, die beweisen, daß ein Indianer mehr kann als für fünf Cent Modell stehen. Außerdem habe ich Programme für die ärztliche Versorgung meiner Leute angekurbelt, damit wir den Ruf verlieren, das von den meisten Krankheiten heimgesuchte Volk dieses Landes zu sein. Und die Bewässerungspläne, die ich gegen die Gerichte durchgefochten habe, sind ebenso für die Hopis wie für die Navajos. Tun Sir mir also den Gefallen, Hilfssheriff, sich das nächste Mal, wenn Sie jemandem begegnen, der etwas mit mir zu tun hat, zu verstecken, bis Sie wenigstens so gescheit geworden sind wie die durchschnittlichen Idioten. Abgemacht? Und wagen Sie ja nicht, mich noch mal zu belauschen.«

Während Youngman dastand und darauf brannte, ihm eine Antwort zu geben, winkte Chee dem Weißen zu, und die beiden Männer verließen die Plaza. Der Hilfssheriff fing noch das Wort ›Unruhestifter‹ auf, fallengelassen, als wolle man damit ein belangloses Thema beenden. Sekunden darauf kamen der Buick und der Caddy in Sicht und schoben sich durch die Gassen zur Mesastraße.

Youngman hörte das weiche Rollen der dicken Reifen. Warum haßte er Chee? Weil Chee recht hatte?

»Du lachst«, sagte Stone Man. »Gibt es was Komisches?«

Stone Man war der Dorfälteste, mit dem Chee gesprochen hatte. Er hatte sich einen Fetzen um die Stirn gewunden. Sein Fleisch war sehnig. Youngman hatte das Gefühl, das ängstliche Gefühl, sein zukünftiges Ich zu sehen.

»Gar nichts, Onkel. Ich nehme an, die Feuer-Clan-Priester sind schon alle in der *kiva*, wie?«

»Ja. Abner Tasupi war, glaube ich, der letzte, der runtergegangen ist.«

»Abner? Unmöglich!«

Youngman schritt über die Plaza zu einer *kiva* fast ganz am Rande der Mesa. Die Clanfedern an der Leiter bewegten sich im Wind, der unmittelbar aus den San Francisco Mountains herüberblies, der Bergkette auf der anderen Seite der Wüste in etwa fünfundsiebzig Meilen Entfernung. Eine *kiva* war die Verbindung mit jener Unterwelt, aus der die ersten Hopis kamen; mit anderen Worten, sie war eine dunkle, nach Tabak stinkende Kammer, in die sich hilflose Menschen einschlossen, um sich für Zeremonien vorzubereiten, die ihre elende Welt zusammenhalten sollten. Wacholderzweige, unterhalb des Eingangslochs an die Leiter gebunden, verhinderten, daß Youngman hineinsehen konnte. Stone Man folgte ihm.

»Abner ist tot.«

»Ach.« Stone Man konzentrierte sich. »Na ja, weißt du, ich habe ihn nur von hinten gesehen. Ich habe acht Männer runtergehen sehen und dachte, der letzte wäre Abner gewesen.« Er sah zu, wie Youngman nervös gegen die Steine rings um die Öffnung stieß. »Aber wenn du sagst, daß er tot ist, habe ich mich wohl geirrt.«

Paine war nach dem Tod seines Vaters in Mexiko geblieben. Keiner der Mexikaner von der Forschungsstation wollte weiter mit ihm arbeiten, doch da das Programm von der American Agency for International Development großzügig unterstützt wurde, erlaubte man ihm, sich ein Jahr lang allein zu betätigen. Wenn er mit seinem Land-Rover voller Laborgerät und Gifte ankam, verließen die Bergindios unweigerlich ihr Dorf, ein Anblick, den Paine jedesmal absolut lächerlich fand, weil er ja gekommen war, den Tod aufzuhalten, nicht, ihn zu verbreiten. Von ihrem Versteck aus beobachteten sie, wie Paine, das Gesicht unter einer Gasmaske verborgen, Kanister voll Bariumkarbonat, Arsentrioxyd oder Thalliumsulfat in eine Höhle schleppte. Wenn er verschwand, feierten die Indios in dem lachhaften Glauben, sie hätten einen Dämon vertrieben.

Selbst als die Mexikaner ihre Zuschüsse sperrten, spielte das weiter keine Rolle. Herzforscher wollten das Kreislaufsystem der Vampire studieren, Sonarforscher wollten die Ohren der Vampire testen, und Psychologen waren von der Intelligenz der Vampire fasziniert. Keine Fledermaus lernte in einer Skinner-Box schneller als ein Vampir.

Und die ganze Zeit zog Paine bei der Verfolgung der Überlebenden jener Vampirkolonie aus der Höhle, in der Joe Paine umgekommen war, nach Norden. Ein Vampirschlafplatz, so groß er auch sein mochte, war normalerweise nur Teil einer größeren Vampirkolonie. Indem er gefangenen Fledermäusen Miniatursender implantierte, konnte er die Überlebenden zu den neuen Höhlen verfolgen. Wenn er diese Höhlen vergiftete, zogen die Überlebenden um in neue.

Ihr Zeitplan, ihre Ortsveränderungen bestimmten die seinen. Die nicht zu verkennenden Spuren ihrer Nahrungsaufnahme waren die Richtungweiser seines Lebens. Eine Höhle mit vergifteten, toten Vampiren war stets doch eine Niederlage für ihn, denn sein Suchgerät fand immer Überlebende und abermals neue Höhlen, und ganz Mexiko schien eine lichtlose Kette von Höhlen zu sein.

Auf diese Weise verfolgte er seine Fledermäuse die Sierra Madre Occidental hinauf, an der am Pazifik gelegenen Sierra de San Francisco entlang und weiter nördlich bis in die Vorberge von Sonora. Die Jagd dauerte zwei Jahre, und er wußte nicht, ob überhaupt noch einige der ursprünglich Überlebenden existierten, aber Vampire lebten lange, sie waren intelligent und anpassungsfähig. Schließlich hatte er seine Beute bis zum Ende jener Reihe von Höhlen verfolgt, bis zur letzten Höhle vor der amerikanischen Grenze. An jenem Abend folgte er dem stummen Chor einer größeren Vampirkolonie über die Grenze.

In den Vereinigten Staaten war niemals eine echte Vampirkolonie gemeldet worden, und das war den Zoologen ein ewiges Rätsel. Vom nördlichen Mexiko bis nach Argentinien, von den Hochlandgebieten der Anden bis zu den Sümpfen Guyanas gediehen die Vampire. An der amerikanischen Grenze machten sie unweigerlich halt. Niemand wußte, warum.

Aber Paines Fledermäuse kamen nicht mehr zurück.

Und er erkannte seine große Chance. Da es in Arizona keine anderen Vampirkolonien gab, mit denen seine sich vereinigen konnte, würde es ihm endlich gelingen, allesamt zu vernichten. Auf sein nächstes Problem war Paine allerdings nicht gefaßt gewesen: Niemand wollte ihm glauben. County-Gesundheitsbeamte, die er nach Überfällen von Vampirfledermäusen fragte, lachten ihm ins Gesicht. Er hörte auf, sich ausdrücklich nach Fledermäusen zu erkundigen, und stellte ihnen allgemeine Fragen über nächtliche Angriffe und fremdartige Wunden – immer noch ohne Erfolg. Die Vampire waren verschwunden.

Paine begann wieder mit den Indianerreservationen, arbeitete sich von Süden nach Norden durch die Gila-River-, die Maricopa-, die Apachen-, die Colorado- und die Hualapai-Reservation und endete mit der größten von allen, mit jener der Navajos.

Walker Chee hatte er auf der Black Mesa gefunden. Der Stammesvorsitzende der Navajos führte eine Gruppe weißer Männer am oberen Rand der Tagebaumine der Peabody Coal Company entlang, die ehemals Teil der Mesa gewesen war. Die Mine war eine riesige umgekehrte Pyramide, stufenweise ausgebaggert, eine um so schwindelerregendere Pyramide, weil sie ein so unvermitteltes und überwältigendes Vakuum darstellte, in dem acht Stockwerke hohe, stromgetriebene Bagger zu Spielzeuggröße reduziert wurden. Paine wartete bei zwei abseits geparkten Limousinen, während Chee hin und her stolzierte und seine Besucher immer wieder auf Einzelheiten der Anlage hinwies.

»Da drüben, Sie können es gerade noch sehen« – Chee deutete auf einen Schornstein auf der anderen Seite der Mine –, »liegt die Pulvermühle. Die Peabody-Leute benutzen Grundwasser zur Herstellung von Schlammkohle, und der Schlamm wird durch eine Pipeline 275 Meilen weit um den Grand Canyon herum zu Kraftwerken in Nevada hinabgeführt.«

Einer der Weißen trat einen Stein in die Mine hinunter. Er wandte sich an Chee; er hatte jene Art von rosigem Kopf, auf dem eine Sonnenbrille zum hervorstechendsten Merkmal wird.

»Übrigens, die Peabody-Leute. Sie bereiten denen einige Probleme, nicht wahr?«

»Keine Probleme, Mr. Piggot. Wir verhandeln lediglich neu. Wir bekommen pro Tonne fünfundzwanzig Cent Gewinnanteil. Der Staat Montana bekommt ein Minimum von vierzig Cent. Wir wollen lediglich unseren Gewinnanteil dem aktuellen Stand anpassen. Nehmen Sie zum Beispiel mal Öl . . .«

»Deswegen sind wir ja hier«, unterbrach ihn Piggot.

»Da kriegen wir fünfzehn Prozent Anteil am Gewinn. Die Araber verlangen ein Minimum von fünfzig Prozent . . .«

Paine beobachtete die Löffelbagger, die sich eine Viertelmeile tief in die Grube hineinfraßen. Stahlkabel zogen Schaufeln über gesprengtes Erz. Die Schaufeln glitten empor, voll bis zum Überlaufen, ächzten, liefen weiter zu Kippwagen und entluden Tonnen von minderwertiger Kohle. Sie sahen aus wie Brontosaurier, die lethargisch in einer trockenen Lagune fraßen.

»Sie wollten mich sprechen?« Chee verließ seine Gruppe und kam zu Paine herüber.

»Stimmt.« Der Navajo kratzte sich an der Weste. Es war heiß in der Tagebaugrube. Er wandte den Blick nicht von Piggot ab.

»Ich habe eine biologische Untersuchung durchgeführt . . .«

»Ein anderes Mal«, wehrte Chee ungeduldig ab. »Ich habe ein Büro, wissen Sie. Lassen Sie sich einen Termin geben.«

»Ich wollte Ihnen ein Foto zeigen.« Paine hielt Chee einen Umschlag unter die Nase.

»Entschuldigen Sie mich.«

»Nur einen Blick.«

»Ein anderes . . .«

Paine zog das Foto aus dem Umschlag. Es handelte sich um

die Farbvergrößerung eines Vampirbisses: ein glatter Krater, zwei Millimeter tief in dicht von Gefäßen durchzogenem menschlichen Hautgewebe.

»Verdammt, woher haben Sie das?« Chee reagierte mit Wut.

»Ich . . .«

Chee packte Paines Arm und führte ihn mit Gewalt weitere zwanzig Meter vom Grubenrand fort. Er begann zornig auf ihn einzuflüstern.

»Was wollen Sie eigentlich? Wer hat Ihnen das Bild gegeben? Ich versuche hier Geschäftsabschlüsse zu tätigen, da kann ich auf einen weißen Scheißkerl wie Sie verzichten, der mir mit einer Story über die Pest einen Millionenabschluß vermasselt. Wissen Sie, was diese Männer da drüben tun werden, wenn sie das Wort ›Pest‹ hören? Haben Sie jemals eine Limousine davonfahren sehen?«

»Ich habe kein Wort von Pest gesagt«, antwortete Paine.

Die lange Pause, die nun folgte, war ein Genuß für ihn. Tatsächlich war sein Bild das Foto eines mexikanischen Indios, der Monate zuvor gebissen worden war, aber er kalkulierte rasch und zutreffend.

»Sie haben auch ein solches Foto«, sagte er Chee auf den Kopf zu. »Sie haben jemanden mit solchen Wunden, und er hat die Pest. Wissen Sie, woher diese Wunden stammen?«

Chee antwortete nicht.

»Dann haben Sie Glück«, erklärte ihm Paine. »Denn ich weiß es, und Sie werden meine Dienste in Anspruch nehmen.«

Diese Begegnung mit Chee bei der Tagebaugrube war die erste gewesen. Es folgten weitere in Window Rock und auf der Mesa, die Übergabe eines unveröffentlichten Autopsieberichts durch Chee und von Listen mit Ausrüstungsgegenständen, die Paine ihm vorlegte.

Jetzt, in der einschläfernden Mittagshitze, war Paine auf der Suche nach Flöhen.

Die Arroyos der Wüste waren noch immer ein wenig dunkel, als hätte der gestrige Regen ihnen Prellungen zugefügt. Yuccabäume vibrierten durch Hitzewellen.

Paine mochte die Painted Desert. Ihm gefiel diese falsche Unfruchtbarkeit, die verzweifelte Lebensadaptationen kaschierte, wie etwa gliedmaßenlose Eidechsen und Riesen-Saguaros. Mehr noch, er genoß die Einsamkeit, das Gefühl, tage-, ja monatelang wandern zu können, ohne einer Menschenseele zu begegnen. Andere Menschen, ganz gleich, wie sehr sie sich von einem selbst unterschieden, waren stets Spiegel des eigenen Ichs. Paine wollte keine Spiegelbilder.

Er fuhr über eine Sanddüne hinweg und gelangte auf festen Boden, wo er anhielt und auf das Dach des Land-Rovers kletterte. Zuvor schon hatte er einen Aasgeier gesehen. Jetzt, durch seinen Feldstecher, entdeckte er zwei, die in einer Entfernung von zwei Meilen etwa eine halbe Meile hoch eine Thermik hinunterkreisten. Ein dritter gesellte sich zu ihnen. Paine stieg wieder in den Wagen, warf das Fernglas neben sich auf den Sitz und legte den Gang ein.

Eine Verzögerung von wenigen Minuten konnte seine Arbeit um das Hundertfache erschweren. Paine jagte den Rover auf dreißig Meilen pro Stunde hinauf, fuhr über Mesquitebüsche und fegte krachend durch Sandverwehungen. Schon konnte er ohne Glas weitere Aasgeier die Thermik herabschweben sehen. Vor Paine erstreckte sich ein tiefer, ungefähr zwei Meter breiter Arroyo. Er schwenkte rechts ab, fand eine flachere Stelle und trat das Gaspedal ganz herunter. Mit vierzig Meilen durchquerte der Rover den Arroyo, machte einen kräftigen Sprung und fuhr weiter über eine Düne.

Paine drückte auf die Hupe. Etwa eine Meile vor ihm stand auf einer überraschend grünen Anhöhe ein von sechzig bis siebzig Aasgeiern umgebener Lastwagen. Der Hügel war mit Schafskadavern bedeckt. Mit blökender Hupe fuhr Paine mitten in die Aasvögel hinein, daß sie vor seinen Kotflügeln davonstoben. Aus schwarzen Gesichtern starrten ihn rote Augen an, die Aasgeier hüpften davon, bemüht, Luft unter ihre Flügelspannweite von über einem Meter zu bekommen. Paine bremste, sprang aus dem Rover und legte den .45er an. Er feuerte und riß einem Vogel den Kopf ab. Die übrigen stoben wie eine schwarze Woge davon, hoben sich schwerfällig in die Luft. Abermals feuerte Paine, senkrecht nach oben und nur, damit sie in Bewegung blieben.

Der Tod, das hatte er vor langer Zeit gelernt, war keineswegs ein Moment der Ruhe. Auch ohne das Gezänk der Geier hallte der Hügel vom eifrigen Gesumm der Fliegen wider. Sobald er sich entfernte, würden die Geier wiederkommen und die Mäuse und kleineren Vögel, eine ganze Versammlung von Aasgetier, groß und klein. Er hoffte nur, daß er noch rechtzeitig kam.

Aus dem Land-Rover holte er seinen Aluminiumkoffer und öffnete ihn neben einem Lamm, das nur noch aus Kopf, Füßen und Tausenden von Fliegen bestand, die um Platz für das Ablegen ihrer Eier kämpften. Er legte sich eine Chirurgenmaske vor und streifte sich Gummihandschuhe über. Um die Taille band er sich einen Gürtel eigener Erfindung, der außer einem Holster für seine Automatic Behälter aus Leder und Filz für mehrere Gläser, Spritzen, Skalpelle, Operationsscheren, Plastikumschläge und eine Uhrmacherlupe aufwies.

Der Lastwagen auf dem Hügel stand nicht einmal auf Rädern, sondern auf Blöcken. Fenster und Windschutzscheibe waren von innen blutverschmiert. Paine packte den Türgriff und trat beiseite, als er den Schlag öffnete.

Es fiel keine Leiche heraus. Auch in der Fahrerkabine entdeckte er niemanden, obwohl Sitz und Boden mit getrocknetem Blut bedeckt waren. Paine war enttäuscht, aber die große Menge der Blutflecken war wenigstens ein gutes Zeichen.

Er wanderte zwischen den Schafen umher. Mindestens einhundert Kadaver bedeckten den Hügel, die meisten von Kojoten und Aasgeiern aufgerissen. Der Boden war aufgewühlt. Mit dem Stiefel hob er einen Kadaver an und entdeckte darunter dunkle, nach Ammoniak stinkende Pechflecken. Das war schon besser. Er ging weiter in dieser idyllischen Umgebung, bis er ein Schaf fand, das nicht so zerfetzt war wie die anderen. Obwohl ihm der Bauch aufgeschlitzt war und die Eingeweide heraushingen, erkannte er an einem Beben der Nüstern, daß es klinisch noch am Leben war. Paine ging neben dem Tier in die Hocke. In einiger Entfernung hatten sich wieder Aasgeier niedergelassen und hackten an ein paar Schafen herum. Er beachtete sie nicht.

Der vordere Teil der Brust des Schafes war von flachen Hiebwunden durchzogen, aus denen Blut floß. Mit der Öffnung nach unten hielt Paine ein Glas über die Wunden. Zwischen der Öffnung und den Wunden schob er einen Pappkarton hindurch. Er bewegte Glas und Karton über sämtliche Wunden, dann schraubte er den Deckel zu. Er klemmte sich die Uhrmacherlupe ins Auge und hielt das Glas gegen das Licht. Acht, neun Flöhe hüpften darin herum.

Allein in Nordamerika gab es über zweihundert verschiedene Floharten. In der Vergrößerung hatten diese Parasiten der Rasse Siphonaptera eine Grundausrüstung gemeinsam: einen flügellosen Körper, kräftige Beine, in Reihen angeordnete Borsten und den Saugrüssel, von dem sie ihren lateinischen Namen hatten. In dem Glas befanden sich vier Spezies. Die Mäuse, die an den Wunden genagt hatten, hatten Nagetierflöhe hinterlassen. *Xenopsylla cheopis*, augenlose Flöhe mit Doppelreihen von Borsten. Der Kojote, der das Schaf aufgerissen hatte, hatte zwei Spezies abgegeben: gemeine Hundeflöhe, rund, mit einem schnauzbartähnlichen Mundkamm, und rundköpfige, mit Augen ausgestattete Fleischfresserflöhe. Von der letzten Spezies waren zwei Exemplare vorhanden. Sie hatten augenlose, helmförmige Köpfe und einen Mundkamm ganz ähnlich wie Zähne. Fledermausflöhe.

Sekundenlang war Paine benommen vor Glück. Von oben sahen die Aasgeier, wie er sich neben ein anderes Schaf hockte, um mehr Exemplare einzusammeln, und als er sie im Wagen verstaute und davonfuhr, kamen die Vögel wieder durch die aufsteigende Luft der Thermik herunter, um die Arbeit zu vollenden, für die die Natur sie geschaffen hatte.

Paine, der seine Erregung bekämpfen mußte, fuhr ganz langsam.

Das Leben war unfair. Diese Erfahrung machten gewöhnlich

nur die Armen und die Genies, doch Hayden Paine wurde beim Tod seines Vaters mit dieser Tatsache konfrontiert. Es war Joe Paine, welcher der wirklich erstklassige Immunologe war, Joe Paine, der damals, 1944, das Team des Rockefeller Institute geleitet hatte, das eine geheimnisvolle Lähmungskrankheit, an der jährlich Hunderttausende von Rindern eingegangen waren, als von Vampiren übertragene Rabies identifizierte. Alle anderen Experten behaupteten, die Fledermaus käme als Bakterienüberträger nicht in Frage. Unter dem Mikroskop sah der sogenannte *derriengue*-Virus auch nicht genau wie Tollwut aus. Überdies brachte die Rabies unweigerlich ihren Wirt um, und dennoch gedieh die Mehrheit der Vampire trotz des Virus, mit dem sie sich infiziert hatte. Da mußte erst ein Joe Paine kommen, um zu beweisen, daß das Rabies-Virus unter dem Einfluß seines Wirtes mutiert hatte und daß die Vampire als einzige von allen Spezies auf Erden gegen die Rabies immun waren.

Aber Joe Paines Fähigkeiten hatten damit keineswegs ein Ende. Chee fürchtete sich vor der Pest? Im Jahre 1967 waren Paine Vater und Sohn in Saigon gewesen, um eine Krankheit zu untersuchen, die unter den Flüchtlingen der belagerten Stadt grassierte. Joe Paine überwand alle Behinderungen durch Amerikaner und Vietnamesen und identifizierte diese Krankheit als durch rattenverseuchten Reis verbreitete Beulenpest. Ein kleiner Faktor mitten im Schrecken des Krieges: Im Jahre 1967 gab es in Vietnam 5547 Fälle von Pest.

Aber immer wieder führte Hayden Paines Weg zurück in die Höhlen. Er litt unter Klaustrophobie. Ein Schritt ins Dunkle hinein, und sein Herz begann zu rasen. Dieser Zustand hatte sich langsam entwickelt, war mit jeder Erfahrung stärker geworden. Im ersten Jahr der Vampirarbeit mit seinem Vater machte sich die Klaustrophobie als nervöse Energie bemerkbar. Im zweiten Jahr hatte Paine, ohne zu wissen, warum – schließlich hatte er seinen Vater schon als Junge bei seinen Höhlenforschungen begleitet –, plötzlich Schwierigkeiten beim Atmen. Am Ende des zweiten Jahres – das Adrenalin floß wie Nitro durch einen vor Sauerstoffmangel dunklen Blutkreislauf

– begann er ohnmächtig zu werden. Das dritte Jahr war am schlimmsten.

In einem Zeitalter fein ausgeklügelter Foltermethoden gibt es kein wirksameres Werkzeug als die Klaustrophobie. Sie vereint in sich Elemente von Atembeklemmung, Verlassenheit, Blindheit und Isolierung von der Realität. Wenn Paine eine Fledermaushöhle betrat, hatte sein Herz bereits zu jagen begonnen, war jeder Schlag ein gedämpfter Alarm. Wenn das Licht des Höhleneingangs versiegte, wurden seine Lungen zum Vakuum, seine Glieder taub. Mit jedem Schritt spürte er, wie sich die Höhle hinter ihm schloß. Der Schein seiner Helmlampe war ein geisterhafter Mond, der nichts mit ihm zu tun hatte, wie ein Glühwürmchen in einem Sarg. Die Schwelle zur Panik überschreitend, zwang er sich, tiefer in die Höhle einzudringen, nach außen hin desto ruhiger, je mehr ihn seine Vernunft im Stich ließ. Die Augen hinter der Brille quollen ihm aus den Höhlen. Selbst wenn er sich auf die Technik der Seilbefestigung oder auf das Anbringen eines hauchfeinen Netzes superdünner Fäden zu konzentrieren suchte, schmeckte er diesen heißen und salzigen Terror. Dann löste jemand ein Blitzlicht aus, und die Höhle explodierte in einem Wirbel panikgetriebener Flügel. Und wenn das Geräusch der Schwingen, die tieferliegenden Schreie der Fledermäuse sich zu einem betäubenden Lärm vereinigten, erst dann stieß Paine – zuweilen – selbst einen Entsetzensschrei aus.

Er war nicht so dumm, sich für einen Feigling zu halten. Unglücklicherweise war er intelligent genug, zu erkennen, daß er nur immer wieder in die Höhlen zurückkehrte, um seinen Vater zu imitieren, und daß sein Versuch, einen besseren Mann zu imitieren, zu einer Farce geworden war.

Ganz gleich, wie viele Höhlen er betrat und wie kompetent er wirkte, die geheime Panik wuchs und gedieh. Bis er sich auf Risiken einließ, nur um seinen Blick daran zu hindern, in die ihn umgebende Finsternis abzuschweifen. Niemand wußte das, bis auf seinen Vater, und darum mußte Joe Paine ihn begleiten, wenn die anderen auch zurückblieben.

So war es unfairerweise der bessere Mann, der in jener mexikanischen Höhle starb. Jedoch nicht ohne Abschiedsgeschenk. Wie die Schlacke von einem Feuer fiel die Panik von Paine ab und war verschwunden.

Der Wüstensand glich gepreßter Asche. Für Paine war eine Wüste ein Landstrich, der verbrannt war und ständig weiterbrannte. Im Vergleich zur Nacht eine Erleichterung für Paine.

Nach einer Fahrt von dreißig Meilen hielt er im Schatten eines Canyons mit kahlen gelben Wänden und baute sein Laboratorium auf. Genau wie bei seinem Gürtel handelte es sich um einen eigenen Entwurf. An das hintere Ende des Wagendachs wurden horizontale Aluminiumstangen geschraubt und fünf Meter weit teleskopartig verlängert, bis sie mit in die Erde getriebenen Stützstangen verbunden werden konnten. Über diese Konstruktion hängte Paine ein Zelt aus feinem Maschendraht, das sich fest um die offenen Türen des Rover und um eine Eingangsklappe am anderen Ende schließen ließ. Der Maschendraht wurde von in Abständen von fünfzehn Zentimetern durch Metallringe in den Boden getriebenen Pflöcken straff gespannt; das Ganze sah aus wie ein Kokon, der aus dem Wagen herauswuchs. In diesem Kokon stellte er Tische und Geräte auf. Aus dem Kühlschrank des Rover holte er Schalen mit Blutkulturgelatine, Reagenzgläser, mit Gummistöpseln verschlossene Gläser voll tödlicher Lösungen, Mikroskope und Objektträger. Außerdem eine rechteckige schwarze Kiste, einen halben Meter hoch, deren Vorderwand hinter einem schwarzen Tuch verborgen war. Neben die Kiste stellte er das Glas mit den bei den Schafen gefundenen Flöhen.

Er zog das schwarze Tuch zur Seite und entrollte eine Verlängerungsschnur, die aus der Kiste zu einer Trockenzellenbatterie führte, die er unter den Tisch gestellt hatte. Eine weiße Mattscheibe, wie man sie für Röntgenaufnahmen benutzt, leuchtete unter einer Azetatlandkarte der Navajo-Hopi-Reservation. Paine entfernte die Landkarte. Mit einem sauberen Skalpell schnitt er sich in den kleinen Finger und drückte drei Tropfen Blut auf die leuchtende Mattscheibe. Auf die blutgefleckte Scheibe setzte er einen durchsichtigen Plastikdeckel mit einer runden Öffnung, die ein Gewinde hatte. Er nahm das Glas mit den Flöhen, schüttelte es leicht, zählte die Exemplare auf dem Boden des Glases und schraubte vorsichtig den Deckel ab, während er zugleich eine Pappe zwischen Deckel und Öffnung schob. Er drehte Glas und Pappe um und zog die Pappe fort, während er das Glas auf den Plastikdeckel schraubte. Dann stellte er ein Mikroskop auf die Mattscheibe und zog sich das schwarze Tuch über den Kopf.

Bei zwanzigfacher Vergrößerung hüpften die Flöhe unbehaglich in dem engen Raum zwischen Scheibe und Deckel herum. Die Hitze der leuchtenden Scheibe jedoch verbreitete den gesättigten Dampf eines Schlachthauses. Fühler zuckten, die Härchen der Palpen sträubten sich. Die Hunde- und Raubtierflöhe bewegten sich als erste auf die ballonförmigen Blutstropfen zu, doch die blinden *X. cheopis* und Fledermausflöhe folgten sofort. Es war genug für alle da. Saugrüssel wurden entblößt und senkten sich tief in das Blut hinein.

Bei fünfzigfacher Vergrößerung waren die Körper der Flöhe durchsichtig. Paine beobachtete, wie sich ein roter Strom durch Saugrüssel und Speiseröhre bis in den Magen ergoß. Die Wände von Schlund und Kehle erweiterten sich und zogen sich wieder zusammen, pumpten unablässig Blut. Er studierte den Hundefloh, den Raubtierfloh und die *X. cheopis*, ehe er sich auf die beiden Fledermausflöhe konzentrierte. Ein roter Strom floß durch den Saugrüssel, wirbelte und floß wieder in den Blutstropfen zurück. Dem Fledermausfloh war übel geworden; er erbrach sich und verhungerte langsam. Bei fünfundsiebzigfacher Vergrößerung konnte Paine sehen, warum. Eine gallertartige Masse blockierte die Speiseröhre, dehnte sie so stark, daß die Ventilfunktion beeinträchtigt war und ebensoviel Blut aus dem Flohmagen heraufgesaugt wie hineingepumpt wurde. Der zweite Fledermausfloh litt an derselben Blockierung.

Paine schraubte das Glas von dem Plastikdeckel und fuhr mit einer behandschuhten Hand hinein. Mit einer Pinzette holte er einen Fledermausfloh heraus und zerquetschte ihn in der

Schale mit der Blutkulturgelatine. Den zweiten Fledermausfloh griff er behutsam mit der Pinzette, hielt ihn über einen Objektträger und drückte ihm den Magen aus. Ein roter Faden schoß über das Glasplättchen. Paine warf den Floh in eine tödliche Lösung. Dann schraubte er das Glas wieder auf den Deckel.

Paine trat an einen anderen Tisch, der unter dem Fluoreszenzmikroskop beinahe winzig wirkte. Das Mikroskop besaß eine normale kombinierte Optik in einem System von Quecksilberdampflampe, Strahlenschild und Ultraviolettfilter, die den Objekttisch in blauviolettes Licht tauchten. Es war ein unhandlicher, heißer, stromfressender Apparat, aber Chee hatte darauf bestanden, daß zwischen Paine und den Navajo-Labors in Ship Rock keinerlei Kommunikation stattfand, höchstens per Funk. Und das Fluoreszenzmikroskop war ein bakteriologisches Labor für sich.

Paine fertigte einen Abstrich des Mageninhalts des Fledermausflohs an, trocknete ihn auf dem Objektträger und färbte ihn mit Fluoreszenzlösung ein. Er legte den Objektträger auf den Objekttisch, zog sich das Tuch über den Kopf, schaltete die Lampe ein und korrigierte die Feineinstellung.

Die Leuchtfarbe begann zu wirken. Paine wartete, voll Sorge, ob nicht sein Herzklopfen die empfindliche Feineinstellung stören würde. Trotz des Canyonschattens ließ die Lampenhitze Schweißtropfen an seinem Hals und seiner Brust herabrollen.

Auf dem Objektträger wurden vor einem schwarzen Hintergrund allmählich unsichtbare Organismen sichtbar. Es waren kurze Bazillen, die ein wenig an Sicherheitsnadeln erinnerten.

Pestbazillen. Die Fledermäuse übertrugen die Pest.

Chee hatte den richtigen Mann gewählt.

Auf dem Rückweg nach Gilboa war Selwyn, nachdem er seine Frau im Wohnwagen ihres Bruders abgesetzt hatte, blau wie ein Veilchen.

»Soso, der große Walker Chee hat dir also die Leviten gelesen, wie? Hat 'n Kriegstanz aufgeführt und dir seinen Phi-

Beta-Kappa-Schlüssel um die Ohren gehauen. Mußt du immer erst in ein Skorpionennest treten, bevor du aufpaßt, wohin du trittst? Bei dem hast du es nicht mit 'nem einfachen Wilden zu tun, mein Junge. Bei dem stehst du gegen die Peabody Coal und die Kennecott Copper. Du bist eine Schildkröte auf dem Superhighway des Fortschritts, mein Freund. Weißt du, was mit Schildkröten passiert, die sich auf den Highway verlaufen?«

Youngman gab Selwyn die Flasche zurück. Er fühlte sich schon jetzt überfahren.

»Du hast recht – oder, Selwyn?«

»Natürlich habe ich recht. Paß auf die Straße auf. Schlimm genug, daß du meinen Schnaps trinkst, du brauchst mich nicht obendrein umzubringen. Weißt du, *tonto*, ich kann's einfach nicht glauben, daß Abner tot ist. Ich werde jetzt auf Abner trinken.«

»Ich dachte, du haßt Abner.«

»Ich? Aber nie! Ein fabelhafter Kerl. Wunderlich, aber trotzdem ein großartiger Mensch.«

»Und kein Quäker.«

»Trinken wir auf die Quäker. He, verdammt, bleib auf der Straße!«

Youngman lenkte den Jeep von der Straße und zwischen zwei eng beieinander stehenden Kakteen hindurch. Er schlug eine Richtung ein, die von der Straße wegführte. Selwyn klammerte sich an die Windschutzscheibe.

»Wohin fahren wir?« schrie er.

»Du wolltest auf Abner trinken. Also werden wir jetzt auf Abner trinken.«

Der Jeep schwankte, als Youngman über die Steine eines ausgetrockneten Bachbettes jagte. Vor ihnen stieg das Gelände zu einer jener stumpfen Erhebungen voll Pinien und Mesquitebäumen an, die von den Bewohnern des Südwestens gern als Berge bezeichnet werden. Durch die Geschwindigkeit des Wagens entstand eine Brise.

»Meine Blase!« warnte Selwyn.

Youngman beachtete ihn nicht. Er brauchte ein bißchen

Wind im Gesicht und dazu die körperliche Anspannung, deren es bedurfte, um ein schnelles Gefährt über rollende, zerberstende Steine zu lenken, ohne die Kontrolle darüber zu verlieren.

»Festhalten!«

»Heiliger . . .« stöhnte Selwyn, als der Jeep die eine Seite des Bachbetts hinaufflog und erst auf zwei, dann auf allen vier Rädern landete.

Youngman, etwas entspannter, verringerte sein Tempo, als er den Wagen durch das Labyrinth der Mesquitebäume steuerte. Dort, wo es so gut wie kein Wasser gab, war der Mesquite der gewohnte struppige Busch, wo jedoch ein relativ normaler Wasserspiegel vorhanden war, wurde der Mesquite zu einem richtigen Baum mit olivgrünen Blättern. Eine halbe Meile weiter vorn schimmerte wie das Gefieder gelber Vögel das leuchtende Gold von Grünholzbäumen durch einen Schleier von Mesquite.

»Fahren wir dahin, wo ich glaube, daß wir hinfahren?« erkundigte sich Selwyn.

Staubwolken, die der Jeep aufwirbelte, zogen über die Hügel. Lange Chollastacheln knackten unter den Reifen. Für Selwyn, nüchtern oder betrunken, war die Wüste ein Labyrinth. Er hatte nie verstehen können, wieso die Hopis nicht ein Volksstamm waren, der sich ununterbrochen verirrte und hilflos durch die Wüste zog. Irgendwie hielt Youngman auf eine bestimmte Erhebung mit Grünholzbäumen zu, die sich für Selwyn in nichts von den anderen unterschied.

»Nimm deine Flasche mit.« Youngman brachte den Jeep zum Stehen.

»Du weißt, daß ich den Kerl immer gehaßt habe.«

»Nun komm schon.«

Sich gegenseitig stützend, stolperten sie zwischen den Bäumen hindurch. Youngman fiel ein, daß er etwas hätte mitbringen müssen, eine Schale Maismehl oder eine Tafel Schokolade, damit Abners Geist etwas zu essen hatte. Selwyn wäre fast gefallen.

»Du schaffst es«, behauptete Youngman aufmunternd.

»Hör mal, wenn ich gehen könnte, würde ich jetzt in die entgegengesetzte Richtung gehen.«

Youngman legte sich Selwyns Arm um die Schultern und schleppte ihn weiter den Hang hinauf. Sie duckten sich unter tiefhängenden Zweigen und wateten durch Mohnblumen, während Selwyns Flüche immer heftiger wurden. Ein echter Wind kam auf. Die Bäume wiegten sich.

Auf dem Hügelkamm entglitt Selwyn Youngmans Griff und fiel auf die Knie. Rings um das Grab lagen Erde und Steine, das Grab selbst war leer.

»Er ist nicht tot«, behauptete Selwyn. »Ich wußte es ja. Dieser Scheißkerl ist auferstanden.«

Youngman schritt um die Grube herum. Nicht mal das Leichentuch war zurückgeblieben.

»Er ist tot. Jemand hat ihn ausgegraben.«

»Ich sehe weder Spatenspuren noch Fußabdrücke. Er ist allein herausgekommen. Ich hab's ja gesagt, daß er ein Hexer war.«

»Ein Grabräuber muß nicht unbedingt seine Visitenkarte hinterlassen. Das waren diese Scheißkerle auf der Mesa, Abners ehemalige Freunde. Oder der *pahan*, der schon mal an ihn ranwollte. Paine.«

»Nein, nein, er ist auferstanden. Er ist nicht tot. Großer Gott, er ist nicht tot! Fühl doch diesen Wind! Himmel, er ist wieder da. Er ist da draußen!«

»Michael, ruder das Boot an Land, hallelujah, Michael, ruder das Boot an Land, hallelujah! Der Jordanfluß ist tief und breit, hallelujah, Milch und Honig auf der anderen Seit', hallelujah!«

Der Gesang vermischte sich mit dem Geklirr von Blechtellern und -geräten und dem Brutzeln der Hamburger über dem Lagerfeuer. John Franklin dirigierte den Chor mit einer Zigarette. Die Camper saßen auf Decken; auf der Seitenwand des Kleinbusses waberten ihre Silhouetten, die der Schein des Feuers warf.

»Ausgezeichnet!« Franklin applaudierte. »War das nicht ganz ausgezeichnet, Miss Dillon?«

Anne brachte ein schwaches Lächeln zustande.

»Meine Stimme ist nicht mehr so gut wie früher. La!« Eine der Dame trällerte einen hohen Ton.

»Ich habe Hunger. Das kommt von der Wüstenluft.«

»George, du würdest selbst unter Wasser Hunger haben.«

Anne verteilte Kartoffelchips und Brötchen. Seit Gilboa hatten ihre frommen Schützlinge ihr kein einziges Mal beim Kochen oder Aufräumen geholfen. Na, Hauptsache, sie machen Geld für die Reservation locker, dachte sie.

»Sie können sich die Hamburger selbst braten.«

»Ich mag meine unbedingt englisch.«

»Ist der Kaffee schon fertig? Es wird ziemlich frisch hier des Nachts, nicht wahr?«

»Reiß dich am Riemen, Henry!« sagte Franklin, ehe Anne mit einem Satz ähnlichen Inhalts antworten konnte.

»He, hört mal!«

Alle schwiegen. Anne hatte das Lager am Spätnachmittag an einer Stelle aufgeschlagen, die günstigerweise rings von Ocotillas umschlossen war. Die Nacht verbarg die Ocotillas, während das Feuer einen einschüchternden Ring von Saguaro-Kakteen heranholte. Ein Ruf ertönte in der Wüste.

»Eine Eule«, erklärte Anne. »Sie nisten in Kaktuslöchern.«

Mrs. Franklin hörte nicht auf, ins Dunkel zu starren. Sie hatte sich immer noch nicht vom Anblick des alten Indianers erholt, den sie am Tag zuvor tot aufgefunden hatten. Sie hatte früher schon Tote gesehen; der Herr im Himmel wußte, daß sie zahllose Krankenhausbesuche gemacht hatte. Doch das war Sterben wie ein Mensch. Der Indianer war wie ein Tier gestorben, wie eine Taube in der Gosse. Derartige Dinge dürften nicht passieren. Und die Wüste beunruhigte sie auch. Die Öde machte sie ganz wirr. Sie war an die weichen Wolken und stattlichen grünen Bäume ihrer Heimat im Seengebiet von Minnesota gewöhnt. Im Vergleich dazu war die Wüste ein Friedhof, und die Saguaros glichen Grabsteinen.

»Es ist wunderschön«, flunkerte sie. »Haben wir noch genug Feuerholz?«

»Laß doch, Claire«, antwortete eine andere Frau. »Es ist so romantisch.«

»Sei kein Frosch, Claire.«

»Ich friere aber«, behauptete sie.

Anne verließ das Lagerfeuer, um Holz zu suchen. Sie erwartete keineswegs, etwas zu finden, nicht mal einen Fettholzbaum; nach einem ganzen Tag Fahrt in einem überfüllten Wagen war sie jedoch froh, ein paar Minuten allein im Dunkeln sein zu können. Außer Reichweite der hoch erhobenen Arme eines abgestorbenen Saguaro hing der Mond am Himmel. Anne war etwa dreißig Meter vom Lager entfernt, als sie hinter sich Schritte hörte.

»Ich bin's«, sagte Franklin. »Ich dachte, Sie könnten vielleicht Hilfe gebrauchen.«

»Hier draußen gibt es kein Holz.«

»Ich weiß.« Franklin floß über vor Komplizenhaftigkeit; dann schaltete er um auf Besorgnis. »Haben Sie sich mein Angebot überlegt, Miss Dillon?«

»Nein. Ich kann mir nicht vorstellen, als Sekretärin zu arbeiten.«

»Oh, aber es könnte weit interessanter sein als das. Im Grunde wären Sie eher meine persönliche Assistentin. Die vielen Reisen würden Ihnen gefallen. Nächsten Winter findet ein Kongreß des Weltkirchenrates in London statt. Da würden Sie viele gute Christen kennenlernen.«

»Das wäre mal eine Abwechslung.«

Während Franklin Annes Beleidigung zu entschlüsseln suchte, rief ihm seine Frau vom Lager aus zu: »Laß nur, John, es ist nicht nötig.« Sie beobachtete, wie ihr Mann und das junge Mädchen zurückkamen. »Eine Decke reicht auch.«

Am Feuer servierte Anne die Hamburger und teilte aus einem Topf, der mitten im Feuer stand, Bohnen aus. Franklin sprach das Tischgebet.

»Miss Dillon«, sagte der hungrige Mann namens Henry, »ich

muß immer an diesen Hilfssheriff denken, den wir getroffen haben. Sind alle Hopis so unfreundlich? Mir scheint, daß er nach allem, was Sie für sein Volk getan haben, alles andere als dankbar zu Ihnen war. Was hat es für einen Sinn, Arbeit oder Geld zur Verfügung zu stellen, wenn diese Leute die Hand beißen, die sie füttert?«

Zwischen zwei Bissen gab es ein allgemein zustimmendes Echo rings um das Lagerfeuer.

»Ich glaube kaum, daß Stiftungen immer mit Dankbarkeit rechnen können«, entgegnete Anne.

»Dessen sind wir uns alle bewußt», warf John Franklin ein. »Von Ihnen verlangen wir im Grunde nur eine Beurteilung ihres Charakters. Nehmen wir zum Beispiel diesen Hilfssheriff. Wie erklären Sie sich den?«

»Was meinen Sie mit ›ihn erklären‹?«

»Er ist der einzige Hopi, den wir bisher kennengelernt haben, wenn man von den Frauen, die die Töpfe herstellen, einmal absieht. Er scheint mit Ihnen befreundet zu sein. Sie haben ziemlich viel von ihm gesprochen.«

»Sie werden andere Indianer kennenlernen.« Anne versuchte der Frage auszuweichen. »Die Momoa-Familie, die Leute beim Schlangentanz.«

Die Wendung, die die Unterhaltung nahm, gefiel ihr nicht. Franklin wollte sie bestrafen, weil sie sein Angebot ausgeschlagen hatte, und die anderen unterstützten ihn. Oder Youngmans Paranoia war ansteckend. Aber die Langeweile, die sich in der Gruppe verbreitet hatte, war eindeutig verschwunden.

»Ist er ein guter Freund?« erkundigte sich Claire Franklin.

»Ja. Aber man muß ihn kennen.«

»Nun, das tun Sie anscheinend ja, meine Liebe. Wie haben Sie das bloß geschafft?«

»Meine Methoden mögen nicht Ihre Methoden sein.« Das war, wie Anne sofort klar wurde, ein recht klägliches Ausweichmanöver. »Ich lebe nämlich schon eine Weile hier.«

»Allein?« fragte eine der anderen Frauen mit erwartungsvoll gespanntem Glitzern in den Augen.

»Wir haben nicht hier gelebt.« Franklin verlieh dem Verhör einen etwas würdigeren Ton. »Wir hatten das Vergnügen nicht. Nun, Sie erwähnten, daß wir diesen Menschen helfen sollten. Ja, ich habe das Gefühl, wir hätten nicht die Ehre, Sie als Begleiterin zu haben, wenn Sie nicht darin Gelegenheit sähen, als Fürsprecherin dieser Leute aufzutreten. Doch wenn wir den Hopis helfen sollen, müssen Sie uns ebenfalls helfen. Erzählen Sie uns von Ihrem Hilfssheriff.«

»Ich kann Ihnen nicht viel mehr erzählen«, begann Anne nach kurzer Überlegung, »als daß er ein Wüstenmensch ist. Eine Wüstenkreatur. Hier draußen überleben nur ganz bestimmte Arten von Tieren oder Pflanzen. Manchmal sind sie sehr hart und selbstgenügsam. Sie wachsen weit voneinander entfernt, und einer der Gründe dafür ist, daß jeder Busch um sich herum ein Gift verbreitet, das jeden anderen Ableger tötet. Es geht nicht anders, denn wenn zwei Büsche zu dicht beieinanderstehen, wäre nicht genug Wasser für beide da.«

»So, wie Sie ihn beschreiben, hört es sich an, als sei er ein Skorpion«, meinte Franklin.

Anne betrachtete ihre dummen, wohlgenährten Gesichter. Falls sie Interesse an ihrer Gesellschaft gehabt hatte, so war das jetzt ein für allemal verschwunden.

Sie stellte ihren leeren Teller ab. »Ich werde mir mal den Wetterbericht anhören.«

Sobald sie im Wagen saß, schloß sie die Fenster, um ihre Stimmen nicht mehr hören zu müssen. Ihre Finger tasteten nach dem Radio, schalteten es aber dann doch nicht ein.

»Glaubst du, da tut sich was zwischen unserer Miss Dillon und diesem Hilfssheriff?« überlegte Henrys Ehefrau laut.

Anne starrte durch die Windschutzscheibe. War Youngman wirklich so? So unzugänglich, wie sie gesagt hatte? War das Abtöten der Liebe eine Art Selbsterhaltung?

»Hoffentlich regnet es morgen nicht«, seufzte Claire Franklin. »Ein Tag im Wagen ist nicht gerade meine Idealvorstellung von Urlaub.«

»Vielleicht regnet es heute nacht. Hörst du den Wind?«

»Gib mir bitte das Ketchup.«

»Ich höre ihn, aber ich fühle ihn nicht.«

»Kannst du dir das vorstellen – Miss Dillon und dieser Hilfssheriff?«

»Warum habt ihr beide, du und Miss Dillon, eigentlich kein Holz mitgebracht?«

»Das klingt eher wie Flügelschlag.«

»Es geht doch nichts über einen in der freien Natur gegrillten Hamburger!«

»Ach, sie hat mich wegen dieser Spende gedrängelt.«

»Wir haben zu Hause genügend Leute, die dringender Hilfe brauchen als die hier.«

»Ich sehe das Ketchup immer noch nicht.«

»Schaut mal, der Mond!«

»Ich sehe ihn nicht.«

»Das meine ich ja. Vor einer Sekunde war er noch da.«

»Jetzt habe ich das Ketchup gefunden.«

»Laß ja die Finger von ihr, John, mehr sage ich nicht«, flüsterte Claire Franklin ärgerlich.

»Hört euch das an!«

»Huch!« Mrs. Franklin sprang auf und schlug in die Luft. »Eine Fledermaus!«

»Ich sehe nichts.«

»Mein Gott, Liebling!« Franklins Ton war verächtlich. »Sie wird sich dir schon nicht in die Haare setzen.«

»Das ist ein Ammenmärchen.« Henry warf die Ketchupflasche beiseite. »Ich weiß nicht, vielleicht bedeutet das, daß sie nur Ammen belästigen.«

»Da ist noch eine!« Claire duckte sich.

»Schon gut, schon gut.« Franklin stand auf und hielt eine Decke empor. »Wo denn?«

Ein dumpfer Ton strich über das Lagerfeuer hin. Claire Franklin schwankte, beide Hände am Kopf. Sie nahm ihre Hand herunter. Eine Wunde zog sich von ihrer linken Braue zur rechten Schläfe, und aus der Wunde rann ihr in breitem Strom Blut ins Auge.

»John!« kreischte sie. »Hilf mir!«

Franklin schwenkte die Decke und verlor die Balance, als ihn etwas wie eine Faust zwischen die Schulterblätter traf. Er fühlte, wie sich Zähne in seinen Rücken gruben.

»John.« Genau wie die anderen begriff Henry nicht, was sich hier abspielte. »John, Mensch, was ist denn los?«

Dann das Geräusch. Zuerst wie das Rascheln trockener Blätter, dann wie eine Sturzflut rauschte es über das Lager hin. Es breitete sich aus, bis es das ganze Lager bedeckte. Zehn, zwanzig Fledermäuse an jedem Körper. Hunderte wirbelnd in der Luft.

»Maude!« Henry stürzte, zwei Fledermäuse am Hals, und sah, wie eine seine Hand aufriß. Ein Stückchen weiter lag seine Frau auf einem Knie und schrie inmitten eines Mantels von Fledermäusen. Eine Fledermaus setzte sich auf ihre Wange. Eine andere landete auf dem Boden. Sie legte die Flügel an und huschte wie eine Spinne auf Henry zu.

Der Boden war bedeckt mit huschenden Fledermäusen. Claire Franklin erhob sich, eine blutrote Statue. Eine andere Gestalt, scheinbar mit zwei Köpfen, lief mitten durchs Feuer. Franklin und ein anderer Mann drehten sich wie wahnsinnig gewordene Tänzer.

»Hierher!« schrie Anne von der Wagentür herüber.

Henry stolperte gegen die Tür und drückte sie zu. Er stemmte sich mit aller Kraft gegen den Wagen, während die anderen versuchten, ihn niederzudrücken oder fortzuziehen, über ihn und übereinander hinwegzuklettern.

»Zurück! Macht Platz, damit ich aufmachen kann!« rief Anne von drinnen.

Sie hörten sie nicht. Aber Anne hörte die anderen. Sie kreischten. Noch nie hatte Anne so riesige Fledermäuse gesehen, die sich nun, nachdem die Camper aufgehört hatten, sich gegen die Fledermäuse zu wehren und sich statt dessen gegenseitig bekämpften, in aller Ruhe über sie hermachen konnten. Die Bewegungen der Camper wurden grotesk, als würden sie im Zeitlupentempo schwimmen. Schwimmer, die nicht mehr voneinander zu unterscheiden waren. Nur noch Schreie und aufgerissene Augen und eine Hand, die Blut auf das Fenster schmierte.

Mit dem Fuß stieß Anne die Tür auf. Zwei Gestalten hasteten herein; die zweite warf die Tür ins Schloß und verriegelte sie.

»Die anderen . . .«

»Mund halten!« Franklin stieß sie von sich.

Die anderen hämmerten an die Fenster – vergeblich. Die Kombination von Horror, Verwirrung und Blutverlust begann Wirkung zu zeigen. Eine Frau in einem Mantel von Fledermäusen umklammerte ihren linken Arm und stolperte rückwärts. Innerhalb von Sekunden war ihr Gesicht bedeckt. Erstickt.

»Wir müssen sie hereinlassen.« Anne wehrte sich gegen Franklin.

»Und mit ihnen die Fledermäuse? Sind Sie verrückt?«

»Sie können sie doch nicht einfach sterben lassen.«

»Sie haben uns da reingebracht. Hilf mir, sie festzuhalten, Henry.«

Ein nasser Unterarm legte sich über Annes Kehle. Zuerst dachte sie, die beiden wollten sie erwürgen, aber sie zerrten sie nur auf den Rücksitz hinüber, außer Reichweite des Türgriffs.

Claire kroch unter den Wagen, um sich die Fledermäuse vom Rücken zu streifen. Ein steter Strom Tiere folgte ihr. Eine andere Gestalt kniete mit betend erhobenen Händen, Arme und Körper unter einer dichten Decke von Fledermäusen. Schließlich ließ das Kreischen nach, ging unter im Kratzen der Klauen auf dem Wagendach und den Schreien der Fledermäuse, zu hoch für die Ohren der Menschen und dennoch ein leichter, unaufhörlicher Druck auf ihrem Bewußtsein.

Franklin startete den Motor und schaltete die Scheinwerfer an.

Eine Gestalt, die einen brennenden Stock schwenkte, kam auf den Wagen zugewankt. Hemd und Haare standen in Flammen. Eine Wolke Fledermäuse flatterte über ihr.

Der Wagen setzte sich in Bewegung, holperte über Claire

hinweg und blieb mit abgewürgtem Motor stehen. Der brennende Mann hämmerte mit dem Stock ans Fenster, während der Generator winselte und faßte. Der Wagen fuhr krachend durch einen Ocotillabusch.

»Sie können sie nicht zurücklassen«, erklärte Anne.

»Bring sie zum Schweigen«, befahl Franklin.

Anne wehrte sich gegen Henry. Alles, was sie berührte, war rohes Fleisch.

Der Wagen rammte einen Saguaro, wobei der rechte Scheinwerfer zertrümmert wurde. Franklin lief unablässig Blut in die Augen, aber er fand schließlich Platz genug, um Tempo zuzulegen. Ein, zwei Fledermäuse flatterten vor ihnen her. Er trat das Gaspedal herunter, wich geschickt den großen Saguaros aus und überrollte kleinere Kakteen und Büsche.

Durch Zufall fand er die ungepflasterte Straße, die zum Lagerplatz führte. Die Straße war uneben, aber schnurgerade, und der Wagen rumpelte mit sechzig Meilen pro Stunde dahin, ließ die letzten Fledermäuse hinter sich.

Gott sei Dank, dachte er immer wieder. Gott sei Dank.

Eine halbe Stunde lang jagte Franklin dem Strahl des einzigen Scheinwerfers nach. Henry hatte einen Schock, während Annes Kopf benommen mit den Bewegungen des Wagens hin und her rollte. Mitten in einem Alptraum gefangen, wollte sie nichts fühlen. Franklin beobachtete sie durch den Rückspiegel.

»Ich werde einen Notruf über Funk schicken«, sagte er.

»Es gibt kein Funkgerät mehr. Das steht im Lager, alles ist im Lager geblieben.«

»Sie könnten mir wenigstens ein Tuch geben. Ich blute immer noch.«

»Dann lassen Sie mich fahren. Ich kenne die Straße.«

»Damit Sie umdrehen? Kommt nicht in Frage. Und wenn wir hier rauskommen, überlassen Sie mir das Reden. Vergessen Sie nie, daß Sie an dieser Situation schuld sind. Haben Sie jemals so große Fledermäuse gesehen?«

»Niemand hat je so große Fledermäuse gesehen«, antwortete sie tonlos.

»Nur hier.« Er lachte bitter. »Wie geht's Henry?«

»Schwacher Puls, aber es geht ihm besser als denen, die Sie zurückgelassen haben.«

»Moment mal, Sie können sich bei mir bedanken, daß Sie noch leben! Wir sind nur ganz knapp davongekommen. Ich habe getan, was getan werden mußte. Wenn wir auf Hilfe treffen, werde ich die Erklärungen abgeben.«

»Gehn Sie zum Teufel!«

Wie konnten Fledermäuse sich so verhalten? fragte sich Franklin. Rabies. Das Mädchen da hinten hatte keinerlei Medikamente bei sich, und außerdem war sie nicht gebissen worden. Sie brauchte sich keine Sorgen zu machen. Er war es, der Hilfe benötigte.

Ein weißer Wolkenfetzen hing im Mondlicht. Immer wieder wischte sich Franklin Blut aus den Augen. Die Straße verschwand jetzt unter längeren Sandverwehungen. Ein Mesquitebaum schlug gegen die Fenster.

»Sie kennen den Weg nicht«, sagte Anne. »Sie müssen mich fahren lassen.«

»Ich bin es, der möglicherweise stirbt«, fuhr er sie an, und der Klang seiner eigenen Stimme machte ihm die Kälte bewußt, die durch seinen Körper kroch. Er dachte weder an die Nachtluft noch an etwaigen niedrigen Blutdruck, sondern nur an die widerliche Feuchtigkeit und an einen Geruch wie nach Ammoniak. Die Reifen rutschten auf dem Sand.

»Passen Sie auf, wohin Sie fahren«, warnte ihn Anne. Sie beugte sich vor. Franklin atmete geräuschvoll durch den Mund, seine Augen unter den roten Lidern waren glasig. »Sie gleiten in einen Schockzustand. Rücken Sie beiseite! Aber langsam.«

Ans Lenkrad geklammert wie an das liebe Leben, konzentrierte er sich darauf, diesen einsamen Lichtstrahl zu überholen, der immer schmaler und immer röter wurde.

»Langsamer.« Anne sagte es betont in sein Ohr. »Sie müssen mir das Steuer überlassen.«

Da Franklin nicht mehr sprechen konnte, konzentrierte er sich um so stärker auf den rubinroten Lichtstrahl. Er glitzerte voller Nachtinsekten, mit Flügeln und Augen, mit warmen Verheißungen. So unglaublich es war, er überholte dieses Licht. Die rote Straße verbreiterte sich und hieß ihn willkommen.

»Ich werde jetzt das Steuer übernehmen.« Anne langte über seine Schultern. Als ihr Unterarm sein Schlüsselbein berührte, bewegte sich plötzlich sein Hemd, und eine Fledermaus hob den Kopf aus dem feuchten Loch, das sie in Franklins Brust gefressen hatte. Mit scharlachrotem Grinsen sah sie Anne an.

Die Straße machte eine Kurve. Der Wagen fuhr geradeaus, legte zwei Riesen-Saguaros um und pflügte durch Tamariskenbäume, bis er auf eine Düne stieß und umkippte.

4

Isa Loloma fror. Er war in den Monaten des Falkenmondes und lag unter einer Decke von Schnee. Der Schnee fiel auf seine Augen, auf sein Gehirn und zwischen den Rippen hindurch auf sein Herz.

Isa Loloma, ausgetrocknet und glühend heiß, kämpfte im Fieber gegen die Riemen, mit denen er an Hand- und Fußgelenken auf einen Heuwagen gefesselt war, der vor Youngmans *hogan* in der Sonne stand. Die Haut unter den Fesseln war aufgescheuert. Auf seinen Schultern, auf einem Handrücken und, am schlimmsten, an seinem Hals saßen dicke rötliche Beulen. Lymphknoten, zu geschwollenen, kranken Monden geworden, um die sich der Rest von Isas Leben drehen sollte.

Seine Eltern waren im *hogan*.

»Ich bin wie jeden Morgen raufgefahren, um ihn zu holen.« Richard Loloma drehte seinen Hut in den Händen. »Die Schafe waren alle tot. Ich dachte, 'ne Katze hätte sie geholt. Dem Jungen ging's soweit gut; er hatte nur 'n paar Kratzer und spielte verrückt. Wir legten ihn ins Bett, aber er kriegte Fieber und diese Beulen, deswegen wollten wir zu Abner.«

»Ohne die Schafe sind wir wahrscheinlich ruiniert. Ich weiß nicht, vielleicht können wir 'n paar neue Schafe kaufen, aber das hier ist der einzige Sohn, den wir haben«, sagte Irene Loloma.

Der Vater drehte den Hut in den Händen, immer fünf Zentimeter weiter, während Irene respektvoll die Hände auf ihre

Schürze drückte, als stünden sie und ihr Mann in einem marmorgeschmückten Gerichtssaal statt auf den schmutzigen *hogan*-Dielen.

»Abner ist tot«, antwortete Youngman. »Miss Dillon ist draußen in der Wüste. Habt ihr ihm Aspirin gegeben?«

»Er kann's nicht bei sich behalten.«

»Er ist furchtbar heiß«, fügte der Mann hinzu. »Und wenn er anfängt zu zittern, kann man ihn einfach nicht festhalten.«

Youngman wollte sich den Jungen nicht ansehen. Er hatte keine Ahnung von medizinischer Betreuung. In Tuba City gab es ein Krankenhaus, das konnten die Lolomas bis zum Nachmittag erreichen. Trotzdem erhob er sich von seinem Stuhl. Wenn es sie beruhigt, dachte er.

»Werden Sie ihn untersuchen?« fragte die Frau.

»Ja, ja.«

Er hatte einen Kater von Selwyns schlechtem Whisky, und die grellweiße Sonne hämmerte auf seine Stirn. Mit zusammengekniffenen Augen stand Youngman neben dem Heuwagen, als er den Schweiß und die glänzende rote Schwellung am Hals des Jungen sah. Youngmans Miene wurde ausdruckslos. Der Junge begann zu zittern und sich zu winden, bäumte sich auf wie ein gespannter Bogen, bis nur noch Schultern und Fersen den Wagen berührten. Seine Mutter streckte die Hand aus, um ihn zu streicheln.

»Nein!« sagte Youngman. »Zurück!«

»Aber warum? Ich wollte nur . . .«

»Nicht berühren! Ihr müßt mindestens anderthalb Meter Abstand halten. Geht rüber zum Handelsposten und holt ein paar Decken. Auf dem Rückweg macht ihr die Tiefkühltruhe auf. Ich hab' da einen zerteilten Elch drin liegen. Packt das Fleisch in die Decken und bringt es her.«

»Ja, sicher«, antwortete Richard Loloma zögernd.

»Wartet, noch etwas! Seid ihr kürzlich von Flöhen gebissen worden?«

»Nein.«

Youngman kehrte in den *hogan* zurück und rief über Funk

Cecil Somiviki. Cecils Frau meldete sich; der Sheriff sei nicht zu Hause, er wasche in Shongopovi für den Tanz Schlangen.

Youngman hockte vor seinem Funkgerät. Es war Samstag. Wenn er achtundvierzig Stunden lang immer wieder das Gesundheitsamt von Arizona rief, bekam er möglicherweise eine Antwort, ja, vielleicht sogar einen Arzt. Die nächstgelegene Stadt war Flagstaff. Dort war jedoch gerade Swimming-pool- und Ertrinksaison; die würden bestimmt keinen von ihren Krankenwagen zur Reservation hinausschicken.

Dann gab es noch die Navajo-Krankenhäuser in Tuba City und Ship Rock. Er stellte eine Wellenlänge ein, die er noch nie zuvor benutzt hatte: die der Navajo-Hauptstadt.

»Ich rufe Window Rock. Hopi-Hilfssheriff Duran ruft die Navajo-Polizei. Bitte kommen.«

»Hier Window Rock. Sagten Sie Hopi? Kommen.«

»Ich bin in Gilboa.«

»Wir wissen, wo Sie arbeiten, Duran.«

»Ich habe möglicherweise hier einen Fall von Beulenpest.«

Eine Stunde später rollte eine weiße achtsitzige ›Beechcraft‹ der ›Navajo Air‹, blau abgesetzt, mit einer gelben Navajo-Sonne auf dem Schwanz, unmittelbar vor die *hogan*-Tür. Zwei Navajo-Polizisten in glänzenden schwarz-weißen Plastikhelmen standen Wache, während Ärzte in Handschuhen und Masken das gefrorene Fleisch entfernten, das Youngman um den Jungen herumgepackt hatte, um ihn zu kühlen. Isa wurde auf einen verchromten Tisch gelegt, dann wurde ein transparentes Sauerstoffzelt über ihm geschlossen, das mit einem Luftkühler und -reiniger unter dem Tisch verbunden war. Seine Eltern sahen fasziniert zu, als werde ihr Sohn in etwas Fremdes verwandelt. Immer wieder warfen sie Youngman Beruhigung heischende Blicke zu, obwohl Walker Chee die Leitung hatte.

»Es muß nicht unbedingt die Pest sein«, erklärte Chee dem Hilfssheriff. »Wir überwachen alle denkbaren Überträger des Pestflohs: Ratten, Präriehunde, Kaninchen, Backenhörnchen. Wir haben sie ziemlich gut unter Kontrolle. Der Junge hat vermutlich ein Fieber, das von Katzenkratzwunden kommt.«

»Ja, sicher. Ich wundere mich nur ein bißchen, wieso Sie dann gleich mit Ärzten hier ankommen, wo Sie doch so viele Kraftwerke überwachen müssen«, entgegnete Youngman.

»Ich helfe immer.« Chee trug einen türkisfarbenen Trainingsanzug mit Monogramm auf der Brusttasche. Er steckte sich eine kleine Zigarre an. »Sie haben recht daran getan, uns anzurufen. Ich habe mich in Ihnen getäuscht. Viele andere hätten diese Leute zu einem Medizinmann gehen lassen, und wenn es sich, was Gott verhüten möge, tatsächlich um einen Fall von Pest handeln sollte, müßten wir uns jetzt mit dem Problem der Ansteckung rumschlagen. Dies wird Ihnen auf jeden Fall eine Belobigung eintragen.«

»Na, wie schön«, sagte Youngman geistesabwesend. Er sah zu, wie die Ärzte den Jungen eilig zum Flugzeug rollten. Alles lief reibungslos.

Trotz seiner Abneigung gegen Chee mußte Youngman zugeben, daß er beeindruckt war. Mit seinen achtunddreißig Jahren regierte Chee ein Gebiet, das größer war als viele Staaten. Und wenn sein strahlendes Lächeln und seine auffallenden Anzüge aufs Titelblatt der ›Business Week‹ kamen, dann zweifellos, weil er es verdient hatte. Er hatte die Kraftwerke ins Reservat gebracht und die Krankenhäuser und die Bagger, welche die Kohle aus der Mesa holten, und Urangutachten von der Wüste und ein Montagewerk für Halbleiter in Ship Rock und ein Indianercollege und weiße Forschungsteams aus Phoenix und Dallas. Es beeindruckte Youngman sehr, daß ein Mann wie Walker Chee, der nicht mal ein Doktor war, die Versorgung eines Hopi-Jungen persönlich überwachte. Und es machte ihn argwöhnisch.

»Haben Sie keine Fälle in Ihrer Region?« erkundigte sich Youngman.

»Pestfälle? Nicht einen in sämtlichen Navajo-Völkern.«

»Und letztes Jahr?«

»Warum fragen Sie?«

»Weil ich mich erinnere, daß Sie vor drei Jahren zwanzig Fälle von Beulenpest hatten.«

Die Ärzte kehrten zurück, um den Heuwagen mit Schwefeldioxyd zu desinfizieren.

»Ich will offen mit Ihnen sein, Hilfssheriff. Das Leben eines jeden Menschen auf dem Land meines oder Ihres Volkes ist für mich wertvoll. Man kann für Menschen keinen Preis festsetzen. Aber bei all diesem anderen Kram, den ich auf dem Terminkalender habe – Arbeitslosigkeit, Schulwesen, Gesundheitswesen –, wünschte ich mir, ein paar Fälle von Pest wären das größte Problem, mit dem wir es zu tun hätten.«

Die Ärzte, die mit dem Wagen fertig waren, kamen zu Chee herüber. Einer von ihnen war ein junger Navajo, der andere älter, ein Weißer. Die beiden Navajo-Polizisten stießen die Lomas vorwärts. Den größeren von ihnen, einen Muskelmann namens Begay, kannte Youngman.

»Was ist los?« erkundigte sich Youngman.

»Keine Sorge.« Chee schlug ihn auf den Rücken. »Es ist genügend Platz für uns alle in der Maschine.«

»Wieso?«

»Quarantäne, natürlich. Nur ein paar Tage im Krankenhaus, bis wir die Laborberichte haben. Jeder Arzt wird Ihnen bestätigen, daß es sich um eine von der Regierung angeordnete Routinemaßnahme handelt. Ausschließlich zu Ihrem eigenen Schutz.« Chee nickte den Polizisten kaum merklich zu, und diese stellten sich neben Youngman. »Nur zu, Sie können die Ärzte ruhig fragen.«

Youngman trug seine .38er. Er legte so beiläufig wie möglich die Hand an den Griff.

»Dann ist es also tatsächlich die Pest?« wandte er sich an den weißen Arzt.

»Moment mal!« Chee hob die Hand. »Ich sagte Ihnen doch, daß jetzt noch keine Diagnose gestellt werden kann. Hören Sie, Hilfssheriff, Sie haben mich um Hilfe gebeten. Und da ich Ihnen diese Hilfe gewähre, werden Sie das tun, was ich sage. Also los, laufen Sie jetzt schön brav zum Flugzeug rüber.«

Wie die schlanke Maschine Gilboa beherrschte, so beherrschte Walker Chee die anderen Indianer. Normalerweise genügte allein die Macht seiner Persönlichkeit, aber es gab andere Möglichkeiten. Er trat einen Schritt zurück; die Ärzte folgten.

»Was hat ihn gebissen?« fragte Youngman.

»Hä?«

»Sie sagten, Sie überwachen die Flohträger. Ich habe diese Wunden gesehen. Sagen Sie mir, von welchem Tier sie stammen.«

Das lenkte Chee fürs erste ab.

»Die Leute behaupten, eine Raubkatze oder Kojoten hätten die Schafe geschlagen. Dasselbe trifft vermutlich auch auf ihn zu. Aber das werden wir genau erfahren, sobald der Junge anfängt zu reden.«

»Falls er redet, und das könnte für andere zu spät sein. Sagen Sie mir mal, Doktor, was für Wunden das waren.«

»Nun ja« – der *pahan*-Doktor benutzte die Gelegenheit, seine Besorgnis mit Professionalismus zu kaschieren –, »das ist eine gute Frage. Zahnspuren können es nicht sein, denn sie sehen eher aus wie Wunden von Klauen. Es handelt sich nicht um die punktförmigen Wunden von Reißzähnen. Andererseits können es auch keine Klauenwunden sein, weil sie dafür bei weitem zu scharf sind. Erstens sind nicht die üblichen Quetschungen vorhanden, und zweitens handelt es sich um einen einzelnen Kratzer statt um vier bis fünf Rißwunden, wie es bei Klauen zu erwarten wäre. Man könnte sie vielleicht beschreiben als Wunden, die entstehen, wenn man zwei Rasiermesser dicht zusammenhält.«

»Katze, Kojote, Ratte, Präriehund? Maus? Also was?«

»Ich kann's nicht sagen. Ich habe noch nie derartige Wunden gesehen«, gestand der Arzt.

»Und was beweist das alles?« Chee verlor die Geduld.

»Ich habe aber derartige Wunden schon einmal gesehen«, widersprach Youngman. »Und die Flecken, die dazugehören.«

Begay rückte näher.

»Sie werden sich erkundigen, wo der Junge angegriffen wurde, nicht wahr?« sagte Youngman hastig. »Aber ohne die Lolomas und mich werden Sie die Stelle nie finden. Lassen Sie uns nachsehen, ob wir vielleicht sonst noch was finden. Schließlich wollen Sie uns doch helfen.«

Paine kam zu spät zum Lagerplatz.

»Du kleines ängstliches, schüchternes Biest!« Er öffnete die Tür eines dreißig mal fünfzig Zentimeter großen durchsichtigen Plastikkäfigs unmittelbar neben den Überresten von Claire Franklin, die aus getrocknetem Blut, einem von einem Reifen zerquetschten Schädel und einer Bauchhöhle bestanden, ausgeweidet und leer wie eine Trommel. Fast leer. »Du brauchst nicht so schnell davonzulaufen. Ich krieg' dich doch.«

Paine trat die Tote in den Rücken, und eine Känguruhmaus hüpfte aus dem Bauch in den Käfig. Die Käfigtür klappte zu.

Die anderen drei Leichen waren von den Aasfressern nicht weniger grausig zugerichtet. Diese Aasfresser schufen, wie Paine jedesmal fand, immer eine Atmosphäre wie nach einer Party. Überall lagen Haut- und Kleiderfetzen verstreut wie zerrissene Luftschlangen; Leichen, eine Kaffeekanne, Hamburger und Marshmallows. Nur die Fliegen und Ameisen waren noch am Werk und eine Krötenechse, die den Ameisen auflauerte. Eine Szene für Hieronymus Bosch, dachte er.

Er öffnete ein Coke aus der Vorratskiste der Camper und setzte sich.

»Der Grund, warum ich Sie heute hergebeten habe, unser heutiges Thema ist: ›Was halten Sie vom Tod?‹ Ich weiß, Sie sind alle ziemlich kaputt, aber höchstwahrscheinlich besitzen Sie einige konstruktive Erkenntnisse. Gruppentherapie mag Ihnen etwas Neues sein. Für mich ist sie nicht neu, daher werde ich diese Sitzung leiten. Wir könnten mit der Frage beginnen, ob Sie von Ihrem Standpunkt aus den Tod als reines Kontinuum des Lebens betrachten, ob Sie der Meinung sind, zum Teil nunmehr mindestens als Aasgeier oder Präriehund weiterzuexistieren, eine Kommunion des Fleisches aus katholischer Sicht. Es ist mir klar, daß man nicht gern darüber spricht. Die Menschen meiden dieses Thema, es tötet jedes echte Gespräch.

Falls es Ihnen ein bißchen hilft, kann ich Ihnen folgendes sagen: Alle wahrhaft tiefen, alle wahrhaft großen Gedanken über das Thema Tod werden während einer Seuche gedacht. Zugegeben, in einem Krieg sterben Millionen, doch alle Gedanken werden auf Patriotismus und Strategien verschwendet. Eine Seuche dagegen: Strategien sind nutzlos, Patriotismus ist lächerlich. Endlich begegnet man dem reinen Tod, dem Tod an sich.

So erinnern Sie sich zum Beispiel wahrscheinlich daran, welch schlechte Verse Robert Frost über einen im Wald verfaulenden Holzstoß schrieb. Kein echtes Gefühl von Leben oder Tod. Nichts als Meltau. Und nun vergleichen wir das mit Nashes ›In Time of Pestilence‹. ›Strahlende Helle fällt aus der Luft; Königinnen starben jung und schön; Staub hat Helens Auge geschlossen. Ich bin krank, ich muß sterben. Der Herr sei uns gnädig.‹«

Paine labte seine trockene Kehle mit Coke.

»Der Tod ist etwas sehr Intimes. Das vergißt man so leicht. Genau wie der Sex, etwas sehr Intimes. Heutzutage wollen die Menschen ›versterben‹, nicht ›in den Armen des Todes entschlafen‹.

Das Faszinierende an einer Seuche besteht darin, daß sie der personifizierte Tod ist. Ein Liebhaber. In ›A Journal of the Plague Year‹ wird von einem Sterbenden berichtet, der durch die Straßen Londons lief und überall hübsche Mädchen küßte, sie absichtlich infizierte. Die Leute behaupteten, er sei wahnsinnig. Meiner Meinung nach jedoch hatte er zum Zeitpunkt, als er durch die Straßen lief, seine Seele bereits aufgegeben und war der Tod mit zwei Beinen und zwei Lippen.

Ich glaube, Sie fangen an zu begreifen. Die Pest ist ein Kuß. Ohne diesen Kuß, diesen Flohbiß, muß die Pest sterben. Und das ist das Erstaunliche. Daß auch der Tod sterben kann. Jawohl, die Liebe macht uns alle verwundbar. Sogar Ihn.«

Paine leerte die Cokeflasche und warf sie zu Boden. Auf dem Rückweg zum Land-Rover holte er den Käfig mit der Maus und blickte zu den fernen Felsnadeln hinüber.

»Fledermaus, flieg. Ich führe gegen dich Krieg. Ich wüßt' gern deinen nächsten Plan, damit ich dir zuvorkommen kann, Fledermaus, flieg.«

Der Hubschrauber Bell UH-1 ›Iroquois‹ knatterte zwanzig Meter über seinem Schatten dahin, während er Metallröhren auf die toten Schafe hinabregnen ließ. Jede Röhre war in der Mitte mit einem Fleischköder versehen, die offenen Enden mit Insektizid bestrichen.

»Ich sehe nichts von diesen Ammoniakflecken, von denen Sie sprachen.« Walker Chee betrachtete die Kadaver durch ein Fernglas.

»Wir sind nicht nah genug. Gehen Sie runter!« schrie Youngman über den Motorenlärm hinweg.

»Kommt gar nicht in Frage!«

Der Hubschrauber begann einen weiten Kreis. Drinnen rollten die Polizisten Kanister an die Schotten, und als der Hubschrauber abermals über die Schafe und Isa Lolomas Lastwagen hinwegflog, warf Begay noch mehr Gift ab, Säcke, die beim Auftreffen auf dem Boden platzten und Wolken von Maismehl versprühten, durchsetzt von einem lethalen Antikoagulans namens ›Warfarin‹.

»In einer Stunde habe ich in meinem Büro eine Besprechung mit Piggot. Beeilen Sie sich«, befahl Chee dem Piloten.

»Ich kann Ihnen dieselben Bisse und Flecken an den Pferden in Joe Momoas Corral zeigen«, wandte sich Youngman an die Ärzte.

»Nein«, entschied Chee.

»Das, was den Jungen und die Schafe angriff, hat auch die Momoa-Pferde angegriffen.«

»Behaupten Sie.«

»Was war es denn sonst?« Youngman deutete nach hinten, auf den sich entfernenden Hügel. »Wenn eine Raubkatze auf eine Herde trifft, pickt sie sich ein Schaf heraus. Kojoten treiben die Schafe in alle Himmelsrichtungen auseinander. Das da hinten sind achtzig Schafe, abgeschlachtet.«

»Duran« – Chee schüttelte den Kopf –, »Sie sehen einen kranken Jungen und schreien: ›Pestilenz!‹ Sie sehen ein paar tote Schafe und Pferde und behaupten, es sei ein Rätsel. Wir beschäftigen uns seit Jahren mit Seuchenkontrolle. Wir arbeiten dabei mit dem Indianerbüro und den Experten vom Zentrum für Seuchenkontrolle in Atlanta zusammen. Die Pest wird von Nagetierflöhen verbreitet. Alle Nagetiere in meilenweitem Umkreis um jenen Hügel sind jetzt schon so gut wie tot. Wir wissen, wie wir mit derartigen Problemen fertig werden, also stören Sie uns nicht dabei.«

»Diese Schafe wurden nicht von Präriehunden angefallen.«

»Aber die Pest wird von Nagetierflöhen verbreitet. Wann kriegen Sie das endlich in Ihren Kopf, Hilfssheriff? Ich habe keine Zeit, jede Aasgeiermahlzeit zu überprüfen, die Sie finden.«

»Weil Sie zu Ihren Weißen müssen.«

»Genau. Weil es die Ölgesellschaft der Weißen war, die uns diesen Helikopter geliehen hat, damit wir Ihrer Bitte entsprechen und die Schafe mit Gift übersprühen konnten. Weil es die Einrichtungen der Weißen sind, die uns Satellitenfotos verschaffen, um unsere Bewässerungspläne zu fördern. Ja, wirklich, Sie haben recht. Denn ich werde Ihnen allen zum Trotz dafür sorgen, daß ein bißchen Geld in rote Hände gelangt. Und wenn Ihnen das nicht paßt, können Sie sich jederzeit abseits stellen.«

Chee schob sich eine Zigarre in den grinsenden Mund.

»Sie haben Angst, Duran. Sie haben Angst vor jedem, der Erfolg hat, vor allem, wenn's ein Indianer ist. Ich könnte Ihnen die Computeranlage zeigen, die wir im Krankenhaus aufstellen, da würden Ihnen die Augen übergehen, aber ich hab's mir anders überlegt. Ich werde nicht zulassen, daß Sie die Ärzte belästigen. Außerdem ist diese Wüste Quarantäne genug für Sie. Waschen Sie sich einfach mit grüner Seife und verbrennen Sie Ihre Kleider, bevor Sie sich anderen Menschen nähern. Ich kann Ihnen nicht helfen.«

Chee lehnte sich zurück, lauschte dem Heulen des Motors

und dem Knattern der Rotoren, ein Reiter in seinem Element. Youngman betrachtete den Boden.

Anne sägte das Verteilerkabel durch und nahm es mit zu ihrem Platz im Schatten des umgestürzten Wagens. Henry lag bewußtlos auf dem Sand ausgestreckt. Franklin beobachtete sie aus zu Schlitzen zusammengezogenen Augen. Er hatte sich bei dem Unfall beide Beine gebrochen. Anne selbst hatte sich die beiden kleineren Finger der linken Hand gebrochen und sie zusammengebunden. Mit Franklins Federmesser schälte sie die Isolierung von dem Kabel.

Er spie Kaktusfleisch aus.

»Hat keinen Zweck.«

»Etwas anderes haben wir nicht. Wir haben alles im Lager zurückgelassen.«

Nachdem sie die Isolierung vollkommen entfernt hatte, löste sie die Kupferdrähte voneinander, rollte sie auf und legte sie beiseite – bis auf einen. Neben ihr lag ein Gegenstand, den sie im Wagen gefunden hatte, eine Angelrute, die sie an Joe Momoas Forellenbach hatten ausprobieren wollen. Das eine Ende des Kupferdrahtes schlang Anne zu einer etwa einen Zentimeter großen Schlinge und zog das freie Drahtende hindurch. Bei jeder Bewegung pochte der Schmerz in ihren gebrochenen Fingern bis zum Ellbogen hinauf. Und schlimmer noch, ihre Finger waren schlüpfrig. Beim vierten Versuch gelang es ihr, die Drahtschlinge am Ende der Angelrute zu befestigen und das freie Ende durch das oberste Auge der Angelrute zu ziehen.

Franklin beobachtete sie interesselos. Das durch seine Verletzungen ausgelöste Trauma war weniger schwerwiegend als die Tatsache, daß er weder essen noch trinken wollte. Die Berechnung der Überlebenserwartung in der Wüste war einfach. Ohne Unterschlupf und Wasser hielt es ein gesunder Mann einen Tag lang aus. Da Franklin im Schatten pro Tag nur annähernd zehn Pfund Körperflüssigkeit verlor, würde er es noch zwei Tage aushalten. Während Anne Henry, der Fieber und einen sehr schwachen Puls hatte, nur noch wenige Stunden gab.

»Beten Sie für mich«, forderte Franklin.

»Nein.«

Sie schob sich einen Stein in den Mund, um ihren Durst ein wenig zu lindern. Zehn Minuten brauchte sie, nur um den Draht zu biegen und an der Leitschnur zu befestigen. Als sie versuchsweise daran zog, ließ die Leitschnur die Schlinge am Ende der Angelrute zuschnellen.

»Und ob ich schon wanderte im finstern Tal . . .«

»Sie verschwenden Ihre Kraft.«

»Wozu sie sparen?« entgegnete er. »Sie haben es leicht. Für Helden ist immer alles leicht. Für mich ist es ein bißchen schwieriger, meine Liebe. Ich bin ein schlechter Mensch« – er lachte schwach –, »und ich glaube an Gott. Das ist ein Widerspruch, den ich mein Leben lang aufrechterhalten habe, doch jetzt, dem Tod so nahe, wird meine Lage ziemlich unbehaglich.«

»Und Sie verschwenden mit jedem Wort Lungenfeuchtigkeit.«

»Das ist das geringste meiner Probleme. Diese Fledermaus, wissen Sie, die auf meiner Brust saß . . .«

»Sie waren im Schock, lange bevor Sie es überhaupt gemerkt haben. Sie hätten nicht einmal gespürt, wenn ein Messer in Ihrer Brust gesteckt hätte.«

»Die Bibel lehrt uns, daß Fledermäuse auf falschen Göttern nisten sollen. Es ist ein Omen.«

Annes gebrochene Finger waren geschwollen. Sie band sie mit dem Mittelfinger zusammen.

»Sie werden uns verlassen, nicht wahr? Sobald die Sonne untergeht. Der Handelsposten kann höchstens vierzig Meilen entfernt sein, und Sie kennen den Weg. Sie würden es in zwei Nächten schaffen.«

»Vielleicht schicken sie jemand, der uns sucht«, meinte sie.

»Nein. Ich erinnere mich genau, daß Sie uns gesagt haben, wir würden keiner Menschenseele begegnen, bis wir die Berge erreicht hätten. Man erwartet uns erst in drei Tagen. Was meinen Sie – zwei weitere Tage, bis sich jemand Gedanken macht?

Bis Ihr Hilfssheriff nach Ihnen sucht? Na schön, eine Woche also. Das haben Sie sich zweifellos schon ausgerechnet. Sie werden heute abend gehen, solange Sie noch die Kraft dazu haben.«

Kurz zuvor hatte sie die Düne erklommen, in die der Wagen hineingefahren war. Von dort aus konnte sie im Norden den fernen Rand der Mesa erkennen. Im Süden den blauen Dunst der San Francisco Peaks. Und dazwischen nichts, keinen *hogan*, keinen Hirten, nichts als Wüste und der dichte Schimmer überhitzter Luft, die dort, wo der Boden flach und kahl war, die Illusion eines Wasserspiegels vorgaukelte.

Sie formte die Schlinge am Ende der Angelrute um.

»Sie sind eine schöne Frau. Sie dürfen nicht hier draußen sterben.«

»Das werde ich auch nicht.«

»Ein Indianer könnte hier draußen vielleicht leben . . .«

»Ganz recht. Man lernt, hier zu leben. Man lernt, anders zu leben.«

Anne zog ihr schweißnasses Hemd aus und knotete es zu einer Mütze. Ihre nackten Brüste, dunkle Spitzen auf blasser, sommersprossiger Haut, schwangen bei jeder Bewegung. Sie zog Franklins Windjacke an, nahm die Angelrute und verließ den Wagen.

Fünfzig Meter weiter, am schmalen Bett eines ausgetrockneten, von Löchern durchzogenen Arroyos, blieb sie stehen und wartete zehn Minuten, bis sie zum Teil des Arroyos geworden war wie der Käfer, der über winzige Steine kletterte, und eine Nase, die wiederholt in die Luft hinausschnupperte, ehe sie sich als zu einer Maus gehörig entpuppte. Mit dem Bauch nach oben krabbelte eine Spinne scheinbar in der Luft von einer Seite des Arroyos zur anderen. Eine Chihuahua-Rennechse, so lang wie Annes Finger, grub nach Skorpionen.

Sie spürte die Hände der Sonne auf ihrem Rücken, einen Schweißtropfen, der zwischen ihren Schulterblättern hinabrann. Wenn man die Farben der Wüste lange genug betrachtete, glichen sie den Farben einer Frau. In der Ferne spannte sich die Haut über die sanften Kurven der Hüften, weiß in der Sonne, blaßbraun im Halbschatten, im tiefen Schatten blau wie die Unterseite der Brüste. Wenn ich nackt wäre, dachte Anne, wäre ich auf der Haut der Wüste unsichtbar.

Die Zunge der Eidechse zuckte hervor wie ein Band. Es gab keine männlichen Chihuahua-Rennechsen, nur Weibchen, die sich durch Klonen fortpflanzten, als wären die Männchen ein überflüssiger Luxus, etwa wie Blätter an einem Kaktus. Die Eidechse, die fleißig arbeitete, weil sie unten einen Skorpion witterte, bemerkte nicht die anderthalb Meter lange Peitschenschlange, die durch das Arroyobett heranglitt.

Die Peitschenschlange bewegte sich mit hoch erhobenem Kopf langsam von einer Seite zur anderen, um die Entfernung für den Angriff besser abschätzen zu können. Sie hatte glatte Schuppen, war an der Seite gestreift und auf dem Bauch weiß wie Marmor. Auf ihre Beute konzentriert, geriet sie in die Kupferschlinge.

Die Eidechse huschte durch den Arroyo davon, als Anne die Leitschnur anzog. Die Peitschenschlange schaukelte in der Schlinge, bis Anne sie absetzte und ihr den schlanken Kopf mit einem Stein zerschmetterte.

Die Hälfte des Schlangenfleisches wollte sie kochen, die andere Hälfte mußten sie wegen der Feuchtigkeit roh essen.

Sie weigerte sich zu sterben.

Vor sechzig Millionen Jahren, als sich der lange Tag der Dinosaurier dem Ende zuneigte, fand unter einer neueren Lebensform, Säugetiere genannt, eine explosionsartige Veränderung und Anpassung statt. Manche Säugetiere wurden groß und versuchten die Lücke zu füllen, die die Dinosaurier hinterließen. Andere entwickelten eine enorme Laufgeschwindigkeit oder Schwimmflossen. Ein paar Tupajas, kleine Insektenfresser mit geschickten Fingern und unersättlichem Appetit, entwickelten lose Hautfalten entlang ihren Rippen, mit deren Hilfe sie zwischen den Zweigen hindurchsegeln konnten.

Das Segeln wurde noch leichter, als ihre drei äußeren Finger länger wurden und Schwimmhäute bekamen. Die Zähne veränderten sich, die Schneidezähne wurden von größeren Eckzähnen verdrängt. Das Schlüsselbein streckte sich, die Rippen wurden flacher, das Brustbein furchte sich, um die mächtigen Brustmuskeln stützen zu können, während Herz und Lunge sich erweiterten. Die Oberarme, Daumen und Zeigefinger schrumpften. Die mit Schwimmhäuten versehenen äußeren Finger wurden noch länger, der Mittelfinger sogar so lang wie der Kopf und der Körper des Tieres. Aus dem Segeln wurde Fliegen, und die Fledermäuse waren geboren. Im Zeitalter des Menschen gab es schätzungsweise zweitausend Fledermausarten.

Paine saß im Dunkeln und lauschte auf sie.

Er saß im gelben Schein der Innenbeleuchtung des Rover und blätterte müßig in einem Exemplar des ›Playboys‹, das er im Büro von Chees Arzt in Window Rock gefunden hatte. Der Glanz der Seiten veränderte die Nackten. Brüste schimmerten wie Fingernägel. Die Faltblatt-Blondine war so glatt wie Seife.

Oben auf dem Roverdach kreiste ein Richtmikrofon rhythmisch in einem Bogen von 360 Grad hin und her. In der Mitte des Mikros befanden sich sechs Aluminiumröhren, jede dazu bestimmt, auf eine Entfernung von tausend Metern, und sei es auch noch so leise, auf einer einzigen Frequenz mitzuschwingen wie eine Stimmgabel. Die Schreie vieler verschiedener Fledermäuse mochten eine Röhre zum Schwingen bringen, aber ausschließlich der Echoortungsschrei der Vampire ließ alle sechs Röhren reagieren. Drinnen im Wagen drehte sich der Pistolengriff des Mikroschaftes unmittelbar neben Paines Ohr. Von diesem Griff aus führte ein Draht zu einer Batterie, ein zweiter zu einem verzerrungsfreien Signalverstärker, der wiederum mit einem Oszilloskop auf dem Sitz neben Paine verbunden war. Auf dem grünen Schirm des Oszilloskops war ein weißer schnurgerader Strich zu sehen.

Chees Arzt hatte Paine eine Injektion verpaßt. Eine Brühe von dreitausend Millionen durch Formalin abgetöteten, mit Aluminiumhydroxid umschlossenen Pestbazillen kreiste durch seine Adern. Was er sich nun wünschte, waren neue Ohren für neue Stimmen.

Denn die Nacht war voller Stimmen. Eulen, Frösche, Falken, Eidechsen, Mäuse, Insekten, Kojoten – die ganze Wüste war ein Reservoir von Miauen, Bellen, Heulen und Schreien. Von gehörten und ungehörten Rufen. Und deswegen mußte er das Oszilloskop benutzen, denn das menschliche Gehör endete bei der bescheidenen Frequenz von 20000 Hertz.

Aus der Zeitschrift streckte ihm ein Gesicht mit Schmollmund die Zungenspitze entgegen.

Tiere paßten sich, um zu überleben, auf verschiedene Art und Weise an. Bei den Menschen zeigte sich die Anpassung nach außen hin an der Größe des Schädels und der Geschlechtsteile. Am angeschwollenen Penis, den vergrößerten Brüsten, den vollen Lippen, den Gesäßbacken. Bei den Fledermäusen? An den Flügeln. Und den Ohren, so groß und gewunden wie Kronen, mit dolchartigem Tragus. Eine Schnecke, die sich spiralenförmig wand wie eine Muschel, durchzogen von Muskeln, die es dem Ohr ermöglichten, ein Echo zu hören, das klarer war als der Schrei, ein Schrei, der bis zu 200000 Hertz hinaufgehen konnte, dem Zehnfachen des menschlichen Hörbereichs.

Des Nachts, wenn sich die Farben in Grauschattierungen verwandelten, verließen sich die meisten Säugetiere auf ihren Tastsinn. Die Nagetiere verkrochen sich in die Sicherheit enger Baue. Die Menschen, blind im Dunkeln, umgeben von Phantasievorstellungen, suchten die Berührung mit weicher Haut.

Paine legte lächelnd die Zeitschrift beiseite.

Jezabels, hätte Ochay gesagt. Tag für Tag, bis zu seinem Tod, hatte der Mexikaner entweder im Gebet gekniet oder den anderen Teammitgliedern religiöse Traktate aufgedrängt.

Jetzt, nach seinem Tod, kam Ochay zu seiner Rache. Hoch oben in den Sierras wäre Paines Wagen fast in einen Abgrund gestürzt, und er verlor seine kleine Bibliothek, die aus Milton, Shakespeare und Lewis Carroll bestand. Alles, was übrigblieb, war Ochays Neues Testament, ein abgegriffenes Exemplar, in dem die gräßlichsten Richtsprüche und Prophezeiungen sorgfältig unterstrichen waren. Das war für die folgenden sechs Monate Paines einzige Lektüre.

Die gesamte Offenbarung war unterstrichen. Johannes, der Rufer in der Wüste, der das Gepäck zukünftiger Wahnsinniger beschwerte. ›Sie haben über sich als König den Engel der Unterwelt . . . Und die übrigen Menschen, die durch diese Plagen nicht getötet wurden, taten nicht einmal Buße von den Werken ihrer Hände . . .‹ Lieber die Ketten von Marleys Geist als Ochays Buch, hatte Paine mehr als einmal gedacht, obgleich es auch Teile gab, die er interessant fand. ›Und ich sah einen Engel in der Sonne stehen, und er rief mit lauter Stimme allen Vögeln, die im Zenit fliegen, zu: Kommet und versammelt euch zum großen Mahle Gottes, damit ihr fresset das Fleisch der Könige und das Fleisch der Kriegsobersten und das Fleisch der Starken und das Fleisch der Pferde und derer, die darauf sitzen, und das Fleisch aller Freien und Sklaven und Kleinen und Großen!‹

Das Oszilloskop erzitterte und zeigte einen ›Ausdruck‹ von weißen Punkten. Nur eine Mikrofonröhre reagierte; ein falscher ›Ausdruck‹. Der Himmel von Arizona wimmelte von kleinen fleischfressenden Fledermäusen – Guano-Fledermäusen, Höhlenfledermäusen, roten Fledermäusen, Zwerg-Canyon-Fledermäusen, Fransenfledermäusen und Totenkopffledermäusen, die auf ihrem schwarzen Bauchfell weiße ›Augen‹ und einen weißen ›Mund‹ trugen –, allesamt auf nächtlicher Jagd nach Grashüpfern und Nachtfaltern. Und sie erfüllten die Luft mit hochintensiven Schreien irgendwo um die 140000 Hertz herum. Die empfindlichen Röhren von Paines Mikrofon begannen bei 73000 Hertz mitzuschwingen, denn die größeren Vampirfledermäuse waren ›flüsternde‹ Fledermäuse, die Schreie von geringer Intensität nicht durch den Mund, sondern durch die Nüstern ausstießen. Wie Atemluft. Das Mikroskop hörte nicht auf, hin und her zu schwenken. Der Oszilloskopstrich wurde wieder schnurgerade.

Während der letzten Nächte schienen die Fledermäuse von Westen gekommen zu sein. Ihr Startplatz waren höchstwahrscheinlich die San Francisco Peaks. Die Fledermausschlafplätze der Mansion Mesa im Südosten konnte er praktisch abschreiben.

Sympathie, also Mitleid, harmonisches Mitschwingen – ein Begriff, den sich Ochay und der Evangelist Johannes niemals zu eigen machen konnten, dachte Paine. Für sie gab es nur das Hinauf zu Gott oder das Hinab in die Hölle – alles, außer der Realität der Welt. Doch Sympathie war das interessanteste aller biologischen Phänomena.

Metall, das bei den Fledermausschreien mitschwang. Fleisch von der Festigkeit des Zeitschriftenpapiers. Das waren einfache Beispiele mechanischer Sympathie. Die Sympathie zwischen zwei Lebensformen war subtiler.

Tatsache war, daß der Tod nicht etwas war, das den Himmel spaltete, kein Kampf der Engel, keine Feuerwagen. Der Tod war ein Fadenwurm, der durch einen Fliegenbiß übertragen wurde, sich vom Pigment der menschlichen Haut ernährte und durch das Auge wieder herauskroch. Oder ein Krebsvirus, das vom Objektträger zu springen und mitten in der Luft Metastasen zu entwickeln schien. Oder Leprabazillen, die menschliche Glieder in gräßlich verstümmelte Ornamente verwandelten. Die Ironie daran war, daß es bei den Immunologen keine Immunität gab und unter den Parasitologen keine Vorbeugung. Zuckte der Körper zurück oder errichtete er Abwehrbarrieren gegen die verführerische Attraktion der Invasoren? Kaum. Es war eine statistische Tatsache, daß bei den Forschern das Fleisch sich mit eifriger Erwartung hingab. Mit Sympathie. Krebsforscher hatten die höchste Krebsquote aufzuweisen. Fadenwurmforscher wurden blind. Lepraspezialisten wurden zum Lazarus. Zu sagen, eine Krankheit oder ein Parasit sei endemisch für eine Region, bedeutete, daß sie dort überall auftraten, daß es kein Entrinnen gab. Vor allem, wenn man sich nicht bemühte zu entrinnen, sondern sie unnachsichtig verfolgte, und wenn körperliche Nähe eine beruflich bedingte Notwendigkeit war. Die Menschen waren immer wieder verblüfft über Immunologen, die den Verlauf einer abstoßenden Krankheit an ihrem eigenen Körper studierten. Doch wenn man sich ohnehin ansteckte, was zum Teufel konnte man sonst tun? Der Krebs wucherte, die Würmer wurden fett, und der Mensch schnitt sich selbst Gewebeproben heraus. Berufsrisiko. Während die Invasion weiterging, wurde man zu dem, was man studierte. »Und darum«, pflegte Joe Paine in Mexico City zu erklären, »sind wir so verdammt clever.«

Der Oszilloskopstrich zitterte. Kaum wahrnehmbar.

Paine sah zu, wie der Mikrofonschaft rotierte und die Kompaßnadel sich drehte. Der Oszilloskopstrich war gerade, bebte und war wieder gerade. Ein Zittern, nicht einmal stark genug für einen ›Ausdruck‹. Nervös klopfte Paine auf den Kompaß.

»Wir sind so clever«, pflegte Joe Paine zu sagen, »weil unser Forschungsobjekt die Rabies ist. Wir haben uns eines ausgesucht, das heilbar ist.« Und das war ungefähr der einzige Irrtum, an den Paine sich bei seinem Vater erinnern konnte. Weil nämlich das Objekt die Fledermäuse waren.

Sein Kopf fuhr herum. Der Oszilloskopstrich war flach, flach, flach . . . ein Zittern. . . flach, flach, flach . . . ein ›Ausdruck‹. Ein schwacher, von geringer Intensität, mit drei harmonischen Strichen eine Oktave hinabreichend. Dem Kompaß zufolge aus Westen.

Innerhalb des Mikrofonschaftmantels glitten Mikroschalter über Nocken. Vier Einkerbungen bestimmten die Umdrehungen des Schaftes. Paine drehte den Mantel um eine Kerbe weiter zu einem Bogen von 180 Grad westlich von Nord nach Süd.

Die ›Ausdrucke‹ auf dem Oszilloskop wurden ein wenig stärker und erschienen doppelt so häufig. Das mußten die Leitweibchen sein, die der Hauptgruppe leise, regelmäßige, suchende Flüsterschreie vorausschickten. In ungefähr achthundert Meter Entfernung, schätzte er, mit einer Geschwindigkeit von ungefähr zwanzig Meilen pro Stunde. Auf einer Klemmbrettlandkarte notierte er Richtung und Zeitpunkt des Kontaktes.

Er schwitzte trotz der kühlen Nachtluft. Die meisten Fledermaus-›Ausdrucke‹ waren zierliche, wie Glocken oder Diamanten geformte Schatten. Die Stimme der Vampire dagegen war zerklüftet, nahezu menschlich. Weitere Fledermäuse gerieten in die Reichweite des Mikrofons. Nordwest, entschied er, drehte den Mantel um eine weitere Einkerbung und reduzierte den Bogen auf neunzig Grad. Der Oszilloskopstrich zitterte jetzt fast ständig. Sie kamen direkt auf ihn zu.

Paine stieg aus dem Rover und befestigte einen Ultrarotfilter auf einem an der Tür angebrachten Suchscheinwerfer. Das Oszilloskop gab, ausgelöst von der Intensität des Signals, einen Piepton von sich. Er stieg wieder ein und kurbelte die Fenster hoch. Er drehte den Mantel auf fünfundvierzig Grad, und das Oszilloskop zeigte ein gleichmäßiges Band starker, näherkommender Striche.

Paine zog den Batteriestecker aus dem Mikrofonschaft, drehte das Mikrofon mit der Hand, und das Oszilloskopbild explodierte in einem Schneeschauer. Er schaltete das Oszilloskop und die Innenbeleuchtung aus, nahm ein lichtempfindliches elektronisches Fernglas zur Hand und schaltete den Suchscheinwerfer ein. Er richtete den Strahl nach oben.

Sie zogen über ihn hinweg, zehn auf einmal, dann zwanzig, dann mehr, als er zählen konnte, ungefähr acht Meter über dem Rover, Hunderte, eine der größten Vampirkolonien, die er jemals gesehen hatte. Sie flatterten nicht wie die Insektenfresser unter den Fledermäusen, sondern ruderten mühelos mit langen Flügeln, verdunkelten den Himmel, färbten ihn mit messerförmigen Schwingen rot.

Der Fahrer lenkte seine schwere Maschine die Gebirgsstraße hinab. Die Straße war schlecht, sie verlief fast immer am Rand des Abgrunds entlang, und wenn er sie nicht so gut gekannt hätte, hätte er im Dunkeln nur noch im Schritt fahren können. So aber behielt er sein Tempo bei – aus Angst ebensosehr wie aus anderen Gründen.

Die Straßenschulter, vom Regen durchweicht, sackte unter seinen Reifen ab. Er richtete das Motorrad wieder gerade und drosselte das Tempo. Er war froh, daß er sich auf die Straße konzentrieren mußte, und als er eine Stelle erreichte, wo sie fast völlig weggewaschen war, jagte er die Maschine geschickt am inneren Rand entlang, bis er wieder ein besseres Straßenstück erreichte.

Ich habe Glück gehabt, dachte er, mehr Glück als mein Bruder. Irgend jemand hatte bei Nacht draußen am Corral bleiben müssen, um alles niederzuschießen, was sich dem Vieh näherte. Sein Bruder hatte diese Aufgabe übernehmen, hatte seine neue 30-30 ausprobieren wollen, die er zusammen mit einer Flinte, zwei ferngesteuerten Lampen und einer Schlafdecke mitnahm. Sein Bruder hatte keinen einzigen Schuß abgegeben. Um Mitternacht war er, von Kopf bis Fuß blutend, zur Küchentür hereingewankt und hatte geschrien: »Fledermäuse!«

Und das war verrückt.

Er hatte mehr Glück gehabt als seine Familie. Die Mutter war zuerst krank geworden. Der Vater hatte beide pflegen müssen, und dann war er selbst krank geworden. Aber das wäre nicht so schlimm gewesen, hätte es nicht dieses Gewitter gegeben, das die Telefonleitung heruntergerissen hatte. Jesus, wie oft hatte er ihnen gepredigt, daß sie ein Funkgerät auf der Ranch brauchten – für alle Fälle! Tausendmal. Wenn er jetzt nicht rechtzeitig einen Arzt benachrichtigen konnte, war das allein ihre Schuld. Ein bißchen Vorausplanen konnte so viel nützen. Zum Beispiel mußte diese ganze verdammte Straße repariert, stellenweise neu aufgeschüttet werden, wenn sie zur Pinienernte mit Lastwagen hier herauffahren wollten. Wahrscheinlich würde er sich eine Zeitlang allein um das alles kümmern müssen.

Er wurde langsamer, um sich zwischen ein paar Ästen hindurchzuwinden, die quer über den Weg gefallen waren. In den Zweigen hatte sich, wie eine Peitschenschnur, ein schwarzer Draht verfangen. Der Fahrer hielt an und drehte den Lenker mit dem Scheinwerfer daran, bis er am äußeren Rand der Straße den Telefonmast gefunden hatte. Der Draht war die Telefonleitung.

Er schob seine Maschine an den Mast und öffnete seine ziselierten Satteltaschen. Er hatte wahrhaftig Glück gehabt, aber das hatte überhaupt nichts zu sagen, wenn man nicht auf alles vorbereitet war. Die Satteltaschen enthielten die Utensilien eines Telefontechnikers: Helm mit Lampe, Handschuhe, Gürtel und ein Telefon. Er hatte die Sachen bei der Southwest Bell mitgehen lassen. Das konnte man nicht stehlen nennen; alle nahmen Sachen mit. Niemand würde etwas dagegen sagen, wenn er damit Menschenleben rettete. Er schnallte sich den Gürtel um, setzte den Helm auf und probierte die Lampe aus, die nur einen schwachen, aber ausreichenden Schein von sich gab. Eifrig begann er die Stahlhaken zu dem zerrissenen Draht hinaufzuklettern.

Ganz oben auf dem Mast kamen ihm die ersten Zweifel. Er war nie besonders gut bei der Reparatur von Leitungen gewesen, und die Helmlampe leuchtete hier oben, zehn Meter hoch in der Luft, scheinbar viel schwächer als unten auf dem Erdboden. Doch wenn er sich Zeit ließ, konnte er immer noch Stunden früher fertig sein, als wenn er mit seiner Maschine um Hilfe gefahren wäre. In der Umgebung des Dinnebito Wash gab es keine anderen Häuser mit Telefon, und einen öffentlichen Fernsprecher fand man erst in der Nähe von Tuba City. Er schnallte den Gürtel ein Loch enger um den Mast. Die Nacht war so verdammt dunkel! Obwohl ihm dunkle Nächte zur Jagd auf den Waschbären, vielleicht sogar auf Hochwild normalerweise willkommen waren. Er lag auf der Lauer, bis er ein Geräusch hörte, dann schaltete er das Flutlicht ein. Die Tiere erstarrten mit orangefarbenen angsterfüllten Augen, und er jagte ihnen eine Kugel direkt durch die Lichter.

Die Handschuhe waren steif, weil er sie so lange nicht gebraucht hatte. Er fürchtete, das Telefon fallen zu lassen, wenn er einen Fehler machte. Das Telefon selbst war überaus einfach: Es hatte eine Wählscheibe am Hörer und zwei mit Klemmen versehene Drähte. Mit seinen Stiefeln fand er keinen festen Halt auf den Masthaken; das verzögerte den Aufstieg. Außerdem waren die Klemmen so verrostet, daß er sie mit seinem Hirschfänger blankschaben mußte. Gerade wollte er die Klemmen am Draht befestigen, da stellte er fest, daß er nicht allein war. Ungefähr drei Meter von ihm entfernt hing kopfüber eine Fledermaus am Draht und beobachtete ihn aufmerksam.

Die Klemmen rutschten ihm aus den Handschuhen, aber er hatte sich rasch wieder gefaßt. Dies war die größte Fledermaus, die er jemals gesehen hatte, mattbraun, mit stumpfer Nase und gefranstem Kopf. Aber es war nur eine einzige, und so schluckte er ein paarmal trocken und lachte über sich selbst. Er hakte das Messer in den Gürtel, um beide Hände frei zu haben, und klemmte das Telefon an den Draht. Der Lichtstrahl der Helmlampe glitt am Draht empor. Fünf weitere Fledermäuse hingen dort.

Als er den Mast emporkletterte, waren noch keine Fledermäuse dagewesen, das wußte er. Angst hatte er nicht, aber er wünschte, er hätte eine Ungezieferpistole mitgebracht. Er hatte eine in den Satteltaschen. Vorsichtig blickte er zu seiner Maschine hinunter. Der Lichtstrahl erreichte kaum den Boden, aber er hätte schwören können, daß der lebendig war. Zuerst dachte er, es wären Kröten, die sich über die Straße drängten, doch als er genauer hinsah, entdeckte er, daß der gesamte untere Teil des Mastes mit ihnen bedeckt war und daß sie weiterkletterten, seitwärts, rückwärts, und da wußte er, was es war, und wußte irgendwie auch, worauf sie aus waren. Sein Herz wußte es und begann gegen die Rippen zu hämmern. Der Draht schwankte, zerrte an dem Telefon in seiner Hand. Innerhalb von Sekunden war der ganze Draht voller Fledermäuse. Eine sah er, die ein Baby an ihre Brust gedrückt hielt. Das Baby drehte den Kopf und sah ihn an.

»Nein!«

Etwas traf ihn wie ein Schlag mitten auf dem Rücken und schleuderte ihn gegen den Mast. Er ließ das Telefon fallen; es baumelte unter ihm. Zähne bissen durch seine Hose. Er schlug nach unten, und als er den Arm wieder hob, war er vom Ellbogen bis zum Handgelenk aufgerissen. Verblüfft starrte er die Wunde an. Mit dem Kopf nach unten marschierten die Fledermäuse am Draht auf ihn zu. Er wollte seinen Gürtel lösen, doch seine Handschuhe waren zu schwer. Er schüttelte den linken

Handschuh ab, und sofort bedeckte eine Fledermaus seinen Handrücken. Andere hockten auf seinem Rücken, wieder andere klammerten sich an seine Beine. Ihre Bisse waren zwar scharf, aber nicht übermäßig schmerzhaft. Eher kalt als sonst etwas. Er schüttelte die Fledermaus von der Hand, doch nun waren seine Finger rot und schlüpfrig. Er hatte immer das Glück auf seiner Seite gehabt, und wenn er jetzt nur bis zu seiner Maschine kam . . .

Er trat um sich und glitt mit dem zweiten Fuß vom Haken. Jetzt hing er nur noch an seinem Gürtel und sah zu, wie die Fledermausprozession mit dem Kopf nach unten von der Mastspitze aus auf ihn zu gekrochen kam. Eine kurze Zeit lang trat er um sich wie ein Mann, der auf der Stelle läuft, dann hoben und senkten sich seine Beine noch sehr lange wie die eines Marathonläufers, der gegen Ende seines Laufs unter einer unfairen Last zu wanken beginnt.

5

Eine Reihe von Männern sang vor dem Hintergrund der Wüste: ›Ho-o-hah!‹ Sie waren alle schwarz bemalt, mit lediglich ein bißchen Weiß auf der Stirn, dem Mund, auf Armen und Rükken. Ihr langes Haar war mit Adlerfedern geschmückt, von ihren blauen Kilts hingen Fuchsfelle herab. Bei jedem Seitenschritt schwangen die Türkisketten an ihrem Hals, klapperten die Rasseln aus Schildkrötenpanzern an ihren Knien im Takt.

»Da ist mein kleiner Bruder.« Cecil Somiviki zeigte Youngman einen der Tänzer. »Der mit der Perücke. Der hat so große Angst, daß er gleich Silberdollars scheißen wird.«

Ungefähr fünfhundert Hopis hockten auf Dächern und Leitern, aßen *piki*-Brot und tranken Coke, die jungen Männer wie dunkelhäutige Cowboys gekleidet, die Mädchen in zeremoniellen Gewändern. Eine Navajo-Abordnung, glitzernd wie ein Schaukasten mit Silberschmuck, stand dicht beieinander, die weißen Touristen jedoch, erschöpft nach der Klettertour vom Parkplatz über dreihundert Meter tief unten in den Kürbisfeldern bis hier herauf, die Stirn über der verstaubten Sonnenbrille rot verbrannt, hatten sich am Rand der ungepflasterten Plaza verteilt. Youngman hielt Ausschau nach Anne. Walker Chee war auch da; er hatte sich ein Samtband um das Haar mit dem Messerschnitt gewunden.

»Der Kopfklopfer ist immer noch auf deinen Kopf aus«, murmelte Cecil. »Aber heute kann er dich jedenfalls nicht feuern. Oh, oh, Lady!« An Youngman vorbei griff er nach einer

Instamatic, die eine Weiße in ihr Kopftuch gewickelt hatte. »Keine Fotos, Ma'am. Sie haben doch sicher die Hinweisschilder gesehen.«

Sie trug eine geschwungene Sonnenbrille und hatte Zinksalbe auf der Nase.

»Hinweisschilder?«

Ihr Lächeln verschwand, als Cecil die Kamera öffnete und die Filmkassette mit dem Stiefel zertrat. Er warf die Kamera in einen Beutel und reichte ihr einen numerierten Zettel.

»Nach dem Tanz können Sie sie wieder abholen.«

»Dies ist eine religiöse Zeremonie«, erklärte ihr Youngman.

»Im Freien?« keifte sie. »Erzählen Sie mir doch nichts!«

»Nicht vergessen«, ermahnte Cecil sie. *»No tickee, no camera.«* Zusammen mit Youngman schlenderte er an der Peripherie der Zuschauermenge entlang und hielt nach weiteren Kameras, nach Tonbandgeräten und Zeichenblöcken Ausschau. »Dieser verdammte Bärenriemen-Clan sollte diese Dinger doch schon auf dem Parkplatz abfangen.«

An der Leiter zur *kiva* des Schlangen-Clans flatterten Federn und Roßhaarbüschel. Erstaunt sah Youngman, daß auch noch an der *kiva* des Feuer-Clans Federn wehten.

»Ja«, antwortete Cecil auf seine Frage, »die alten Burschen sind schon seit Tagen da unten. He, da haben wir ja noch einen Amateur-Anthropologen!«

Ein weißer Teenager umklammerte eine zerrissene Flugtasche, die, wie Youngman feststellte, einen Panasonic-Recorder und einen Beutel Gras enthielt.

»Ungeheuer.« Cecil übernahm den Recorder. »Was ist heute mit dir los, Youngman? Sonst bist doch du es, der all diese hübschen Sächelchen findet.«

In der Mitte der Plaza stand eine Laube aus grünen Pappelzweigen; ein Loch im Boden war mit einem Brett abgedeckt. Die Tänzer stampften auf das Brett; sie warnten die Geister darunter, daß Boten unterwegs seien, die Regen forderten, und sangen: »Ho-o-ah, Ho-o-ah, Ho-o-ha, Ho-o-ha!« Einer der Tänzer hielt die ›Boten‹ empor: ganze Hände voll Schlangen.

Youngman und Cecil arbeiteten sich bis zur ersten Reihe der Zuschauer durch, während jene Tänzer, die ›Sammler‹ genannt wurden, bis an den Rand der Plaza ausschwärmten. Ihre Aufgabe bestand ganz einfach darin, entkommene Schlangen einzusammeln, bevor sie in der Menge verschwanden. Antilopen-Priester schlugen mit Rasseln den Takt. Youngman spürte, wie Adrenalin ihn belebte, als wäre es Scotch. Sogar Cecil war plötzlich aufgeregt; hätte er nicht seinen Job gehabt, er hätte ebenfalls getanzt. Die Zuschauer wichen einen Schritt zurück.

»Scheißkerl, Scheißkerl«, sagte Cecil immer wieder vor sich hin.

Der erste Tänzer biß seine Schlange ungefähr fünfundzwanzig Zentimeter hinter dem Kopf in den Nacken und hielt den Körper der Schlange in der Linken. Rechts neben dem Tänzer tanzte ein zweiter Mann mit einer ›Schlangenpeitsche‹ aus Adlerfedern. Der Schwanz einer zwei Meter langen Diamantklapperschlange schleifte auf dem Boden. Sie mußten mit der Schlange viermal um die Pappellaube in der Mitte der Plaza tanzen, sich dann eine andere Schlange holen und mit ihr dasselbe machen. So sicherten sie sich den Regen.

»Sie reißen ihnen die Fangzähne heraus«, hörte Youngman einen weißen Vater seinen Sohn belehren.

Powell Somiviki kam vorbei; er tanzte geduckt auf den Fußballen.

»Scheiße, er hat die Schlange auf der falschen Seite«, schimpfte Cecil.

Powell rollte die Augen so, daß die Iris kaum noch zu sehen war. Seine Knie wurden weich. Aus seinem linken Mundwinkel, außerhalb der Reichweite der Adlerfeder, ragte der Kopf einer blutroten Klapperschlange. In ihrem weit offenen Maul konnte man zwei gelbliche Fänge erkennen. Youngman sah, wie die Schlange ihren Schwanz um Powells Arm wickelte und versuchte, zum Zustoßen auszuholen. Powell tanzte davon, während die Schlange den richtigen Angriffswinkel suchte.

»Scheißkerl!« sagte Cecil.

»Dad, ich habe aber gesehen . . .«

»Sie melken das Gift ab«, antwortete der Vater.

Eine schwarze Klapperschlange entkam den Tänzern und glitt quer über die Plaza; gemächlich folgte ihr ein Sammler. Obwohl der Sammler sie einholte, hielt er die Schlange nicht an, eine Tatsache, die von den Neugierigen alles andere als begrüßt wurde, da ihm die Schlange zwischen ihren Beinen hindurch entkam. Laut schreiend flüchteten sie sich an die Hauswände oder liefen zur Straße hinüber. Der Sammler ergriff die Schlange beim Schwanz und trug sie zurück.

Powell war auf der anderen Seite der Plaza in die Knie gesunken. Er war ohnmächtig geworden. Die Klapperschlange hatte sich noch immer nicht oft genug um Powells Arm gewikkelt, um zustoßen zu können, und der Tänzer neben Powell half ihm, den Schwanz der Schlange zu lösen und den Kopf in Powells Mund umzudrehen.

»Da sieht man, was eine Collegebildung alles anrichtet.« Cecil schwitzte. »Man kann nicht mehr rechts und links unterscheiden. Idiot. . .«

Der Tanz ging weiter. Walker Chee entfernte sich, um eine der Außentoiletten am Rand der Mesa aufzusuchen. Als er wieder herauskam, wartete Youngman auf ihn.

»Wie geht's dem jungen Loloma?«

»Ich habe den Ältesten einen Bericht gegeben.« Chee wollte an ihm vorbeischlüpfen.

»Wie geht's ihm?« Youngman verstellte ihm den Weg.

»Er ist in guten Händen. Übrigens, Ihre Leute lassen sich hier eine großartige Chance entgehen. Sie könnten den Schlangentanz meistbietend an die Fernsehsender versteigern, das brächte eine Million Dollar pro Jahr ein. Nur für etwas, was ihr ohnehin immer macht. Das könnte die größte Attraktion in diesem Land werden.«

Youngman staunte. Mit Walker Chee reden, das war, als wollte man eine Eidechse am Schwanz einfangen. Selbst wenn man sie festnagelte, entwischte sie einem noch.

Als Youngman auf die Plaza zurückkehrte, war einer der Tänzer gebissen worden. Eine Wühlnatter hatte ihn am Hals erwischt und ließ erst los, als der Schatten einer Adlerfeder an ihren Augen vorüberzog; mit dumpfem Geräusch fiel sie zu Boden. Powell tanzte, eine neue Klapperschlange im Mund, über die Wühlnatter hinweg; der Kopf der Klapperschlange ruhte auf Powells Schulter, ihr Schwanz pendelte fast im Takt von Powells Schritten. Mann und Schlange, zwei Teile der Natur, eng vereint, und zwar nicht durch Zufall; die Legenden berichteten von der Schlangenfrau. Was die Weißen, was sogar die Navajos niemals begreifen würden, das war, wie Abner immer gesagt hatte, daß es sich bei dem Schlangentanz um einen Tanz des Lebens und nicht des Todes handelte.

»Der Junge hat sich gut gehalten.« Cecil zwinkerte Youngman zu.

Als die letzte Schlange in die Pappellaube zurückgebracht worden war, zog das Oberhaupt des Schlangen-Clans mit Maismehl einen Kreis mit Strichen, die nach Osten, Westen, Süden, Norden, zur Sonne hinauf und in die Unterwelt hinab wiesen. Während er betete, warfen die Tänzer ihre Schlangen in den Kreis, wo sie sich in einem großen Haufen ringelten. Schließlich griff sich jeder Tänzer so viele Schlangen, wie er tragen konnte, und dann liefen sie den schmalen Pfad hinab, der an der Mesa-Wand entlangführte, bis in die Wüste, wo sie meilenweit laufen würden, bevor sie ihre Reptilien freiließen.

Youngman, Cecil und ein zweiter Hilfssheriff namens Frank gaben die konfiszierten Kameras zurück und dirigierten den Touristenverkehr aus dem Parkplatz auf dem Kürbisfeld, und als der Parkplatz nahezu leer war, setzten sie sich auf die Heckklappe von Cecils Kombiwagen und tranken eiskaltes Bier.

Anne hatte sich nicht blicken lassen. Offenbar hat sie etwas Besseres zu tun, dachte Youngman.

»Nicht der schlechteste Schlangentanz, den ich gesehen habe. Nicht der beste« – Cecil richtete den Strahl seiner Bierdose von sich fort –, »aber auch nicht der schlechteste.«

»Dein Bruder hat einen guten Eindruck gemacht.« Frank rülpste.

»Ein bißchen ängstlich, anfangs.« Cecil krauste die Stirn.

»Wie ich ihm gesagt habe, man darf sich nicht dagegen wehren. Wenn man den Glauben hat, ist alles okay.«

»Wer war das, der gebissen wurde?« Youngman versuchte, in die richtige Stimmung zu kommen.

»Wie heißt er doch. . . Schmetterling. Nein, Schmetterlings Bruder. Na, den werde ich mir morgen vornehmen.« Cecil lachte. »War das nicht großartig, Powell mit diesen Schlangen?«

Cecil kratzte sich zufrieden zwischen den Beinen. Frank war der Hilfssheriff vom Walpi-Pueblo; er hatte weißes Blut in den Adern, daher hatte er Koteletten und eine lange Nase, und hinter seinem Rücken nannten ihn seine Freunde Pferdegesicht.

»Hast du gesehn, wie die Schlangen zwischen die Zuschauer krochen?« Er gab Youngman einen Rippenstoß. »Diese dicke Blonde. Ich dachte, die bleibt mindestens einen Monat in der Luft.«

»Wahnsinnig komisch«, bestätigte Youngman.

»Wenn die kommen und den Tanz sehen wollen, müssen sie auch das Risiko auf sich nehmen«, sagte Cecil. »Niemand hat sie aufgefordert. Wir sind hier nicht in Gallup. Wenn sie sich betrinken, wenn sie unechte Tänze und Roy Rogers sehen wollen, dann müssen sie nach Gallup fahren.«

»Wißt ihr, daß Roy Rogers Trigger ausgestopft in seinem Haus stehen hat?« Frank wurde ernst.

»Nein!« Cecil war angewidert. »Wozu?«

Die paar Fahrzeuge, die noch auf dem Parkplatz standen, waren Hopi-Lastwagen und Walker Chees Le Sabre.

»Möchte wissen, weshalb Chee hier noch rumhängt.« Youngman nahm eine von Frank angebotene Zigarette.

»Geschäfte«, sagte Cecil mit unterdrückter Stimme.

»Geschäfte?«

»Hab' ich jedenfalls gehört. Das Schwein, dem ist überhaupt nichts heilig.« Cecil spie auf den Boden.

»Was für Geschäfte?«

»Ach, irgend so 'n Blödsinn, daß die Kopfklopfer die Polizei für unser gemeinsames Gebiet stellen sollen. Um uns einen Gefallen zu tun, wie üblich. Verdammt, es war kein gemeinsames

Gebiet, bis die Navajos zu ihren Freunden im Büro gegangen sind und uns das Land gestohlen haben! Wenn die Kopfklopfer und das Büro gemeinsame Sache machen, haben wir schließlich nur noch eben genug Land, um in der Hocke pissen zu können.«

»Da wir gerade von Chee sprechen: Ich bin vor ein paar Wochen auf einen ganz komischen Kerl gestoßen«, berichtete Frank. »Großer *pahan* mit rötlichem Haar, behauptete, er sei Arzt. Fuhr so 'nen komischen Wagen.«

»Den habe ich auch kennengelernt«, sagte Youngman. »Was war so komisch an ihm?«

»Gar nichts, als ich ihn zum erstenmal sah. Beim zweitenmal bin ich ihm am Five House Butte begegnet. Da hat er mich nach Fledermäusen gefragt. Hat er dich auch nach Fledermäusen gefragt?«

Cecil und Frank blieben noch, um weitere Bierdosen zu leeren, während Youngman zu Fuß zum Pueblo zurückkehrte. Der Lärm der Familienfeiern drang ebenso zu den Fliegendrahttüren heraus wie der Duft gebratener Kaninchen. Durch ein Fenster sah er Chee und ein paar andere Navajos mit den Ältesten des Pueblos sprechen. Ganz allein setzte sich Youngman dort nieder, wo die Plaza im Leeren endete. Er ließ die Füße über dem Abgrund baumeln.

Die Sonne schien ihm waagerecht in die Augen. Zwischen seinen Stiefeln hindurch blickte er nach unten, wo auf einem Felsvorsprung ein Wacholder die Tiefe verbarg. Mit einem Feldstecher hätte er vielleicht die Tänzer aus der Wüste zurückkommen sehen können. Dunkle Punkte bewegten sich im Laufschritt durch Schatten, die eine halbe Meile Sand bedekken mochten. Die Luft war diesig, purpurn im Osten, golden im Westen. Hinter der Wüste, auf der anderen Seite der Berge, würden jetzt in den Städten die Lichter angehen. Winslow, Flagstaff, Tucson, Phoenix. Boulevards, Palmen, Motel-Neon, Swimming-pools, alles beleuchtet, alles mit Strom versorgt durch Wasser, das gekauft, gestohlen, geteilt, überschätzt worden und am Versiegen war. Ho-ah-ha, alle wollen Regen.

Fledermäuse also. Warum fragte der *pahan*, der hinter einer Gewebeprobe von Abner her war, nach Fledermäusen? Wenn er sie suchte, warum war er dann nicht bei den Carlsbad Caverns, wo es sie zu Millionen gab? Was war so geheimnisvoll an der Suche nach Fledermäusen?

Auf der Momoa-Ranch scheint alles in Ordnung zu sein, dachte er. Und fragte sich, warum er an die Momoas dachte, bis ihm einfiel, daß Anne ja dorthin wollte. Abner und der junge Loloma waren beide östlich von Gilboa angegriffen worden. Sie fuhr Richtung Westen. Und sie hatte ein Funkgerät.

Das einzige Problem, das sie hatte, war er. Er erinnerte sich noch an das erste Mal, als er und Anne oben am Dinnebito Wash gecampt hatten. Camping war die offizielle Bezeichnung dafür. Nur so viel Forellen fangen, daß sie genug zu essen hatten. Sich auf einer Decke lieben.

Am zweiten Abend hatte sie ihm von ihrer Familie erzählt, am dritten hatte sie ihn nach der seinen gefragt.

»Keine Familie, keine Geschichten«, antwortete er.

»Ich habe diese Skizzen gesehen, die du gemacht hast. Dieses schreckliche, blutige Gesicht, das auf allen ist. Das war für mich voller Symbolismus.«

»Quatsch, Symbolismus«, antwortete er. »Das ist Masaw.«

Um sie zu unterhalten, erzählte er ihr Geschichten über den Maski Canyon. Wie Masaw blutverschmiert und verbrannt aus einer flammenden Grube entkam, die niemals gelöscht werden konnte. Und von der Stadt der Toten. Als sie ihn bat, sie ihr zu zeigen, wehrte er ab.

»Du willst damit wohl sagen, daß es diese Stadt in Wirklichkeit gar nicht gibt, nicht wahr?« Sie lachte.

»So ähnlich.« Er wählte den leichten Ausweg.

»Ungefähr wie ›irgendwo hinter dem Regenbogen‹?«

»Ich will's mal so sagen: Wenn du dort bist, bist du verloren.«

Eines beunruhigte sie.

»Wie kannst du Masaw zeichnen, wenn du ihn nie gesehen hast?«

»Abner erklärt mir, was ich zeichnen muß.«

»Abner sieht Masaw?«

»Abner hat seine Verbindungen.«

»Abner wird sich eines Tages noch mit Datura vergiften.«

»Das auch.«

Falsch, wie sich herausstellen sollte, dachte Youngman.

Abner und Anne, die beiden einzigen Menschen, an denen ihm etwas lag. Der eine tot, die andere kurz vor der Abreise. Doch nur vor der Abreise aus dem Reservat, also nicht unbedingt eine Trennung von ihm. Es sei denn, er wollte unbedingt bleiben – und wozu? Um eines Tages so dahinzuwelken wie Stone Man oder ein Paria zu werden wie Abner? Chee hatte ihn fast aus seinem Amt verjagt. Cecil weigerte sich zu untersuchen, was mit Abners Leiche geschehen war.

Warum eigentlich nicht mit Anne davongehen? Oder so ausgedrückt, wie es die meisten Weißen ausdrücken würden: Warum wie ein Indianer leben? Warum ein schmutziges Leben auf kümmerlichem Boden führen, den ganzen Tag schwitzen, die ganze Nacht frieren? Mit einer entsprechenden Berufsausbildung konnte er von neun bis fünf in einem klimatisierten Büro arbeiten, zwei Anzüge und einen Mittelklassewagen besitzen und zwei Wochen Urlaub bekommen. Oder, wenn er es geschickt anstellte, zu einem Berufsindianer werden wie Chee. Nicht, daß Anne jemals die Frage so formulieren würde. Für sie war es lediglich eine Angelegenheit der gegenseitigen Liebe. Der ›Verpflichtung‹, wie sie es ausdrückte. Doch Youngman war bereits verpflichtet. In einer Indianerreservation geboren zu sein war das gleiche, wie ein Verbrechen begangen zu haben und zu lebenslänglicher Isolation verurteilt zu werden. In Quarantäne gehalten zu werden von jener schlimmen Krankheit, die das Leben unter Weißen dem Erstickungstod gleichen ließ. Die Beweise-Symptome dieser Verbrechens-Krankheit: Selbstmitleid, Argwohn, Dummheit und Stolz. Gibt es im zwanzigsten Jahrhundert einen Indianer, fragte sich Youngman, der nicht schizophren ist? Und der das nicht als Rechtfertigung benutzt? Kann das einer so gut wie ich?

Youngman hörte Schritte über die Plaza kommen, und dann

setzte sich Harold Masito neben ihn, im Mund eine handgerollte Zigarette aus Mesa-Tabak, der dreimal so stark war wie der aus dem Laden. Der Bärenriemen-Priester trug sein Hemd streng am Hals zugeknöpft. In den langen, schrägen Sonnenstrahlen wirkte sein Gesicht so rauh wie Sandstein.

»Noch keine Wolken.« Er starrte zu den Bergen hinüber.

»Noch nicht.«

»Versuchst du sie herbeizudenken? Das kann man nicht. Wir tun unseren Teil, und der Regen kommt. Nach zwei Tagen, vielleicht später. Nicht sofort. Vielleicht kommt heute abend ein bißchen Wind. Bringt uns richtigen Regen, nicht wie gestern.«

»Eigentlich dachte ich an Abner«, erwiderte Youngman. »An Abner und an Fledermäuse.«

Eine Minute lang saßen sie schweigend und beobachteten, wie ein Mesquiteball weit unten über den Boden rollte. Er hüpfte über ein paar Sprudeldosen, die jemand von der Mesa hinuntergeworfen hatte. Die Dosen waren noch zu gebrauchen. Man konnte sie aufschneiden und im Frühling über Maisschößlinge stülpen.

»Ich habe auch an Abner gedacht«, sagte Harold. »Wir hätten ihn nicht von der Mesa jagen sollen.«

»Ihr habt ihn für einen Hexer gehalten.«

»Das war er auch. Aber er hatte die Macht. Die einzige Macht, die wir haben, ist Masaw, ist dieses Land. Abner konnte mit Masaw reden, und wir haben Abner davongejagt, und jetzt verlieren wir immer mehr Land. Ich persönlich hielt mich eigentlich für einen recht tapferen Burschen. Ich hätte keine Angst vor Abner haben sollen. Du hattest keine.«

»Ich hielt ihn auch nicht für einen Hexer.«

»Und jetzt?«

»Nein. Aber jemand anders scheint ihn dafür zu halten. Man hat sein Grab ausgeraubt. Du weißt nicht zufällig etwas davon, wie?«

»Soll das heißen, daß er nicht mehr drin ist?«

»Genau. Aber das finde ich nicht rätselhaft. Das einzige, was mir rätselhaft bleibt, ist die Frage, woran er gestorben ist. Ich habe noch nie derartige Wunden gesehen. Und nirgends Spuren.«

Harold gab die Zigarette weiter.

»Spuren sind nur da, wenn man sie findet. Abner hat immer alles richtig gemacht. Ich habe ihn gestern nacht im Traum gesehen. Deswegen bin ich jetzt zu dir herausgekommen.«

»Ach?« Youngman war bitter-belustigt. »Und was hatte Abner zu sagen, jetzt, nachdem du wieder mit ihm sprichst?«

»Er bat mich, dir zu helfen, weil du nicht lesen kannst.«

»Ich kann nicht viel, aber lesen kann ich. Besten Dank.«

»Wörter.«

»Genau.«

»Hast du Wörter gefunden, als du Abner fandest?«

»Nein.«

Harold knurrte, als habe er seine Behauptung bewiesen.

»Was sollte ich denn lesen?« erkundigte sich Youngman gereizt. »Ein paar Krähenfüße aus Sand auf dem Boden? Hör mal, es ist ein bißchen spät, deine Meinung über Abner zu ändern. Ich habe ihn nicht von der Mesa gejagt, das wart ihr. Mit Hexengeschichten. . .«

»Er hat die Tafel gestohlen.«

»Wie bitte?« Youngman hielt inne.

»Er hat die Tafel des Feuer-Clans gestohlen, damit der *Pahana* nicht zurückkommen konnte. Der echte Weiße Bruder besitzt eine Ecke der Tafel, und wenn er kommt, müssen wir die Tafel nur zusammensetzen, dann ist alles wieder gut. Wir hatten diese Tafel sogar schon, ehe wir auf diese Welt kamen, damit wir den *Pahana* erkennen, wenn er kommt.«

»Vor dieser Welt?«

»Von der Mayawelt. Abner konnte die Mayaschrift lesen.«

»Ach.« Youngman zuckte nicht mit der Wimper. »Mir gegenüber hat er nie etwas davon erwähnt.« Was ist mit Griechisch und Latein, dachte er.

»Wir mußten die Mayas verlassen, weil das Leben dort zu leicht war.«

»Ein guter Grund.«

»Hier mit Masaw müssen wir die Zeremonien abhalten, wenn wir Regen und Mais haben wollen. Deswegen halten wir uns eng an das, was richtig ist. Ich weiß, es ist schwer, aber wir wurden auserwählt . . .«

»Nicht auserwählt.« Youngman verlor die Geduld. »Beschissen. Wir sind die Gottbeschissenen der Erde. Sieh uns doch an! Wir laufen in Lumpen herum, essen Mais, den andere nicht mal ihren Schweinen vorwerfen würden, schlafen in Löchern, und was tun wir? Wir beglückwünschen uns dazu, daß wir die gottbeschissensten, hoffnungslosesten Menschen der ganzen Erde sind. Denn das sind wir, und das ist einzig unsere eigene Schuld. Und wir sind so beschissen dämlich, daß wir auch noch stolz darauf sind.«

Kaum hatte er es ausgesprochen, da schämte sich Youngman seiner Worte. Harold musterte ihn entsetzt.

»Tut mir leid, Onkel. Das war unfair und dumm von mir. Okay? Du wolltest mir von der Tafel erzählen, die Abner gestohlen hat.«

»So eine Tafel gibt es wirklich.«

»Davon bin ich überzeugt.« Youngman versuchte Harold zu beschwichtigen.

»Ich erinnere mich, daß wir sie nach Washington mitnahmen, zu Präsident Taft, um zu sehen, ob er der *Pahana* war.«

Laß mich raten, dachte Youngman.

»Und war er es?« fragte er.

»Nein.« Harold blieb niedergeschlagen.

Youngman merkte, daß er bei dem Gedanken an den Altar, den Abner in seinem Schuppen errichtet hatte, beunruhigt war. Auf dem Altar hatte Abner einen Platz für die Tafel freigelassen.

»Wie dem auch sei, es spielt keine Rolle, nun, nachdem Abner sie an Masaw zurückgegeben hat.« Harolds Miene hellte sich auf. »Der *Pahana* hat seine Chance verpaßt. Du wirst die Reservation doch nicht verlassen, oder?« setzte Harold hinzu.

»Warum sollte ich?« fragte Youngman verwundert.

»Es heißt, daß sie dich feuern wollen. Chee ist gerade da drin und behauptet, er werde uns gern helfen, aber er will, daß du gefeuert wirst.«

»Die Ältesten würden das nicht tun, und Cecil auch nicht.«

»Das hat Cecil nicht zu bestimmen. Und Chee ist ein guter Redner. Und vielleicht ist es auch, weil du was mit diesem weißen Mädchen angefangen hast.«

»Das geht nur sie und mich was an.«

»Nun, so ist es aber.« Harold zuckte die Achseln und klatschte sich mit den Händen auf die Knie. »Ich muß zurück. Mein Sohn hat Eiskrem in einem Eiseimer heraufgebracht. Rauch du die zu Ende.« Er gab Youngman den Zigarettenrest.

Gefeuert, dachte Youngman. Er hatte nie viel über seinen Job nachgedacht – bis jetzt. Höchstens, daß er keinen Pfifferling wert sei, und wenn er einen solchen Job nicht halten konnte, was dann?

»Abner hat mir in diesem Traum noch etwas anderes gesagt«, fuhr Harold fort.

»Ach?«

»Er hat mir gesagt, du sollst mir die Fotos zeigen, die du von ihm gemacht hast.«

Youngman richtete sich auf und stieß einen Strom kräftigen Tabakrauch aus, der im Luftzug flatterte. Die Aussicht, gefeuert zu werden, blieb in seinem Gedächtnis haften, aber er dachte auch daran, daß er niemandem von den Fotos erzählt hatte, die er vom toten Abner in seinem Schuppen gemacht hatte. Außer Anne und den Campern wußte niemand etwas davon. Vielleicht hatten sie mit Selwyn darüber gesprochen.

»Okay«, sagte er langsam, »ich bringe sie dir. Ich habe sie nicht bei . . .«

Unwillkürlich betastete er seine Brusttasche und fühlte etwas Flaches darin. Er zog die Polaroid-Schnappschüsse von Abner heraus, der lang ausgestreckt auf dem Boden lag. Youngman hatte geglaubt, sie mit dem Bericht über Abners Tod im Archiv abgelegt zu haben; daß er sie nicht eingesteckt hatte, meinte er mit Sicherheit zu wissen.

»Ich habe mich offenbar geirrt. Weshalb willst du sie sehen?«

»Um sie für dich auszudeuten.« Harold nahm die Fotos entgegen.

Ich habe vergessen, sie abzulegen, weiter nichts, versuchte sich Youngman zu beruhigen.

Der alte Priester des Bärenriemen-Clans studierte die Fotos, eines nach dem anderen.

»Der Kojote bist du. Der Würger ist Masaws Vogel, er bringt ihm Botschaften. Das Feuer ist. . .« Harold krauste die Stirn. »Das Feuer ist unterbrochen. Die Spiralen und Hakenkreuze verlaufen umgekehrt. Nach rückwärts. Er hat's wirklich getan!«

Harolds Gesicht verfiel wie eine einstürzende Mauer. Sein Blick war zuerst überrascht, dann wütend.

»Wir hätten ihn nicht davonjagen sollen, wir hätten ihn umbringen müssen!«

»Deute mir das andere auch noch aus«, bat ihn Youngman.

Harold zerriß die Fotos und warf sie in den Wind, der an der Mesa-Wand emporstieg. Youngman versuchte die Fetzen aufzufangen, aber sie trieben davon, flogen über den Rand der Mesa hinweg bis in die Wüste hinunter.

»Gar nichts werde ich mehr ausdeuten.« Harold stand auf. »Dir werde ich nicht helfen. Leb wohl.«

Youngman starrte den Papierfetzen nach, die höher in den Himmel hinaufstiegen. Jetzt würde er niemals mehr erfahren, was Abner getan hatte.

»Vielleicht können uns die Priester des Feuer-Clans helfen.« Er wandte sich zu Harold um, aber der verschwand bereits in seinem Haus.

Das letzte Tageslicht verblaßte. Die rechteckigen Häuser aus Stein und Lehm verwandelten sich im matten Weiß der Gaslampen in kleinere Rechtecke aus Licht. Stimmen und Essensgeräusche trieben auf die Plaza hinaus.

Youngman bewegte sich, reckte sich und ging auf den Weg zum Parkplatz zu. Cecil hatte ihn zum Essen eingeladen. Nahe dem Ende der Plaza jedoch blieb Youngman vor der dritten *kiva* stehen, wo das Totem des Feuer-Clans an der obersten Sprosse der Leiter hing, die in die unterirdische Kammer führte. Es war äußerst ungewöhnlich, ja, praktisch ein Sakrileg, daß die Priester während eines Schlangentanzes in der *kiva* blieben. Aber es war eindeutig noch schlimmer, wenn jemand sie da unten störte.

Er stand neben der Leiter und lauschte auf ein Wort, das Klappern einer Rassel, das Rascheln einer Bewegung unten. Er verbannte die Geräusche der Häuser, das Blasen des Windes aus seinen Gedanken. In der *kiva* war es absolut still. Wacholderzweige, unterhalb des Einstiegloches an die Leiter gebunden, verwehrten den Blick in die Kammer, doch Youngman nahm den Geruch verdorbener Nahrung wahr.

Probeweise rüttelte er an der Leiter. Keine Reaktion. Stone Man hatte ihm gesagt, daß acht Priester in der *kiva* seien; einer von ihnen hätte es bemerken müssen. Obwohl sie natürlich in der vergangenen oder in der Nacht zuvor ungesehen hätten herausgekommen sein können. Die *kiva* konnte durchaus leer sein. Er sah einen schwarzen Käfer mit rot getupften Flügeln aus dem Loch die Leiter heraufkrabbeln. Ein Aaskäfer.

In einer Gasse ertönte Lachen. Bis auf Youngman war die Plaza immer noch leer. Ein zweiter Käfer kam hinter dem ersten heraufgekrabbelt.

Youngman begann die Leiter hinabzusteigen. Als seine Stiefel die Wacholderzweige durchbrachen, war er darauf gefaßt, von wütenden Rufen begrüßt zu werden. Es gab keine Rufe, es gab keinen Laut außer dem Knarren der Leitersprossen. Er schüttelte einen dritten Käfer von seiner Hand. In der *kiva* war es kalt. Nicht kühl, sondern kalt. Eine Kälte, die ihm das Hemd am Rücken kleben ließ. Und dunkel. Der bleiche Lichtstrahl, der durch das Eingangsloch hereinfiel, verblaßte, ehe er den Boden berührte. Als Youngman unten ankam, erlosch das Licht auf seinem Gesicht. Er sah nichts mehr außer der grauen Kuppel der *kiva*-Decke, die sich in die Schwärze hinaufwölbte. Die Luft war dick, schwer zu atmen und ein wenig süßlich.

Er riß ein Streichholz an.

Er war umringt von Männern, die in einem Kreis an den Wänden der *kiva* saßen. Alle waren nackt bis zur Taille. Einige hielten Gebetsstäbe in den Händen. Einer, der Youngman direkt anstarrte, hatte Maismehl und gefärbten Sand auf dem Schoß. Es war nichts Besonderes an ihnen, höchstens, daß ihre Haut so schwarz war, als wäre sie verkohlt, daß auf ihren Lippen und auf ihrer Brust eine Kruste aus getrocknetem Schaum klebte und daß sie tot waren.

Der Navajo-Helikopter stand im Licht der Scheinwerfer, die auf der Plaza aufgestellt worden waren. Auf die *kiva* war eine Batterie von bakterientötenden Ultraviolettlampen gerichtet, in deren Schein nunmehr eine unbeholfen wirkende Gestalt in luftdichtem Vinyl-Overall aus dem Loch hervorkletterte. Der Anzug war mit Diäthyltoluamid-Rattenabwehrmittel imprägniert. Durch das Visier sah man Augen und eine Sauerstoffmaske. Eine ähnliche Gestalt folgte der ersten; gemeinsam trugen sie einen durchhängenden Kokon aus einem glänzenden Material zum Hubschrauber. Es war der vierte versiegelte Sack, den sie aus der *kiva* heraufbrachten. Sie kehrten zurück, um weitere zu holen.

»Zehn Uhr.« Walker Chee sah auf seine Armbanduhr. Er, Youngman und Cecil sowie die Dorfältesten sahen aus dreißig Meter Entfernung von Stone Mans Dach aus zu. Alle Dorfbewohner, viele von ihnen wegen der Nachtkälte in Decken gewickelt, hatten sich auf den Dächern versammelt und beobachteten schweigend die Szene im Flutlicht. »Nur gut, daß dies nicht heute nachmittag passiert ist.«

»Ja«, stimmte ihm Youngman zu. »Das hätte uns noch gefehlt: ein paar hundert Weiße, die von hier weglaufen und überall herumposaunen, hier gäbe es eine Epidemie.«

»He, Moment mal! Sie wissen nicht, was Sie da reden!«

»Ich möchte wissen, wovon ihr beiden eigentlich redet«, wurden sie von Cecil unterbrochen. »Was für eine Epidemie?«

»Er weiß nicht, wovon er redet«, gab Chee zurück. »Die

können an allem möglichen gestorben sein. Er hat gesagt, sie sähen aus, als wären sie verbrannt.«

»Ich habe gesagt, sie *sehen aus*, als wären sie verbrannt. Aber sie waren nicht verbrannt«, verbesserte ihn Youngman.

»Wie dem auch sei, ein zweiter Hubschrauber ist schon unterwegs. Ich meinte vorhin nur, es ist gut, daß wir nicht alle Zuschauer von heute nachmittag impfen müssen. So« – Chee sah Youngman wütend an – »werden Gerüchte aufgebracht.«

»Und wogegen wollen Sie sie impfen?« wollte Youngman wissen.

»Wir werden allgemeine Antibiotika wie Streptomycin nehmen.« Chee wandte sich an die Ältesten. »Ich versuche euch nur zu helfen. Sheriff, werden Sie mir nun Ihren Stellvertreter vom Hals halten?«

Der sechste silbrige Kokon wurde aus der *kiva* heraufgebracht. Dieselben Pueblo-Ältesten, die erst Stunden zuvor Walker Chees bedeutendste Verkaufstechnik akzeptiert hatten, betrachteten den Navajo-Vorsitzenden nunmehr mit unverhohlenem Argwohn.

»Eine ganze Menge Leute hier halten nichts von irgendwelchen Nadeln«, sagte Cecil. »Und nachdem das da den ganzen Regentanz versaut, würde ich an Ihrer Stelle lieber keine Befehle geben.«

»Das hier ist weitaus ernster als der Regentanz!« Walker Chee verlor die Beherrschung.

»Dann sagen Sie's uns doch«, schlug Youngman vor. »Fangen Sie damit an, daß Sie das ganze Dorf unter Quarantäne stellen wollen.«

»Hören Sie«, wandte sich Chee an Cecil, »wenn Sie 'nen Knastvogel als Hilfssheriff haben wollen, dann ist das Ihr Bier. Ich hab's nicht nötig, mir. . .«

»Wollen Sie dieses Dorf unter Quarantäne stellen?« fragte ihn Cecil.

»Eine reine Vorsichtsmaßnahme. . .« Chee merkte, daß er von allen nahe gelegenen Dächern aus beobachtet wurde. »Eine völlig normale Maßnahme.«

Der siebente Kokon wurde in den Hubschrauber gelegt. Eine der beiden Gestalten in Overalls winkte zu Chee herüber. Die zweite kehrte mit einem Flammenwerfer in die *kiva* zurück. Ein Feuerstrahl fegte in die unterirdische Kammer hinab.

Stone Man fuhr zurück. »Ich habe acht Priester hinuntersteigen sehen.«

Chee hakte ein Funksprechgerät von seinem Gürtel. »Doktor, haben Sie alle Leichen herausgeholt?«

Das Funksprechgerät antwortete mit Ja, obwohl Youngman nicht bemerkte, daß einer der beiden Männer in den luftdichten Overalls ein solches Gerät benutzte. Offenbar hatten sie eingebaute Kragenmikros und Ohrhörer.

»Gut«, sagte Chee. »Es waren also nur sieben Leichen«, wandte er sich an Stone Man.

»Haben Sie eine kleine Steintafel gesehen?« erkundigte sich Stone Man.

Chee zuckte die Achseln, gab die Frage aber weiter.

»Jeder Gegenstand wurde registriert. Eine Tafel, wie Sie sie beschreiben, war nicht dabei«, antwortete das Funkgerät.

»Geben Sie mir den Apparat«, verlangte Youngman.

»Sie sind weg vom Fenster.« Chee schüttelte den Kopf. »Ihre Leute haben Sie heute abend gefeuert.«

»Geben Sie ihm das Ding!« Stone Man starrte die entweihte *kiva* an. In seinen Augen standen Tränen. »Los!«

Youngman streckte die Hand aus.

»Duran« – Chee senkte die Stimme –, »Sie haben die Leichen gesehen. Sie hatten keinerlei Wunden. Keine Schwellungen, keine Beulen, nichts. Bauschen Sie die Sache nicht auf. Lösen Sie keine Panik aus!«

»Danke.« Youngman übernahm das Gerät. »Doktor, welcher von beiden sind Sie? Heben Sie die Hand.«

Die Gestalt mit dem Flammenwerfer hob die Rechte.

»Doktor, woran sind die Männer in der *kiva* gestorben?«

Die Stimme, die antwortete, klang nasal und barsch, es war die Stimme eines Weißen. Der Arzt, der wegen Isa Loloma nach Gilboa gekommen war, vermutete Youngman.

»Es gibt keinerlei Indikatoren. Der Schaum vor dem Mund gibt zu der Vermutung Anlaß, daß Lungenkomplikationen vorhanden waren.«

»Eine Krankheit also.«

»Oder Giftstoffe. Möglicherweise eine Krankheit.«

»Eine stark ansteckende Krankheit.«

»Nicht unbedingt. Die Situation in der Kammer ist höchst ungewöhnlich. Räumliche Enge, gemeinsames Essen, Mangel an Hygiene, etc. Dadurch könnte auch eine Krankheit, die normalerweise nicht ansteckend ist, ansteckend werden.«

»Haben Sie Flöhe oder Flohstiche bemerkt?«

»Bisher nicht.«

»Geschwollene Stellen?«

»Keinerlei Schwellungen. Ich kann Ihnen versichern, daß es keine Hinweise auf Beulenpest gibt, falls es das ist, worauf Sie hinauswollen. Die Vorsichtsmaßnahmen, die wir ergreifen, gehören zu den normalen prophylaktischen Methoden beim Umgang mit einer möglicherweise ansteckenden und nicht eindeutig bestimmten Krankheit. Ich möchte noch einmal auf Giftstoffe zurückkommen. Auf irgend etwas, was sie gegessen oder eingeatmet haben. Die Hygiene in diesem Pueblo selbst läßt in hohem Maße zu wünschen übrig.«

»Okay, Doktor, lassen wir das Herumgerede. Wir hatten hier oben eine Krankenschwester, die mich zwei Jahre lang über Ihre verdammten Indikatoren belehrt hat. Die Indikatoren bei diesen Priestern waren erstens Schaum, und das bedeutet, daß ihre Lungen infiziert waren. Zweitens Zyanose, Blausucht, und das bedeutet, daß ihre Lungen so verstopft waren, daß sich kein Sauerstoff mehr im Blut befand. Drittens starben in zwei Tagen sieben Männer. Mit anderen Worten, sie starben an der Lungenpest, die verdammt weitaus ansteckender ist als die Beulenpest.«

»Was ist der Unterschied?« fragte Cecil.

»Man braucht keine Flöhe. Einfach einen Menschen mit Pest und einer Erkältung in den Lungen, so daß er seine Freunde mit einem Husten umbringen kann. Sie ist ungefähr zu hundert

Prozent tödlich. Stimmt's, Doktor?« fragte Youngman ins Funkgerät.

Die Gestalt im Overall ließ sich Zeit mit der Antwort.

»Da die Männer tot waren, aufgehört hatten, Bazillen auszuatmen, und da sie sachgemäß behandelt wurden, sind die Chancen für eine weitere Ansteckung praktisch gleich Null.«

»Dann war es tatsächlich die Lungenpest.«

»Das ist eine voreilige Feststellung. Wir werden eine Autopsie vornehmen, genau wie bei dem Jungen. . .«

Chees Wink an den Arzt kam zu spät.

»Aha.« Youngman sah den Navajo aufgebracht an. »Sie Schwein!«

»Hauptsache, wir lösen keine Panik aus«, erklärte Chee.

». . .pathogene Merkmale am Körper des Jungen dürften auf die Möglichkeit der Beulenpest hinweisen«, fuhr das Funksprechgerät fort. »Es waren Flohstiche vorhanden, die wir für Übertragungspunkte der Bakterien halten. Ich muß aber betonen, daß es sich um einen Einzelfall handelte.«

»Bis heute abend.«

»Möglicherweise«, bestätigte die Stimme.«

»Auch acht Fälle machen noch keine Epidemie«, sagte Chee.

Youngman betrachtete die beiden Gestalten in den glänzenden Overalls, den Flammenwerfer, die Flutlichtbatterien und die Reihe ultravioletter Lampen, die mit mannsgroßen Säcken gefüllten Hubschrauber. Eine Invasion von Apparaten des zwanzigsten Jahrhunderts, wie sie Shongopovi noch niemals erlebt hatte.

»Aber wenn es eine Seuche ist, Chee«, wandte Youngman ein, »dann sind Sie doch darauf vorbereitet, wie? Das interessiert mich. Sie sind für meinen Geschmack zu gut vorbereitet.«

»Na und? Sie können von Glück sagen, daß ich hier bin.«

»Mag sein.« Youngman gab ihm das Funkgerät zurück. »Cecil, Joe Momoa kommt doch gewöhnlich zum Regentanz, nicht wahr?«

»Den läßt er sich nie entgehen. Und Joe junior und Ben kommen auf ihren Motorrädern.«

»Hast du sie heute hier gesehen?«

»Nein.«

»Ich auch nicht.«

»Wenn ihr wenigstens ein Telefon hättet. . .« sagte Chee.

»Sie haben doch eins«, gab Youngman zurück. »In Ihrem Wagen.«

Youngman, Chee, der weiße Arzt und der Navajo-Polizist namens Begay flogen im zweiten Hubschrauber zum Dinnebito Wash hinaus. Scheinwerfer suchten bei einer Geschwindigkeit von 150 Meilen pro Stunde das Dunkel ab, denn die letzte Funkmeldung lautete, bei den Momoas gehe immer noch keiner ans Telefon.

»Ich bin also ein Schwein, wie?« wandte sich Chee an Youngman. »Wenn das stimmt, warum helfe ich Ihnen dann?«

»Weil Sie in der Zwickmühle stecken, weil Sie etwas verbergen. Weil Sie Angst haben.«

In den beiden Scheinwerferstrahlen glitt die Wüste vorbei wie zwei bleiche, mit Büschen betupfte Spuren, die gewellt erschienen, als der Hubschrauber über eine Düne hinwegflog. Youngman tippte den Piloten auf die Schulter.

»Vor uns kommen ein paar Schornsteine. Steigen Sie lieber ein bißchen.«

»Ich sehe nichts.«

»Steigen Sie trotzdem.«

Der Helikopter stieg zwanzig Meter. Eine leichte Schrägneigung der Maschine ließ eine rote Sandsteinsäule im Licht auftauchen, die nach den Gleitkufen griff. Der Hubschrauber hüpfte noch einmal zwanzig Meter.

Youngman hatte keine angenehmen Erinnerungen an Flüge in Hubschraubern; er hatte keine angenehmen Erinnerungen an die Army. Genau wie die Army waren auch Hubschrauber zu kompliziert und laut. Neben Youngman saß der Arzt, mit dem er über Funk auf der Plaza gesprochen hatte, und verteilte Vinyl-Overalls aus einer Kiste mit dem Stempel ›Zentrum für Seuchenbekämpfung – steril, bis geöffnet oder beschädigt‹.

»Mir macht es nichts aus, Sie zu belügen«, erklärte Chee. »Und mir macht es nichts aus, ein Schwein zu sein. Das muß man sein. Haben Sie mich verstanden?«

»Wozu?« Youngman streckte die Beine aus, so gut es ging.

»Um so zu sein wie sie. Wie die Weißen. Sie sind doch nicht so dumm, daß Sie das noch nicht gemerkt haben. Es mag Ihnen nicht passen, aber versuchen Sie nicht, mich zu belügen.«

»Ich weiß nicht, wovon Sie überhaupt reden.«

»Ach, wirklich? Ich rede davon, daß wir auf derselben Seite stehen. Es heißt, Sie und ich, Duran, Sie und ich auf derselben Seite gegen die Weißen.«

»Haben Sie etwa Vorurteile?«

»Sie vielleicht nicht? Hat überhaupt jemand keine? Die Weißen? Ich bin jede zweite Woche in Houston, Phoenix, Dallas, und ich habe da Unmengen von großartigen weißen Bankiers, die sich erheben, wenn ich ihr Büro betrete. Und ich weiß ganz genau, daß jeder einzelne von ihnen sich lieber einen spitzen Stock in den Arsch treiben lassen würde, als sich mit mir abzugeben. Sie laden mich zum Lunch ein – aber beileibe nicht in ihre Privatclubs – und füttern mich mit Steak, Hummer und so weiter, und wenn ich weg bin, spucken sie's aus. Sie hassen mich ohnehin, und sie hassen mich noch mehr, weil ich sie zwinge zu bezahlen. Millionen. Es hat sich nichts verändert, Duran. Sie wollen uns immer noch alles stehlen. Sie wollen uns aushungern, aber das können sie jetzt nicht mehr, Duran, und dafür können Sie sich bei den Arabern bedanken. Kohle, Benzin und Öl werden ihnen knapp, und auch die Zeit wird ihnen knapp. Sie haben nicht mehr genug Zeit, um uns auszuhungern, deswegen müssen sie kaufen. Und wissen Sie, was ich noch festgestellt habe? Sie sind nicht klüger als wir. Aber sie haben das Geld, und sie haben Washington, und eines vergessen sie niemals: Es heißt *sie* gegen *uns*. Wenn wir nicht zusammenhalten, Duran, sihd wir erledigt.«

Während Chee sprach, zeigte der Arzt pantomimisch, wie man die Overalls anziehen mußte. Die Füße zuerst. An den Knöcheln fest zuklammern. Sauerstofftank auf den Rücken schnallen. Luftschlauch befestigen und übers Schlüsselbein nach vorn hängen. Kragenmikro und Ohrhörer mit Brusttaschenfunkgerät verbinden. Anzug von den Hüften bis zum Hals mit Reißverschluß schließen, Lasche über Reißverschluß zudrücken. Youngman hatte zwar einige Vorsichtsmaßnahmen erwartet, aber keineswegs derart gründliche.

»Mich können sie nicht hinters Licht führen«, sagte Chee. »Deshalb können sie mich jetzt nur noch umgehen. Im Stammesrat Opposition gegen mich aufbringen. Oder hinter meinem Rücken die Hopis aufhetzen. Sie verlassen sich darauf, daß Sie mir den Dolch in den Rücken stoßen.«

Zwei Hubschrauber, das interessierte Youngman. Ein Hubschrauber als Geschenk, das war denkbar. Aber zwei? Die Dinger kosteten neu eine Viertelmillion Dollar. Und gebraucht waren sie immer noch nicht billig. Niemand verschenkte zwei Hubschrauber, nicht einmal an einen Walker Chee.

»Wir sind im selben Team, Duran. Dieser Unsinn über verschiedene Stämme ist vorbei. Sie mögen mich nicht, und ich mag Sie nicht. Aber wir müssen damit fertig werden. Und noch etwas gibt es, womit Sie fertig werden müssen: Ich bin der einzige Indianer in vier Staaten, vielleicht der einzige im ganzen Land, der uns retten kann. Weder Regentänze noch Medizinmänner und auch keine gefühlsduseligen Liberalen. Sondern ich! Weil ich mich mit Bankauszügen und Zinssätzen auskenne, weil ich weiß, wie man die richtigen Bürokraten schmiert, und weil ich ein Schwein bin. Das beste, das wir haben.«

»Haben Sie mich deswegen in Ship Rock nicht unter Quarantäne gestellt? Weil Sie nicht wollten, daß ich von einer Epidemie rede und vom ›Dolchstoß in den Rücken‹?«

»Jetzt reden Sie wieder dummes Zeug.« Chee zog seinen Overall an. »Wie Sie sehen, tue ich alles, was in meiner Macht steht, um eine . . . um weitere Fälle zu vermeiden.«

»Und mich feuern zu lassen. War das der positive Bericht, den Sie über mich abgeben wollten?«

»Das läßt sich ändern, Hilfssheriff. Wenn Sie mitmachen, sehe ich da kein Problem.«

Der Boden verwandelte sich jetzt in Vorberge, und die Scheinwerfer schnitten durch Pinienwälder und Wiesenhänge.

»Zeit für die Masken«, sagte der Arzt.

»Warten Sie nur, bis Joe Momoa uns sieht«, scherzte Chee. »Der kriegt einen Todesschrecken.«

Die Reihen der Pinienpflanzung rollten unter der Tür dahin. Dann kam ein steiniges Feld, ein Bach mit Steinen, so bleich wie Augen. Wieder ein Pinienwäldchen. Eine Straße, weitere Pinien, ein leerer Corral und das Momoa-Haus, strahlend erleuchtet. Der Hubschrauber überflog das Haus zweimal, ehe er in einem schön angelegten Garten aufsetzte.

Eine Fledermaus schwebte über einem Kaktus. Im Mondlicht wirkten die Kaktusblüten weiß, fleischig und fast fluoreszierend und verströmten einen Moschusgeruch. Die Fledermaus senkte ihre Nase durch ein weiches Büschel von Staubgefäßen, um mit ihrer langen Zunge den Nektar aufzulecken.

»Sie sind wieder da!«

»Nein.« Anne legte mehr Reisig aufs Feuer. »Das da ist eine Kaktusfledermaus. Sie befruchtet die Blüten.«

»Wie ein Schmetterling.« Franklin lachte und hustete. »Ein Wüstenschmetterling.«

Auf allen vieren liegend, blies sie in die Glut, bis sie aufflammte. Erschrocken flog die Fledermaus vom Kaktus auf und verschwand im Dunkeln.

»Wie geht's Henry?« Franklin stützte sich auf die Ellbogen hoch. »Wo ist er?«

Anne hatte das Feuer den ganzen Tag lang unterhalten, ein erfolgloses Rauchzeichen gen Himmel gesandt. Jetzt brauchte sie Licht. Das aufflammende Reisig beleuchtete etwa zwanzig Meter vom Wagen entfernt einen Steinhaufen.

»Dort. Ich habe ihn heute nachmittag begraben, während Sie schliefen. Sie haben den ganzen Tag geschlafen.«

Kurz zuvor hatte sie ein Gilamonster gefangen. Sie schnitt ihm den fettgepolsterten Schwanz ab, schob einen Stock hindurch und legte ihn ins Feuer. Ihre gebrochenen Finger waren bläulichrot und geschwollen. Ein Sack, den sie aus ihrer Bluse gemacht hatte, enthielt kleingeschnittene Kaktusstücke. Franklin rieb sich die Stoppeln an seinem Kinn; zu jeder anderen Zeit hätte ihn die Tatsache, daß er mit einer jungen Frau allein war, geil gemacht wie einen Bock. Zu jeder anderen Zeit.

»Mein Gott, sind die Sterne grell!« Er ließ den Kopf wieder zurücksinken.

»Sie sind immer so hell. Hier ist ihr Licht klarer.«

»Richtig blendend.«

Anne griff nach dem letzten Stück rohen Schlangenfleischs.

»Sie müssen essen.«

»Nein.«

»Dann lutschen Sie wenigsten darauf herum.«

Er winkte ab.

»Sie werden dies hier überleben, nicht wahr, Miss Dillon? Sie können tatsächlich hier draußen leben.«

»Jemand hat eine Menge Zeit damit verbracht, es mir beizubringen.«

»Und Sie glauben fest daran, daß jemand kommt und Sie rettet, wie? Dieser Indianer-Hilfssheriff.«

Sie wollte ihm sagen, er solle den Mund halten, aber ihr wurde klar, daß Lügen jetzt keinen Sinn mehr hatten.

»Ja, daran glaube ich. Vielleicht rettet er uns beide.«

»Nein, mir ist es gleichgültig. Komisch, ich konnte die Tür nicht schnell genug vor Claires Nase zuschlagen, und jetzt ist mir alles völlig egal.«

»Sie müssen sich Mühe geben.«

»Sagen Sie mal.« Er wandte ihr sein Gesicht zu. »Verzeihen Sie mir, daß ich meine Frau habe sterben lassen? Verzeihen Sie mir das?« Er wartete einen Moment. »Nein, und ich glaube auch nicht, daß mir jemand anders das verzeihen würde. Wenn ich hier draußen sterbe, habe ich Glück gehabt.«

Anne drehte den Echsenschwanz um. Die perlige Haut löste sich im Feuer; darunter lag wachsähnliches, leicht geädertes Fett.

Franklin stemmte sich wieder auf einen Ellbogen hoch.

»Wissen Sie was? Im Schlaf habe ich Gott gesehen. Nun ja, es war ungefähr so ähnlich wie hier. Ich war draußen in der Wüste, verirrt, allein, und da sah ich ein Lagerfeuer. Als ich darauf zuging, sah ich einen Mann am Feuer hocken, das Gesicht den Flammen zugewandt. Es war ein großer Mann; er hatte sich eine Decke oder etwas Ähnliches um die Schultern gehängt. Ich rief ihn an, und er winkte mir, ohne mich anzusehen, ich solle näher ans Feuer kommen. Ich langte bereits nach dem Essen, als ich ihn erst richtig sah. Er war doppelt so groß wie ein Mensch, das Bemerkenswerteste an ihm aber war sein Gesicht. Es war riesig und ganz mit Blut bedeckt. Seine Nase war gebrochen, das konnte ich erkennen, aber daher konnte nicht so viel Blut kommen. Dennoch war er freundlich zu mir. Er sagte, ich könne bleiben. Er schien zu wissen, wer ich bin. Ich fragte ihn, wer er denn sei, und er antwortete, er sei Gott. Das war alles.«

»Dann haben Sie Masaw, den Hopi-Gott, gesehen. Sie haben etwas über ihn gelesen, bevor Sie auf diese Campingfahrt gingen, deswegen hatten Sie diesen Traum.«

»Ich bin gar nicht dazu gekommen, die Bücher zu lesen.« Franklin schüttelte langsam den Kopf. »Danke, ich fühle mich jetzt sehr viel besser.«

Franklin starb an Wasserentzug. Anne begriff nicht, warum er nichts trinken wollte. Die Fledermausbisse waren nur oberflächlich, die gebrochenen Beine verursachten lediglich Schmerzen, und von inneren Verletzungen oder Blutungen hatte sie nichts finden können. Trotzdem behielt er nicht einmal den Kaktussaft im Magen und schien auch nicht im Todeskampf zu liegen. Er dämmerte einfach mit voller Absicht hinüber.

Übrigens konnte sie genausowenig verstehen, warum Henry gestorben war.

Ihr war klar, daß auch ihren eigenen Überlebenschancen eine zeitliche Grenze gesetzt war. Die Hose hing ihr schlaff um die Hüften. Sie hatte nicht mehr die Kraft, zu Fuß nach Gilboa zurückzumarschieren, selbst wenn sie den Weg über drei Nächte ausdehnte. Also mußte sie aushalten. Youngman würde kommen. Sie war sogar fest davon überzeugt, daß Youngman in diesem Augenblick schon nach ihr suchte.

»Irgend jemand wird uns finden«, behauptete sie.

Franklin antwortete nicht. Er lag ausgestreckt auf dem Rükken, beinahe entspannt, und starrte zum Himmel empor. Anne kniete sich neben ihn und wrang ihr Hemd aus, bis der Kaktussaft heraustropfte.

»Hier, saugen Sie das aus. Nur damit Ihr Mund befeuchtet wird.«

Seine Augen standen offen, sein Blick aber war Lichtjahre entfernt.

»Sie brauchen es ja nicht zu schluck . . .«

Als sie mit dem Ellbogen zufällig seine Brust berührte, zuckte sie zurück. Sie hatte angenommen, das Hemd sei durch seine liegende Position so aufgebauscht, aber das stimmte nicht. Wenn sie die Finger auf die Mitte seines Hemdes legte, fühlte sie weiches, schwammiges Fleisch. Anne öffnete die Knöpfe und zog das Hemd auseinander. Franklins Brustbein war zu einer runden rötlichen Beule geschwollen. Sie zog das Hemd ganz auseinander. Unter den Achseln saßen sogar noch größere Beulen.

»So grell«, murmelte sie.

Die Haustür stand offen. Die Halle war mit dem Kopf eines Achtenders dekoriert. Im Wohnzimmer beleuchtete ein Kronleuchter mit Kristallbehang weitere Tierköpfe, einen Gewehrschrank, Gemälde von Sportszenen, religiöse Stickmuster, Navajo-Teppiche und eine Vitrine mit Silberschmuck.

Durch die Sauerstoffmasken nach den Momoas zu rufen war sinnlos; untereinander konnten sich die Männer nur über Funk verständigen. Youngman fühlte sich klamm und warm in dem luftdichten Anzug. Die Männer sahen aus wie Besucher von einem anderen Stern, und so kam Youngman sich auch vor. Er nahm das Telefon ab. »Die Leitung ist tot.«

»Da haben wir den Grund«, gab Chee zurück. »Hat es hier in letzter Zeit schwere Gewitter gegeben?«

»Vor ein paar Tagen.«

»Dann ist ein Mast umgefallen. Lösung des Rätsels.«

»Wahrscheinlich.« Als Youngman den Telefonhörer wieder auflegte, stieß er mit dem Fuß an eine offene Flasche Cola, die unter dem Sofa hervorgerollt kam. In der Flasche war noch ein Rest Flüssigkeit, auf dem Teppich war eine Pfütze getrocknet.

Das Bad im Erdgeschoß war leer und sauber. Auf dem Schreibtisch in Joe Momoas Arbeitszimmer lag ein Stoß monatlicher Zahlungen zum Abschicken bereit. Youngman warf einen Blick in ein Aquarium. Der große Fisch wirkte gesund. Zwei kleinere, halb aufgefressen, schwammen an der Oberfläche. Der Ventilator blubberte. Youngman schüttete Fischfutter ins Wasser.

In der Küche war niemand. Der Arzt öffnete die kupferfarbene Kühlschranktür.

»Die Lebensmittel sind frisch. Nicht mal die Milch ist sauer geworden.«

Die kupferfarbenen Schränke waren blitzblank, von den Tischen auch der kleinste Krümel weggewischt.

»Bärenfleisch.« Begay sah neugierig in die Gefriertruhe. »So möchte ich auch mal leben.«

»Seht euch das an.« Youngman zog einen blutigen Lappen aus der Mülltonne.

»Na und?« sagte Chee. »Das kann von allem möglichen herrühren. Vielleicht von dem Bären.«

Inzwischen war Youngman durch die Tür zur Wäschekammer getreten. Er öffnete die Trockenschleuder und begann Wäschestücke auf den Fußboden zu werfen.

»Was haben Sie denn da vor?« erkundigte sich Chee.

»Warten Sie's ab.«

Youngman breitete die Wäsche auf dem Fliesenfußboden aus. Zwei Hemden und ein Kleid hatten bräunliche Flecken.

»Das kann alles mögliche sein, sogar Rostflecken«, meinte Chee. »Stimmt's, Doktor?«

»Schon möglich.« Der Arzt steckte die schmutzigen Stücke in einen Sack.

»Verdammt noch mal, natürlich stimmt's«, entgegnete Chee. »Wenn Joe zurückkommt und diese Sauerei hier sieht, macht er Hackfleisch aus Ihnen, Duran.«

Auf ein Geräusch an der Küchentür hin drehten sie sich um. Über Funk hörte Youngman einen Erleichterungsseufzer – von wem, das konnte er nicht sagen. Begay öffnete die Tür, die nach draußen führte. Ein Collie kam herein; mit hängendem Schwanz trottete er zu seinem leeren Futternapf und kehrte dann zu den Männern zurück.

»Gehört der Momoa?«

»Seiner Frau«, antwortete Youngman. »Joe duldete einen Arbeitshund ebensowenig im Haus, wie er ein Pferd darin geduldet hätte.«

Der Collie schnupperte an den Kleidungsstücken auf dem Boden. Als erinnerten sie ihn an etwas, begann er zu winseln und schlich rückwärts in die Halle hinaus. Drei- bis viermal lief der Hund zwischen Küche und Halle hin und her.

»Scheiße!« schimpfte Begay. »So ein Mist. O Gott!«

Zum erstenmal fühlte Youngman sich dem Navajo-Polizisten verbunden. Durch ein Gefühl, nein, die Gewißheit, daß das Haus nicht menschenleer war.

Der Hund führte sie in den zweiten Stock hinauf und über einen teppichbelegten Flur ins Hauptschlafzimmer, wo Mrs. Momoa friedlich und tot auf einem riesigen Doppelbett lag. Am Hals und unter den Armen wies ihr Kleid durch die Beulen seltsame Wölbungen auf. Auf dem Nachttisch lagen eine Schachtel Aspirin und ein Thermometer.

In einem anderen, mit Reitertrophäen dekorierten Schlafzimmer fanden sie Joe jun. Da er nackt war, fielen die Beulen in seiner Leistenbeuge sofort ins Auge. Seine Unterarme und sein Nacken waren verbunden. Der Arzt drehte ihn um und entfernte die Verbände. Auf dem Fleisch darunter war kein bißchen Haut mehr.

»Genau wie bei dem Hopi-Jungen . . .«

»Ruhe!« befahl der Arzt Begay. »Bringen Sie die Lampe her!«

»Das sind genau dieselben Wunden, wie sie der Junge hatte«, behauptete Youngman.

»Ich weiß«, fuhr ihn der Arzt an. »Ich habe die Autopsie ausgeführt. Lassen Sie mich . . . Höchst ungewöhnlich. Einmalig! Hier gibt es tatsächlich zahlreiche kraterähnliche Wunden. Verdammt! Sie haben sie gereinigt, sonst hätten wir ein bißchen Speichel zur Untersuchung gefunden. Hilfssheriff, Sie sind doch so klug, vielleicht können Sie mir sagen, was für ein Tier derartige Wunden verursacht.«

»Fledermäuse.«

Durch das Visier starrte der Arzt ihn an.

»Was reden Sie da?« Chee drängte Youngman vom Bettrand weg.

»Was immer Joe junior, die Pferde hier und Isa Loloma gebissen hat, es hat in der Dunkelheit angegriffen und auf dem Boden keine Spuren hinterlassen. Das einzige Tier, das fliegt und Zähne hat, ist aber, soweit ich weiß, die Fledermaus.«

»Haben Sie jemals solche Fledermausbisse gesehen?« wollte Chee wissen.

»Nein«, mußte Youngman zugeben.

»Dann haben Sie keine Ahnung. Stimmt's?«

»Ich weiß es nicht genau, aber ich bin trotzdem ganz sicher.«

»Dennoch ist es unmöglich«, mischte der Arzt sich ein. »Die wichtigste Frage ist jetzt, wie lange es her ist, daß Sie diese Leute zuletzt gesehen haben, Hilfssheriff.«

»Vier Tage.«

»Dies ist die virulenteste Form der Pest, die ich jemals gesehen habe – falls Sie recht haben. Mr. Chee, wenn er recht hat, kommen einige Probleme auf Sie zu.«

Nachdem sie die übrigen Räume des Hauses durchsucht hatten, trugen sie die beiden Leichen in Säcken zum Hubschrauber und befaßten sich dann mit der renovierten Scheune. Der obere Teil war zu einem holzgetäfelten Fitnessraum mit Tischtennis- und Billardtisch umgebaut worden. An einem Ehrenplatz stand ein gerahmtes Foto von Joe mit Senator Goldwater. Joe selbst lag im Bad neben einer Toilette voll Erbrochenem. Seine Glieder waren schlaff, sein Torso jedoch noch steif vom rigor mortis. Chee gab sich wegen des Fehlens von Beulen optimistisch, doch der Arzt machte ihn auf schwarze Flecken in Momoas Gesicht aufmerksam. Kapillarblutung, ein weiteres Symptom der Pest.

»Der junge Mann, der mit den Wunden, starb als erster. Ich vermute, daß er die Flöhe an die anderen weitergegeben hat«, sagte der Arzt, als sie Joe in den Fitnessraum schleiften, um ihn in einen Sack zu stecken. »Solange sie keine Besucher gehabt haben, könnten wir noch mal davonkommen.«

»Selbstverständlich kommen wir davon«, erklärte Chee.

»Den Teufel werden wir«, konterte Youngman.

Er stand vor den Landkarten an den Wänden des Raumes. Die meisten gehörten zu Joes Mormonen-Paraphernalien: das biblische Israel, die Diaspora der Juden, die Reisen Brigham Youngs. An einer anderen Wand hing eine große topologische Karte der Reservation. In der Mitte lag die Painted Desert, ganz oben die Black Mesa, im Nordwesten Dinnebito Wash und im Osten die Antelope Mesa.

»Ihr habt hier« – er markierte den Dinnebito Wash mit Kreide – »drei Tote, hier« – er markierte Shongopovi auf der Black Mesa – »sieben, und hier« – er markierte die Wüste östlich von Gilboa dort, wo der Junge überfallen worden war – »einen. Außerdem auch hier noch einen« – er fügte südöstlich von Gilboa eine Markierung für Abner hinzu –, »von dem ihr nicht mal etwas wißt, weil er an Blutverlust starb, bevor sich die Krankheit entwickeln konnte.«

Youngman verband die Markierungen miteinander und erhielt ein etwa gleichseitiges Dreieck, dessen Seiten ungefähr fünfunddreißig Meilen lang waren.

»Mit anderen Worten, in einem Gebiet von zirka fünfhundert Quadratmeilen hat etwas, was ihr nicht mal identifizieren könnt, zwölf Menschen getötet oder tödlich infiziert, und ihr beide spielt hier immer noch Scharade. Habt ihr euch schon mit Phoenix in Verbindung gesetzt? Mit Washington? Mit irgend jemand?«

»Nein«, gestand der Arzt bedrückt.

»Es gibt keinen Grund zur Beunruhigung«, behauptete Chee.

»Dann ziehen Sie Ihren Raumanzug aus. Los!«

»Seien Sie nicht kindisch. Ich meinte lediglich, es gibt keinen Grund, die Pferde scheu zu machen. Wir haben ein paar Tote hier, aber sonst haben wir nichts.«

»Sie haben eine Epidemie. Zwar erst im Anfangsstadium, aber es ist eine. Nicht nur ›ein Problem‹, Doktor. Nicht nur ein paar Tote, denn es werden schon bald mehr werden. Verdammt noch mal, seht doch auf die Karte! Sie erzählen mir hier, es habe keine Pestaktivität unter den Tieren gegeben, aber in Wirklichkeit wissen Sie ja nicht mal, welche Tiere die Pest verbreiten, sie bereits über die Hälfte meiner Reservation verbreitet haben. Als nächste ist dann die Ihre dran. Was wollen Sie tun? Das ganze Hopi-Volk unter Quarantäne stellen? Das ganze Navajo-Volk? Arizona und New Mexico vielleicht auch?«

»Sie sind ein Panikmacher, das sind Sie!«

»Jawohl. Genau das werde ich sein, wenn wir nicht zu einer Verständigung kommen.«

»Ach! Wollen Sie vielleicht, daß wir Sie nach Albuquerque fliegen und Ihnen noch ein bißchen Geld zustecken?«

»Nein. Sie nehmen an, daß ausschließlich diese Familie hier infiziert war, und ich glaube, daß Sie recht haben. Aber es hätten noch andere Personen hier sein sollen. Ein paar Weiße nämlich, eine Gruppe von Campern, die hier ihr Lager aufschlagen und in Joes Bach angeln wollten. Sie haben es nicht bis hierher geschafft, sonst hätte eine von den Campern, eine Krankenschwester, die Familie gepflegt.«

»Sie hätte ihnen doch nicht helfen können«, warf der Arzt ein.

»Nun gut, aber sie hätte ihnen mehr gegeben als Aspirin. Wie dem auch sei, sie ist nicht hier, und sie hat sich auch sonst nirgends gemeldet, und darum müßte sie« – er deutete auf einen Punkt in der Mitte des Dreiecks – »hier sein. In dem Wagen befinden sich sieben Personen. Ich wünsche, daß Ihre beiden

Hubschrauber morgen in der Wüste nach ihnen suchen. Anschließend halte ich den Mund. Das ist mein Vorschlag.«

»Sie sind verrückt. Wir hatten gestern in der Gegend von Moenkopi selber zwei Pestfälle und. . .«

»Ach, wirklich? Davon haben Sie mir nichts gesagt. Dann sind es also vierzehn Fälle und ungefähr sechshundert Quadratmeilen. Und das wollten Sie geheimhalten?«

»Die Hubschrauber müssen für den Notfall bereitstehen und nicht Botenflüge für Sie unternehmen.«

»Aber so lautet mein Vorschlag. Andernfalls werde ich morgen jeden Beamten vom Gesundheitsdienst im Staat anrufen. Übrigens, warum wollen Sie dies eigentlich so geheimhalten?«

»Begay!« Chee trat zurück, und der Navajo-Polizist machte einen Schritt auf Youngman zu.

»Begay«, warnte ihn Youngman, »wenn Sie näher kommen, reiße ich Ihnen den hübschen Stoffhelm vom Kopf. Wollen Sie die Pest riskieren, nur für den feinen Vorsitzenden Chee?« Als Begay zögerte, zog Youngman einen Revolver aus der tiefen Tasche seines Overalls. »Joe hatte immer einen geladenen Colt 44 hinter der Trockenschleuder in seiner Wäschekammer liegen. Er hielt 'ne Menge von Sicherheit.«

»Okay.« Chee zuckte die Achseln. »Sieht aus, als gäb's hier ein Unentschieden.«

»O nein. Es sieht aus, als würden Sie mir zwei Hubschrauber geben.«

»Kompromißvorschlag: ein Hubschrauber, bis ein Notfall eintritt.«

»Beide, bis wir sie gefunden haben. Hören Sie, Chee, ich weiß genau, wann ich einen Nerv getroffen habe, und im Augenblick singen Ihre Nerven in den höchsten Tönen. Was wollen Sie eigentlich verbergen? Mir können Sie's doch ruhig sagen, wir sind doch immer noch im selben Team, nicht wahr?«

»Okay.« Chee hob kapitulierend eine Hand. »Damit Sie nur den Mund halten. Und ich meine, über alles. Über heute abend und über alles andere wissen Sie nichts und sagen Sie nichts, verstanden?«

»Zwei Hubschrauber bei Tagesanbruch in Gilboa. Nur mit Piloten und Ärzten besetzt.«

»Entschuldigen Sie«, wurden sie vom Arzt unterbrochen, »aber wir haben nur noch für zehn Minuten Luft in den Tanks, und Sie sagten doch, die Familie hier bestehe aus vier Mitgliedern. Bisher haben wir erst drei gefunden.«

»Wir werden in der Garage unten nachsehen«, sagte Youngman. »Bitte nach Ihnen.«

Die Garage war leer, aber erleuchtet. Die Rückwand war für Schußwaffentraining gepolstert; an einer Wäscheleine hing eine frische Papierzielscheibe. Schneeketten, Treibriemen und Schraubenschlüssel, nach Größen geordnet, an den Seitenwänden. In der Mitte der Garage stand Joes liebevoll polierter Lastwagen; neben ihm ein BMW-Motorrad.

»Bens Harley ist nicht da«, stellte Youngman fest.

»Dann ist er fort, bevor die anderen krank wurden.«

»Nein. Irgend jemand mußte schließlich Hilfe holen, nachdem die Telefonleitungen unterbrochen waren.«

»Sie waren der einzige, der gesagt hat, hier oben könnten Leute krank sein.«

»Er hat's nicht geschafft.« Youngman überlegte immer noch. Er hielt sich, eine Hand an der Waffe, ein wenig abseits von den anderen. »Ben hat mal bei einer Telefongesellschaft gearbeitet. Er wird angehalten haben, um die Leitung zu flicken.«

Daß das Telefon tot war, erwähnte er nicht mehr. Ihre Sauerstofftanks waren fast leer. Nach einer letzten Runde um das Haus kehrten sie zu ihrem Hubschrauber auf dem Rasen zurück und legten Joes Leiche neben die seiner Frau und seines Sohnes.

»Wir haben vergessen, das Licht auszumachen.« Begay blickte zum Haus zurück. »Unheimlich. Wir hätten das Licht ausmachen sollen.«

Begay hatte recht. Das Licht in der Garage, im Fitnessraum, in der Küche, in allen Schlafzimmern und im Flur war von den Momoas angelassen worden. Hell erleuchtet stand das Haus vor den dunklen Bergen.

Der Collie war den Leichen bis zum Hubschrauber gefolgt und saß verloren neben den Kufen.

»Alles unter Kontrolle hier, Doktor, meinen Sie nicht?« fragte Chee.

Es war keine Frage, es war ein Befehl. Youngman, den Revolver auf dem Schoß, war fasziniert von Chees Verzweiflung.

»Vierzehn Tote in zwei Tagen ist nicht ›unter Kontrolle‹«, entgegnete der Arzt leise.

»Mit ein bißchen Zusammenarbeit werden wir aber damit fertig werden, nicht wahr?«

Durch sein Visier sah Youngman, wie der Blick des Arztes von Chee zu ihm und dann zu dem Hund wanderte.

»Sie sollten den Hund lieber auch in einen Sack stecken«, sagte er.

»Der Sack ist luftdicht«, protestierte Begay. »Er würde ersticken.«

»Das soll er ja. Hunde haben Flöhe.«

Als sie auf dem Rückweg über die Bergstraße flogen, fanden sie auch Ben Momoa. Seine Harley Davidson 750 lehnte an einem Telefonmast. Ben selbst hing an seinem Mechanikergürtel an der Spitze des Mastes. Im Licht der Hubschrauberscheinwerfer sah er mit seinen zerfetzten, mit schwarzem Blut durchtränkten Kleidern wie das Opfer eines grausamen Kultes aus.

Chee selbst ließ sich in einer Schlinge hinab, um Ben heraufzuholen.

»Vielleicht kann ich dasselbe eines Tages auch für Sie tun, Duran«, schrie er hinauf.

Die Nachtfalter hörten sie kommen, hörten das Netz ihres Wisperns, das sie vor sich herwarfen. Einige Insekten ließen sich zu Boden fallen, andere begannen mit verzweifelten Ausweichmanövern. Aber die Fledermäuse beachteten sie nicht, flogen über sie hinweg, lauschten auf das Echo einer ganz anderen Beute.

Das innere Ohr der Fledermäuse barg tatsächlich zwei völlig getrennte Sinnesorgane: das eine für die Orientierung in der

Luft, das andere zum Hören. Das Hörorgan, die spiralförmige Schnecke, war proportional ungefähr tausendmal länger als die der Menschen und außerdem dicht besetzt mit ›Auslöser‹-Härchen. Diese Härchen bewegten sich beim kleinsten Echo, das sofort als das eines Insektes, eines Hindernisses oder einer anderen Fledermaus identifiziert wurde, im Gegensatz zum menschlichen System, das eine Stimme deutlicher hört als ihren Schatten. Und wenn die Echos von etwas Großem, Warmem, Lebendigem reflektiert wurden, von der Nahrung, steigerten sich Schreie und Echos bis zur Geschwindigkeit von Maschinengewehren.

In die Echos mischte sich das Meckern einer Ziege.

An eine Tamariske waren vier Ziegen gebunden; drei von ihnen schliefen. Die vierte scharrte nervös mit den Hufen, hatte die Ohren ins Rauschen des Windes gestellt. Als sich das Rauschen allmählich legte, legte sich auch die Ziege und knabberte an der Baumrinde. Rings um den Baum wuchs etwas Gras; wo eine Tamariske stand, gab es stets Wasser. Dann zuckte die Ziege plötzlich zurück: Etwas war auf sie zu gehüpft. Neugierig schob die Ziege die Nase vor, und das Ding hüpfte hoch in die Luft und begann zu fliegen.

Inzwischen hockten über hundert Fledermäuse auf dem Boden. Mit gefalteten Membranen ließen sie ihr Körpergewicht auf den Hinterbeinen und den aufgestützten Flügeln ruhen, hüpften oder liefen schnell um den Baum. Es gab eine bestimmte Freßordnung, und es gab bevorzugte Nahrung. Lieber junge und zarte Nahrung als alte, lieber trächtige und blutgefüllte Nahrung als männliche, am besten brünstige Nahrung mit einer überwältigenden Witterung, die aus Hunger Wahnsinn machte. Die großen Fledermäuse, die Weibchen, schossen voran. Die Nahrung schob wieder die Nase vor; die geschlitzten Augen quollen heraus, und die erste Fledermaus starrte zurück – zuerst auf die Augen, dann auf einen dunklen Fleck an der Schulter der Nahrung. Sie sprang zu, schlug zweimal die Luft mit ihren Flügeln und landete auf dem Fleck. Zwei Schneidezähne hoben Haare und Haut vom Fleisch, und die lange rote

Zunge der Fledermaus schoß hervor, senkte sich in das Blut, das den Krater füllte und die Luft mit süßlich-warmem Geruch durchsetzte. Die äußeren Ränder der Zunge bogen sich um zwei Rillen an der Unterseite der Zunge nach unten und bildeten so die Saugkanäle. Eine zweite Fledermaus landete wie ein Hauch auf der anderen Schulter. Die Nahrung lief am Ende des Strickes hin und her. Die anderen Nahrungsspender blieben unter der Decke, die sich auf ihnen bildete, ruhig schlafend liegen. Mehr Schneidezähne bissen zu. Boden und Luft schienen sich um die Ziegen zu schließen, sie zu umfangen. Die erste Fledermaus gab bereits einen schwarzen pechartigen Urin von sich, die übrigen drängten sich um die Nahrung. Einzig auf die Nahrung konzentriert, beachteten sie die Tamariske nicht und nicht die hängenden Glühbirnen, die sie in ultraviolettes Licht tauchten, noch den Land-Rover, der dreißig Meter entfernt stand. Paine hatte eine Lüftungsklappe gerade weit genug geöffnet, um den Lauf eines Luftgewehrs hindurchzuschieben. Auf dem Lauf war ein auf Ultraviolett ansprechendes Zielfernrohr befestigt. Das Fadenkreuz zielte zuerst auf eine Fledermaus, dann auf die nächste, suchte sich in aller Ruhe die passenden Exemplare für die Sektion. Nach ihrer Aktivität zu urteilen, schienen die Fledermäuse nicht von der Pest befallen zu sein, doch nur Skalpell und Mikroskop konnten das endgültig erweisen.

Es würde Stunden dauern, bis alle Fledermäuse satt waren. Er konnte sich seine Beute aussuchen.

6

Im Schlaf sah Youngman immer wieder die hellen Lichter des Momoa-Hauses. Als er im Dunkeln erwachte, fiel ihm der rothaarige Mann ein, der Gewebeproben von Abner gewollt hatte. Der sich bei Frank nach Fledermäusen erkundigt hatte.

Paine kam von Chee. Chee hatte es die ganze Zeit gewußt.

Bei Sonnenaufgang hatte Youngman seinen Jeep auf einem Hügel ungefähr eine Meile von Gilboa entfernt mit Ästen getarnt. Er selbst lag auf dem Bauch unter einem Mesquitebaum und beobachtete die Szene durch einen Feldstecher.

Die Hubschrauber kamen direkt aus der Sonne, so daß Youngmans Augen zu tränen begannen. Sie landeten hintereinander auf der Straße vor dem *hogan*, dann stiegen aus jedem Hubschrauber zwei Gestalten in Weiß mit Ärztetaschen. Zehn Sekunden darauf kamen sie wieder aus dem Haus und hielten nun Faustfeuerwaffen in der Hand. Vier uniformierte Navajo-Polizisten aus den Hubschraubern gesellten sich zu ihnen; Youngman erkannte Begay. Sie liefen zum Handelsposten hinüber, wo sie sich fünf Minuten aufhielten. Dann kehrten sie zu den Hubschraubern zurück, stiegen ein und hoben ab. Die Hubschrauber kreisten in geringer Höhe über Gilboa; sie suchten Radspuren und fanden keine, weil Youngman sie verwischt hatte. Nach einer Weile gaben sie es auf und flogen nordwärts auf die Mesa zu, für den Fall, daß er diese Richtung eingeschlagen hatte.

Youngman fuhr zu seinem *hogan* zurück. Er kam sich nicht

besonders clever vor. Er hätte Chee das Versprechen in aller Öffentlichkeit abnehmen, als Treffpunkt ein Pueblo wählen oder Cecil mitteilen sollen, was los war. Statt dessen hatte er sich dummerweise selbst mitten in der Wüste isoliert.

Zuallererst versuchte er Kontakt mit Cecil aufzunehmen, aber die Navajos hatten die Hälfte der Röhren aus dem Funkgerät entfernt, also warf er Gewehr und Schlafdecke in den Jeep und fuhr zum Handelsposten hinüber. Selwyn war noch im Bademantel. Er stand hinter dem Tresen, hob stolz die Hand und zeigte Youngman eine tote Fliege.

»Selwyn, wo ist dein Funkgerät?«

»Kaputt. Ich hab's den Navajos gezeigt, und die haben versucht, es zu reparieren, aber es ging nicht. Wahrscheinlich hat es endgültig den Geist aufgegeben. Du hast sie um Minuten verpaßt. Sie suchten dich.«

»Gib mir ein paar Gewehrpatronen und außerdem ein paar 44er.« Youngman hatte immer noch Joes Colt. »Und Bier, 'ne Sechserpackung. Und Salztabletten.«

Selwyn wischte die Fliege vom Tresen und begann die Waren herauszusuchen.

»Das Radio funktioniert noch. Wie ich gehört habe, ist das Momoa-Haus abgebrannt.«

»Was?«

»Die ganze Familie ist verbrannt.« Selwyn wischte den Staub von den Bierdosen. »Letzte Nacht. Hast du noch nichts davon gehört? Na ja, dir ist es ja sowieso egal, du hast den Kerl ja genauso gehaßt wie ich.«

Youngman putzte an einer Vitrine herum und spähte durch die Glasscheibe.

»Du hast da noch diese Transistorradios. Ich nehme eins und ein paar Batterien. Schreib alles auf meine Rechnung.«

»Natürlich, was sonst? Weißt du was, Youngman? Ich hoffe, daß bald jemand das Bargeld erfindet.«

Youngman nahm seine Einkäufe und trat auf die Veranda hinaus.

»Seit fünf bin ich schon auf.« Selwyn folgte ihm; der Bademantel flatterte um seine bloßen Füße. »Schlaflosigkeit. Ein erstes Zeichen dafür, daß man alt wird. Hast du Ärger, Youngman?«

Der Hilfssheriff suchte den Himmel ab, für den Fall, daß einer der Hubschrauber noch einmal zurückkam. Die Schatten der Morgendämmerung trockneten schon aus.

»Du hast Ärger, stimmt's?«

»Ja, aber nicht mehr als jeder andere. Paß gut auf dich auf, alter Junge.« Youngman wickelte seine Einkäufe bis auf das Transistorradio in seine Schlafdecke und klemmte sich hinters Lenkrad. »Ich hab' dir immer schon sagen wollen, mit deinen Töchtern ist alles in Ordnung. Sieh zu, daß sie heute nacht ihre Fenster schließen.«

»Wieso?«

Aber der Jeep des Indianers jagte bereits davon; er fuhr zur Straße, die nach Westen führte.

Anne lauschte dem Autoradio, das sie durch die zerbrochene Windschutzscheibe hören konnte.

Eine Stunde vor Sonnenaufgang hatte sie Franklin begraben und dabei den Kräftevorrat eines ganzen Tages verbraucht. Den Kräftevorrat des nächsten Tages hatte sie verbraucht, als sie sich mit Benzin wusch, das sie aus dem Tank absaugte. Aber inzwischen waren sie sicher auf der Suche nach ihr. Inzwischen war Youngman zu ihr unterwegs.

Das Radio begleitete ihre Träumereien.

›. . . Wie Sie wahrscheinlich alle wissen, erhielt der gestrige Regentanz in Shongopovi einen tragischen Akzent durch den Tod von sieben Ältesten in dem Pueblo. Zunächst wurde befürchtet, die Verstorbenen seien der Schweinegrippe zum Opfer gefallen, die vor allem Menschen fortgeschrittenen Alters gefährlich werden kann. Die Autopsie jedoch ergab, daß die sieben an einer Lebensmittelvergiftung durch verdorbene Lebensmittel in ihrer Zeremonienkammer gestorben sind. Eine weitere tragische Meldung kommt aus dem Dinnebito Wash, wo die beliebte Familie Momoa bei einem Brand ihres Hauses umkam. Der Brand begann, einem offiziellen Sprecher der Feuerwehr von Tuba City zufolge, im Keller und verbreitete sich sehr rasch durch das Entlüftungssystem. Vier Personen fanden den Tod. Und jetzt eine Mitteilung von Hubbell's Handelsposten, wo Sie jederzeit alles finden, was. . .‹

Hitzewellen begannen sich auf dem Sand zu bilden. Anne hatte sich beim Fangen von Eidechsen die Knie aufgescheuert. Vorsichtig tastete sie ihre Achselhöhlen und Leistenbeugen nach Schwellungen ab. Nichts. Noch nicht. Komisch, dachte sie. Die ganze Zeit war ihr bekannt gewesen, daß in der Wüste die Pest vorkam, aber nicht einmal hatte sie einen derartigen Fall erlebt. Dann starb eine Woche vor ihrem Abschied von der Wüste vor ihren Augen ein Mann an der Pest, und sie erkannte nicht einmal die Symptome. Die Mattigkeit. Das Fieber. Die Bubonen.

Regungslos daliegend hatte sie wieder einmal das Gefühl, daß sie in der Wüste aufging. Ein Teil von ihr fand dieses Gefühl verwirrend, aber tröstlich. Dieses ›Einssein‹ war die Hopi-Art, und es belustigte sie, daß sie es erst kurz vor dem Tod erlebte. Vielleicht war dies das Geheimnis der starken Religiosität der Hopis, daß sie sich immer kurz vor dem Tod befanden.

Ein anderer Teil von ihr beschäftigte sich weiterhin mit dem Problem des Überlebens. Gewöhnlich gab es innerhalb von zwei, drei Tagen nach einem Schlangentanz Regen. Das lag natürlich an der Jahreszeit. Wenn sie genug Trinkwasser hatte und der Himmel bedeckt war, konnte sie möglicherweise durch die Wüste marschieren. Andrerseits war es vielleicht klüger, möglichst viel Regenwasser zu sammeln und hier beim Wagen zu bleiben, denn danach würde Youngman Ausschau halten. Da er sie bei den Momoas hatte treffen wollen, würde er aus Richtung Dinnebito Wash kommen. Nur, die Momoas waren tot.

Der Sand kräuselte sich. Eine kleine Fata Morgana leckte an den beiden frischen Gräbern. Zur Mittagszeit, das wußte sie, würde die ganze Wüste wie ein Meer aussehen, wie sie es vor einer Million Jahren ja auch gewesen war. Die Momoas sind tot, sagte sie sich immer wieder. Verbrannt. Wenn sie, Franklin und die anderen also die Ranch erreicht und dort übernachtet hätten, wären sie in den Flammen umgekommen.

Das Radio lief weiter, verbrauchte den letzten Rest der Autobatterie.

›. . . Das war Johnny Cashs neueste Platte. Übrigens, Johnny wird auch am All Indian Powwow in Flagstaff teilnehmen; das werden Sie doch auf gar keinen Fall versäumen wollen, nicht wahr? Eine gute Gelegenheit, mit alten Freunden zusammenzutreffen und neue Freundschaften zu schließen. He, wer behauptet denn, man kann einen guten, runderneuerten Reifen nicht für die Hälfte des Neupreises bekommen . . .‹

Ein Skink wandte den Kopf, um Anne zu beobachten. Sie hatte nicht mehr genug Energie, nach ihrer Angelrute zu greifen. Wenn die Momoas tot waren, wie würde Youngman dann erfahren, daß sie gar nicht aus der Wüste herausgekommen war? Sie versuchte sich zu konzentrieren, doch ein Teil ihrer Gedanken begann immer wieder zu wandern. Die Antworten auf ihre Fragen entglitten ihr.

›. . . Ein guter Rat für Ihre Gesundheit, den ich an Sie weitergeben möchte. Von amtlicher Seite heißt es, daß man die Quelle der Lebensmittelvergiftung auf der Mesa noch nicht gefunden hat. Es könnten weitere Fälle auftreten. Das ist eine ernste Angelegenheit. Symptome, auf die man achten sollte, sind Bauchschmerzen, Schwindelgefühl, Fieber, verdächtige Flecken oder Schwellungen, Erbrechen oder Durchfall. Falls Sie diese Symptome haben oder jemanden kennen, der sie hat, setzen Sie sich sofort mit den Krankenhäusern in Ship Rock, Window Rock oder hier in Tuba City in Verbindung. Sagen Sie, würde es Ihnen nicht auch Spaß machen, am Lauf des Senders CB teilzunehmen, der. . .‹

Kein Wort von einer vermißten Campergruppe. Kein Wort von Regen. Ihr fiel ein, daß sie unbedingt gerettet werden mußte – nicht nur um ihrer selbst willen, sondern um die anderen vor der Pest zu warnen. Vor den Fledermäusen. Fledermäuse hatten keine Nagetierflöhe, daher hatten die Fledermäuse und die

Pest nichts miteinander zu tun, aber . . . Die Anstrengung des Nachdenkens erschöpfte sie. Es war so viel einfacher, der sich ausbreitenden Fata Morgana zuzusehen, sich in ihr zu verlieren, die Gedanken schweifen zu lassen. Halluzinationen waren ein Zeichen für Dehydrierung; Wassermangel veränderte das gesamte chemische Gleichgewicht des Körpers, aber es war so verlockend. Sie genoß den Gedanken, sie könnte Youngman durch eine staubige Brandung auf sich zu waten sehen.

Dann schlugen ihre Gedanken eine grausamere Richtung ein. Youngman hatte ihr einmal eine Geschichte von einem jungen Mann erzählt, der in den Maski Canyon ging, wo er bei Nacht in einem schönen großen, unterirdischen Pueblo ankam. Aus den Schornsteinen stieg Rauch, Kinder rannten die Leitern hinauf und hinab, und auf Dächern brannten Signalfeuer. Der junge Mann wurde in diesem seltsamen unterirdischen Pueblo nicht nur herzlich willkommen geheißen, sondern er wurde auch gewaschen, bekam zu essen und wurde anschließend in einen großen Tanzsaal geführt, wo gerade ein Fest begann. Nie hatte er so viel Lachen und Tanzen und schöne Mädchen gesehen, die singend und scherzend umherliefen, aufeinander deuteten und riefen: ›*Hapa! Hapa! Is! Is!*‹ – ›Tot! Tot! Diese! Diese!‹ Das Vergnügen dauerte fast die ganze Nacht, und als er müde war, führten ihn die beiden schönsten Mädchen zu einem Bett. Sie zogen ihn und sich selber aus. Er küßte sie auf die Lippen und Brüste, spreizte ihre Beine und liebte die Mädchen abwechselnd, bis sie alle einschliefen, die Mädchen beide auf ihm liegend. Als er erwachte, mußte er seine Augen bedecken, denn das Tageslicht war weitaus heller, als er erwartet hatte, und er sah, daß der Raum, in dem er lag, keine Decke hatte. Der Saal, der in der Nacht so schön gewesen war, war jetzt nur noch mit Sand gefüllt. Teile der Wände waren zerfallen, die Fenster zerbrochen, und im Wind stürzten Stücke der erhalten gebliebenen Dachsparren zu Boden. Als er sich aufrichtete, fielen Knochen von seiner Brust. Der ganze Raum war voller Skelette, und zwei von ihnen hielten ihn in den Armen. Voll Angst und Abscheu löste er die Umklammerung und lief davon . . .

Youngman kommt nicht, redete sie sich ein. Niemand kommt, jedenfalls nicht rechtzeitig. Erst wenn sie schon zu etwas geworden war, was man begrub, statt es zu lieben. Ihr Kopf schwankte vor und zurück; sie hörte das Klappern der Eidechsenkrallen auf dem Dach. Die schwächer werdende Stimme aus dem Radio hörte sie nicht mehr.

›... Noch ein Ratschlag der Gesundheitsbehörde. Ein Eselhase, den man der Behörde überbracht hat, litt, wie sich herausstellte, an einer tierischen Form der Pest. Der Hopi-Hilfssheriff Youngman Duran, der den Hasen ablieferte, wird nunmehr von der Behörde gesucht, damit er die notwendigen Impfungen erhalten kann. Es handelt sich um eine ansteckende Krankheit; Personen, die den Hilfssheriff sehen, werden daher gebeten, sich ihm nicht zu nähern, sondern lediglich die Behörden von seinem Aufenthaltsort in Kenntnis zu setzen...‹

Anstatt auf ebenem Boden zu bleiben, ließ Youngman Luft aus seinen Reifen ab und überquerte möglichst viele Dünen, weil er so hoffte, den Kleinbus zu entdecken. Oder Rauchsignale oder das Aufblitzen eines Spiegels. Oder Aasgeier. Von Zeit zu Zeit drehte er an seinem Transistorradio, um zu hören, was Chee machte, und auch, weil er wußte, daß Chee es sofort verkünden würde, wenn die Camper aus der Wüste kamen. Der Jeep heulte auf, als er seitlich durch Mesquitebüsche rutschte, mit den Rädern das Gestrüpp zermalmte.

Youngman empfand keinen Zorn auf Chee wegen der Lügen und des Verrats; das wäre ebenso sinnlos gewesen, wie wenn die Wüste Zorn auf die Sonne empfunden hätte. Das Überleben war keine Frage der Moral. Eine Schlange debattierte nicht über Ethik, wenn sie ein Erdhörnchen verschlingen wollte; da hieß es nur noch: Friß oder stirb. Die Navajos, 135000 an der Zahl, überlebten. Die Hopis, 6000 an der Zahl, überlebten nicht. Sie konnten die Schuld daran den Navajos, den *pahans*, den Hexen zuschieben. Aber es war die Wüste, ihre eigene Heimat, die sie umbrachte. Es war eine veränderte Wüste, noch trockener, seit die Navajos und die Weißen die Flüsse stahlen, das Wasser genauso an sich rissen, wie eine Schlange zum Biß zustieß.

Der Kampf ums Überleben hatte seine eigenen Moralgesetze. Nach diesen Gesetzen war Chee ein Held und Youngman vielleicht ein Feigling. So hatten sie ihn in der Army genannt. ›Große Menge Feigling‹.

Der Jeep schaffte höchstens fünfzig Meilen pro Stunde. Youngman hielt den Fuß auf dem Gaspedal und verließ sich auf seine Geschicklichkeit beim Lenken. Davonlaufen, so kann man es auch bezeichnen, dachte er. Davonlaufen vor der Verantwortung dafür, wieder in Reih' und Glied zu marschieren. Deswegen war er ja überhaupt in die Wüste zurückgekehrt, um einer Welt zu entfliehen, in die er nicht hineinpaßte. Vermutlich, so mußte er zugeben, hatte er sich deswegen gegen die Quarantäne gewehrt. Nicht aus Tapferkeit, sondern wegen des drohenden Eingesperrtseins, denn nach den Jahren im Militärgefängnis begann er bei dem Gedanken an jegliche Art von Eingesperrtsein zu zittern wie ein kleiner Junge. Er besaß nicht einmal Mut genug, die Quarantäne durchzustehen, obwohl er wußte, daß er die Lösung gefunden hatte. Die Erklärung für die Bisse, das fließende Blut, das Fehlen von Spuren, die Lichter bei den Momoas, die Nacht, in der Abner starb. Er hatte sie, und seine einzige Rechtfertigung dafür, daß er nicht umkehrte, war die, daß ihm niemand glauben würde, weil es schlechthin unmöglich war. Ein unmöglicher Alptraum.

Um Mittag schien die Sonne gelb und riesig zu pulsieren. Nicht nur die Schatten, die Gegenstände selber schrumpften. Es war die Zeit, in der selbst Eidechsen sich unter Steine verkrochen. Präriehunde und Sandboas vergruben sich vor der Hitze tief in die Erde.

Youngman überquerte ein trockenes Alkaliloch, als er den Motorblock des Jeeps knacken hörte. Er nahm den Gang heraus und ließ den Wagen noch hundert Meter weiterrollen. Da die Kühlerhaube zu heiß zum Anfassen war, öffnete er sie mit einem Tritt. Der Motorblock war beinahe rotglühend vor Hitze, und als er unter den Wagen kroch, fand er im Kühler ein

Loch, das ein Stein gerissen hatte. Das ganze Kühlwasser war ausgelaufen.

Er rollte sich unter dem Jeep hervor und schloß die Augen. Gilboa lag dreißig Meilen im Osten, die Mesa vierzig Meilen im Norden. Vierzig Meilen im Westen gab es eine Bundesstraße.

»Verdammt!«

Er hatte es geschafft. Er hatte endlich das Nirgendwo erreicht, ohne Ausweg. Als einzige Möglichkeit blieb ihm, den eigenen Spuren zu folgen.

Die Frage war nur, ob es sich lohnte.

Hayden Paine stand auf dem Dach seines Land-Rovers.

Der Feldstecher verstärkte die Hitzewellen. Die Saquaro-Kakteen schienen sich zu winden und zu tanzen, Mesquite und Yucca wurden zu dahintreibenden Inseln, ein Canyon in zwanzig Meilen Entfernung verwandelte sich in ein stattliches Segelschiff, das über seinem eigenen Spiegelbild emporragte. Zuweilen glaubte er aus dem Augenwinkel eine echte Bewegung wahrzunehmen. Dann richtete er das Glas darauf, und die Bewegung war verschwunden, eine Chimäre. Außerdem galt sein Interesse den Canyons. Er war eher von ihnen angezogen worden als aus eigenem Antrieb hingefahren. Jeden Tag bei Sonnenuntergang hatte er den Weg der Fledermäuse auf seinem Oszilloskop verfolgt. Jeden Tag bei Sonnenaufgang hatte er weitere zehn Meilen eines zuvor berechneten Weges zurückgelegt und die Fledermäuse auf ihrem Heimflug verfolgt. Als er die schwarzen und ziegelroten Steilhänge der Canyons betrachtete, nahm seine Erregung zu.

Er kletterte hinunter zu dem Tisch und der Isolierkammer, die er unten aufgestellt hatte. Seine Falle in der Nacht zuvor war erfolgreich gewesen. Vier Ziegen, einem Navajo bei Tuba City abgekauft, waren tot, ausgesaugt, bis ihr Blutdruck versagte. Während Paine wiederum vier Fledermäuse getötet hatte.

Die Isolierkammer war von ganz simpler Bauart, ohne Luftfilter, lediglich für Pathologie geeignet. Zwei Latexhandschuhe mit Akkordeonstulpen führten durch eine Plexiglaswand bis zu verschiedenen Spritzen und Sektionsinstrumenten. Die ausgebreiteten Flügel einer toten Fledermaus waren mit Nadeln festgeheftet. Flöhe hüpften gegen die Wände, denn ein toter Wirt war kein Wirt mehr. Ein bunter Sonnenschirm spendete Paine bei der Arbeit Schatten.

Eine Stunde lang untersuchte er die Fledermaus gewissenhaft, rasierte ihr den Pelz, um nach Schwellungen zu suchen, und entnahm ihr Blutproben zur Analyse. Die Menschenpest begann normalerweise dann, wenn die gewohnten Wirtsnagetiere an der Tierpest starben. Die Flöhe brauchten neue Wirte. Aber die Fledermäuse starben nicht; im Gegenteil, sie schienen zu gedeihen. Trotz der eingeschlossenen Flöhe und anderer Fledermausparasiten, die in der Kammer herumhüpften, zeigte die Fledermaus keinerlei Krankheitssymptome. War es denn möglich, daß ein Tier die Rolle eines Pestbazillenwirts übernahm, selber aber dabei gesund blieb? War es denkbar, daß die Vampire, indem sie verschiedenen Menschen Blut absaugten, dabei in einer Art natürlichem Impfverfahren Pestbazillen aufgenommen hatten? Eine Antwort darauf lautete, daß dieselben Fledermäuse, die in Venezuela die tödliche *derrienque* verbreitet hatten, selber gesund und munter waren.

Wieder wandte er seine Aufmerksamkeit den Wüstencanyons zu. Früher hatte er die Vampire stets in den Subtropen inmitten einer üppigen Vegetation gejagt. Paine suchte seine Landkarten zusammen und trug sie zum Land-Rover, wo die Hitze des Blechs sogar durch seine Schuhsohlen brannte. Die Temperatur betrug fünfzig Grad Celsius im Schatten. Fledermäuse konnten eine Höhlentemperatur von knapp vierzig Grad Celsius ertragen, aber es mußte genügend Feuchtigkeit vorhanden sein, damit die Membranen ihrer Flügel nicht austrockneten. Die topologische Karte des Vermessungsamtes zeigte lediglich ein Labyrinth von zerklüfteten, anscheinend kahlen Canyons, das, einer von Chee zur Verfügung gestellten Karte zufolge, Cañon de Maski genannt wurde. Langsam drehte er sich im Kreis und betrachtete die Painted Desert durch seinen Feldstecher.

Es sah aus, als werde der Sand gleich Flammen schlagen. Senkrechte Kakteen verdrehten sich in der mörderischen Hitze zu Korkenziehern. Die Black Mesa im Nordosten war wie ein dünner schwarzer Strich vor dem blauen Himmel. Genau im Osten nahm Paine eine Bewegung wahr. Es war dasselbe Ding, das er gesehen hatte, bevor er die Fledermaus untersuchte. Er regulierte die Sehschärfe. Manchmal löste sich das Ding vollkommen in Luft auf, dann fügte es sich für eine Sekunde wieder zusammen und war nahezu deutlich zu sehen. Es kam eindeutig näher, und zwar auf zwei Beinen. Paine verstand etwas von den Mechanismen der Wüste. Ein Mensch konnte in der Wüstenhitze eine Stunde lang ohne Wasser laufen, bevor er zusammenbrach. In der Höhenluft von Arizona ungefähr vierzig Minuten. Also gab es diesen Mann gar nicht, also sah Paine eine Fata Morgana. Gerade, als er zu diesem Ergebnis kam, zerbrach die Gestalt in fließende Flecken und verschwand. Fünf Minuten noch starrte Paine angestrengt durch seinen Feldstecher. Aber der Mann blieb verschwunden.

Die Hitze auf dem Rover war unerträglich. Paine stieg hinunter, um ein paar Salztabletten mit einem halben Liter Wasser zu schlucken und seine anderen Karten zu studieren, die in einem Plastikumschlag mit der Aufschrift ›Erkundungssysteme für Bodenschätze – Landsat II, III‹ zusammengeheftet waren. Die Karten selbst bestanden aus Farbflecken auf Azetat, unverständlich, solange man sie nicht auf eine zweite Landkarte mit von Menschen gezogenen Grenzen legte. Sie gehörten zu den teuersten aller Landkarten. Die Elektrizitätsgesellschaften hatten für sie mehr bezahlt, als Chee Paine zahlte, und tatsächlich konnte es sein, daß diesen Karten zufolge eine Millioneninvestition von Paine abhing. Allerdings hätte er diese Aufgabe auch umsonst übernommen.

Paine hatte die Landkarten weggelegt und griff unwillkürlich wieder zum Feldstecher, den er gen Osten richtete. Der Mann war nur noch eine Meile entfernt. Er lief mit langen, mühelosen Schritten, auf dem Rücken eine Art Rucksack, das Gesicht von einem breitrandigen Hut überschattet. Von Zeit zu Zeit stiegen die Hitze- oder Geländewellen bis zu seiner Brust, aber er kam, mit locker schwingenden Armen, immer näher. Einmal löste er sich vollständig auf, nur um näher denn je wieder aufzutauchen. Jetzt konnte Paine ihn ohne Glas erkennen. Es war ein dunkelhäutiger, schlanker Mann. Der Rucksack war eine Schlafdecke, in die ein Gewehr gewickelt war. Unaufhaltsam kam er auf Paine zu, verzerrt vor dem flimmernden Hintergrund, mit rhythmisch-gleichmäßigen Schritten. Er folgte den Reifenspuren des Land-Rovers, stellte Paine fest. Wich einer Düne aus, passierte einen verwitterten Tonnenkaktus. Das Gesicht war Paine bekannt.

Der Indianer wurde erst auf den letzten zwanzig Metern langsamer; er starrte Paine schweigend an, lange genug, um ihn daran zu erinnern, daß sie ja Feinde waren. Dann erst ließ er sich im Schatten des Land-Rovers nieder.

Paine hatte zu lange gewartet. Hätte er einen Wagen kommen sehen, wäre er einfach davongefahren; an einen Mann zu Fuß hatte er schlechthin nicht glauben wollen. Und dieser Mann war der letzte, dem Paine begegnen wollte. Der Indianer schloß die Augen und atmete genußvoll die relativ kühle Luft im Schatten ein. Die Sohlen seiner Stiefel waren von Dornen durchlöchert und blutbefleckt.

Paine war nervös. Dieser verdammte Indianer hatte es schon einmal mit der Schweigemethode versucht. Endlich richtete sich der Indianer auf und zog sich die Stiefel aus.

»Was wollen Sie?« Paines Ton war schroff. »Warum folgen Sie mir?«

»Haben Sie ein kaltes Bier?« fragte Youngman.

Er wusch sich mit dem einen Bier die Füße und trank dann zwei weitere. Trotz der Sechserpackung, die er unterwegs geleert hatte, hatte er fünf Pfund verloren.

»Sic machen ein Gesicht, als sähen Sie ein Gespenst, Paine.«

»Eigentlich müßten Sie eines sein. Ich habe Sie vor zwei Stunden da draußen gesehen.«

»Und sind mich nicht holen gekommen?«

»Ich hielt Sie für eine Fata Morgana.«

»Sie hofften, daß ich eine wäre. Na schön, regen Sie sich nicht auf. Ich bin ziemlich froh, Sie hier anzutreffen.«

Youngmans Lachen galt ihm selbst. Es bekräftigte Paines Verdacht, den Hilfssheriff ständig zu unterschätzen. Das tat Chee aber offensichtlich auch, denn eigentlich hätte Duran heute morgen festgesetzt werden sollen. Der Gedanke, daß ein Mann zu Fuß durch die Painted Desert entwischte, belustigte Paine.

»Wie lange hätten Sie noch laufen können?«

»Vielleicht noch fünf Schritte. Wie weit ist es bis zu dem Tisch da drüben?«

»Ich habe gerade ein paar Tiere untersucht. . .«

Youngman rappelte sich auf und trat an den überschatteten Tisch. Paine folgte ihm argwöhnisch. Chee hatte gesagt, Duran wisse nicht Bescheid, aber Chee hatte auch gesagt, Duran sei ein ungebildeter Säufer, ein typischer Reservationsindianer.

Die Fledermaus lag noch ausgebreitet in der Box. Ihre Flügel waren zu dunklem Pergament vertrocknet, ringsherum lagen die Organe der leeren Bauchhöhle. Der Magen wirkte wie ein Wurm.

»Darf ich?« fragte Youngman.

Paine zuckte die Achseln.

Youngman steckte die Hände in die Handschuhe und griff zu den Skalpellen in der Box. Er schob die Lippen der Fledermaus zurück und legte zwei breite Schneidezähne frei, die den halben Oberkiefer ausfüllten. Der Rest der beiden Kiefer war mit kräftigen, dolchförmigen Eckzähnen besetzt; die unteren Schneidezähne und Backenzähne existierten praktisch nicht. Youngman spießte den Magen auf ein Skalpell und zog ihn über die Zähne der toten Fledermaus. Sie schnitten den Magen mittendurch.

»Es waren die Zähne.« Youngman lächelte. »Es waren die Zähne, darauf bin ich nicht gekommen.«

Der Indianer wußte es also. Woher, war Paine rätselhaft. Er begriff seine eigene Reaktion nicht, denn er hatte gedacht, er würde jeden umbringen, der sich einmischte, und nun empfand er eher Erleichterung als Zorn. Er schwankte zwischen beiden Gefühlen hin und her.

»Warum sind Sie mir gefolgt, Duran?«

»Das erzähle ich Ihnen, während ich fahre.«

Anne stand am Ende des Dreimeterbretts; von hier aus konnte sie alle Swimming-pools von Phoenix sehen, so daß die gesamte Stadt mit Türkisen besetzt zu sein schien. Dabei erinnerte sie sich an ein Buch von John Cheever, ›Der Schwimmer‹, in dem ein Mann sich aufmachte, eine Connecticut-County zu durchschwimmen, indem er der langen Reihe der Swimming-pools folgte.

»Spring!« rief der Vater ihr von der Freiluftbar aus zu. »Los, Schatz!«

Am Rand des Beckens waren Tische für die Gäste aufgestellt, und im Garten spielte eine Mariachi-Kapelle. Anne sah, daß ihre Mutter den Rosengarten in einen Steingarten mit Kakteen und Sukkulenten verwandelt hatte. Auf dem Poolwasser schwammen Seerosen, genau wie bei ihrer Abschlußparty. Jetzt fiel ihr ein, daß dies ja überhaupt ihre Abschlußparty war.

»Du mußt springen, Liebes«, rief ihre Mutter.

Ihre Eltern wollten natürlich, daß sie den Job im Heard Museum in der Stadt annahm. Dort gab es wunderschöne Kachina-Puppen. Anne jedoch überlegte, ob sie nicht ihre medizinische Ausbildung in einer Indianerreservation anwenden sollte. Indianer waren faszinierend.

Sie sprang, flog mit weit ausgebreiteten Armen, bis sie in leuchtend blaues Wasser eintauchte und die klare Flüssigkeit schmeckte, die Seerosenblätter über sich wie runde Flecke wahrnahm. Gemächlich ließ sie sich an die Oberfläche treiben und stemmte sich aus dem Schwimmbecken. Das Oberteil ihres Badeanzuges hatte sich gelöst, doch niemand schien etwas zu bemerken, und das kam ihr sonderbar vor. Sie strich sich das nasse Haar aus den Augen und sah Youngman mit einem großen rothaarigen Mann an einem Tisch sitzen. Sie hatten einen Drink für sie bereitgestellt, deshalb gesellte sie sich zu ihnen.

»Ich liebe dich«, sagte Youngman. »Ich gehe weg von hier mit dir. Wohin du willst.«

Das war schmeichelhaft, aber die Party hatte ja erst begonnen. Der andere Mann legte ihr ein nasses Handtuch um.

»Haben Sie denn kein trockenes?« fragte sie ihn.

»Sie brauchen ein nasses.«

Lächerlich, sie war ja klatschnaß! Aber sie wollte keine Szene machen, und Youngman wirkte so glücklich. Er lächelte so selten, doch jetzt grinste er wie ein kleiner Junge.

»Trink noch ein bißchen, mit kleinen Schlucken. Bald geht es dir wieder gut, und sowie du gehen kannst, fahren wir los. Nur du und ich, okay? Zuerst aber müssen wir dein Fieber runterkriegen.«

»Wie bist du hergekommen?« erkundigte sich Anne. Es paßte gar nicht zu ihrem Vater, Indianer einzuladen.

»Der Rauch von dem Feuer. Du hast uns hergeführt. Das hast du großartig gemacht.«

Stimmen mischten sich mit dem Klirren von Gläsern, während die Mariachis zwischen den Tischen umherschlenderten. Anne fürchtete, jemand könnte sich ›Guadalajara‹ wünschen. Bei dem Lied wurde ihr immer schwindlig.

»Stellen Sie das Radio ab«, befahl Youngman, und der andere Mann ging in den Steingarten, wo einer der Gäste ungehörigerweise einen Wagen abgestellt hatte. Ihre Mutter würde toben. »Sein Name ist Paine.«

»Ich finde keine Anzeichen einer Infektion. Bis auf die gebrochenen Finger und den Hitzschlag ist sie okay. Wenn wir nur das Fieber senken können. Zum Glück hat sie nicht allzuviel Sonnenbrand, sonst hätte sie's nicht überstanden«, erklärte Paine.

»Sie hat aber auch ungefähr zwölf Pfund Körperflüssigkeit verloren. Und hat schon besser ausgesehen.« Youngman versuchte zu scherzen.

»Danke.« Sie bedeckte ihre Brüste.

»Nein.« Youngman nahm ihr das Handtuch weg und gab ihr dafür ein frisches, nasses.

»Aber die anderen . . .« Verlegen sah Anne zu den Gästen hinüber.

»Die sind tot. Du hast sie begraben. Wir haben das Lager gefunden. Du bist die einzige Überlebende. Ich danke Gott, daß wir dich rechtzeitig gefunden haben.«

»Ich hätte nicht gedacht, daß du kommen würdest.« Anne wußte, wie empfindlich Youngman beim Zusammentreffen mit Weißen sein konnte.

»Ich hätte früher kommen sollen.«

Anne war besorgt, weil Youngman so beunruhigt wirkte. Sein Gesicht war staubig und eingefallen, die Augäpfel gerötet.

»Ist alles in Ordnung mit dir?« fragte sie ihn.

»Bis jetzt hat's mich noch nicht erwischt. Das ist übrigens auch ein Grund, warum wir hier raus müssen.«

Paine wollte ihr eine Frage stellen, aber es entstand jetzt ein wenig Unruhe, als die anderen Gäste aufbrachen und ihre Stühle und Tische mitnahmen. Sie war verwundert, suchte ihren Vater. Nicht einmal verabschiedet hatten sich die Leute. Sie wollte nicht allein bleiben.

»Kannst du mich hören, Anne?« fragte Youngman. »Kannst du uns antworten?«

Sie nickte. Alles, nur damit er nicht ebenfalls ging.

»Waren es Fledermäuse?«

Eine der im Aufbruch begriffenen Frauen drehte sich um und begann zu schreien. Es war die Frau des Reverends; sie schrie so laut, daß Anne sich die Ohren zuhielt, aber der Schrei füllte ihren Kopf und kam zu ihrem eigenen Mund heraus.

Der Spätnachmittag war seltsam kühl und still. Durch den Maschendraht von Paines Arbeitszelt kam eine Brise. Er nannte das Zelt einen ›Kokon‹. So, wie es aus dem Heck des Land-Rovers herauswuchs, fand Anne, ähnelte es eher einer Bienenkönigin. Sie lag auf einer Schlafdecke, trank schwachen Tee und hatte den Kopf auf eine kleine Kiste gelegt. Paine machte auf einem Coleman-Brenner Rührei aus Eipulver. Youngman saß neben ihr.

»Morgen hast du dich so weit erholt, daß wir hier raus können.« Er nahm ihre Hand. »Und genau das werden wir tun. Wir werden weit weggehen. Paine fährt uns morgen zum Highway.«

»Du hast es dir anders überlegt?«

»Ja, und dazu mußtest du erst beinahe sterben. Falls du immer noch willst, daß ich mitgehe.«

In ihrem hageren Gesicht waren Annes Augen größer denn je. Winzig in einem von Paines Hemden, wirkte sie fast wie ein Kind. Eine Umarmung, dachte Youngman, würde sie zerbrechen.

»Bist du ganz sicher?« fragte sie ihn.

»Meine Reservationszeit ist vorbei, jetzt geselle ich mich wieder zu den Lebenden. Endlich habe ich's eingesehen. Du bist meine Fahrkarte hinaus, denn ich liebe dich so sehr, daß ich sein möchte, wo du bist – egal wo. Du siehst ja, was passiert, wenn ich nicht auf dich aufpasse.«

»Ich wußte, daß du mich holen würdest, Youngman, ehrlich!« Sie nahm seine Hand.

»Schön ruhig! Morgen machen wir einen neuen Anfang, indem wir zunächst mal hier rausfahren.«

Paine kam mit zwei Tellern voll seltsam aussehendem Rührei. Er hatte keine Gesellschaft haben wollen. Andererseits wurde sich Paine durch die Gegenwart des Hilfssheriffs und des jungen Mädchens erst bewußt, wie einsam er gewesen war. Er fühlte sich zu ihnen hingezogen, wie ein Mensch, dem ständig kalt ist, sich zum Feuer hingezogen fühlt, weil er merkt, daß er die Flammen betrachten kann, ohne die Wärme zu empfinden.

»Wie sind Sie darauf gekommen?« Er reichte Youngman einen Teller.

»Das war nicht schwer. Alles andere gab keinen Sinn. Die Überfälle kamen von einem Nachttier, das keine Spuren hinterließ, von einem Tier, das bis zur Spitze eines Telefonmastes fliegen konnte und Zähne besaß. Doch solche Tiere töten keine Menschen, nicht mit diesen Zähnen. Ich hatte noch nie ein Tier mit solchen Zähnen gesehen. Aber ich dachte an eine Familie, die sich sterbend in ein Haus zurückgezogen und alle Lichter brennen gelassen hatte, und mir fiel ein gewisser Mr. Paine ein, der unten am Five House Butte einen Hilfssheriff gefragt hatte, ob er Fledermäuse gesehen habe. Von da an wußte ich, daß ich recht hatte, auch wenn ich es nicht beweisen konnte. Sie haben es an meiner Stelle bewiesen.«

»Wir haben Ihnen viel zu danken«, wandte sich Anne an Paine.

»Den Teufel haben wir!« fiel Youngman ihr ins Wort. »Der hat lediglich was mit einem von Walker Chees Winkelzügen zu tun. Glaubst du, er tut dies für die armen Indianer? Um eine Reservation von Krankheiten zu befreien? O nein. Aber um alles in Ordnung zu bringen für eine neue Tagebaugrube und damit der Touristenstrom nicht abreißt, ja, also dafür lohnt sich Mr. Paines Arbeitslohn schon. Denn er ist weiter nichts als ein Mietling. Stimmt's, Paine?«

Ehe Paine antworten konnte, erwachte sein Funkgerät zum Leben. Als er die Codenummern ignorierte, wurde er noch dringlicher beim Namen gerufen. Ehe er an den Tisch mit dem Funkgerät trat, warf er einen Blick zu dem Indianer hinüber. Obwohl der Ton reichlich verzerrt herüberkam, erkannte Youngman Walker Chees Stimme.

»Kommen Sie sofort nach Window Rock zurück«, sagte Chee.

»Sie melden sich zum falschen Zeitpunkt.«

»Das ist ein Befehl. Wir werden Abwehrsysteme aufbauen. Ich habe meinem Freund Mr. Piggot alles erklärt, und er wird uns besorgen, was wir brauchen.«

Paine drehte sich mit dem Mikrofon um, damit er den Hilfssheriff und das Mädchen beobachten konnte. Das Mädchen lauschte aufmerksam, der Hilfssheriff blickte lächelnd in eine andere Richtung.

»Zum Beispiel?« erkundigte sich Paine.

»Alles. Piggot hat Beziehungen.«

»Zum Beispiel?« wiederholte Paine.

»Wir werden einen Abwehrkreis errichten. . .«

»Um die Wüste?«

»An bestimmten Punkten. Wir werden uns Netze besorgen. . .«

»Wie hoch? Wie breit?«

»Und Bogenlampen, Flutlichtscheinwerfer. . .«

»Lichter sind, wo Menschen sind. Sie scheuen Lichter nicht.«

»Lassen Sie mich ausreden«, forderte Chee. »Das beste ist, wir werden uns kleine Flugzeuge mit DDT besorgen. Sobald das Radar die Fledermäuse ortet. . .«

»Es wird sie nicht orten. Vampire fliegen unterhalb des Radars.«

»Verdammt noch mal, wir säßen nicht so in der Patsche, wenn Sie mit Ihren Scheiß-Fledermäusen so fertig geworden wären, wie Sie es uns versprochen haben!«

»Ich werde mit ihnen fertig werden.«

»Das behaupten Sie jeden Tag, und es wird mit jeder Nacht schlimmer.«

»Ich bin ihnen auf der Spur. Ich bin dicht dran.«

Eine Pause trat ein, ehe Chee sich wieder meldete.

»Wo sind Sie jetzt?«

»Das kann ich nicht genau sagen.«

»Aber Sie sagen, daß Sie dicht dran sind an den Fledermäusen. Was glauben Sie, wo sie sind?«

»Ganz sicher weiß ich das ebenfalls nicht. Ich würde aber sagen« – Paine sah, wie Youngmans Blick zu ihm herüberwanderte–, »Mansion Mesa.«

»Mansion Mesa. Okay, Paine, ich befehle Ihnen, sich umgehend auf den Rückweg nach Window Rock zu machen.«

»Nein.«

»Wir haben Sie noch nicht bezahlt, Paine.«

»Ich habe die Fledermäuse noch nicht getötet. Ende.«

»Paine. . .«

Paine schaltete den Empfänger aus und wickelte sich die Mikrofonschnur um die Hand.

»Wir sind aber nicht mal in der Nähe der Mansion Mesa«, sagte Youngman. »Die liegt vierzig Meilen südöstlich von hier.«

»Ganz recht.«

Paine riß die Mikrofonschnur aus dem Funkgerät.

»Aber jetzt können Sie ihnen nicht mehr mitteilen, wo die Fledermäuse wirklich sind«, sagte Anne.

»Jetzt kann niemand es ihnen mitteilen.« Paine schleuderte das Mikrofon von sich, so weit er konnte.

»Das macht nichts.« Youngman schenkte sich Kaffee ein. »Jetzt kann er ihnen nicht mehr mitteilen, wo sie mich finden.«

»Youngman hatte recht mit Ihnen«, wandte Anne sich an Paine. »Sie sind für irgendeine Firma hier. Aber ich würde zu gern wissen, bei welcher Firma ich mich für meine Rettung bedanken muß.«

»Nicht so wichtig.« Youngman zuckte die Achseln. »Mir ist es gleichgültig. Ich bin hier fertig. Sobald wir den Highway erreichen, ist für uns Schluß.« Er hob den Becher. »Prost.«

Anne entzog Youngman ihre Hand. In diesem Moment fühlte sie sich ihm ebenso fern wie Paine. Aber nicht ich bin fern, dachte sie, die anderen sind es. Paine, hochgewachsen, mit einer Sonnenbräune, die neben Youngmans dunkler Haut geisterhaft bleich wirkte, riesig, doch irgendwie geistesabwesend. Youngman, dunkel und schlank und erfüllt von einem so starken Zynismus, daß er beinahe unberührbar wirkte. Gemeinsam hatten sie sie gerettet, und jetzt kam sie sich absolut überflüssig vor.

Youngman zog sein Gewehr dichter ans Knie, während Paine eine CO_2-Patrone in ein Luftgewehr schob.

»Sie töten Fledermäuse, nicht wahr, verdienen sich damit Ihren Lebensunterhalt?« fragte Anne.

»Hm-hm.«

»Verdient man gut mit dem Töten von Fledermäusen?« erkundigte sich Youngman.

»Von Mexiko aus südlich ziemlich gut.«

»Und damit bringen Sie sie um?« Youngman musterte das Luftgewehr.

»Nein, damit.« Paine deutete mit dem Gewehr auf einen roten, in Englisch, Französisch und Spanisch mit dem Wort ›Gefahr‹ markierten Kanister, der an der Hecktür des Rovers lehnte. »Cyanogas. Das heißt, wenn ich in die Höhle hinein muß. Man betritt eine Höhle aber nur, wenn es gar nicht anders geht. Wenn es anders geht, erwischt man sie mit Hilfe einer alten Futterstelle.«

»Zum Beispiel?«

»Rinder, zumeist. Die Fledermäuse kehren immer wieder zu einer Herde zurück, von der sie sich schon einmal ernährt haben. In gewisser Weise ›besitzen‹ sie verschiedene Herden in einem Territorium. Man schmiert ›Vampirol‹ auf eine alte Wunde.«

»Das gefällt mir.« Youngman steckte sich eine Zigarette an. »Vampirol. Klingt wie ein Mittel gegen unerwünschten Haarwuchs.«

»Es besteht aus Honig und Strychnin. Eine wirkungsvolle, aber langwierige Art des Tötens.«

»Hassen Sie Fledermäuse?« fragte Anne.

Paine legte das Gewehr hin und stieg in den Rover. Als er wiederkam, brachte er eine Flasche Napoleon-Cognac und drei Pappbecher mit.

»Wir befinden uns abseits ihrer gewohnten Flugroute.« Er füllte die Becher und gab einen Anne. »Trinken wir. . .«

»Soll dies eine Party sein?« Youngman staunte. »Wie kommen Sie darauf, daß ich mit Ihnen trinken möchte?«

»Verzeihung, Chee sagte mir, Sie seien ein Säufer.«

»Und was noch?«

»Ein fauler, ungebildeter Reservationsstromer.« Paine streckte ihm einen Becher hin. Anne vermutete, Youngman würde Paines Hand wegstoßen, aber er nahm den Becher entgegen.

»Also Honig und Strychnin, wie?«

»Das ist die bequemere Möglichkeit.«

Paine kippte seinen Cognac mit einem Schluck herunter.

»Verrückter Scheiß-*pahan*«, murmelte Youngman und trank seinen Becher halb leer.

»Wie war das?« Paine schenkte nach.

»Ich sagte nur, daß wir es hier draußen mit allen möglichen verrückten Weißen zu tun kriegen. Gewöhnlich wollen sie einen Puma oder einen Wolf schießen. Sie sind der erste, der hinter Fledermäusen her ist.«

»Sie halten wohl nicht viel von Fledermäusen?«

»Ich habe nie darüber nachgedacht.«

»Dann denken Sie mal darüber nach. Stellen Sie sich ein Tier vor, das aerodynamisch beweglicher ist als die Fliege. Das ein feineres System für Echoortung besitzt als das Navigationssystem eines Bombers. Das im Dunkeln ebenso gut sieht wie eine Katze. Das – einzigartig in der Natur – die Fähigkeit besitzt, das Blut anderer Wirbeltiere in sein eigenes Blut zu verarbeiten.«

»Er würde einen verdammt guten Verkäufer abgeben«, meinte Youngman, zu Anne gewandt.

»Ich spreche nicht etwa von einem Tropfen Blut«, fuhr Paine fort. »Wenn eine wilde Vampirfledermaus Nahrung aufnimmt, kann sie anderthalbmal ihr eigenes Gewicht an Blut trinken. Ihr Opfer verliert wegen der Antikoagulansstoffe im Speichel des Vampirs noch einmal so viel Blut, wie die Fledermaus trinkt. Im Verlauf eines Jahres saugt ein einziger Vampir achtundzwanzig Liter Blut, die gesamte Blutmenge einer guten Kuh oder von sechs Menschen.«

»Ach, wirklich? Wie kann ein Tier einhundertfünfzig Prozent seines eigenen Gewichtes trinken und dann noch fliegen?«

»Sie pissen. Sie pissen beim Trinken. Das Blutmehl wird vom Magen absorbiert, und die Blutflüssigkeit geht direkt durch.«

»Da waren diese teerähnlichen Flecken rings um Abner und die überfallenen Pferde.«

»Pisse.«

»Donnerwetter, das ist praktisch!« Youngman lachte. »Das muß man den kleinen Beißern lassen. Nur etwas übelriechend.«

Paine lächelte freundlich.

»Sie sollten mal in eine Vampirhöhle kommen. In Mexiko habe ich in einem Jahr hundert Höhlen vergast. Und über 55000 Vampire getötet. Interessant.«

Anne studierte die tiefrote Farbe ihres Cognacs. Es war Youngman, der schließlich das Schweigen brach.

»Was ist eigentlich mit Ihnen? Langweilen Sie sich so sehr, oder sind Sie völlig verrückt? Ein weißer Mann von Ihrer Begabung könnte Millionen verdienen, wenn er Versicherungen verkauft. Warum Vampire?«

»Das Studium der Vampirfledermäuse . . .«

»Sie haben nicht ›Studium‹ gesagt, Sie haben ›Töten‹ gesagt. Anne hat Sie vorhin schon gefragt. Hassen Sie Fledermäuse?«

Paine füllte Youngmans Becher noch einmal.

»Es ist ein Job. Ich bin ein Profi, ein Mietling, das haben Sie doch selber gesagt.«

»Und wenn Chee Sie nun nicht bezahlt? Beunruhigt Sie diese Frage nicht?«

»Er wird mich bezahlen. Er wird mir das Doppelte zahlen, wenn ich fertig bin.«

Paine kippte abermals einen Cognac.

»Ein Idiot, dieser Chee, wenn er versucht, das hier geheimzuhalten«, bemerkte Youngman.

»O nein, er handelte nur normal.«

»Das soll normal sein?«

»Vor siebzig Jahren brach in San Francisco die Pest aus. Die Staatsbeamten wollten es nicht glauben. Als ein Bundesbeamter kam, wurde er vom Mob verprügelt. Kalifornien akzeptierte erst Hilfe von außen, als Washington drohte, den ganzen Staat unter Quarantäne zu stellen. Das ist normal.«

»Aber es ist nicht normal, daß es hier Vampirfledermäuse gibt. Wieso sind sie hier?«

»Die meisten Fledermäuse in diesen Regionen ziehen je nach der Jahreszeit über die Grenze. Die Vampire hielten sich nur im Süden auf«, antwortete Paine ausweichend. »Wie ich vermute, haben sie sich den anderen einfach angeschlossen. In Arizona, Texas, New Mexico gibt es Höhlen mit jeweils Millionen von Fledermäusen. Es ist ein richtiges Paradies für die Tiere.«

»Für Sie also auch. Komisch, daß Sie und die Fledermäuse

gleichzeitig hier auftauchten. Und dann beginnen die Fledermäuse die Pest zu verbreiten? Ein verdammt komischer Zufall. Ich meine, Sie bringen uns nicht gerade Glück, wie?«

»Da ist etwas, das ich nicht verstehe«, sagte Anne. »Ich dachte immer, daß nur die Nagetierflöhe die Pest übertragen.«

»Das ist eine allgemein bekannte Tatsache«, bestätigte Paine. »Wie die, daß nur Hunde die Tollwut weitertragen.«

»Was hat Tollwut mit Pest zu tun?«

»Fledermäuse. In jedem Jahr sterben Hunderttausende von Rindern an Lähmungen wie Rabies, Tollwut. Im Jahre 1950 verbreitete sich diese Krankheit bis nach Trinidad, und dort auch auf die Menschen. Sie töteten alle Hunde auf der Insel, aber die Menschen steckten sich weiter an. Erst als die Vampirfledermäuse auch tagsüber angriffen, wurde den Menschen klar, wer die Schuldigen waren. Ein bißchen zu spät für die neunundachtzig Toten.«

»Wie sind die Fledermäuse an die Tollwut gekommen?«

»Durch ein wildes Tier, das sie aussaugten. Das Interessante daran war, daß sich die Tollwut in den Fledermäusen in ihrer Erscheinungsform leicht veränderte. Und daß die Mehrzahl der tollwütigen Vampire gegen die Krankheit selbst immun war.«

»Ich dachte, jedes Tier, das Tollwut hat, müßte sterben.«

»Dann verstehen Sie, was ich meine. Jedes andere Tier würde sterben. Wie dem auch sei, Sie sagten, daß nur Nagetierflöhe die Pest verbreiten. Tatsächlich können aber Dutzende von anderen Flöhen ebenfalls die Pest verbreiten, und diese Flöhe findet man an Menschen, Eseln, Katzen, Hunden, Kamelen, Schafen, ja sogar Vögeln. Und an Fledermäusen. Die Vampirfledermäuse mußten geradezu zwangsläufig zu Wirten von Pestflöhen werden. Jedes Warmbluttier ist Nahrung für sie, und die Pest ist bei den Tieren in diesem Gebiet endemisch. Wenn Sie bedenken, wie sie Nahrung aufnehmen, der Mundkontakt, die große Blutmenge und die anziehende Wirkung des Bluts auf die Flöhe. . .«

»Hören Sie auf«, sagte Youngman. »Sparen Sie sich Ihre Schilderungen für Chee und seinen Freund Piggot oder für die

Army oder für jeden, der genug Geld besitzt, daß es sich lohnt, ihm einen Schrecken einzujagen. Bei uns sind sie verschwendet.«

»Aber jemandem muß es gesagt werden«, meinte Anne. »Was ist mit dem Zentrum für Seuchenbekämpfung?«

»O ja!« Youngman lachte. »Die haben da 'n schönes Ding gedreht mit ihrer Schweinegrippe.«

»Diese Informationen muß Chee weitergeben«, beantwortete Paine Annes Frage. »Aber selbst wenn sie ein Team vom Zentrum für Seuchenbekämpfung in Atlanta hierher holten, wüßten die doch nicht, wie man mit Vampiren umgeht, und würden todsicher versuchen, mich in Mexiko zu erreichen. Jetzt aber bin ich bereits hier und weiß, wo die Fledermäuse zu finden sind.«

»Also, ich verstehe Sie nicht! Sie sprechen von einer Pestepidemie, und trotzdem schicken Sie Chee in die falsche Richtung. Sind Sie wirklich so verrückt?«

Paine war enttäuscht. Die gesellige, beinahe fröhliche Atmosphäre, die sie, wie er glaubte, alle genossen hatten, wurde von dem Ausbruch des Mädchens zu plötzlich hinweggefegt. Er hob seinen Pappbecher. Er war leer. Als er ihn absetzte, machte er, weil er ihrem zornigen Blick ausweichen wollte, eine so ungeschickte Bewegung, daß der Becher umkippte und auf sie zu rollte.

»Macht nichts.« Youngman hob den Becher auf und schenkte Paine noch einmal Cognac ein. »Ich verstehe Sie. Sie sind der Fledermaustöter. Sie wollen es selber tun.«

Zwei Hubschrauber flogen einer hinter dem anderen der Sonne zu. In jeder Maschine befanden sich vier Männer in luftdichten Vinyl-Anzügen sowie vier Bomben und DDT. Chee hatte feststellen müssen, daß Paine in einem Punkt recht gehabt hatte: Sobald die Ölgesellschaften die Worte ›Vampirfledermäuse‹ gehört hatten, waren sie in Panik geraten.

»Auf die Art pflegen wir einen Ölquellenbrand zum Erlöschen zu bringen«, erklärte Piggot. »Mit einer Sprengladung.«

»Ich weiß nicht recht. Vielleicht hätten wir warten sollen, bis Paine mitkommen konnte.«

»Hören Sie, bei unseren indonesischen Ölquellen hatten wir Schwierigkeiten mit Schwärmen von Flughunden. Wir haben einfach ihre Schlafplätze in die Luft gejagt. Man wartet nicht, bis ein sogenannter Experte kommt, der einem das abnimmt. Oder auf so 'ne verdammte Ökologiestudie. Die Vampire sind hier, also werden wir hier beginnen, und wenn's sein muß, werden wir weitermachen, bis wir jede verdammte Fledermaushöhle in dieser Gegend gesprengt haben. Das heißt, falls Sie auf Öleinkünfte scharf sind. Aber ich glaube, das sind Sie.«

»Sie reden von Millionen Fledermäusen. Die Hopis werden ein derartiges Gemetzel nicht dulden. Nicht auf ihrem Land.«

»Wenn Sie kneifen wollen, Chee, brauchen Sie's bloß zu sagen, und wir kehren um.«

Aber Chee konnte nicht kneifen, das wußten sie beide. Das Kapital des Stammes war in mietgünstigen Wohnungen, Nevada-Pfandbriefspekulationen, Landurbarmachung und Banken angelegt. Das Arbeitsbudget für das nächste Jahr wies ein vorausgesagtes Defizit von zwei Millionen Dollar auf, ein Defizit, das eine Untersuchung des Indianerbüros wegen Mißbrauchs von Bundesgeldern auslösen würde. Seiner eigenen Meinung nach hatte Chee nichts falsch gemacht. Er war nicht schuld an der weltweiten Inflation, er war nicht schuld an dem Verlust durch die Nevada-Pfandbriefe. Aber er wußte, daß eine Untersuchung private Investitoren verscheuchen würde, die er überall im Land angeworben hatte. Andererseits war das Konsortium der Ölgesellschaften, das Piggot vertrat, bereit, für eine Zwanzigjahrespacht des Maski Canyon zwei Millionen Dollar hinzublättern, und dazu einen Gewinnanteil von zehn Prozent für das geförderte Öl. Anfangs hatte Chee geglaubt, sein einziges Problem bestehe in der Tatsache, daß der Canyon auf gemeinsamem Navajo-Hopi-Territorium lag. Dann waren die Fledermäuse gekommen, und dann die Pest.

Eine grellrote Sonne stand über dem Horizont. Begay saß im ersten Hubschrauber, zusammen mit dem weißen Arzt, der auf der Momoa-Ranch gewesen war und auf Youngmans ›unmögliche‹ Erklärung hin telefonische Anfragen von San Diego bis Mexico City getätigt hatte, bis er einen Zoologen fand, der die Wunden erkannte, und der dann geradewegs zu Piggot gegangen war. Chee hatte ihn gefeuert. Aber das machte ihm nichts aus. Wie der Arzt es erwartet hatte, bezahlte Piggot die Information sehr gut.

»Ich sage ja nur«, formulierte Chee seine Einwände neu, »wir hätten vielleicht warten und alles mit Paine koordinieren sollen, falls einige Fledermäuse entkommen.«

»Sagen Sie mal, Chee, wissen Sie eigentlich, wie viele Geologen mehr vom Öl verstehen als ich? Vielleicht tausend, und sie sind alle arm wie die Kirchenmäuse und arbeiten alle für mich, und der Grund dafür ist der, daß ich Courage habe. Daraus besteht das ganze Ölgeschäft. Aus Courage und Zuversicht. Deswegen gehe ich das Risiko mit Ihnen ein. Sie dachten, ein paar Fledermäuse könnten mich von einem Ölfund abschrecken? Sehen Sie ein, daß Sie Ihre Zeit mit diesem Experten verschwendet haben? Sie hätten sofort zu mir kommen sollen.«

»Aber er kennt sich mit diesen Fledermäusen aus.«

»Und ich kenne mich aus mit Dynamit.«

»Die Sonne ist fast untergegangen. Die Fledermäuse werden ausschwärmen.«

»Gut. Wir werden die, die herauskommen, in die Luft sprengen und die übrigen in der Höhle einschließen, damit sie durch das DDT erledigt werden.«

»Es sind aber sehr viele Fledermäuse.«

»Deswegen nehmen wir uns diese ja als erste vor. Hören Sie, Chee, Sie wollen ein bedeutender Mann sein, ein Held, und Sie wollen reich werden. Halten Sie sich an uns, und Sie werden das alles. Das wissen Sie.«

Chee hielt den Mund. Piggot hatte beinahe dasselbe Argument benutzt, das Chee Duran gegenüber gebraucht hatte, nur war Chees Argument ein Trick gewesen, während das von Piggot die Grundlage war. Es gab immer die gleiche Grundlage bei einem Vertrag mit einem Weißen. Die Hubschrauber gehörten

Piggot, sie waren Chee nicht geschenkt, sondern ihm lediglich für geologische Beobachtungen geliehen worden.

»Zwei Meilen auf zehn Grad Süd. Wir haben Sichtkontakt«, berichtete der erste Hubschrauber.

»Fliegen wir daran entlang.« Piggot übernahm das Mikrofon. Beide Hubschrauber legten sich in eine leichte Kurve, um einen besseren Blick auf die Mansion Mesa zu haben, eine relativ kleine Mesa mit einer unregelmäßigen Oberfläche und zerbröckelnden Geröllwänden, die tatsächlich an ein altersschwaches und überdimensionales Herrenhaus mitten in der Wüste erinnerte. In der vollen Gluthitze der untergehenden Sonne leuchtete die Mesa orangefarben-heiß. Eine Schicht vulkanischen Gesteins machte die Oberfläche für Menschen unbewohnbar, das Innere der Mesa jedoch war hohl, eine riesige, weite Höhle, bewohnt von blinden Salamandern, Käfern, Kakerlaken, Korallenschlangen, Pseudo-Skorpionen und Hunderten von verschiedenen Fledermauskolonien.

»Sind Sie sicher, daß da drin etwas lebt?« wandte sich Piggot an Chee.

»Ja.«

»Wir fliegen am besten erst mal drum herum«, befahl Piggot über Funk.

Die beiden Hubschrauber beschrieben einen Kreis um die Wand der eine Meile breiten Mesa; ihre Silhouetten trieben neben ihnen am Fels dahin. Der Lärm der Turboprop-Motoren wurde von den Wänden zurückgeworfen.

»Fledermäuse!« rief der erste Hubschrauber.

An der Südwand, ungefähr sechs Meter unterhalb des Mesa-Randes, schwang sich etwa ein Dutzend Fledermäuse ins Tageslicht hinaus und tauchte sogleich zu der Schattengrenze hinab, die vom Wüstenboden aus langsam heraufstieg.

»Noch einmal herum«, befahl Piggot.

»Aber das ist der Haupteingang«, widersprach Chee. »Sie ahnen nicht, wie schnell die Sonne untergeht. Wir müssen es jetzt gleich tun.«

Die Hubschrauber flogen eine zweite Runde, diesmal noch

dichter am Fels, so daß ihre Rotoren beinahe die Mesa-Wände streiften. Als sie wieder nach Süden kamen, ohne einen weiteren Eingang entdeckt zu haben, sah Chee, daß die Sonne bis zur halben Höhe der Mesa gesunken war. Eine dunstig-blaue Schattengrenze befand sich nunmehr unmittelbar unterhalb des Höhleneingangs, aus dem sich ein dünner, aber unaufhaltsamer Strom Fledermäuse ergoß.

»Okay, es wird schwieriger werden, als wir es uns vorgestellt haben«, sagte Piggot ins Mikrofon. »Wir können die Bomben nicht einfach abwerfen. Wir müssen dicht heranfliegen und sie hineinschleudern. Das Dynamit hat einen auf zehn Sekunden eingestellten Zeitzünder, ihr braucht also keine Angst zu haben, solange ihr nicht an Ort und Stelle bleibt. Wir halten uns in einiger Entfernung, und falls ihr das Ziel verfehlt, werden wir mit unserer Ladung nachhelfen. Aber wir wollen's lieber gleich gründlich machen. Und vergeßt eure Helme nicht. Es besteht die Gefahr, daß einige Fledermäuse infiziert sind, und wir wollen kein Risiko eingehen.«

Piggot geht bereits ein Risiko ein, dachte Chee.

»Sagen Sie ihnen, sie sollen anfangen!«

»Einen Moment mal, Chee. Ich sagte, wir wollen's gründlich machen. Die Fledermäuse kommen ja noch nicht mal heraus.«

Die Schattengrenze lag jetzt in halber Höhe der Höhlenöffnung und stieg, während Chee zusah, weiter. Der erste Hubschrauber flog etwa hundert Meter zurück, während der andere, mit Chee und Piggot an Bord, fünfzig Meter neben ihm herflog. Es entstand eine Pause, während die Männer in beiden Maschinen die Helme ihrer Overalls befestigten. Sauerstofftanks waren nicht nötig, denn so lange würden sie nicht in den Helmen bleiben. Chee begann schon zu schwitzen, denn immer mehr Fledermäuse tauchten auf. Die Schattengrenze berührte den oberen Rand des Höhleneingangs. Die Wüste glich jetzt einem tiefblauen Teich.

Fertig, verkündete das Funkgerät.

»Hundert Dollar Belohnung für jeden, dessen Wurf trifft«, sagte Piggot.

Chee beobachtete, wie Begay sich an beiden Seiten der offenen Hubschrauberluke festgurtete. Jemand reichte ihm eine Dynamitladung. Die beiden Hubschrauber schwebten nebeneinander. Immer mehr Fledermäuse kamen aus der Höhle, sprenkelten die Luft.

»Worauf warten die noch?«

»Immer mit der Ruhe«, ermahnte Piggot Chee.

Begay hielt den Daumen nach oben. Der erste Hubschrauber senkte die Nase und näherte sich der Mesa.

»Bleiben Sie auf fünf Knoten, bis er geworfen hat, und dann nichts wie ab. Weidmannsheil!« rief Piggot.

Der Hubschrauber hielt in einem Winkel von zwanzig Grad auf die Höhlenöffnung zu. Vom zweiten Hubschrauber aus konnte man Begay mit seiner Bombe jetzt nicht mehr sehen. Eine kleine Wolke von ungefähr hundert Fledermäusen kam aus der Höhle. Gleichmäßig, zielbewußt näherte sich der Hubschrauber der Mesa-Wand.

Die nächsten Sekunden waren ein einziges Durcheinander in Chees Erinnerung und würden es immer bleiben. Die Höhle spie nicht Hunderte oder Tausende von Fledermäusen aus, sondern Zehntausende von Guanofledermäusen, Höhlenfledermäusen, roten Fledermäusen, Canyonfledermäusen, Fransenfledermäusen, alles in allem 500 000 Fledermäuse, sämtliche Kolonien der Mansion Mesa, wie es jeweils bei Sonnenuntergang geschah, bis der Hubschrauber, die Mesa und der halbe Himmel in einer flatternden, kreischenden Wolke verschwanden und Chees Hubschrauber fast zu Boden gedrückt wurde, während das Funkgerät schrie: »Fledermäuse! Die Fledermäuse...« Das Geräusch ihrer Schwingen übertönte sogar das Heulen des Hubschraubermotors. Daß der erste Hubschrauber gegen die Mesa-Wand krachte, hörte Chee nicht; er hörte nichts als dieses Trommeln, das wie ein Wolkenbruch klang, bis am Fuß der Mesa das Dynamit explodierte und das, was von Begay und dem Hubschrauber übriggeblieben war, weit über den Sand verstreute.

7

Der Tag begann heiß und windstill. Es war weder eine Bewegung noch ein Schatten, ja nicht einmal eine Dimension zu erkennen. Nur dieses gleißende weiße Licht, das das Leben verdunsten ließ.

Um sechs Uhr früh war ein allgemeiner Seuchenalarm über das Radio des Rovers gekommen, eine Stunde später gefolgt von dem Befehl, das ganze Gebiet zwischen der Black Mesa im Norden, dem Castle Butte im Süden, dem Dinnebito Wash im Westen und der Route 87 im Osten zu evakuieren. Um acht Uhr morgens wurde dieser Befehl von Window Rock widerrufen, und die Bewohner der zuvor erwähnten Gebiete wurden aufgefordert, an Ort und Stelle zu bleiben, öffentliche Versammlungen zu meiden, ihre Wohnungen und sich selbst mit Rauch zu desinfizieren, sich keinen wilden Tieren oder auch kranken Haustieren zu nähern und alle ungewöhnlichen Wunden oder Beulen sowie Fieberfälle zu melden. Außerdem ihre Toten zu verbrennen und des Nachts bei geschlossenen Türen und Fenstern im Haus zu bleiben. Es war eine Quarantäne für ein Gebiet von annähernd 2500 Quadratmeilen. Und, bei Nacht, ein Belagerungszustand.

»Das ist erst der Anfang.« Paine breitete eine Karte aus. Kreise und Daten markierten jeden Vorfall im Zusammenhang mit Vampiren und Pest. »Winslow und Flagstaff liegen nur dreißig Meilen außerhalb des Quarantänegebietes. Warten Sie ab, was passiert, wenn die Pest sich bis dorthin ausbreitet.«

»Was bedeuten diese anderen Markierungen?« fragte Anne.

»Die Kreuze bedeuten Tonortungen von Vampiren. Die Dreiecke sind größere Fledermauskolonien. Mansion Mesa im Süden, Stephen Butte im Osten, die Höhlen der San Francisco Mountains im Westen. In diesen Berghöhlen leben Millionen von Fledermäusen. Wenn die Vampire nun dort eindringen und die Flöhe weitergeben. . .«

»Was dann?«

»Dann können Sie Arizona, Utah und New Mexico von der Landkarte der Vereinigten Staaten streichen. Und das wäre erst der Anfang.«

»Die werden wir jetzt gleich streichen. Wir machen, daß wir hier rauskommen.« Youngman hatte den letzten Kanister Benzin in den Tank des Land-Rovers geschüttet und kam zurück. »Sobald wir an der Route 89 vorbei sind, kenne ich eine ungepflasterte Straße, die zum Grand Canyon hinaufführt. Kein Mensch wird ahnen, daß wir der Quarantäne entwischt sind.«

»Ich habe lediglich versprochen, Sie bis zum Highway mitzunehmen«, protestierte Paine.

»Sie haben gehört, was das Radio gesagt hat. Auf dem Highway würden wir jetzt innerhalb von Minuten gestellt und in ein Krankenhaus voller Pestkranker gesteckt werden. Es gibt kein Entkommen. Nein, wir werden alle drei zum Grand Canyon hinauffahren.«

»Ich werde die Wüste nicht verlassen«, widersprach Paine.

»Das können Sie machen, wie Sie wollen. Wir jedenfalls verlassen die Wüste, und dieser Wagen hier auch.«

»Ich brauche den Rover.«

»Nicht so dringend wie wir.«

Während die beiden Männer stritten, entfernte sich Anne ein Stückchen von ihnen und setzte sich unter einen ausgetrockneten Saguaro. Das Fleisch des Kaktus war herausgefressen worden, die zurückgebliebenen Sehnen wirkten wie ein Käfig. Weiter hinten schmückte die mäandrische Spur einer Klapperschlange den Sand. Dann gab es nur noch Ebene, die sich bis zum Horizont erstreckte, der sich trotz des Vibrierens der Hitzewellen als klare, außergewöhnlich feine Linie dahinzog. Eine lange, ununterbrochene, endlose Linie, dieselbe Linie, auf die sie sich konzentriert hatte, als sie im Sterben lag. Dabei hatte sie festgestellt, daß dies der richtige Platz zum Sterben war. Und die richtige Art, denn sie hatte Youngman belogen, sie hatte die Hoffnung auf Rettung aufgegeben und dann, von dieser Hoffnung befreit, in dem Bewußtsein, daß sie so gut und so lange überlebt hatte, wie sie es allein und ohne Hilfe konnte, eine unerwartete Klarheit des Denkens erreicht. Eine Klarheit des Lebens, die auch Franklin vor seinem Tod erreicht hatte. Es war ein überraschendes Geschenk der Wüste, nicht eigentlich so sehr ein bewußtes Verstehen als vielmehr eine Sinneserweiterung, so daß sie die trockene, kühle Brise in sich spürte, daß sie die fernen Mesas wie braune Frauen dort hocken sah, daß sie selbst zu einem Teil dieser Wüste wurde. Diese Klarheit war eine Absolution ihres Scharfrichters. Vielleicht waren es von Anfang an nicht die Indianer oder die kleine Egobefriedigung des freiwilligen Helfens gewesen, die sie in die Wüste und bis zu diesem Platz gelockt hatten. Vielleicht war es ein lebenslanges Hingleiten zur Wirklichkeit gewesen. Denn Phoenix war ein Traum, eine unechte Oase. Youngman war nicht unecht, unecht war nur sein Bestreben, die Wüste zu verlassen. Ihre Visionen, in denen sie ihn durch den Sand laufen sah, waren real gewesen, denn er war ein Wüstentier und würde die Wüste niemals verlassen können, ohne die eine Hälfte seines Ichs zu töten. Falls sie ihn wollte, mußte sie ihn als ganzen Menschen nehmen. Warum waren er und sie von den Fledermäusen und der Pest verschont geblieben? Warum hatte die Wüste das für sie getan? Sie nahm eine Handvoll Sand auf und ließ ihn wie Wasser über ihre gebrochenen Finger rieseln.

Youngman hob sein Gewehr, schob eine Patrone in den Lauf und zielte auf Paines Kopf.

»Geben Sie mir die Schlüssel.«

»Erst müssen Sie mich umbringen.«

»Um uns zu retten, würde ich das ohne weiteres tun. Werfen Sie mir die Schlüssel zu.«

»Es stehen mehr Menschenleben auf dem Spiel. Ihr Volk, die Navajos, alle Menschen in der Wüste. Und das ist erst der Anfang.«

»Es ist nicht das Ende der Welt«, entgegnete Youngman. Er hätte jetzt geschossen, aber vor seinen Augen stand plötzlich die Erinnerung an Abner. Und dann wurden sie von Anne unterbrochen.

»Wer außer Ihnen«, wandte sie sich an Paine, »kann die Fledermäuse aufhalten?«

»Niemand. Es gibt in Mexico City zwar Fachleute für die Beobachtung und Kontrolle von Vampiren, aber sie würden eine Woche brauchen, um ein Team zusammenzustellen. Bis dahin sind die Fledermäuse in eine andere Höhle umgezogen, und die Seuche ist außer Kontrolle geraten. Möglicherweise ist sie es jetzt schon.«

»Wieso?«

»Eine Kugel« – Paine betrachtete Youngmans Gewehr – »tötet nur den Menschen, den sie trifft. Aber jeder, ob Mensch oder Tier, der von den Fledermäusen gebissen wird, wird zum Überträger, zum Verbreiter der Pest. Fragen Sie Ihren Freund, wie schnell sich die Pest innerhalb von zwei Tagen verbreitet hat. Von ein paar Quadratmeilen auf ein paar hundert Quadratmeilen. Geometrisch. Je größer das Gebiet, in dem sie herrscht, desto schneller die Verbreitung. Und Sie können sich vermutlich vorstellen, was passiert, wenn ein menschlicher Überträger eine größere Stadt oder einen Flughafen erreicht. Oder auch ein Motel am Grand Canyon.«

»Wäre es möglich, daß Youngman oder ich die Pest haben?«

Paines Antwort ließ auf sich warten.

»Möglich ist es«, sagte er dann.

»Und Sie wissen, wo sich die Fledermäuse befinden?«

»Ziemlich genau. Seit fünf Nächten verfolge ich ihren Flugweg. Ich kenne das Gebiet, in dem ihre Höhle liegt. Natürlich können sie jederzeit in eine andere Höhle umziehen, es sei denn, ich halte sie unverzüglich auf.«

»Hör nicht auf ihn«, warnte Youngman sie. »Du bist nicht

von der Pest befallen. Wir könnten nach Kalifornien gehen. Wir brauchen nie mehr an die Reservation zu denken. Weißt du noch, was du zu mir gesagt hast? Die ganze Welt steht uns offen.«

Anne schüttelte den Kopf. »Ich bleibe.«

»Du kommst mit. Du weißt nicht, was du da redest.«

»Ich weiß genau, was ich rede. Seit zwei Jahren ziehe ich in dieser Reservation herum und tue nichts, als hier und da Heftpflaster und Augensalbe zu verteilen. Das ist so gut wie gar nichts, Youngman, und das waren zwei Jahre meines Lebens. Vielleicht habe ich den Menschen etwas Gutes getan, ich hoffe es jedenfalls. Und jetzt verlangst du von mir, daß ich diese Menschen sterben lasse? Damit diese Jahre umsonst waren? Zum erstenmal, da ich wirklich etwas tun kann, soll ich davonlaufen? Wenn du davonlaufen willst, nur zu! Aber ich komme nicht mit.«

»Ich kann dich zwingen.« Youngman richtete das Gewehr auf sie.

»Nein. Das kannst du nicht.«

»Paine ist verrückt.«

»Er kann die Fledermäuse stoppen.«

»Steig in den Rover!«

Anne schwieg, duldete aber seinen Blick, ohne sich dagegen zu wehren, weil sie die Kraft dazu nicht hatte. Statt dessen ließ sie seinen Blick so tief in sich eindringen, wie er es nur wagte – bis er das Gewehr fallen ließ.

Youngman machte einen letzten Versuch.

»Einigen wir uns auf einen Tausch. Ich werde hierbleiben und warten, während er dich aus dem Quarantänegebiet hinausbringt. Wenn er zurückkommt, helfe ich ihm. Mag sein, daß er Landkarten hat. Aber er kennt die Wüste nicht.«

»Dann ist es entschieden«, sagte Anne. »Wir werden alle drei gebraucht. Wir werden als Team zusammenarbeiten. Wenn's Ihnen recht ist«, wandte sie sich an Paine.

»Ein Team?« Paine nahm Youngman das Gewehr ab. »Ein Team ist großartig.«

Der Maski Canyon war ein ganzer Irrgarten von zahllosen Canyons, einige aus verwittertem Kaibob-Sandstein, dic Wände durch den vom Wind herbeigetragenen Sand zerklüftet, andere aus glattem schwarzen Hermit-Schiefer, wieder andere aus Lavagestein mit blankem Obsidianrand. Früher einmal hatte es im Canyon auch Gras gegeben und ein Volk, die Vorfahren der Hopis, die in dieser unüberwindlichen natürlichen Festung Mais angebaut und Ziegen gezüchtet hatten. Dann waren langsam die Quellen ausgetrocknet, die dünne Erdkrume war ausgedörrt und wurde davongeblasen, und die Vorfahren verschwanden. Jeder, der sich in dieser vergessenen Heimat verirrte, wurde zu den Toten gezählt: von den Hopis, die sich quer durch die Wüste zur Black Mesa zurückzogen; von den Navajos, die zwischen den Sanddünen mehr Gras fanden; und von den *pahans* in Washington, die bereitwillig einen Vorposten der Hölle hergaben.

Bis Landsat kam. Der Landsat-Satellit wurde am 2. Januar 1975 von der National Aeronautics and Space Administration gestartet. Seitdem umkreiste er vierzehnmal am Tag die Erde und maß die Strahlungsintensität des Bodens in Einheiten von 1,1 Acres. In seinem multispektralen Scanner reflektierte ein Oszillationsspiegel das Licht auf Detektoren, die das Licht in elektrische Spannung umwandelten. Die verschiedenen Spannungen wurden wiederum in Zahlenwerte von 0 bis 63 umgewandelt. Landsat funkte diese Daten an eine Station in Goldstone, Kalifornien, wo sie auf Band aufgenommen und zum Goddard Space Flight Centre geschickt wurden. Hier wurden die Zahlenwerte in einen Schwarzweißfilm zurückverwandelt, der anschließend durch Filter als Farbfotos ausgedruckt wurde. Die Fotos wurden im Earth Resources Observation Systems Data Centre des Innenministeriums in Sioux Falls, South Dakota, aufbewahrt. Obwohl die Fotos kostspielig waren, waren sie sehr begehrt von Entwicklungsländern, die nach Anzeichen von Erzlagern suchten, von Meteorologen, die Wetterschemata aufzeichnen wollten, von Zivilingenieuren, die für die Planung von Highways verantwortlich waren, und vor allem von den Ölgesellschaften. Eine Gruppe dieser Ölgesellschaften mit Basis in Houston entdeckte auf einem Foto des sonst weithin öltrokkenen Arizona eine fast unbedeutende, unerklärliche Differenz in der Strahlungsintensität. Nachtaufnahmen der Region, eines Gebietes der Painted Desert, das den Navajos und Hopis gemeinsam gehörte, ergab einen noch ausgeprägteren Strahlungs-›Tupfen‹. Man setzte sich mit den fortschrittlicheren Navajos in Verbindung und lieh ihnen Hubschrauber für eine genauere Lufterkundung mit Infrarotfilm. Die Ursache der Strahlungsdifferenz war, wie sich herausstellte, ein Brand in einem kahlen Gewirr von Canyons, die aus der Luft wie ineinandergeschobene Zähne wirkten, Canyons ohne Bäume oder sonst etwas Brennbares. Bis auf Öl. Tief unterhalb der Erdoberfläche gab es eine unvermutete Ölquelle mit einer Austrittsstelle. Irgendwann einmal hatte ein Blitz diese Austrittsstelle getroffen und sie in Brand gesteckt, zu einem Feuer entfacht, das vielleicht schon seit Hunderten von Jahren brannte, ohne daß jemand etwas davon wußte. Die brennende Austrittsstelle war unbrauchbar, doch wo es eine gab, konnte man weitere vermuten, und auf jeden Fall gab es Öl.

Aus einer Entfernung von einer Meile wirkte der Maski Canyon in der Mittagshitze der Wüste wie die Reste eines überdimensionalen Wesens, das brennend zu Boden gestürzt war. Durch eine dunkle Lavadecke brachen Streifen von rostrotem Supai-Sandstein und stumpfem Glimmer hervor. Es gab weder Vegetation noch Leben hier, bis auf einen Schwarm Aaskrähen.

»Stop«, sagte Youngman.

Der Land-Rover hielt.

Weder Reflektion noch Schatten, dachte Paine, als er ausstieg. Als absorbiere der Canyon das gesamte Licht oder lösche es aus.

Youngman kletterte herunter und starrte zu den Klippen hinüber. Irgendwie war er belustigt. Doch Paine hatte in diese Richtung gewollt, als Youngman ihn am Tag zuvor einholte. Youngman hätte es sich denken können.

»Kennen Sie diese Canyons?« erkundigte sich Paine bei ihm.

»Er kennt sie.« Anne gesellte sich zu ihnen. »Alle Hopis kennen sie.«

»Geben Sie mir das Glas«, sagte Youngman zu Paine.

Paine gab Youngman den Feldstecher, und der Hilfssheriff richtete ihn auf die Mesa-Wand, schwenkte ihn langsam von links nach rechts.

»Der Canyon hat religiöse Bedeutung«, erklärte Anne. »Ich wußte gar nicht, daß er tatsächlich existiert.«

»Aberglauben«, wehrte Youngman ab. »Dumme Hexengeschichten. Nichts, worüber Sie sich Gedanken machen müßten. Die Fledermäuse sind da oben, sagen Sie?«

Paine deutete auf eine zerklüftete Lücke in den Klippen.

»Dort fliegen sie hindurch. Wenn wir mit dem Wagen so weit kommen, können wir den Rest des Weges zu Fuß zurücklegen.«

Youngman betrachtete die Wände des Einschnitts und senkte den Feldstecher langsam nach unten zum Fuß der Mesa, zu einem Streifen aus ziegelrotem Sandstein, wo er entdeckte, was er gesucht hatte: eine etwa drei Meter breite schwarze Doppelspirale, ungefähr sieben Meter über dem Boden.

»Da oben muß es tausend Höhlen geben, Paine. Wie sollen wir die richtige finden?«

»Die Fledermäuse werden uns selbst hinführen, wenn wir erst den Wagen da oben hinauf . . .« Paine merkte, wie Anne sich auf Youngman konzentrierte. »Ist etwas mit dem Canyon, wovon ich nichts weiß?«

»Kümmern Sie sich um die Fledermäuse.« Youngman gab ihm das Glas zurück. »Ich kümmere mich um alles übrige. Was ist mit dem Wagen?«

»Okay.« Paine breitete eine Karte auf der Kühlerhaube des Rovers aus. »Dieser Luftaufnahme zufolge, die Chee mir gab. . .«

»Von Chee haben Sie die? Interessant«, meinte Youngman.

»Es gibt in diesem Sektor einen Weg, der breit genug für den Rover ist.«

Youngman warf einen Blick auf die Karte und dann noch einmal auf den Canyon.

»Das ist kein Weg. Das ist ein Strom von vulkanischem Staub. Da drin versinken Sie bis zur Windschutzscheibe.«

»Tja, dann habe ich nur noch ein Satellitenfoto.«

»Dann holen Sie's raus. Zeigen Sie her«, sagte Youngman, als Paine zögerte.

Paine gehorchte und breitete das meterlange Azetatsatellitenfoto auf dem Boden aus. Die vom Computer ausgedruckten Farbflecken schienen mit dem Sand zu verschmelzen.

»Diese Dinger sind schwer zu lesen«, begann Paine.

Youngman drehte das Foto um.

»Hier ist die Sonne.« Er hob einen Finger. »Die hellroten Flecken sind Sandsteincanyons. Schiefer ist orange, Lava hat die meiste Hitze, ist also rot. Diese dunkleren Stellen sind zutagetretender Obsidian.« So übersetzte Youngman eine Minute lang die Farbschattierungen in Bergrücken, Canyons, kühlere, ausgetrocknete Quellen und türkisfarbene Felder. »Dieser Punkt hier ist das brennende Öl. Ein Jahr lang habe ich solche Fotos ausgewertet, nur waren die von Aufklärungsmaschinen aufgenommen worden. Wir haben immer Ausschau nach brennendem Öl gehalten.« Mit dem Finger fuhr er am östlichen Rand der Canyons entlang. »Es gibt zwei Wege zur Höhe hinauf. Vielleicht beide blockiert, vielleicht nur einer. Sie und Anne fahren mit dem Wagen an der Basis des Canyons entlang eine halbe Meile weit nach Westen, bis Sie eine Lücke finden. Fahren Sie langsam. Die einzige Gefahr ist der vulkanische Staub für Sie, aber Sie wollen doch sicher nicht steckenbleiben. Ich gehe nach Osten. Es gibt dort einen kürzeren Weg, doch der ist gewöhnlich durch Felsbrocken blockiert.«

»Sie hatte recht«, erklärte Paine. »Wir sind tatsächlich ein gutes Team.«

Youngman schwieg und wartete, bis Paine und Anne wieder eingestiegen waren.

»Ich wünschte, du kämst mit«, sagte Anne.

»Ich komme nach.«

Er wartete, bis der Rover an der westlichen Basislinie des Canyons entlang immer kleiner wurde, und lief dann nach Osten, auf die Doppelspirale an der Sandsteinwand zu.

Paine schaltete herunter und lenkte den Rover den Weg hinauf, den Youngman ihm beschrieben hatte. Bis auf einen Haufen glimmerhelles Schiefergeröll konnte er keine Hindernisse entdecken, und das ermutigte ihn.

»Der Indianer hatte recht. Youngman, meine ich.« Er blickte Anne an, um zu sehen, ob sie beleidigt war. Sie war mit den Gedanken woanders. Etwas lauter sagte er: »Youngman ist ein interessanter Bursche.«

»Das ist er wohl.« Sie betrachtete den Weg. Der Rover kletterte immer höher, schleuderte mit seinen Rädern Schieferbrocken hinter sich. Die Wände vor ihnen bestanden aus hellem, ossifiziertem Sandstein.

»Aber das muß er nicht unbedingt sein«, ergänzte sie. »›Interessant‹ ist eigentlich ein sehr schwaches Wort. Ein gelangweiltes Wort. Vampirfledermäuse sind ›interessant‹, die Pest und Indianer sind ›interessant‹. Das alles ist ›interessant‹, aus der Ferne, als Nervenkitzel. Das Leben ist ›interessant‹.«

»Der Tod auch«, erklärte Paine fest.

Anne sah ihn an; es gab Zeiten, da endeckte sie mehr als nur Kommunikationsschwierigkeiten zwischen ihnen.

Eine Stunde lang suchte sich der Rover einen Weg in den Canyon hinein, dann machte der Pfad langsam, aber eindeutig eine Kehrtwendung und führte zurück, in die Wüste hinab.

Unterhalb der Doppelspirale an der Canyonwand wuchs als einziges auf einem Hügelchen die Datura. Die Pflanzen, beinahe mannshoch, trugen blaßviolette trompetenförmige Blüten. Youngman sank vor ihnen in die Knie.

Genau an der Stelle, die Abner beschrieben hat, dachte er. Weil kein Hopi den Maski Canyon ohne Datura im Mund betreten konnte. Es war die Hopi-Art, der ›Weg‹, genau wie jede andere Straße.

Sein ganzes Leben lang hatte er dem ›Weg‹ den Rücken gekehrt, doch wohin er sich auch wandte, immer lag der ›Weg‹ vor ihm. Sein Verhalten Paine und Anne gegenüber, die Tatsache, daß er sie auf eine falsche Fährte geschickt hatte, damit er allein sein konnte, war nichts im Vergleich zu dem, was Abner ihm angetan hatte. Denn nun war er hier; nach allem, wo er gewesen war, war er jetzt hier. Aber, so sagte er sich, glauben kann ich immer noch nicht.

Zwischen den derben Blättern der Datura vibrierte eine schwarz-weiße Würgerfeder.

Immerhin, man hatte Verpflichtungen. Youngman riß eine Pflanze heraus und hackte eine gelblichweiße Wurzel ab. Er schnitt eine knopfgroße Scheibe der Wurzel herunter und schob den Rest in seine Tasche. Als er die Scheibe in den Mund steckte, mußte er würgen. Der Geschmack war alkaliartig und bitter, und zunächst glaubte er, sich erbrechen zu müssen, doch als er die Scheibe unter die Zunge gerollt hatte, legte sich die Übelkeit. Youngman erhob sich, wandte sich nach rechts und lief auf dem Grund des Canyons entlang bis dahin, wo sich pokkennarbige Lava in überlappenden Falten bis in die Wüste hinuntergeschoben hatte und einen Weg aus eingeebnetem Erdreich und Glimmer bedeckte. Ohne sein Tempo zu verringern, schwenkte er in den Canyon ab.

Die Datura zeitigte, wie er mit Erleichterung feststellte, keine Wirkung. Mühelos atmete er die dünne Luft und beobachtete, wie sich der Himmel nach und nach zu blauen Keilen zwischen den Canyonwänden reduzierte.

Der Weg war gewunden, eine Folge scheinbarer Sackgassen, und außerdem sehr steil. Es gab Schatten, aber dort war es nicht kühl. Die Wände strahlten eine nervenzermürbende Hitze aus, die die Luftröhre und die Lungen verbrannte. Youngman atmete zunächst durch die Nase, nach einer halben Stunde bergauf jedoch war der Sauerstoffbedarf seiner Beine so groß, daß er endlich den Mund öffnete. Innerhalb von Minuten schwoll seine Zunge zu einem holzigen Klumpen an, und die Datura wurde immer dicker. Sein Blick senkte sich vom Himmel zu den vielfarbigen Wänden herab, und von den Wänden zu den Radspuren, die den Weg kennzeichneten.

Es waren die Castillo-Priester gewesen, die diesen Weg vor drei Jahrhunderten gebaut hatten – für ihre mit den doppelten Lasten brennbarer Steine beladenen Ochsenkarren, deren Räder sich in den Boden gruben. Ihre geknoteten Peitschen hatten die Rücken der Hopis gequält, die sich abmühten, die zu schwer beladenen Karren zu ziehen, denn Ochsen waren wertvoll, Menschen dagegen billig. Fünfzig Jahre lang – bis die Priester getötet, die Peitschen verbrannt, ihre Glocken eingeschmolzen, ihre Missionsstationen dem Erdboden gleichgemacht und ihre Straßen verlassen wurden.

Sonnenflecken tanzten vor Youngmans Augen. Als er sich hinsetzte, um auszuruhen, sah er hoch oben auf einem Sandsteinvorsprung, der sich über den Weg vorschob, die Silhouette eines zierlichen Mannes, der nichts trug als ein zerfetztes Cape.

»Hallo, Floh«, sagte Abner.

»Hallo.« Youngman rappelte sich auf und ging bis unmittelbar unter den Vorsprung. Wenn er zu Abner hinaufblicken wollte, sah er direkt in die Sonne; trotzdem konnte er ungefähr die Züge seines alten Freundes und das getrocknete Blut auf Abners Brust ausmachen. Abner rauchte Mesa-Tabak und lauschte einem Transistorradio. Er drückte die Zigarette aus und stellte das Radio ab.

»Überrascht, daß ich hier bin?« fragte er.

»Eigentlich nicht.« Youngman spuckte die Datura aus. »Nachdem ich so dumm war, das Zeug zu essen, habe ich schon erwartet, irgend etwas zu sehen.«

»Hier siehst du nichts ohne Datura«, tadelte ihn Abner freundlich. »Du solltest dich nicht dagegen wehren.«

»Ich wehre mich gegen dich, Onkel.«

Abner legte den Kopf schräg und lächelte.

»Das war ein mächtiges Gemälde, nicht wahr, Floh? Hakenkreuze rückwärts, Spiralen rückwärts, alles umgekehrt, damit alles neu anfangen konnte. Damit Masaw aus dem Feuer heraus konnte. Du warst auch drin – erinnerst du dich, Floh?«

»Warum ich?«

»Du bist aus dem Kojoten-Clan.«

»Das ist nicht der Grund.«

»Dann aber, weil du der einzige bist, dem ich trauen kann«, gestand Abner. »Du haßt die *pahans*.«

»Ich hasse viel zu viele Menschen, aber ich töte sie nicht.«

»Das ist dasselbe, Floh – wenn du dich wirklich darauf konzentrierst. Und das wirst du. Du mußt.«

»Nein.«

»Weshalb, glaubst du, bist du hier?« fragte Abner listig.

Youngman starrte zu ihm hinauf, ohne zu antworten. Sonnenlicht hing wie Staub an Abners Cape. Dies alles geschieht nicht wirklich, sagte sich Youngman.

»Das mit den Priestern in der *kiva* tut mir leid.« Abner änderte seinen Tonfall. »Aber sie wollten mir die Tafel des Feuer-Clans nicht geben, Floh.«

»Du warst früher tot als sie.«

»Das war ihre Schuld; sie hätten mir helfen sollen. Das ist wichtig, wenn man der Welt ein Ende machen will und man diese Tafel haben muß. Harold verstand das.«

»Ist Harold hier?«

»Nein.«

»Gibt es Fledermäuse hier?«

Als sich die Silhouette auf dem Felsen bewegte, lief Sonnenlicht wie Flüssigkeit an Abners Cape herab. Eine leichte Veränderung des Windes trug den Gestank von Ammoniak herüber. Abner ignorierte Youngmans letzte Frage.

»Es erfreut mein Herz, dich wiederzusehen, Floh. Du weißt, warum ich der Welt ein Ende bereite.«

»Du hast es mir erklärt. Die Mine auf der Mesa. Das Indianerbüro. Die Navajos.«

»Masaw sagt, sie werden herkommen.«

»Das hat Masaw dir gesagt?«

»Weißt du, wenn die Kopfklopfer ihren Teil der Black Mesa verkaufen wollen, damit er aufgerissen und weggetragen wird, ist das okay. Von einem Navajo kann man ohnehin nicht viel

Religiosität erwarten. Aber, weißt du, wir sind das einzige wirkliche Volk auf der Welt, und Masaw ist der einzige wirkliche Gott. Dieser Canyon ist sein Heim. Als allererstes in deinem Leben hast du erfahren, daß er hier aus dem Feuer kommt, um über uns zu wachen. Stimmt's nicht, daß dies das erste ist, was du in deinem Leben gelernt hast?«

»So habe ich es gehört.« Es stimmte.

»Dann siehst du ein, daß es, wenn der Tag kommt, da eine Firma den Maski Canyon kaufen kann, Zeit wird, alles auszulöschen und noch einmal von vorn zu beginnen?«

»Du meinst, alle Menschen auszulöschen.«

»Nicht alle Menschen. Wir werden wieder unter die Erde gehen, wie wir es immer zwischen den Welten getan haben. Und wenn alle anderen tot sind, werden wir viel Platz haben, wenn wir wieder heraufkommen. Das hat Masaw versprochen.«

Youngman dachte darüber nach.

»Ich will dir was sagen. Vor einer Stunde, als ich sah, wo ich war, hätte ich Walker Chee umbringen können. Wenn er dabeigewesen wäre, hätte ich es getan, denn ich hätte nie gedacht, daß ich ihm einmal helfen würde, uns den Maski Canyon wegzunehmen. Er wird ihn bekommen. Mit all dem hast du recht, Onkel. Sie werden ihn uns wegnehmen, und es ist ihnen gleichgültig, ob uns das umbringt, was sehr wahrscheinlich ist. Sie werden Masaw endgültig töten. Sie werden ihn mit ihrem Sprengstoff in die Luft jagen und ihn unter Bohrtürmen begraben. Das waren meine Empfindungen. Aber jetzt – jetzt empfinde ich nur noch Trauer. Weißt du, mein Leben ist nichts als ein Kreis gewesen. Hier habe ich angefangen, dann bin ich hinausgegangen, so weit, daß ich die Biegung nicht erkannte, und nun ende ich wieder hier. Ein Kreis. Komisch ist nur, daß ich glaubte, ich könnte noch einmal entkommen, aber das kann ich nicht. Darum bin ich nun hier bei dir, Onkel. Und was bist du, Onkel? Nichts als eine Halluzination, eine wild gewordene Halluzination, die versucht, den Rest der Welt abzuschrecken.«

»Masaw sagte mir, daß du am Anfang so sein würdest, Floh.«

»Hör auf. Es ist nicht Masaw, der die Menschen umbringt. Es

sind die Fledermäuse. Es ist die Pest. Hopi-Menschen sterben. Welcher Gott tötet sein eigenes Volk?«

»So etwas ist nicht ungewöhnlich.«

Youngman glaubte wieder ein Lächeln auf Abners Gesicht erkennen zu können.

»Du bist hier«, fuhr Abner fort, »weil Masaw will, daß du beim Töten des *pahan* hilfst.«

»Du bist überhaupt nicht da, Onkel. Du bist nur eine Illusion.«

»Du brauchst den *pahan* nicht selbst zu töten«, sagte Abner beruhigend. »Du brauchst nur dafür zu sorgen, daß er die Höhle nicht vor Sonnenuntergang betritt. Dann kann Masaw herauskommen.«

»Und wenn ich nun verlange, daß Masaw mir das alles selbst erklärt?«

»Du hast die Datura. Öffne dein Bewußtsein, und du wirst sehen.«

Youngman trat von dem Felsen zurück.

»Nein. Ich sehe dich, aber du bist nicht da. Ich spreche mit mir selbst, du bist gar nicht da.«

»Du bist ein guter Junge, Floh.« Abner begann sich eine Zigarette zu drehen. »Wir wissen, daß du tun wirst, was du tun sollst.«

»Du bist nicht da!« schrie Youngman. Er hob einen Stein und warf ihn mit aller Kraft nach dem Felsvorsprung.

Eine große Krähe flog in den Himmel hinauf, schrie über Youngmans Kopf und verschwand außer Sichtweite.

Der Felsvorsprung war leer.

Die Klippen des Maski Canyon standen, lange nachdem die Wüste unten zu einem dunklen Ozean geworden war, noch in der Sonne. Anne, die von der Wüste aus in die Canyons blickte, sah ein Labyrinth aus Formen. Von Canyons, die der Flugsand aus dem Sandstein geschnitten hatte, bis sie zu glatten, runden Konturen wurden, von Strömen aus vulkanischer Asche, von Lavatürmen, die sich zu Hunderten emporschraubten.

Immer häufiger kamen medizinische Bulletins über das Radio des Rovers.

›Gute Nachrichten für die Bewohner der Pestgebiete. Die Gesundheitsbehörde teilt mit, daß die Lage in der Südwestecke der Navajo- und Hopi-Reservation unter Kontrolle ist. Staat und Bund organisieren den Transport von Impfstoff per Hubschrauber in die betroffenen Regionen. Die Behandlungsmöglichkeiten für Kranke in Ship Rock und Window Rock werden erweitert. Falls Sie selbst außerhalb des Seuchengebietes wohnen und glauben, sich angesteckt zu haben, fahren Sie nicht, ich wiederhole, fahren Sie nicht nach Tuba City, bleiben Sie, wo Sie sind. Koordinierte Maßnahmen werden von dem Navajo-Stammesvorsitzenden Walker Chee persönlich organisiert, der betont, daß eine Zusammenarbeit der beiden Indianervölker unbedingt erforderlich sei. Im Anschluß an diese Durchsage folgt die Verlesung des Bulletins in der Navajo- und in der Hopi-Sprache. Wohnen Sie im Seuchengebiet, ist es durchaus wahrscheinlich, daß Sie auch weiterhin, wenn auch unter Einhaltung gewisser Vorsichtsmaßnahmen, völlig normal leben können. Nähern Sie sich niemals wilden Tieren, die krank wirken. Wirkt eines Ihrer Haustiere krank, erschießen Sie Ihr gesamtes Vieh sowie die Haustiere aus einer Entfernung von mindestens zehn Metern. Waschen Sie sich auch weiterhin unbedingt zweimal am Tag mit grüner Seife, benutzen Sie Insektenabwehrmittel und räuchern Sie Ihre Wohnung aus. Gehen Sie unter keinen Umständen nach Einbruch der Dunkelheit aus dem Haus. Meiden Sie Höhlen. Halten Sie bei Nacht Fenster und Türen verriegelt. Und das Wichtigste: Versuchen Sie nicht, das Seuchengebiet zu verlassen. Entlang der Route 89, an den Zufahrten nach Flagstaff und Winslow, entlang der Black Mesa und im Osten entlang dem Oraibi Wash sind Staatstruppen postiert, die Befehl haben, jeden, der hinaus will, zurückzuschicken. Wer ihre Befehle nicht befolgt, wird erschossen . . .‹

Als die Schattenflut stieg, hatten Youngman und Paine das Aufstellen des Maschendrahtzeltes am Heck des Rovers beendet. Als er die letzte Stange in den Boden gehämmert hatte, strich Youngman mit den Fingern über die feinen Drahtmaschen des Zeltes.

»Das können die ohne weiteres durchbeißen.«

»Ja.« Paine stellte eine schwere Batterie neben Youngman. Gemeinsam befestigten sie zwei Drähte an den Zeltwänden. Youngman entdeckte, daß dort, wo der Draht ans Wagenheck stieß, eine Isoliermanschette aus dickem Gummi angebracht war. Als alles fertig war, stellte Paine die Batterie auf 14 Volt und legte einen Schalter um. Ein dunkles Ticken setzte ein. »Jetzt können sie's nicht mehr.«

Als Youngman ganz flüchtig den Draht berührte, schoß ihm ein elektrischer Schlag bis an den Ellbogen hinauf.

»Ich weiß schon, was ich tue.« Paine schaltete die Batterie wieder aus.

›. . . eine Änderung der letzten Durchsage. Aus Gründen der Vorsicht schließt der nördliche Teil des Seuchengebietes nunmehr auch die folgenden Pueblos am Südrand der Black Mesa ein: Hotevilla, Baçopi, New Oraibi, Oraibi, Toreva, Shongopovi und Walpi. Außerdem stehen die Städte Moenkopi und Tuba City jetzt ebenfalls unter Quarantäne. Ich wiederhole: Es handelt sich lediglich um Vorsichtsmaßnahmen; ein Grund zur Besorgnis besteht nicht. . .‹

Youngman stellte das Radio ab. Als sich die Dunkelheit über den Felsgrat senkte, schlüpfte Paine auf den Fahrersitz. Das Richtmikrofon war bereits auf dem Dach, und neben Paine glimmte grün das Oszilloskop. Youngman und Anne saßen dicht nebeneinander im rückwärtigen Teil des Rovers. Paine sah auf die Armbanduhr.

Die ersten Sterne begannen zu scheinen, wurden mit jeder Sekunde heller. Hotomkam im Gürtel des Orion. Choochokam, die Plejaden.

»Ich habe ihr Flugschema ziemlich genau festgelegt.«

Paine drehte den Mikrofongriff in einem Winkel von fünfzehn Grad hin und her. Er wischte sich die Handfläche der anderen Hand trocken, drehte an der Feinabstimmung des Verstärkers, stellte sie noch einmal nach.

Anne hatte sich an die nächtlichen Geräusche der Wüste gewöhnt. Auf dem Felsgrat und im Canyon gab es keine. Es gab keine Insekten, es gab keine Vögel.

Der weiße Strich des Oszilloskops war schnurgerade.

»Wenn sie sich nun eine neue Höhle gesucht haben . . .« begann Anne.

Der Strich zitterte. Ein feines Muster erschien. Drei harmonierende Linien, von einer Oktave zur anderen schießend.

»Weniger als drei Minuten nach Sonnenuntergang.« Paine sah auf die Uhr. »Wir sind also sehr dicht an der Höhle. Richtung« – er kontrollierte den Kompaß auf dem Mikrofonschaft – »Westnordwest, unmittelbar auf uns zukommend. Sie fliegen dicht, sehr dicht.«

Youngman hörte nichts, aber der Oszilloskopstrich zuckte heftig. Er sah Paine an, der eine triumphierende Miene aufsetzte.

»Hören Sie!« Paine schaltete das Oszilloskop aus.

Wind, dachte Anne erstaunt. Nein, Regen, verbesserte sie sich, aber draußen fiel kein Regen. Flügelrauschen, stellte sie fest, nur härter. Flügel ohne Federn.

Youngman fand, es klinge wie Schritte am Himmel.

»Sieh mal!« sagte Anne zu ihm.

Von Westen bis Osten verschwanden die Sterne, ausgelöscht von einer flüsternden Flutwelle, die in einer Höhe von zehn Metern über den Felsgrat herangerauscht kam. Sie rollte über den Rover hinweg, verdunkelte den Himmel. Sie waren schneller, als Youngman erwartet hatte, in einer weit größeren Zahl, als er es für möglich gehalten hatte, und instinktiv duckte er sich vor ihrem Schatten und den nahen, schweren Schlägen der Flügel. Eine Minute verging, und die Fledermäuse waren immer noch über ihnen. Paine schloß die Augen; sekundenlang brannte die altbekannte Panik in ihm wie eine rote Glühbirne, aber er beherrschte sich, und die Panik verebbte. Anne konzentrierte sich auf das blinde Auge des Oszilloskops. Youngman beobachtete die lange Reihe der Fledermäuse, die in die Wüste hinausschoß, eine geschwungene Kurve, die im Nachtwind stieg und fiel.

»Wann werden sie zurückkommen?« erkundigte er sich, lange nachdem die Fledermäuse verschwunden waren und Anne auf der Kochplatte Eipulvertortillas brutzelte.

»Ich weiß es nicht.« Paine legte sein Luftgewehr, drei Pfeile und einen Funkempfänger im Westentaschenformat auf den Tisch. »Es hängt alles davon ab, wie lange es dauert, bis sie da draußen Nahrung finden. Zwei Stunden mindestens, aber sie werden sicher ein paar Stück Vieh finden, die man sich selbst überlassen hat. Ich habe den Beeper am Mikrofon eingeschaltet. So werden wir's hören, wenn sie kommen.«

»Sie finden vielleicht noch etwas anderes als Vieh. Jeder, der in Quarantäne ist, ist sich selbst überlassen.«

»Gewiß, aber danach hatten Sie mich nicht gefragt. Außerdem werden wir bereit sein, wenn sie zurückkommen.«

»Werden wir das?«

»Hier.« Paine zeigte ihm einen der Pfeile. »Der enthält einen Miniatursender. Er wiegt ungefähr ein Gramm und hat eine Reichweite von nur zweihundert Metern, aber ich denke, das wird genügen, um eine Höhle zu finden, die in so geringer Entfernung liegt. Der Trick besteht darin, die Pfeile auf den Rükken der Fledermäuse zu kriegen, damit sie sie sich nicht abreißen können.« Paine schaltete den Empfänger ein, prüfte die drei Tonfrequenzen der Pfeile und schaltete dann das Gerät wieder aus.

Das Essen war fertig. Paine schlang seine schwammige Tortilla heißhungrig in sich hinein. Anne beschäftigte sich mit hausfraulichen Tätigkeiten. Das helle Licht der Colemanlampe löste den feinen Maschendraht der Zeltwände auf, so daß es den dreien vorkam, als hielten sie ein Picknick im Freien.

»Jetzt, da wir alle drei in die Sache verwickelt sind« – Youngman schob seinen Teller fort –, »finde ich, es ist Zeit, daß Sie uns erklären, was uns eigentlich erwartet, Paine.«

»Das wissen Sie doch: infizierte Fledermäuse.«

»Nach allem, was ich bisher gesehen habe, weiß ich nur, daß wir höchstwahrscheinlich nicht mit dem Leben davonkommen werden.«

»Youngman. . .«

»Augenblick, Anne.« Er überlegte, ob er ihr und Paine von seiner Halluzination erzählen sollte, hielt es dann aber für überflüssig. Er würde nie mehr Datura essen. »Wenn wir hier oben mit Paine sterben müssen, möchte ich wissen, warum. Ich will seine Gründe hören. Ich will ihn verstehen. Ich will alles verstehen.«

»Es ist sehr kompliziert«, behauptete Paine.

»Das haben Sie schon gesagt, als wir uns das erste Mal begegneten. Damals haben Sie gelogen.«

»Na schön.« Paine gab nach. Er rutschte voll Unbehagen hin und her, suchte nach Worten.

»Es ist wie Krieg«, meinte Anne. »Das liegt auf der Hand.«

»Nein.« Paine schüttelte den Kopf. »Nicht in biologischer Hinsicht. Es ist ganz einfach ein Zusammentreffen. Ein Zusammentreffen von Lebensformen.«

»Ein Wettstreit«, sagte Anne.

»Nein. Eine Interdependenz. Vampire, die Pest und der Mensch.« Er sah sie an. »Sie wollten doch die Wahrheit hören, nicht wahr?«

»Weiter«, forderte Youngman ihn auf.

»Man könnte sagen, die beiden dominanten Lebensformen der Erde seien die Bakterien und die Säugetiere.« Paine wählte seine Worte langsam. »Die drei erfolgreichsten Lebensformen dieser Gruppen sind der Pestbazillus, der Mensch und die Fledermaus. Sie arbeiten Hand in Hand. Zunächst die Pest. Den Pestbazillus hat es schon immer gegeben. Als eine wenig gefährliche Krankheit.«

»Nicht gefährlich?«

»Für den einzelnen Höhlenmenschen, der sie bekam, ja, aber wie viele andere Menschen konnte er anstecken? Oder ein Bauer? Oder ein Jäger? Verstehen Sie, was ich meine? Es gab die Pest, aber es gab keine Epidemien, nicht eine einzige in der Geschichte der Welt, bis die höheren Kulturen entstanden. Bis die Menschen in Städten zusammen lebten, bis die Menschen Handel trieben, bis die Menschen sich ballten. Da beginnt die

Herrschaft der Pest über alle anderen Krankheiten. Durch den Menschen, durch nichts anderes.«

»Der Pest geht es also gut«, sagte Youngman. »Und was haben wir davon?«

»Gewerkschaften. Bevor der Schwarze Tod in Westeuropa zuschlug, lebte der Großteil der Bevölkerung in Leibeigenschaft. Nachdem die Pest gekommen war und nur die Hälfte der Bevölkerung überlebt hatte, entstand ein Mangel an Arbeitskräften. Die Menschen, die vorher Sklaven gewesen waren, konnten ihre Arbeitskraft nunmehr verkaufen. Der einzelne hatte auf einmal Rechte. Die Demokratie begann mit der Pest.«

»Wenn ich Sie richtig verstanden habe, kann also eine Verbesserung des Gesundheitswesens das Ende der Demokratie bedeuten«, meinte Anne.

»Abwasserleitungen und Rattenausrottung konnten der Pest nicht Einhalt gebieten. Die erste Pestepidemie im sechsten Jahrhundert forderte einhundert Millionen Tote. Siebenhundert Jahre später fiel dem Schwarzen Tod ein Viertel der Weltbevölkerung zum Opfer. In der Zwischenzeit? Nun, die Situation hat sich in bezug auf die Abwässer nicht grundsätzlich gebessert. Die Pest besitzt ihren eigenen Pulsschlag, ihren eigenen Zyklus. Sie ruht sich aus, liegt an Orten wie diesem hier auf der Lauer.«

»Und was ist nun mit den Fledermäusen?« Youngman tastete nervös nach einer Zigarette.

»Was mit ihnen ist? Seien Sie mir nicht böse, aber was wissen Sie schon über Fledermäuse? Kleine flatternde Kreaturen, fliegende Mäuse, eine Laune der Natur? Ich spreche jetzt nicht von den Vampiren, nur von den Fledermäusen im allgemeinen.«

»So ähnlich«, mußte Anne zugeben.

»Weil Ihnen nicht klar ist, eine wie fabelhaft erfolgreiche Lebensform sie sind. Von jeweils fünf Säugetieren auf der Erde ist eines eine Fledermaus. Mit Ausnahme der Menschen sind die Fledermäuse die zahlenmäßig am stärksten vertretene Säugetierart der Erde. Wir beherrschen den Tag, sie die Nacht.«

»Sind sie nicht mit den Nagetieren verwandt?« Anne tauschte einen kurzen Blick mit Youngman.

»Nein. Die beiden großartigsten Wesen, die von in den Bäumen lebenden Insektenfressern abstammen, sind der Mensch und die Fledermaus. Wir kletterten hinunter, und sie flogen hinauf, obwohl wir über dieselbe Hand, nur in verschiedener Form, verfügen. Zwanzig Jahre lang versuchte Leonardo da Vinci Flügel zu entwerfen, mit denen der Mensch wie ein Vogel fliegen konnte. Sein fertiger Entwurf war ein Fledermausflügel. Aber wir haben noch mehr gemeinsam. Zum Beispiel über zwanzig Virusarten. Die Wanze bekamen wir von den Fledermäusen, damals, als wir gemeinsam die Höhlen bewohnten. Und dem Menschen am ähnlichsten von allen Fledermäusen ist der Vampir.«

»Also«, seufzte Youngman, »ich weiß zwar, daß Sie ein Superkammerjäger sind, aber ist Ihr Humor nicht ein bißchen zu forciert?«

»Nicht Humor. Ironie. Aber es stimmt. Sehen Sie, die Vampirfledermaus ist ein erstaunliches Wesen. Unglaublich entwikkelt. Sie ist die einzige von allen Fledermäusen, die sich, wie die Menschen, das ganze Jahr hindurch paart. Sie hat von allen Fledermäusen die längste Schwangerschaftszeit. Acht Monate. Ihre Kinder brauchen von allen Fledermäusen die längste Zeit, um sich voll zu entwickeln und zu lernen. Sie ist die einzige Fledermaus, die hüpfen und laufen kann. Die einzige Fledermaus, die es nicht fertigbringt, mit anderen Tieren, inklusive anderen Fledermäusen, friedlich zusammen zu leben. Daß sie die einzige Fledermaus ist, die keine Angst vor dem Menschen hat, muß ich wohl nicht noch hinzufügen. Der erste westliche Wissenschaftler, der jemals gesehen hat, wie der Vampir Nahrung aufnimmt, war Charles Darwin. Er wußte nicht, was er davon halten sollte.«

»Also« – Youngman steckte sich endlich die Zigarette an – »erkenne deinen Feind.«

»Erkenne deine Vettern. Und, da der Vampir fast zwanzig Jahre alt wird, ein recht langlebiger Vetter. Bezeichnen Sie mich also nicht als Superkammerjäger. Ein Kammerjäger tötet Flöhe. Ich töte Fledermäuse.«

»Und das Ganze widerspricht restlos Ihrer Interdependenztheorie, stimmt's?«

»Nein. Der Vampir lebt von großen Säugetieren, die in Herden schlafen. Er lebt von Rindern und Pferden. In der Neuen Welt gab es weder Rinder noch Pferde, die brachten erst die Spanier mit. Und was glauben Sie, wovon die Vampire vorher gelebt haben? Nennen Sie mir das eine große amerikanische Säugetier, das in Herden, in Dörfern zusammen schlief!«

Ein Schwindelgefühl erfaßte Anne.

»Sie meinen – Menschen?«

»Genau das meine ich. Menschen. Deswegen wurden die alten Vampirschlafplätze alle in der Nähe von Dörfern gefunden. Über die Einzelheiten dieser Beziehung kann man natürlich nur Spekulationen anstellen. Etwa, ob eine Vampirkolonie Territorialgewalt über ein bestimmtes Dorf beanspruchte und diesen Futterplatz gegen andere Kolonien verteidigte.«

»Und was hatten die Menschen davon?« fragte Youngman.

»Götter.«

Er weiß Bescheid über Masaw, dachte Youngman.

»Was für Götter?« wollte Anne wissen.

»Die Mayagötter, zum Beispiel«, antwortete Paine zu Youngmans Erleichterung. »In Yucatan sieht man noch heute die Statuen. Statuen mit Vampirköpfen. Die gebogenen Schneidezähne und die lange Zunge sind sehr gut herausgekommen. Niemand weiß genau, warum die Mayas ihre Städte verlassen haben. Vielleicht war es der Zusammenbruch ihrer Landwirtschaft, die aus Abbrennen und Abhauen bestand. Vielleicht war es ganz einfach Entkräftung, durch Blutverlust. Je mehr Vampire es gab, desto mehr Fledermausgötter gab es. Und mehr öffentliche Opferungen, mehr rituelles Blutvergießen – bis die Azteken sich das Haar mit Blut beschmierten, sich die Ohren zu Fledermausfransen schnitten und Umhänge aus Fledermausfellen trugen. Vielleicht sind Rinderherden lediglich ein Opfer zweiter Wahl.«

»Damit wollen Sie uns also sagen«, meinte Anne, »daß wir überhaupt nichts ändern können, nicht wahr? Daß es die Pest geben muß und daß es Vampire geben muß.«

»›Muß‹ ist hier nicht die Frage. Das einzige, was die Eliminierung der Pest oder der Vampire herbeiführen könnte, ist die Eliminierung des Menschen. Wir werden zusammen untergehen.«

»Dann ist das, was wir hier tun, sinnlos«, stellte sie fest. »Auf lange Sicht sind wir nach Ihrem biologischen Schema bedeutungslos. Warum sind Sie aber dann hier?«

»Weil dies meine Arbeit ist.« Eine bessere Erklärung fiel Paine nicht ein.

Nach einer Weile flüsterte Anne: »Großer Gott!«

Dann herrschte ausgiebiges Schweigen.

Langsam bewegte sich der Stern Hotomkam über den Canyon. Choochokam glitt über den Horizont. Youngman rauchte; er wünschte, er hätte etwas Mesa-Tabak. Anne schlief erschöpft in der Mitte des schmalen Zeltes. Paine entlud und lud sein Pfeilgewehr sorgfältig.

»Vielleicht sollten wir uns die Nachrichten anhören«, schlug Youngman vor.

»Warum?« gab Paine zurück. »Die bringen doch nichts Neues.«

»Ich weiß, daß sie anfangen werden, Bomben in die Höhlen zu werfen«, sagte Youngman mit leiser Stimme.

»Das werden sie«, stimmte Paine ihm zu, »in eine oder zwei. Bis sie merken, daß sie die Fledermäuse lediglich auseinanderscheuchen. Wir dagegen wollen, daß die Vampire noch für zwei Nächte zusammenbleiben. . .«

»Da wir gerade davon sprechen: Anne wird morgen nicht mit uns in die Höhle gehen. Nur wir beide. Anne kann in ihrem Zustand doch nichts tragen, und sie wäre uns nur im Weg.«

»Okay.«

»Nein, das genügt mir nicht. Ich verlange von Ihnen das Versprechen, daß Anne hier beim Wagen bleibt. Sonst müssen Sie allein gehen.«

»Also gut, Sie haben mein Versprechen, daß sie nicht mit in die Höhle kommt.« Paine legte das Pfeilgewehr hin. Ein Nachtfalter war oberhalb des Lichtkreises über dem Zelt herumgeflattert. Plötzlich wurde sein Flug ziellos, und er fiel herab. Paine wandte sich dem Beeper des Verstärkers zu, noch ehe dieser einen Ton von sich gab.

»Wecken Sie sie!« befahl er Youngman und verschwand im hinteren Teil des Wagens.

»Anne!« Youngman rüttelte ihre Schulter. »Sie sind da!«

»Dreihundert Meter entfernt.« Paine kam zurück. In einer Hand hielt er eine dünne, anderthalb Meter lange Holzstange, in der anderen eine Zwei-Unzen-Flasche defibriniertes Blut.

»Sind Sie sicher, daß sie haltmachen werden?« Youngman nahm ihm die Stange ab. Ein halbmeterlanges Ende der Stange war mit Kalbfell umwickelt.

Anne, die sich noch die Augen rieb, saß bereits neben der Batterie.

»Vorhin haben sie uns nicht gesehen, weil wir im Wagen saßen. Diesmal werden wir draußen bleiben.« Paine goß Blut auf das Kalbfell. »Seien Sie vorsichtig, daß Sie nicht den Draht zerreißen.«

»Ich weiß, was ich tue.«

»Wenn ich ›Saft‹ sage. . .« Zu Anne umgewandt, schnalzte Paine mit den Fingern.

Youngman fiel ein, daß er die Fledermäuse noch nie aus der Nähe gesehen hatte. Paine hatte sie gesehen, Anne auch. Der Hilfssheriff schob die Stange durch den Draht, so daß sich der Teil mit dem blutgetränkten Kalbfell außerhalb des Zeltes befand. Der Draht war unglaublich dünn. Er merkte, wie sein Herz Blut und Adrenalin pumpte, und war sich bewußt, wie dünn seine eigene Haut war. Er konnte sich nicht erinnern, jemals zuvor vor einem Tier Angst gehabt zu haben.

Der Verstärkerbeeper wurde lauter und eindringlicher, bis er zu einem langgezogenen Heulen wurde.

Ruhig abwartend stand Paine in der Zeltmitte.

Anne sah angestrengt nach oben.

Zuerst hörten sie das Flüstern des unechten Windes, dann ein Geraschel wie von Leder. Ein Schatten schoß durch den Lichtkreis über sie dahin, ehe Youngman ihn richtig sehen konnte. Zwei weitere Schatten. Zehn. Augen spiegelten wie Kerzen. Hundert, mehr, als Youngman sehen konnte. Anne starrte wie gebannt ins Dunkel. Die Zeltwände schwankten. Wegen des Flügelrauschens konnte Youngman nicht einmal mehr das Heulen des Beepers hören.

»Sie fliegen vorbei!« rief Anne.

»Nein.« Mit dem Gewehr deutete Paine auf einen Schatten, der über den Boden huschte.

Der Strom der Fledermäuse jagte über ihnen dahin, bog dann ab und wurde zu einem Wirbel flatternder Schwingen. Der Wirbel flachte sich zu einem riesigen Rad ab, das über dem Zelt kreiste. Youngman wurde gewahr, daß er sich duckte. Paine stand hoch aufgerichtet und drehte sich auf dem Absatz. Anne blickte in ein Gesicht, einen halben Meter außerhalb des Zeltes. Auf beiden Wangen wuchsen Barthaare. Die dunklen Augen standen schräg zu beiden Seiten einer platten Nase mit doppelt gefalteten Nüstern. Die Ohren waren lang und gerippt. Youngman sah, daß das Wagendach schwarz von Fledermäusen war. Eine, die Flügel zu zwei langen ›Beinen‹ zusammengelegt, sprang auf den Draht unmittelbar über Paine. Rings um das Zelt herum tauchten überall weitere Fledermäuse auf. Zwei sprangen vom Boden hoch und erkletterten flink die Zeltwände. Andere sprangen vom Rover herab, und wieder andere landeten aus der Luft auf dem Zelt. Youngmans Arm zuckte. Auf dem blutigen Ende der Stange saß eine Fledermaus. Mit ihren Schneidezähnen riß sie ein Hautstück von der Größe eines halben Dollars heraus. Die lange rote, rohrähnliche Zunge rollte sich zusammen und leckte zierlich die Stange ab. Neben sich hörte er den leisen Knall des Luftgewehrs und sah, daß im Rückenfell der Fledermaus ein Pfeil steckte. Auf dem Zeltdach krochen jetzt vierzig bis fünfzig Fledermäuse herum, und immer mehr erkletterten mit Hilfe der hakenförmigen Daumenklauen die Wände. Etwa ein Viertel von ihnen hatte getrocknetes Blut im Gesichtsfell. Die Stange, die Youngman hielt, senkte sich unter dem Gewicht von drei weiteren Fledermäusen. Paine schob den Lauf des Gewehrs durch die Drahtmaschen und feuerte abermals. Das Zeltdach sackte durch. Immer mehr Fledermäuse kletterten vom Boden aus hinauf, brachten den widerlichen Ammoniakgestank mit. Youngman vernahm das tiefste Register ihrer aufgeregten Schreie als ein deutliches Klicken in seinen Ohren. Nur Zentimeter von seiner Schulter entfernt begannen sie sich mit den Zähnen durch den Maschendraht zu fressen. Paine brauchte lange, um mit seinem letzten Pfeil richtig zu zielen; er schlug eine Fledermaus von der Wand, um das Gewehr auf eine andere zu richten, in deren Schnauze ein Streifen Kalbshaut hing. Nachdem er abgedrückt und das Gewehr gesenkt hatte, landete eine Fledermaus zwischen seinen Schulterblättern. Instinktiv riß Youngman sie ihm vom Rücken und zertrat sie mit dem Stiefel.

»Saft!« schrie Paine.

Der Riß befand sich am entfernten Ende des Zeltes. Gerade kam eine zweite Fledermaus hindurch, als Youngman sein Gewehr hervorzog und sie erschoß. Blut, Knochensplitter und Knorpel flogen im Zelt umher. Youngman erschoß noch zwei weitere, die hereinkamen, bevor Paine die Holzstange auf beiden Seiten des Risses durch den Draht schob und ihn zudrehte.

»Batterie einschalten!« schrie Youngman Anne zu, die neben der Batterie kniete, die Hand schlaff auf dem Schalthebel.

Die Fledermäuse bissen sich durch Dach und Wände. Youngman schoß, bis sein Gewehr leer war, und griff dann nach dem Revolver, den er von den Momoas hatte. In einer Wand tat sich ein meterlanger Riß auf. Youngman trat mitten zwischen die hindurchströmenden Fledermäuse, schoß seinen Revolver leer, erreichte den Draht und zog ihn mit beiden Händen zusammen. Vor seinen Augen bedeckten sich seine Hände mit Fledermäusen.

Dann schoß ein Schock von Elektrizität durch seinen Körper, sein Gehirn wurde von Krämpfen geschüttelt, und er versank in Dunkelheit.

8

Annes Gesicht war von blauem Himmel gerahmt.

»Wie fühlst du dich?« fragte sie ihn.

»Fabelhaft«, murmelte Youngman.

»Ziemlich gut für einen Mann, dem das Herz stehengeblieben war.«

»Schlägt es jetzt wieder?«

Er hob den Kopf von ihrem Schoß und zuckte zusammen. Seine Hände waren, wie er merkte, bis zu den Handgelenken hinauf verbunden. Das Maschendrahtzelt war abgebrochen worden, der rote Kanister mit dem Gift verschwunden. Und Paine war ebenfalls verschwunden.

»Wo ist er?« fragte Youngman Anne.

»Paine wollte nach der Höhle suchen. Du hast uns letzte Nacht das Leben gerettet, Youngman.«

»Ich kann mich an nichts erinnern.«

»Es war meine Schuld«, erklärte sie. »Ich hatte Angst, deswegen konnte ich die Batterie nicht einschalten.«

Er löste sich aus ihren Armen und stand auf. Der Boden unter seinen Füßen schwankte ein wenig. Blinzelnd sah Youngman in die Sonne; es war gegen zwölf Uhr mittags.

»Aber er hätte warten sollen. Er kann nicht alles ganz allein tragen. Und warum hat er nicht den Rover genommen?«

»Er hat gewartet, bis er sicher war, daß du dich wieder erholen würdest. Er hat uns den Wagen dagelassen, damit wir hier raus können. Er wollte uns überhaupt nicht mithaben. Er hat sogar dein Gewehr mitgenommen und gesagt, er würde dich erschießen, wenn du ihm folgst. Und ich glaube, das täte er wirklich. Er ist verrückt.«

Youngman sank langsam auf ein Knie, ebensosehr vor Überraschung wie aus Schwäche.

»Das wußtest du nicht?« fragte er Anne.

Sein Blick wanderte von Anne zu dem Weg, auf dem Paines Fußstapfen in den Canyon hineinführten.

»Wann ist er fort?«

»Vor einer Stunde, vielleicht etwas eher.«

»Er hätte bei Morgengrauen aufbrechen müssen.« Youngman schüttelte den Kopf. »Er weiß nicht, wohin er geht. Er hat nicht genug Zeit.«

»Laß uns nach Hause fahren, Youngman. Er ist ein Profi, er schafft es allein. Er ist der einzige, der es kann.«

Youngman blickte immer noch in die Richtung, die Paine eingeschlagen hatte, den Weg entlang, der sich zwischen den stumpfroten Wänden des Canyons hindurchschlängelte.

»Warten wir ab«, sagte er.

Paine setzte seinen erdrückend schweren Packen auf dem Weg ab, ließ Cyanogas, aufgerollten Maschendraht, Batterie, Drähte und Werkzeug zurück und nahm nur den Empfänger, ein Seil, eine Spitzhacke und das Gewehr mit. Er war jetzt eine Meile von der Stelle entfernt, an der er den Rover verlassen hatte, und nahm an, daß Anne und Youngman inzwischen längst nicht mehr im Canyon waren. Es würde keine Wiederholung des Schicksals von seinem Vater und Ochay geben. Er war allein und frei, und seine Gedanken waren klar.

Der verlassene Weg zog sich weiter den Canyon entlang und unter überhängenden Lavaformationen hindurch, die ihn auf den Luftaufnahmen unsichtbar machten. Auf beiden Seiten schoben sich rosarote Sandsteinwände bis dicht an den Weg heran. Gelegentlich gab es einen Bruch im Sandstein, der einen Streifen Schiefer, glitzernd wie Straßperlen, freilegte. Oder ein Band mattweißen Kalkstein. Und manchmal wich Paine vor dem Schatten eines menschlichen Torsos zurück, nur um beim Aufblicken oben auf einer Felskante eine stille Lavafigur zu entdecken. Von all diesem geologischen Reichtum jedoch interessierten Paine lediglich Anzeichen von Kalkstein, die ihn am wahrscheinlichsten zu einer von Fledermäusen bewohnten Höhle führen würden.

Die Funksignale wollten und wollten sich nicht melden. Er war überzeugt, mit den Pfeilen gut getroffen zu haben, und die Fledermäuse waren in der Nähe, aber die Canyonwände erstickten alle Signale. Wenn er den Weg nicht verließ und irgendwie höher hinaufkletterte, konnte es sein, daß er die Höhle nicht fand.

Langsam wanderte er weiter, bis er einen zerklüfteten Lavastrang fand, der fünfzehn Meter weit an einer zwanzig Meter hohen Wand emporlief. Paine erkletterte den Basalt und schaffte es bis zum oberen Canyonrand, indem er Grifflöcher in den Fels schlug. Als er sich aufrichtete, überblickte er die gesamte östliche Hälfte des Canyons.

Der Maski Canyon hielt sich nicht an den üblichen eintönigen Zyklus der Landerosion. Statt monotoner Canyons und Felskuppen bildeten vielfältige Steinformationen von verschiedener Härte einen verblüffenden, rauh gezahnten Irrgarten. Es muß als vulkanische Eruption begonnen haben, dachte Paine. Dann wurde alles von Sedimentgestein bedeckt und schließlich von den Winden zerrissen, die klaffende Löcher aus farbigem Sandstein, Kamine aus Basalt wie senkrecht stehende Zähne und, wo der Sandstein über Lavaströmen davongeweht worden war, diese aufrecht stehenden, beinahe menschlichen Figuren aus schwarzem Fels zurückgelassen hatten. Die östliche Hälfte der Mesa war ungefähr fünf Quadratmeilen groß, die westliche, ein höheres Plateau mit ganz ähnlichen Formationen, schien fast ebenso groß zu sein. Die brennende Ölquelle lag im westlichen Plateau.

Paine lächelte vor sich hin. Er fühlte sich großartig, so, wie er sich immer fühlte, wenn er genau wußte, daß er recht hatte.

Er kletterte von einer Klippe zur anderen, übersprang tiefe

Risse, zog sich am Seil weiter, wo eine glasige Obsidianwand keinen Halt bot. Immer, wenn er Kalkstein fand, folgte er ihm, bis er entweder verschwand oder eine Höhle bildete. Es gab Hunderte von Höhlen, genau wie der Indianer gesagt hatte, aber keine groß oder feucht genug, um einer Kolonie von Fledermäusen Unterschlupf zu bieten, und kein Signal erreichte seinen Empfänger. Paine ließ sich nicht entmutigen. Die Fledermäuse waren hier, und er war ganz in ihrer Nähe.

Von Zeit zu Zeit glitten Schatten zwischen den Basaltkaminen hindurch. Krähen. Außer einem hochgelegenen Nest fand er einen Mistkäfer, der einen fast hüfthohen Haufen Vogelkot untersuchte; Paine hatte Stürme über die Wüste hinwegfegen sehen, doch wann der letzte Regen gefallen war, konnte er nicht mal erraten. Es gab anscheinend weder Pflanzen noch – bis auf den einen Käfer – Insekten.

Er überquerte eine natürliche Brücke aus erodiertem Sandstein und entdeckte zehn Meter unter sich, tief im Schatten, den Weg, dem er anfänglich gefolgt war. Es wunderte ihn, daß dieser Weg so weit reichte. Er kontrollierte seine Uhr. Fünf; zwei Stunden bis Sonnenuntergang. Viel später, als er gedacht hatte. Dennoch war er zuversichtlich. Noch hatte er Zeit.

Auf der anderen Seite der Brücke war das Gestein hauptsächlich vulkanischen Ursprungs. Paine mußte sich einen Weg durch ganze Felder von Lavaschloten und -armen suchen, die nach seinen Kleidern griffen. Einmal sah er zu seinen Füßen eine groß gezeichnete, durch dunkle Lava bis auf eine weiße Kalksteinschicht eingegrabene Doppelspirale. Woher die Indianer gewußt hatten, daß unter der Lava eine andere Art Gestein lag, war ihm unklar; damit würden sich die Anthropologen beschäftigen müssen. Für ihn war der Kalkstein ein gutes Zeichen.

Als er aus dem Lavafeld auftauchte, empfing er das erste Signal. Während er weiterging, wurde es stärker. Er probierte die beiden anderen Frequenzen auf dem Empfänger; die zweite war noch kaum zu hören, die dritte kam jedoch am klarsten von allen. Paine folgte dem Signal durch eine Reihe von Basaltkaminen. Er sprang von einer Seite einer Spalte zu einem Steinkamin hinüber und lief aufgeregt auf der anderen Seite einer Spalte weiter. Vor ihm wölbte sich eine riesige weiße Kalksteinkuppel.

Er empfing jetzt alle drei Frequenzen laut und deutlich; er schaltete den Empfänger ab. Die Kalksteinkuppel besaß einen Durchmesser von fast zwanzig Metern und in der Mitte, wo die Erosion am stärksten gearbeitet hatte, ein sechs Meter breites Schlundloch. Der Rand des Schlundlochs war grün von Flechten und Moosen. Auf dem Bauch liegend kroch Paine mit großer Vorsicht die Kuppel hinauf und spähte durch das Loch nach unten.

Er hatte sie gefunden. Der Lichstrahl, der durch das Schlundloch in die Höhle fiel, endete siebzig Meter tiefer in einem teerähnlichen Teich. Der Teich war flach, also noch neu, doch ihm entströmte der unverwechselbare Geruch von Ammoniak. Um sich noch einmal zu vergewissern, schaltete Paine sekundenlang den Empfänger ein. Der kurze, scharfe Ton löste fünfzehn Zentimeter unter seiner Brust auf der dünnen Unterseite der Kuppel unruhiges Scharren von Klauen aus. Alle drei Töne kamen aus der Höhle. Er hatte sie.

Als seine Augen sich an das Dunkel in der Höhle gewöhnten, sah Paine, daß sie kreisrund war, ungefähr hundert Meter breit, und etwa die Form eines Amphitheaters besaß. Vom Boden aus wölbten sich die Wände überall glatt bis in die Kuppel hinauf. Während jetzt vielleicht tausend Fledermäuse drinnen waren, konnte sie ohne weiteres das Dreifache beherbergen. Irgendwo unten am Boden gab es eine Quelle oder einen Zugang zum Grundwasserspiegel. Paine schnupperte. Da der Ammoniakgestank noch nicht überhand genommen hatte, entdeckte er einen anderen schwachen, aber vertrauten Geruch. Öl. Wieder eine kleine Quelle. Chee würde überglücklich sein.

Paines Pupillen erweiterten sich immer mehr. Die senkrechten Striche, die er auf dem Höhlenboden nahe dem Teich erkennen konnte, waren keineswegs unregelmäßig. Sie waren gerade. Es handelte sich um primitive Leitern, zehn etwa, deren

Sprossen fast alle zerbrochen waren. Weitere Umrisse tauchten auf. Im tiefen Schatten der Höhle entdeckte er einen noch etwas dunkleren Schatten. Ein Quadrat. Weitere Quadrate erschienen um das erste herum und über ihm, reichten bis zur halben Höhe hinauf und zu einem Drittel um das Rund der Höhle herum. Fenster. Fenster und Türen von Adobehäusern, die sich fünf Stockwerke hoch aufeinandertürmten. Eine riesige unterirdische Galerie. Daß Paine sie nicht früher gesehen hatte, lag nicht nur an der Dunkelheit. Die Häuser selbst waren fast ganz zu Geröll zerfallen. Dächer waren eingesunken, Wände zusammengestürzt, Staub lag über allem wie ein Leichentuch. Paine sagte sich, daß sich ein Volk, um seinen Feinden zu entfliehen, kurze Zeit an einem derartigen Ort verstekken mochte. Aber dies waren keine Bauwerke für kurze Zeit. Dies war eine richtige kleine Stadt.

Fasziniert und verwundert schob sich Paine, Arme und Beine ausgebreitet, um sein Gewicht zu verringern, rings um das Schlundloch herum. Er hatte geplant, den Kanister mit dem Cyanogas von einem Kletterhaken, den er in die Kuppel treiben wollte, durch das Schlundloch hinunterzulassen, ein Unternehmen, bei dem er riskierte, durch das dünne Kalkgestein zu brechen oder zumindest die Fledermäuse aufzuscheuchen. Falls jedoch die Ruinen an irgendeiner Stelle bis etwa auf dreißig Meter an das Höhlendach heranreichten, konnte er den Kanister dort placieren. Die Ruinen waren ein Fingerzeig dafür, daß es einen weiteren Eingang zu der Höhle gab, denn die Menschen mußten ja eine Möglichkeit gehabt haben, hinein- und hinauszugelangen.

An keinem Punkt waren jedoch die Ruinen so hoch, daß sich das Gas hundertprozentig wirkungsvoll ausbreiten konnte. Aber das störte Paine keineswegs; denn die gewohnte Methode zu ändern war fast immer keine gute Idee, und ein Fehltritt in diesen uralten Ruinen konnte die Katastrophe bedeuten.

Also kam nur das Schlundloch in Frage. Unmittelbar über den Fledermäusen.

Er kehrte auf demselben Weg zurück, den er gekommen war,

durch das Lavafeld bis zur Sandsteinbrücke, und dann von dort aus am Seil auf den Pfad hinab. Inzwischen hatten sich ihm ein paar Fragen aufgedrängt.

Der Weg führte erstaunlich tief in den Canyon hinein. Wohin?

Er wollte nicht haltmachen, war aber zu sehr an Gründlichkeit gewöhnt. Eine Falle taugte nichts, wenn sie zwei Ausgänge hatte, und irgendwie waren einmal Menschen in dieser Höhle ein und aus gegangen.

Als Paine umkehrte und den Weg in Richtung auf die Höhle entlanglief, erwachte sein Empfänger allmählich wieder zum Leben. Nicht so laut wie bei den Signalen oberhalb der Höhle, aber eindeutig.

Youngman wußte von dem Canyon und dem Weg. Paines Gesicht rötete sich. Der Scheißkerl mußte die ganze Zeit von der Höhle gewußt haben.

Der Weg endete unmittelbar vor einem Loch, das der Eingang zu einer Mine zu sein schien. Ein Wagenrad aus massivem Holz, das seit Hunderten von Jahren langsam vor sich hin rottete, lag neben einer fast drei Meter hohen Öffnung, die breit genug war, um zwei Wagen nebeneinander durchzulassen. Die Signale kamen von drinnen. Er sah auf seine Armbanduhr. Es wurde spät, aber er mußte Gewißheit haben.

Beim Eintreten berührte Paine die Wände. Sie waren kühl und feucht und färbten seine Fingerspitzen schwarz. Als er daran schnupperte, war ihm sofort alles klar. Ölschiefer, das war hier in der Mine abgebaut worden. Weicher Schiefer, so völlig durchtränkt mit Öl, daß er, zu Briketts zerhackt, heller brennen würde als Kohle.

Der Stollen lief geradeaus, und mit jedem Schritt wurden die Signale lauter. Dies mußte der andere Eingang zur Höhle sein. Fünfzig Meter tief drinnen jedoch endete der Stollen unvermittelt. Dennoch waren die Signale stärker als zuvor, und außerdem roch Paine Ammoniak. Vorsichtig stieß er die Abschlußwand an, und sie zerfiel zwischen seinen Fingern. Sein ganzer Arm fuhr durch das verfaulte Gewebe einer vor eine Öffnung gehängten Decke, der einzigen Grenze zwischen der Schiefermine und der Kalksteinhöhle. Behutsam zog er den Arm wieder heraus und spähte durch das Loch, das er gemacht hatte. Vor ihm erstreckte sich im Licht des Schlundlochs das gigantische Gewölbe der Höhle, der seichte Teich verdauten Blutes, die geisterhaften Ruinen des Pueblos und, hoch oben, sowohl tödlich als auch hilflos, eine dichte Decke von Fledermäusen.

Als Paine wieder den Weg erreichte, setzte er sich in Trab. Es war sechs Uhr, ihm blieb also nicht mehr ausreichend Tageslicht, um die Fledermäuse zu vergiften, bevor sie ausschwärmten. Ja, es reichte gerade noch, um seinen Packen zu holen und sich aus dem üblichen Flugweg der Fledermäuse zur Wüste zu retten.

Der Weg verlief nirgends länger als fünfunddreißig Meter geradeaus. Paine schien es, als winde er sich aus Bosheit so stark, als wolle er sein Tempo verlangsamen, zuletzt aber sah er dann doch seinen Packen dort, wo er ihn abgesetzt hatte. Als Paine sich ihm näherte, flog eine Krähe auf.

Aus Gewohnheit überprüfte Paine den Druck des Cyanogaskanisters sofort, als er ihn erreicht hatte. Der Tank war in Ordnung, die Batterie geladen, der Maschendraht noch genauso fest aufgerollt wie zuvor. Die Krähe hatte lediglich nach etwas Freßbarem gesucht. Paine schwang sich den Packen über die Schulter und begann den Rückmarsch zur Kuppel.

Obwohl es bergauf ging und der Kanister schwer war, behielt Paine ein energisches Tempo bei. Der Weg unter den sonnenbeschienenen Rändern der Canyonwände war von einem schmutzigen Blau; nur hin und wieder drang Sonnenschein durch eine Lücke und warf Paines buckliges Schattenbild hoch oben an eine Wand. Einmal gesellte sich ein zweiter Schatten hinzu, und als Paine aufblickte, sah er eine Krähe am Rand der Klippen entlanglaufen.

Paine warf sein Seil über die Sandsteinbrücke und zog sich vom Weg aus daran nach oben. Dann arbeitete er sich durch das Lavafeld und schlug einen Bogen zur Westseite des Schlundlochs, wo er sich unter einen großen Felsvorsprung duckte und zusah, wie die letzten Sonnenstrahlen auf der Kuppel ausbrannten.

Jetzt, da er genau wußte, was zu tun war, wurde Paine von einer ständig wachsenden Zuversicht erfüllt. Er öffnete seinen Packen und holte Helm und Drahtzange heraus. Gasmaske und Handschuhe brauchte er nicht. Ein leichter Ostwind erhob sich, trieb seine Witterung vom Schlundloch fort. Alles verlief nach Wunsch.

Als die Sonne sank, flammte der östliche Horizont in einer Farbskala von fleischig-rot bis purpurn auf. Noch kamen keine Fledermäuse aus dem Schlundloch. Andere Fledermäuse mochten durch die Dämmerung fliegen, die Vampire jedoch warteten, bis es vollständig dunkel geworden war. Und dann hörte er, wie sie sich zu rühren begannen, das Geräusch ihrer Flügel, den Regen salpeterhaltigen Urins, der sie für den Flug leichter machte. Die fernen Mesa-Plateaus glühten flüchtig wie goldene Wolken auf, und innerhalb von Sekunden tauchte die Welt in tiefes Dunkel.

Paine hielt den Atem an. Eine letzte Minute noch war die Luft über dem Canyon still, dann drängten die ersten Fledermäuse aus dem Schlundloch, stiegen in Spiralen auf wie Aschenflocken aus einem Feuer. Die übrigen kamen wie eine schwarze Säule, die sich fast zweihundert Meter hoch in die Lüfte erhob.

Seine Fledermäuse.

Paine klammerte sich an den Fels, als fürchte er, von der wirbelnden Säule aufgesogen zu werden. Ein Teil von ihm wurde tatsächlich mitgerissen. Zusammen mit seinem Vater, Ochay, den Jahren in Mexiko. Du bist, was du tötest, hatte Joe Paine immer gesagt. Allzu wahr. Die Fledermäuse und Paine hatten sich vereinigt, waren zu Kopf und Schwanz einer Kreatur geworden, die gleichzeitig führte und sich selbst folgte. Ein Tier, empfangen im Tod und genährt von Besessenheit. Umhüllt von Bösem. Er hatte Anne belogen. Denn über den biologischen Rahmen hinaus hatte alles einen Sinn. Es gab Gegenseitigkeit in der Natur. Die Fleischfresser eliminierten die Schwachen, die Pflanzenfresser und Vögel übertrugen Samen, Insekten reinigten den Boden, Blumen schenkten Schönheit. Alle gaben etwas als Gegenleistung für ihr Leben. Bis auf eine Art. Es gab ein einziges Wesen, eine Laune der Natur, das nichts gab als Gegenleistung für seinen unersättlichen Durst: den Vampir. Nicht an Klaustrophobie hatte Paine gelitten, er hatte geschaudert vor der Gegenwart des Bösen. Das hatte er mit der Zeit begriffen; was er jedoch nicht vorausgesehen hatte, war, daß das Böse seine eigene Anziehungskraft besitzt. Erst als es ihn an sich gefesselt und ihn benutzt hatte, die Fledermäuse dahin zu treiben, wo sie noch niemals gewesen waren, und seine eigene Energie, seinen ganz eigenen Horror um das Tausendfache vervielfältigt hatte – erst da hatte er begriffen. Die Apokalypse brauchte kein fahles Pferd, keinen feurigen Drachen – nicht, solange sie Fledermäuse als Antriebskraft und die Pest als ihren Samen hatte. Alles dank Paine. Alles durch seine Schuld.

Jetzt aber ging die Jagd zu Ende, und danach würde er frei sein.

Die Fledermäuse formierten sich zu einer flachen Wolke, die sich immer wieder um sich selbst drehte, bildeten einen Halbmond, dessen Mitte sich nach vorn wölbte, und wurden dann zu einer schnellen Wellenlinie, die nach Osten in Richtung Wüste zog.

Paine wartete zehn Minuten, bevor er seinen Maschendraht entrollte und ihn mit der Drahtschere in gleich große Stücke schnitt. Er wollte, daß er sich fest über das Schlundloch spannte und nirgends durchhing. Den einen Teil des Maschendrahts rollte er säuberlich wieder auf und trug ihn auf die andere Seite des Schlundlochs, wo er Haken in die Kuppel schlug und eine Kante des Drahtes daran befestigte. Auf allen vieren kroch er sodann auf die dem Felsvorsprung zugewandte Seite des Schlundlochs und hämmerte weitere Haken ein, die er frei ließ. Er brauchte die l-förmigen Haken nicht tief einzuschlagen, gerade so weit, daß sie den Maschendraht gut festhielten, wenn er gespannt war. Unter ihm machte sich Unruhe bei den Fledermausjungen bemerkbar, die sich an die Höhlendecke krallten. Er konnte es zwar nicht hören, wußte aber, daß diese Jungen jetzt ihren hohen Notruf ausschickten, ein Ruf, der jedoch zu schwach war, um die jagenden Eltern noch zu erreichen. Paine klemmte zwei elektrische Drähte an den aufgerollten Maschendraht und führte sie zur Batterie unter dem Felsvorsprung. Er stellte die Batterie auf 300 Volt ein, schaltete sie kurz an, um zu hören, ob alles in Ordnung war, und schaltete sie wieder aus. Dieser Teil der Falle war fertig.

Der Felsvorsprung selbst bestand aus Granit, der härter war als der Kalkstein. Paine suchte einen waagerechten Riß und hämmerte einen Haken in diesen Spalt. Er knotete seine beiden zwanzig Meter langen Seile zusammen und erhielt so ein einziges von vierzig Metern. Das eine Ende befestigte er an dem Haken, das andere knotete er mit einem Paalsteek an den Kanistergriff. Er stellte die Zeituhr auf dem Kanisterventil ein. Jede Umdrehung zögerte den Sprühvorgang um sechzig Minuten hinaus; er drehte die Zeituhr zwölfmal herum.

Dann legte er den Kanister auf die Seite und begann ihn, selbst auf dem Bauch liegend, die Kuppel hinauf bis zum Schlundloch zu rollen. Der Granitvorsprung lag zwanzig Meter vom Schlundloch entfernt; der Tank würde zwanzig Meter tief in die Höhle hineinhängen, weit außerhalb der Reichweite der Fledermäuse, wenn sie zurückkehrten. Dann würde Paine das Netz spannen, die Batterie einschalten und warten. Genauer gesagt, bis Viertel vor sieben warten, denn dann würde der Kanister die erste tödliche Giftwolke versprühen. Einfacher ging es nicht.

Die Sterne kamen heraus und leuchteten hell. Paine rollte langsam den Kanister die Kuppel hinauf. Am Rand des Schlundlochs versetzte er dem Tank einen Stoß. Der Behälter fiel in die Höhle hinab. Er packte das Seil, ließ es langsam durch die Hände gleiten, senkte den Kanister behutsam hinab. Vorsichtig schob er sich vom Schlundloch zurück, bis er halbwegs die Kuppel hinuntergerutscht war; dann ließ er das Seil weiter durch seine Hände laufen.

Das Seil stoppte. Der schwere Tank hing nach Paines Schätzung höchstens drei Meter weit in die Höhle hinein, also mußte sich das Seil irgendwo am Rand des Schlundlochs verfangen haben. Er zog am Seil. Es rührte sich nicht.

Langsam kroch Paine wieder die Kuppel hinauf. Unter seinen Händen und Knien spürte er das ängstliche Rumoren der Fledermausjungen, aufgescheucht durch das bedrohliche Auftauchen des Kanisters. »Nur Geduld«, flüsterte er ihnen zu.

Oben am Schlundloch entdeckte er, was passiert war. Das Seil hatte in den weichen Kalkstein des Lochrandes eingeschnitten und war dort steckengeblieben. Es widerstrebte ihm, sein ganzes Körpergewicht auf die Knie zu verlagern, aber er bekam das Seil frei und zog den Tank herauf, um das Seil an einer anderen Stelle anzusetzen.

Als sich der Tank hob, entdeckte er, daß noch ein anderes Problem entstanden war. Irgendwie hatte sich das Seil um das Ventil gewickelt und die Zeituhr stillgelegt. Behutsam hob Paine den Kanister ganz aus der Höhle heraus und setzte ihn auf dem Schlundlochrand ab.

Mit einem einzigen Ruck löste er das Seil und legte gleichzeitig das Ventil frei. Abermals ließ er den Tank in die Höhle hinab, beobachtete voller Genugtuung, wie er versank und schließlich nur noch ganz sanft im Dunkeln pendelte.

Aufatmend lehnte Paine sich zurück.

Und hörte, wie die Kuppel um ihn herum zu knacken begann. Er rollte sich bereits herum, als sich das Schlundloch plötzlich erweiterte und der Kalkstein unter ihm einfach wegbrach. Mit den Händen klammerte er sich an Gestein, das sich bei jedem Griff in weißen Sand verwandelte, der über ihn hinwegrieselte.

Paine fiel. Zunächst mit den Füßen voran. Dann breitete er, wie ein frei schwebender Fallschirmspringer, Arme und Beine aus. Vor sich sah er das Kanisterseil, an dem er seinen Sturz messen konnte.

Zwanzig Meter unterhalb des Schlundloches blieb er pendelnd hängen. Sein Handgelenk hatte sich in dem Seil am Kanistergriff verfangen. Der Kanister stieß kalt an seine Wange, die über ein Auge gedrückt wurde. Er versuchte sich hochzuziehen, aber der Arm, der im Seil hing, war aus dem Schultergelenk gerissen worden. Mit dem anderen Arm konnte er den Kanister nicht erreichen.

Er pendelte.

Die Fledermausjungen rumorten an der Decke. Nach und nach jedoch wurden sie wieder ruhig und warteten.

Wie Paine.

9

»Er hat's nicht geschafft«, sagte Youngman. »Sonst wäre er längst wieder hier.«

Die beiden Sterne von Natupkom, Kastor und Pollux, zogen hoch oben dahin. Von der Erde stieg jetzt Talawsohu auf, der Morgenstern. Zweimal hatten er und Anne während der Nacht den Flug der Fledermäuse verfolgt. Den Abflug mit eigenen Augen. Die Rückkehr, fünf Stunden später, auf Paines Oszilloskop. Das war jetzt fünf Stunden her.

»Ich habe ihm doch gesagt, daß er warten soll.«

»Paine weiß genau, was er tut. Hier, iß mal was. Du siehst fürchterlich aus.« Sie bot ihm eine Scheibe Brot mit Margarine an. »Tut mir leid, aber mehr habe ich nicht. Und ein paar Dosen Bier.«

Er schüttelte den Kopf. Selbst in dem grünlichen Licht des Oszilloskops war seine Haut grau vor Erschöpfung.

»Wenn wir ihm gefolgt wären, hätte er uns erschossen.«

»Jetzt schießt er nicht mehr. Darüber ist er lange hinaus.«

»Ihm ist bestimmt nichts passiert. Am besten fahren wir jetzt zum Highway, damit Chee einen Hubschrauber herschickt, der Paine aufliest.«

Youngman stellte wieder das Radio an. Die Tuba-City-Sender brachten jetzt keine Musik mehr. Lange Pausen wurden nur von Bulletins unterbrochen. Tuba City sah dem zweiten Quarantänetag entgegen. . . Fünfzehn Tote in Shongopovi, zwölf in Walpi. . . Die Grenzen nach Utah und New Mexico waren geschlossen. . . Die Evakuierung von Flagstaff verlief geordnet. . . Alles war unter Kontrolle. . .

»Ich gehe raus und passe draußen auf.« Youngman küßte Anne die Hand. »Sag mir Bescheid, wenn du auf dem Bildschirm was siehst.«

Er stieg aus, blieb hinter dem Rover stehen und blickte den Weg entlang. Paine würde nicht kommen. Statt rechtzeitig zu der Höhle aufzubrechen, hatte Paine sich zu lange hier aufgehalten. Selbst im Schlaf hatte Youngman noch das getan, was Abner von ihm verlangt hatte. Wie Abner es vorausgesagt hatte. Wie lange war das jetzt her? Eine Woche? Nicht länger? Und in einer Woche, von heute an, wer oder was würde wohl dann noch übrig sein? Was wäre mit ihnen allen geschehen, wenn ein Hilfssheriff vor einer Woche die Sandmalerei eines Toten hätte lesen können?

Als Youngman nach einer Zigarette tastete, berührte eine seiner bandagierten Hände etwas in seiner Tasche. Er zog die Daturawurzel heraus.

Ohne Hilfe, das wußte er, konnte er die Höhle nicht erreichen. Er hatte ja kaum Kraft genug, auf eigenen Füßen zu gehen, und seine Hände waren so gut wie nutzlos.

Wenn Paine nur recht gehabt hätte! Wenn Paine wirklich der Mann gewesen wäre, der die Fledermäuse aufhalten konnte!

Youngman biß in die Wurzel. Er biß ein möglichst großes Stück ab, obwohl er überhaupt nicht wußte, ob er es bewältigen konnte. Wenn er sich vergiftete, würde Anne ihn zum Canyon hinausfahren. Wenn es ein Narkotikum war, konnten sie Paine suchen. Was hatte er zu verlieren? Er würgte die bittere Wurzel herunter.

Nach Talawsohu kam Ponochona, der Hundsstern, und nun war es vollständig Nacht, die dunkelste Zeit vor dem Morgengrauen. Alle nächtlichen Zeremonien endeten beim Erscheinen von Ponochona, und dann warteten die Priester auf die Sonne, die ihnen zeigte, ob die Zeremonien korrekt ausgeführt worden waren. Ein Fehler würde bewirken, daß die Sonne in ihrer rechten Hand einen Regenbogen mit umgekehrter Farbfolge mitbrachte. Youngman wartete; seine Arme und Beine waren starr, der Mund stand offen, das Herz schlug mit jedem Takt langsamer. Sein Kopf fiel gegen die Wagenseite, und seine Augen folgten dem Lauf der Sterne, leuchtende Fledermäuse, die in mittlerer Entfernung kreisten. Die Lichter waren Farben, und dazwischen standen, wie farbige Sandkörner, verschiedene Auren. Er las Minuten aus den langsamen Schlägen seines Herzens. Eine Morgenbrise blies über die linke Seite seines Gesichts und fand ihren Weg unendlich langsam hinüber zur rechten. Türkisfarbener Regen verdunkelte die Sterne, und dann explodierte die Wüste in Flammen, die von einem Ende des östlichen Horizontes zum anderen sprangen. Der Canyon begann in die Flammen hineinzusegeln.

Die Flammen hüllten Youngman ein und wärmten ihn wie eine lichte Decke aus Gold. Sein Körper verbrannte und ließ ihn frei, er schwebte nach oben. Lange, sehr lange genoß er das Nichts, und lange, sehr lange spürte er, wie das Bewußtsein wiederkehrte. Unter sich sah er die Welt, die sich zwischen zwei Kachinas drehte, die eine mit einem Gesicht aus Wolken, die andere von der Sonne braun gebrannt. Sie verneigten sich vor Youngman und versetzten der Welt einen Stoß.

Die Welt war verändert. Ein Ozean plätscherte gegen einen Baldachin aus Bäumen. Zwischen den Bäumen sah er altvertraute Reihen von Maispflanzen, anderswo eckige Obelisken und Tempel wie Statuen, bedeckt mit Köpfen von Tigern, Schlangen und Fledermäusen, die sich mit aufgerissenem Maul wanden. Der Mais stand üppig, die Quellen waren voll klarem Wasser, aber die Menschen verließen den Ort, wanderten Jahrhunderte an der Erdachse entlang, bis sie an einem von Vulkanen umringten Binnenmeer haltmachten. Auf den Inseln dieses Meeres standen Pyramiden, und die Treppen dieser Pyramiden wurden von blutbesudelten Priestern erklommen und von Soldaten bewacht, die als Tiere verkleidet waren. Doch abermals zogen Teile des Volkes davon, wanderten abermals an der Erdachse entlang nach Norden, bis sie den Rand der Wüste erreichten. Vor seinen Augen entstanden neue Städte.

Mesa Verde, Aztec, Wupatki, Keet Seel. Jede errichtet und auf der Höhe ihrer Blüte verlassen, bis sich das Volk zu seiner letzten großen Wanderung in die Wüste selbst sammelte. Es teilte sich in vier Gruppen, die in vier Richtungen davonzogen, ein Kreuz auf das Land zeichneten, bis abermals Jahrhunderte vergangen waren und sie nach rechts schwenkten, ein Hakenkreuz bildeten. Während dieses Hakenkreuz sich drehte, teilten sie sich in kleinere Gruppen, die sich alle im Kreis bewegten, bis das Land zu einem überdimensionalen Muster aus sich drehenden Hakenkreuzen und Spiralen geworden war. Ein Pueblo lebte nur einen Augenblick. Eine andere Gruppe fand es sowie eine Spiralkarte des Weges ihrer Vorgänger und wandte sich in die entgegengesetzte Richtung, ein Wirbel, der sich vom anderen wegbewegte, doch stets auf das letztlich endgültige Zusammentreffen im Mittelpunkt der Welt gerichtet blieb. Und dort, am Rand der Black Mesa, tauchten sie endlich auf, in Orabi und Hotevilla und Shongopovi, ohne Wasser, ohne fruchtbaren Boden, ohne Freunde, ihren Göttern auf Gnade und Ungnade ausgeliefert.

Youngman sah sich selbst, auf dem Rücken liegend, Arme und Beine ausgestreckt, die Wüste bedeckend, wie er sich langsam in einem Strahlenkranz von gelbem Licht drehte.

Endlich war er angekommen. Er war bereit.

»Fühlst du dich besser?« Anne hatte sich zu ihm gesellt.

»Wieder etwas mehr ich selbst.«

Er tat einen tiefen, genußvollen Atemzug. Die Brise des Morgengrauens bewegte eine weiche, gelockte Haarsträhne an ihrer Schläfe, und die schrägen Sonnenstrahlen ließen ihre blau-braunen Augen leuchten.

»Weißt du, daß du sehr schön bist?« Er stand auf.

»Ja, du bist wirklich wieder du selbst. Komm, wenn wir fort wollen, müssen wir uns fertigmachen.«

Sie kletterte auf die Kühlerhaube und reichte Youngman das Richtmikrofon hinunter. Er verstaute Mikro, Verstärker und Oszilloskop im Rover. Die Geräte waren für ihn fast gewichtslos. Er betrachtete seine Hände und nahm die Verbände ab.

»Was machst du da?« Anne sah die offenen Wunden.

»Anne, ich weiß, wie man sie erledigen kann. Ich gehe zur Höhle.«

»Du weißt doch gar nicht, wo sie liegt.«

»Ich habe da so eine Ahnung.«

»Paine ist . . .«

»Paine ist tot. Es ist jetzt Tag, Anne. Er ist nicht zurückgekommen, weil er tot ist. Stimmt's?«

»Wenn er tot ist« – sie zögerte –, »dann ist das ein Grund mehr für uns fortzugehen. Tut mir leid, daß ich dich in die Sache reingezogen habe.«

»Hast du nicht. Glaube mir, wirklich nicht!«

Zwei Stunden zuvor war er noch fast im Schockzustand gewesen. Der Youngman, den sie jetzt vor sich hatte, benutzte lässig seine verletzten Hände zum Ausziehen seines Hemdes.

»Du hast dich wirklich schnell erholt, Youngman. Es ist unglaublich. Was hast du vor?«

»Abner hat den Kreis geöffnet. Ich werde ihn wieder schließen.«

»›Den Kreis schließen?‹ Das klingt töricht, Youngman. Du redest wie ein Medizinmann. Rede vernünftig!«

»Du meinst also, etwas wie Cyanogas klingt vernünftiger?« Youngman riß einen breiten Streifen aus dem Rücken seines Hemdes und knotete ihn sich nach Hopi-Art um den Kopf.

»Ja.«

»Paine klang vernünftig?«

»Ja.«

»Und Paine ist tot.«

Anne sprach die Worte, die ihr auf der Zunge lagen, nicht aus. Das grelle Licht der aufgehenden Sonne warf die blauen Schatten des Rovers, von Youngman und ihr vom Rand des Grates quer über den Weg. Youngman sprach plötzlich auf einer anderen Ebene.

»Ich verstehe dich nicht«, sagte sie.

»Dann verstehst du mich eben nicht. Alles, was ich haben will, ist dein Vertrauen.«

»Aber wie kann ich dir vertrauen, wenn ich nicht verstehe, was du tust?«

»Darum nennt man das ja Vertrauen. Vertrauen in etwas Unwissenschaftliches, Un-Weises. Meinst du nicht, es wird langsam Zeit, daß wir herausfinden, ob du Vertrauen zu mir hast oder nicht?«

»Es wäre ein guter Zeitpunkt«, stimmte sie zu. »Aber es ist unfair. Wir könnten wohl kaum zusammenbleiben, wenn ich ausgerechnet jetzt ›nein‹ sage. Es ist unfair, weil ich dich liebe.«

»Manchmal genügt Liebe nicht.«

Anne ging davon, um ihn nicht sehen zu müssen. Er beschloß, ihr fünf Minuten zum Nachdenken zu geben. Sie kam bereits nach einer zurück.

»Ich möchte es so formulieren«, erklärte sie. »Jetzt, in diesem Moment, liebe ich dich nicht, weil du mir eine solche Frage gestellt hast. Jetzt hasse ich dich. Aber ich gehe mit dir. Ich würde dich niemals allein gehen lassen.«

Das war, wie Youngman klar erkannte, nicht ganz dasselbe wie absolutes Vertrauen. Aber es war ein Anfang.

Der Weg war für hochrädrige mexikanische Ochsenkarren angelegt worden, nicht für einen Land-Rover. Obwohl Youngman etwas Luft aus den Reifen abgelassen und damit ein paar Zentimeter mehr Spielraum über dem Dach gewonnen hatte, verloren sie Stunden durch mühselige Arbeit mit dem Spaten, um zwischen eng zusammenstehenden Sandsteinwänden und unter niedrigen Naturbrücken hindurchfahren zu können. Es war ihm gleichgültig, wie langsam sie vorankamen, wie oft sie den Weg freimachen mußten; da Anne mitkam, war Youngman entschlossen, den Rover zu ihrem Schutz mitzunehmen.

Um die Mittagszeit gelangten sie ziemlich erschöpft an das Ende des Weges.

»Was ist das?« Anne zog die Handbremse an.

»Eine Mine.«

»Ich habe nie davon gehört, daß es hier oben eine Mine geben soll.«

»Sie wird seit einer ganzen Weile nicht mehr benutzt.« Er las die Frage in ihren Augen. »Seit ungefähr zweihundert Jahren.«

Als sie ausstiegen, begann Anne nach Paine zu rufen. Youngman meinte, das sei nicht nötig.

»Wir werden ihn finden.«

Neben dem Stolleneingang lehnte ein altes hölzernes Rad. Von Paine war nirgends etwas zu sehen, und der Boden war zu hart, um Spuren entdecken zu können. Besorgt sah Anne zu den Klippen empor, die den schmalen Weg bedrängten. Vom Rand der Klippen blickten dunkle Lavavorsprünge herab.

»Eine Mine und ein Weg, von dem nur die Hopis etwas wissen? Warum so ein Geheimnis? Wie kommst du darauf, daß die Fledermäuse hier sind?«

»Ich kann mich irren. Möchtest du hier bleiben?«

»Alles gemeinsam.« Sie schloß sich ihm an.

Als sie die Höhle betraten, schossen schwarze Schwingen über ihren Köpfen dahin. Youngman erstickte Annes Schrei mit der Hand, und sie sahen vier Krähen in den Himmel hinaufpfliegen.

»Alles okay?«

»Ein bißchen nervös.«

Youngman nahm ihr die Taschenlampe ab.

»Du bleibst hier.«

Er ging allein hinein.

Drinnen war es kühl wie in einem Grab. Aber nicht unangenehm. Genau wie Abner es immer wieder beschrieben hatte. Die Wände bestanden aus jenem feuchten samtschwarzen Schiefer, den die Hopi-Sklaven, von den Peitschen der Castillo-Priester angetrieben, hatten brechen müssen. Die Furchen überladener Karren. Als Youngman tiefer in den Stollen eindrang, hörte er seine Schritte, von den schwitzenden Wänden gedämpft, widerhallen. Der Eingang – und Anne – verblaßten hinter ihm. Youngman leuchtete den Boden des Stollens mit der Taschenlampe ab. Nirgends eine Spur von Paine.

Als er das Ende des Stollens erreichte, strich ein ammoniakhaltiger Luftzug an ihm vorbei. Er knipste die Taschenlampe aus, und ein schwächeres Licht schimmerte durch die Abschlußwand herein. Die Wand bestand aus einer verrotteten Decke, und der Lichtschimmer war ein Loch. Youngman blickte hindurch, dann riß er die Decke herunter und trat ein.

Er befand sich in einer riesigen Kalksteinhöhle, die ihr Licht durch ein ins Freie führendes Schlundloch hoch oben in der Decke erhielt. Wenn er die ganze Decke sehen wollte, mußte Youngman den Kopf in den Nacken legen, und wo er auch hinblickte, überall waren Fledermäuse, so dicht, daß sie in Schichten zu hängen schienen, und wenn eine Fledermaus sich bewegte, bewegten sich alle Fledermäuse um sie herum, so daß ihre Tagesruhe von ständigen Wellenbewegungen gekennzeichnet war. Auf dem Höhlenboden stand ein brackiger Teich aus Urin und Kot. Und da war das Pueblo. Neben dem Teich lag ein Mann, der einen roten Kanister umklammert hielt.

Als Youngman zehn Minuten später aus dem Stollen kam, zog er ein Seil hinter sich her. Am Ende des Seils, immer noch nicht voneinander gelöst, hingen Paine und der Kanister. Paines rothaariger Skalp fiel ihm ein wenig schräg, wie eine Mütze, in die geschundene Stirn. Seine zerfetzten Kleider waren mit Streifen von Pech bedeckt. Hier, im Tageslicht, wirkte er fehl am Platz, bizarr wie ein Alptraum. Grotesk, nach Ammoniak stinkend. Youngman schnitt das Seil von seinem Handgelenk los und bettete den Toten neben das Wagenrad. Erst dann wagte er es, Anne anzusehen.

»Sie sind hier.« Sie starrte zum Stolleneingang hinüber.

»O ja. Die Fledermäuse sind hier.«

Er sah, wie sie die Fassung verlor und sich dann wieder zusammennahm. Über die Totenblässe ihres Gesichts liefen Tränen der Wut.

»Wie ist das passiert?«

»Oben über der Höhle ist ein Schlundloch. Er fiel hinein, versuchte das Seil zu packen und verfing sich mit dem Arm.« Youngman hielt das zerrissene Seilende empor. »Vielleicht ist das Seil zerrissen, bevor die Fledermäuse zurückkamen. Vielleicht hat er überhaupt nichts gespürt.«

Youngman bezweifelte das jedoch. Ein gutes Seil zerriß einfach nicht, es sei denn, am anderen Ende hing etwas, was eine sehr lange Zeit zappelte und zerrte.

»Der Tank. . . Er hat ihn nicht benutzt.« Anne wischte sich die Augen. »Das ist das Cyanogas. Nun können wir es verwenden. Siehst du, Youngman? Wir werden ausführen, was er geplant hatte.«

»Nein.«

»Was soll das heißen?« Anne stellte den Kanister auf. »Er hat uns alles genau beschrieben. Es sei narrensicher, hat er gesagt.«

»Anne.«

»Wir werden es so machen, wie er es wollte. Man braucht bloß die Zeituhr einzustellen. Kinderleicht.«

»Anne.« Er kniete sich mit ihr zusammen neben den Kanister und versetzte der Zeituhr am Ventil einen Schlag. Der Zeiger pendelte. »Sie ist durch den Sturz zerbrochen. Sie funktioniert nicht.«

»Aber wie denn dann, verdammt noch mal? Was für eine großartige Idee hast du ausgebrütet? Was hast du mitgebracht, das wir benutzen können?«

»Gar nichts, Anne. Es ist alles hier.«

Während sie ihm mit wütenden Blicken folgte, holte Youngman eine Decke aus dem Rover und legte sie über Paine. Der Geruch nach Ammoniak kam jetzt nicht mehr nur von Paine, der ganze Stollen strömte ihn aus.

»Hast du die Fledermäuse gesehen?« Anne riß sich zusammen.

»Sie sind in einer riesigen Höhle am Ende des Stollens.« Youngman nickte zu Paines Leichnam hinüber. »Er hatte beim Aufbruch mehr als nur den Kanister bei sich, wie du mir sagtest. Ich glaube, ich weiß, was er da oben beim Schlundloch wollte.«

»Können wir an die Fledermäuse heran? Mehr will ich nicht wissen.«

»Wir können sie töten. Reicht das nicht?«

Youngman kletterte aufs Wagendach und sah von dort aus,

daß sich sieben Meter über ihm auf einer Klippe ein Lavatorso erhob. Er schleuderte sein Lasso über den Torso.

»Bin gleich zurück!« rief er Anne zu.

Er zog sich die Canyonwand zur Klippe hinauf, wo er sich außerhalb Annes Sichtweite ausruhte. Die Wirkung der Datura ließ nach; seine Hände brannten nach dieser kurzen Klettertour. Er biß noch ein Stück von der Wurzel ab. Gerade genug, um die Schmerzen zu stillen, hoffte er. Als er sich mit der trokkenen Zunge die Finger abgeleckt hatte, begann er die Kuppe der Höhle hinaufzuklettern.

Noch ehe er die Hälfte des Weges zurückgelegt hatte, fühlte er sich wieder wohler, kräftiger. Am Rand des Schlundlochs fand er, an Haken hängend, eine Rolle Maschendraht, der nur noch gespannt zu werden brauchte. Zwei Drähte und ein zerrissenes Seil führten zu einem Felsvorsprung, wo er Paines Batterie und die anderen Ausrüstungsgegenstände fand. Youngman spannte den Maschendraht straff über die Haken, so daß das ganze Loch bedeckt war, und schaltete die Batterie ein, um das Drahtgeflecht unter Strom zu setzen. Aus dem Packen holte er sich nur die Spitzhacke.

Als er sich aufrichtete, schoß ihm die Datura in den Kopf, und er sah, daß sich der Himmel mit Wolken bedeckte. Alle Wolken waren rot und regneten Blut.

Youngman hatte so etwas erwartet. Er kehrte den Wolken den Rücken zu und machte sich mit gesenktem Blick auf den Rückweg zum Wagen.

Als er sich auf den Rover hinabließ, war Anne nicht da. Doch ehe er rufen konnte, kam sie aus dem Stollen zurück.

»Da bist du ja!« Youngman war erleichtert. »Ich habe ihnen den Weg aus dem Schlundloch versperrt. Paine hatte alles vorbereitet.«

»Ich hab' dich gesehen. Ich war in der Höhle.«

»Okay, gut. Dann hast du auch die Fledermäuse gesehen.«

»Und die Häuser. Youngman, diese Geschichten von einer unterirdischen Stadt, die du mir erzählt hast, das waren nicht nur Geschichten, wie?«

»Die Ruinen eines Pueblos, weiter nichts. Die Wüste ist voll davon.«

»Aber nicht in einer Höhle. Und die Geschichte von dem brennenden Höllenloch. Wenn wir hundert Meter weitergehen, werden wir das wohl auch finden, nicht wahr?«

»Was spielt das schon für eine Rolle? Wir haben ein paar Ruinen entdeckt. Na und? Wir sind hergekommen, um die Fledermäuse zu suchen, und wir haben sie gefunden. Du wirst doch wohl keine Angst vor ein paar alten indianischen Ammenmärchen haben!«

»Es spielt durchaus eine Rolle«, widersprach Anne. »Weil du wußtest, was da drin war, und du es mir nicht gesagt hast. Glaubst denn du an diese Geschichten? Sei ehrlich!«

Youngman ließ sich Zeit mit der Antwort, weil er gerne gelogen hätte. Es wäre so bequem zu lügen, für sie und für ihn. Aber Anne würde seine Lüge erkennen und ihn dafür verachten, womit sie auch ganz recht hätte. Und so antwortete er ihr schließlich gar nicht.

»Wir verschwenden unsere Zeit«, sagte er statt dessen. »Geh, hol bitte alle Decken, die du im Wagen finden kannst.«

Sie hängten eine neue Decke an den Querbalken, der die Mine von der Höhle trennte – nicht nur, um das Licht der Taschenlampe abzuschirmen, sondern auch, um die Geräusche ihrer Arbeit zu dämpfen. Während Anne die Taschenlampe hielt, schwang Youngman die Spitzhacke.

»Siehst du?« Er hob den ersten Schieferbrocken auf, den er gelöst hatte. »Ölgetränkt. Das brennt wie Holzkohle, wenn wir es heiß genug machen können.«

»Wollen wir sie mit Rauch ersticken?«

»Nein. In der Höhle muß irgendwo eine Ölquelle sein, das konnte ich riechen. Und wenn wir auf diese Ölquelle treffen, bekommen wir mehr als Rauch.«

»Dazu brauchen wir aber eine sehr große Menge Schiefer.«

»Allerdings.« Youngman warf den Brocken auf eine Decke.

Abermals schwang er die Spitzhacke. Und noch einmal. Und wieder. Der Schiefer war weich, daher absorbierte er die Schläge, statt unter ihnen zu splittern. Dennoch wuchs auf der Decke allmählich ein kleiner Haufen glänzender Schieferstücke, wurde größer und größer. Anne, die die Taschenlampe so hielt, daß ihr Schein das Ziel für die Spitzhacke bildete, spürte, wie ihre Ablehnung allmählich wich. Youngman zog sich das Hemd aus. Er schwang die Spitzhacke nicht nur, er attackierte die Wand. Sie sah, wie bei jedem Schlag seine Arm- und Rückenmuskeln zuckten.

»Vor zwei Tagen wärst du beinahe gestorben, Youngman. Wie schaffst du dies jetzt nur?«

»Es ist komisch mit der Schwerarbeit«, erklärte er ihr zwischen zwei Schlägen. »Man verlernt sie nie.«

Die Datura hatte jetzt voll zu wirken begonnen. Er war Herr der Lage.

Anne übernahm die Spitzhacke, während Youngman die erste Decke mit ihrer Schieferladung aus dem Stollen in die Höhle zog. Am Winkel des Lichtstrahls aus dem Schlundloch erkannte er, daß es etwa zwei Uhr sein mußte. Er zerrte die Decke über den Höhlenboden zu den Pueblo-Ruinen hinüber. Beim ersten Schritt auf eine Sprosse zersplitterte die ganze Leiter, er konnte jedoch einen Geröllhaufen erklettern, der zu den Überresten einer Plaza oben auf dem ersten Häuserstockwerk führte. Eine Wolke von Staub wirbelte um seine Füße. In der Biegung der Höhlenwand türmten sich vier weitere Stockwerke über ihm. Youngman schüttelte die Schieferbrocken von der Decke. Er brauchte einen Ring, einen geschlossenen Feuerring in der Höhle.

»Floh«, flüsterte ihm eine der Türen zu.

Youngman stolperte den Geröllhang hinab. Die Fledermäuse beachteten ihn nicht.

Er fuhr fort, Schiefer zu schlagen, konzentrierte sich ganz auf seine Aufgabe. Der Ring würde einen Umfang von fünfzig Metern haben, er brauchte also vierzehn Schieferhaufen in Abständen von drei Metern, jeder Haufen ungefähr dreißig Zentimeter hoch. Sein ganzer Körper war mit schwarzem, von Schweißbächen durchzogenem Staub bedeckt. Demselben

Staub, den Abner benutzt hatte. Als er seine Brust betrachtete, sah er sich mit Spiralen bemalt.

Nachdem er drei weitere Haufen zu den Ruinen in die Höhle geschleppt hatte, stand er kurz vor dem Zusammenbruch. Während Anne die letzte Flasche Bier aus dem Rover holte, würgte er noch einmal ein Stück Datura herunter.

Er war von kaltem Schweiß überströmt. In seinem Kopf spürte er, wie die Datura, einem zweiten Gehirn gleich, hell und heiß koagulierte.

»Überlaß mir einen Teil der Arbeit«, bat Anne, als sie wiederkam. »Wenn du so weitermachst, kippst du noch um.«

»Es geht sehr gut«, antwortete er ruhig.

»Laß uns wegfahren, Youngman. Solange wir noch können.«

Schmerz und Gefühl wichen aus seinen Händen, und er griff nach dem Bier.

»Du darfst nicht in die Höhle gehen«, ermahnte er sie. »Selbst wenn ich dich rufe – geh nicht hinein!«

Mit den Ruinen war er fertig. Die nächste Schieferladung schleifte er zum Fuß des Geröllbergs, genau die Art Trümmerschutt aus Adobe und Steinen, hier und da mit Topfscherben untermischt, die manche Leute ›Geschichte‹ nennen. Das Licht aus dem Schlundloch lag jetzt hoch auf der Ruinenplaza und hob eine stehende Tafel mit der Gestalt eines kopflosen Mannes aus dem Dunkel. Eine Ecke der Tafel war abgebrochen; es war die aus der *kiva* der toten Priester gestohlene Tafel des Feuer-Clans. Youngman war keineswegs überrascht – bis er nach dem Einfallwinkel des Lichts vom Schlundloch die Zeit schätzen wollte. Da stellte er fest, daß Tafel und Plaza am Westende der Höhle lagen. Die Sonne war nach Osten gewandert – rückwärts.

»Sieh mal im Wagen nach, wieviel Uhr es ist«, bat er Anne, als er in den Stollen zurückkehrte. »Richte dich nicht nach der Sonne, nur nach der Uhr.«

»Es ist sechs«, berichtete sie eine Minute später. »Aber es ist noch sehr hell.«

Neunzig Minuten bis Sonnenuntergang.

»Nimm die Decke von Paine«, sagte er.

Diesmal füllte er zwei Decken, bevor er wieder in die Höhle ging, um den Ring der Schieferhaufen um den Teich auf dem Höhlenboden zu vervollständigen. Bisher hatte er immer noch keine Anzeichen der Ölquelle entdeckt, und er konnte sie auch nicht mehr riechen. Von oben, von der Decke, war noch nichts weiter als ein träges Rumoren der Fledermäuse zu hören, aber er schüttete den ersten Haufen so leise wie möglich auf.

Die zweite Ladung rauschte als roter Sand aus der Decke. Er fühlte, wie die Datura durch seinen Kopf schäumte.

»Floh, Floh, was machst du da? Du hast die Datura. Wir können miteinander reden. Du gehörst zu uns. Was tust du da, Floh?«

Das war nicht Abners Stimme.

Youngman kehrte in den Stollen zurück. Sein Körper, gefühllos geworden, begann ihm den Dienst zu versagen, und für jede Decke voll Schiefer brauchte er länger. Die Wunden an seinen Händen waren längst wieder aufgerissen und bewirkten, daß er den Spitzhackenstiel nur mit Mühe packen konnte.

»Halt! Wir haben nur noch eine Stunde«, sagte Anne. »Es muß doch längst genug Schiefer da drin sein.«

»Ich muß einen Ring machen.«

»Warum?«

Er verfehlte sein Ziel, und der Schwung schleuderte ihn gegen die Wand. Er fiel auf die Decke, blind, bis Anne ihm das Blut und den Schweiß aus den Augen wischte.

»Draußen im Rover liegt ein Handtuch. Ich bin in einer Sekunde zurück.«

Allein im Stollen, aß Youngman noch einmal Datura und rieb sich auch die Hände damit ein. Als Anne zurückkam, arbeitete er schon wieder eifrig.

»Laß uns wenigstens den Rover reinholen und damit den Schiefer transportieren«, schlug sie vor. »Hier ist Platz genug für den Wagen.«

»Er paßt nicht unter dem Querbalken hindurch, es sei denn, wir lassen die ganze Luft aus den Reifen.«

»Dann tun wir's doch.«

»Nein.« Im Lichtkreis der Taschenlampe auf der schwarzen Wand arbeitete Youngman weiter. »Du wirst nachher hier sehr schnell raus müssen. Du willst doch nicht auf den Felgen den Weg runterfahren.«

»Du meinst, *wir* müssen nachher sehr schnell hier raus.«

Als Youngman die nächsten beiden Ladungen schleppte, kam es ihm vor, als sei der Stollen wesentlich länger und schmaler geworden. Steif setzte er einen Fuß vor den anderen, bis er die Höhle erreichte, die in ein kühles wasserblaues Licht getaucht war.

Statt mit den Schieferhaufen war der gesamte Höhlenboden mit einer riesigen Doppelspirale bedeckt. Die Windungen bewegten sich mit der trägen Kraft einer gigantischen Schlange, einer Schlange ohne Kopf.

»Ich habe auf dich gewartet, Floh. Und auf sie. Deinetwegen. Wegen der neuen Welt, die ich für dich mache. Deswegen tue ich all dies. Für dich.«

Ich verstehe, dachte Youngman.

Eine der beiden Spiralen entrollte sich und griff nach Youngman, wollte ihn hereinziehen.

»Ich möchte dir die neue Welt zeigen, Floh. Komm.«

Tut mir leid, dachte Youngman. Es ist zu spät.

Als sich die Spirale um ihn schlang, nahm er den schärfsten Stein von der Decke und bohrte sich die Spitze in die blutige Handfläche. Immer tiefer bohrte er sie hinein, bis die scharfen Kanten die letzten Schmerzneuronen fanden; dann preßte er sich den Stein fest auf die offene Wunde. Die Spirale wich zurück und löste sich schließlich auf. Durch den blauen Dunst blickte er zur Decke hinauf, von wo aus ihn tausend hängende Gesichter anstarrten.

Youngman leerte die Decken und hastete in den Stollen zurück. Ein Windstoß folgte ihm. Annes Taschenlampe erlosch und ließ sie im Dunkeln.

»Sie ist gar nicht langsam schwächer geworden«, stellte sie fest. »Was tun wir jetzt?«

»Wir fahren den Wagen bis an den Mineneingang und schalten die Scheinwerfer ein. Wir lassen sie mit der Batterie brennen.«

Im Licht der Scheinwerfer schlug Youngman zwei weitere Haufen Schiefer aus der Wand. Als ihm die Spitzhacke zu schwer wurde, schob er sich vor Annes Augen den letzten Rest Daturawurzel in den Mund. Vom Rover aus rief sie ihm etwas zu, doch ihre Stimme echote unverständlich durch den Stollen.

»Es wird dunkel«, verstand er schließlich.

Die beiden Schieferhaufen, die er jetzt in die Höhle schleppte, waren die letzten. Der Ring war komplett. Die Stimme war verstummt, aber an der Decke hatte sich etwas verändert. Es herrschte ein ununterbrochenes Geraschel unter den Fledermäusen, er sah eine wellenförmige Bewegung, kurze Flüge von einem Teil der Decke zum anderen.

Youngman ging zum Rover hinaus. Der Weg lag dunkel unter den kaum noch orange gesäumten Klippen.

»Die Sonne geht unter«, sagte Anne.

»Wo ist der Saugheber?«

»Du hast mir nicht gesagt, daß ich ihn suchen soll.«

»Ich weiß, aber wo ist er?«

Youngmans Gesicht war schwarz von Staub; nur die Augen waren rot. Er war unkenntlich. Hinten im Rover fand Anne eine Werkzeugtasche und in der Werkzeugtasche einen Saugheber. Unaufgefordert holte sie auch noch zwei leere Benzinkanister. Als sie den zweiten halb gefüllt hatte, kam nichts mehr.

»Der Tank ist leer. Wie kommen wir hier raus?«

»Wir rollen. In der Benzinleitung ist noch genug, daß wir starten können.«

»Okay«, stimmte sie zu. »Sei vorsichtig. Ich liebe dich.«

»Ja. Laß die Scheinwerfer an, damit ich wieder raus finde.«

»Ich warte hier.«

Youngman nahm in jede Hand einen Kanister und wollte schon gehen, da fiel ihm noch etwas ein.

»Hast du Streichhölzer?«

Sie steckte ihm ein Streichholzbriefchen in die Hosentasche. »Viel Glück.«

Er betrat den Stollen. Nach einer Weile machte der Stollen einen Knick, und das Licht der Scheinwerfer hinter ihm verschwand. Vorher war der Stollen gerade gewesen. Die Kanister wurden schwerer. Youngman konnte kaum noch die Füße heben. Als er die Höhle erreicht hatte, begann er aus dem schwereren Kanister einen Ring von Benzin zu gießen, der die Schieferhaufen zwischen Teich und Ruinen miteinander verband.

Das Schlundloch war ein Kreis von Licht, um den die Höhlendecke vibrierte. Zu Hunderten breiteten die Fledermäuse in Erwartung des Sonnenuntergangs die Flügel, und von oben ergoß sich ein steter Strom von Urin auf den Boden. Youngman konzentrierte sich darauf, die Benzinbahn nirgends abreißen zu lassen.

»Sieh doch, Floh!«

Aus den Schornsteinen des Pueblos stieg Rauch. Die Leitern standen fest und aufrecht, die hübschen Häuser waren mit federgeschmückten Stangen markiert. Fünf Stockwerke hoch schimmerten freundlich erleuchtete Fenster, und an den Innenwänden sah Youngman die Schatten von Menschen. Der Duft von Brot und die Geräusche des Lebens durchzogen die Höhle.

»Bleib stehen, Floh, und sieh her!«

Der Lichtkreis um das Schlundloch war zu einem Halbmond geworden, um das sich die Fledermäuse so dicht drängten, daß sie aneinander hingen und sich unter dem Schlundloch eine stehende Wolke von Schwingen sammelte. Vom Pueblo her hörte er das Lachen einer Frau.

Er nahm seine Route quer über das Pueblo. Er hörte Kinder, den Lärm von Männern beim Glücksspiel, das Geplauder von jungen Mädchen, das Brodeln von Fleischeintopf auf einem Herd. Jeder Schieferhaufen war ein Pappelzweig, und die zerbrochene Tafel des Feuer-Clans war wieder ganz und von Gebetsstäben umgeben. Das Benzin traf den Boden als blaues Maismehl. Aus einem Haus kam ein Lied, das er seit Jahren nicht mehr gehört hatte. »Irgendwo, irgendwo, weit von hier, Sibopay. Was war ich in Sibopay? Wann bin ich geboren? Woher kam ich? Wohin gehe ich? Was bin ich? Fragte ich mich in Sibopay.« Aus dem Augenwinkel sah er an den Fenstern Leute, Gesichter, die verschwanden, wenn er hinblickte, und wieder erschienen, wenn er fortsah. Nach einem ganzen Tag ohne Essen war der Duft des frischen *piki*-Brotes unwiderstehlich.

»Geh zu ihnen, Floh. Sie warten auf dich. Dein Volk, Floh. Sie warten auf dich.«

Ein weißbauchiger Würger schoß über Youngmans Kopf dahin und flog auf eine Reihe von Sternen zu. Als er die Sterne erreicht hatte, verwandelten sich die Vogelschwingen in Leder, und die Sterne wurden zu den letzten Tropfen der Sonne auf dem Rand des Schlundlochs.

Stolpernd kletterte Youngman vom Pueblo herunter. Jetzt brauchte er nur noch die Schieferhaufen, die zum Stollen zurückführten, mit Benzin zu begießen.

»Bleib bei uns, Floh.«

Er verschüttete Benzin auf seine Hose. Je mehr er ausgoß, desto schwerer wurde der Kanister, bis er ihn über den Boden ziehen mußte.

Flügelspitzen streiften Wände, Dach, Höhlenboden. Zu Hunderten ließen sich die Fledermäuse herabfallen und breiteten ihre durch Häute verbundenen Hände. Die Höhle war von Tausenden erfüllt, ein kreisender, lebendiger Schatten, der sich um und um drehte, farbenblinde Augen, fixiert auf einen letzten schwachen Schimmer von Sonnenlicht auf dem Schlundloch, eifrig den Augenblick des Aufbruchs erwartend. Flügel, Augen, Schnauzen schossen an Youngman vorbei, stiegen wie eine Woge zum Schlundloch empor, fielen wieder vom Licht zurück.

Den zweiten Benzinkanister leerte Youngman in einer geraden Linie vor dem Ausgang zum Stollen. Den Schieferhaufenring würde er zuerst anzünden, den Ausgang erst dann, wenn er hinausging. Eine Fledermaus flog über seine Schulter hinweg. Er hörte weder das Flüstern der Fledermaus noch die Veränderung in ihrem Ton. Zwei weitere Fledermäuse flogen an seinem Gesicht vorbei, ihre Blicke ihm zugewandt. Eine dritte. Er spürte einen leichten Schnitt. Aus seinem Ohr floß Blut. Ein Flüstern verbreitete sich durch die Höhle, bis hinauf, wo die hängenden rosa Neugeborenen schrien. Ein zweiter Biß an seinem Hals; Youngman schüttelte den Kopf. Es war jetzt ohnehin so dunkel, daß er die Fledermäuse nicht mehr sah, wenn sie ihn anflogen.

Er zog das Streichholzbriefchen heraus. Als er ein Zündholz anreißen wollte, schlug ihm ein Flügel das Briefchen aus der Hand. Er ließ sich auf Hände und Knie nieder und tastete den Boden ab. Flügel und Zähne landeten auf seinem Rücken. Über den Boden huschte etwas auf ihn zu. Seine Finger schlossen sich um die Streichhölzer. Betont langsam löste er ein neues Streichholz aus dem Heftchen und riß es an. Eine Fledermaus floh vor der Flamme, und Youngman warf das Streichholz hin. Dann rollte er sich davon, zerquetschte die Fledermäuse auf seinem Rücken.

Von dem ersten brennenden Schieferhaufen aus rasten zwei blaue Flammen zu den anderen Haufen, trafen sich auf den Ruinen. Von jedem Haufen stieg eine zehn Meter hohe Flamme auf. Dann erschien eine neue Feuerlinie und schoß auf den Teich in der Mitte der Höhle zu, der mit einer niedrigen, glasigen Flamme zu brennen begann. Eine rote Linie lief in die Ruinen. Andere nahmen ihren Ausgang vom Feuerring, jagten im Zickzack über den Boden und dann die Wände empor. Der Stolleneingang hinter ihm war von einem Feuervorhang blokkiert.

Die Fledermäuse, die nicht brannten, stiegen hinauf zum Schlundloch mit dem unter Strom stehenden Maschendraht. Sie brodelten als Wolke über den Flammen. Staunend drehte Youngman sich um sich selbst. Die gesamte Höhle brannte, ein Lichtpalast. Weitere Ölstreifen flammten an den Wänden auf, und die Schieferfeuer wuchsen, spien dichten schwarzen Rauch.

Für Youngman wurden Fledermäuse und Rauch eins, eine

Einheit, welche die Gestalt eines Riesen annahm, der geduckt unter dem Höhlendach stand, ein schmerzverzerrtes Gesicht aus Flammen über einem gezackten schwarzen Cape. Blinde, milchige Augen starrten ungläubig herab.

»FLOH! . . . WARUM? . . . ES WAR FÜR DICH . . . FÜR DICH!«

»Ich weiß«, schrie Youngman. Tränen liefen ihm übers Gesicht.

»ALLES . . . FÜR DICH!«

Ein Wagen hielt vor Youngman; die Tür schwang auf. Anne saß am Steuer. Rief etwas.

»Youngman! Youngman, hierher!«

Durch das Feuer sah er das Pueblo schmelzen. Adobewände zerbarsten zu rotem Sand. Fenster loderten. Drinnen tanzten Flammengestalten, rannten wild von einem Zimmer zum anderen, ohne Hoffnung auf Entkommen.

»Youngman!« schrie Anne.

Er fiel in den Wagen. Sofort riß sie den Rover herum, der sich auf den zerschlitzten Reifen nur mühsam bewegte.

Sie hielt direkt auf die den Mineneingang blockierende Flammenwand zu und brach hindurch. Im Stollen stieß der Rover links und rechts an die Wände. Das letzte Benzin in der Benzinleitung des Wagens war verbraucht, als sie auf den Weg hinausdonnerten, und dann rollten sie, hinab, immer weiter hinab, bis fast in die Wüste hinein, während hinter ihnen die Kuppel der Höhle auf einem Feuerball in den Himmel schoß.

10

Die Explosion lief wie ein Pulsschlag durch ein unterirdisches Labyrinth von Sickerstellen, und um die Höhle herum brachen reihenweise kleinere Höhlen in Flammen aus. Einem Netzwerk von Schieferschichten folgend, verbreiteten sich blaue Flammen wie Kuriere, liefen parallel zueinander, vereinigten sich und trennten sich wieder. Wo senkrechte Schichten aufeinandertrafen, zischten die Flammen durch Canyonwände auf der Suche nach mehr Schiefer, der zersprang und reiche Öllager freigab. Das Feuer brannte sich durch zum höher liegenden westlichen Plateau des Canyons und löste Feuerbälle aus, neben denen der erste klein wirkte und die sich in die Nacht erhoben, um Feuer auf den Canyon hinabregnen zu lassen. So verbreitete sich das Feuer weiter, vorbei an den geschwärzten Zähnen von Basaltminen und über Lavafelder mit bizarren Formen. Die ersten Feuerwehrwagen und ein fahrendes Labor aus Tuba City versuchten sich bis zur Fledermaushöhle durchzukämpfen, nur um sich sofort wieder zurückzuziehen, als das Feuer ihnen im Rücken den Weg abzuschneiden drohte. Sie legten eine ganze Meile zwischen sich und die Basis des Canyons, während oben Hubschrauber der Parkverwaltung kreisten und mit Phosphat versetztes Wasser abließen.

In den Minuten vor Tagesanbruch ließ dann das Feuer zwar nach, verbreitete sich aber weiter. Von einem Ende bis zum anderen war der Maski Canyon in blaue Flammen gehüllt.

Youngman und Anne sahen von dort aus zu, wo sich die

Spritzenwagen und Rettungsfahrzeuge in der Wüste versammelt hatten. Auf dem Kühler seines Wagens stehend, beobachtete Piggot den Vormarsch des Feuers durch einen Feldstecher.

»Diese erste Explosion hat die Mesa in Brand gesetzt. Klang wie eine Bombe.« Walker Chee zertrat eine Zigarettenkippe. »Der ganze Canyon muß voll Öl und Schiefer stecken.«

Wie Lagerfeuer, dachte Youngman, überall im Canyon brannten blaue Lagerfeuer. Sein Gesicht war voll Brandblasen. Sein Hals und ein Ohr waren verbunden, über den Rücken hatte man ihm eine Decke gehängt.

Eine weitere Sickerstelle entflammte, Orange wurde zu Blau. Mit hektisch keuchenden Turbinen löste sich ein Hubschrauber aus der emporschlagenden Flamme.

»Sinnlos. Absolut sinnlos.« Piggot sprang von seinem Wagen herunter und warf den Feldstecher auf den Rücksitz. »Das brennt jahrelang, vielleicht sogar ewig. Schreiben Sie's in den Wind, Chee.«

»Wohin wollen Sie?«

»Venezuela, Indonesien, Alaska.« Piggot stieg auf den Fahrersitz. »Irgendwo möchte irgend jemand Geschäfte machen. Ich brauche ihn nur zu finden.«

»Aber wir haben einen Vertrag!« rief Chee hinter dem davonfahrenden Wagen her. Er wartete, bis die Rücklichter des Cadillacs verschwanden, dann wandte er sich wieder dem Canyon zu, um zu sehen, wie zwei Millionen Dollar in Flammen aufgingen.

Eines der fahrbaren Labors der Seuchenbekämpfung nahm den Platz ein, den Piggot freigemacht hatte. Ein junger Wissenschaftler im Vinyl-Overall, die frischen Wangen rußverschmiert, musterte Youngman und Anne neugierig, bevor er Chee Bericht erstattete.

»Unmöglich zu sagen, wann wir die Höhle untersuchen können. Hauptsache ist: Sind wirklich alle Fledermäuse tot?«

»Fragen Sie ihn.« Achselzuckend ging Chee davon.

Der Wissenschaftler war eifrig, näherte sich Youngman aber nur zögernd. Er sah einen Indianer vor sich, der dunkelhäutig war, rote Augen hatte wie ein Tier und mit nacktem Oberkörper herumlief.

»Sie sind tot«, antwortete Youngman.

»Hoffentlich stimmt das. Wenn ja, ist damit der Hauptüberträger der Seuche eliminiert, und alles übrige ist lediglich noch eine Frage der Quarantäne.« Der Wissenschaftler musterte Youngman eingehender. »Falls Sie verstehen, was ich meine.«

Die Unsicherheit des Wissenschaftlers erinnerte Youngman an Paine.

»Ich gebe mir Mühe«, sagte er.

»Wie ich hörte, ist ein Mann in der Höhle zurückgeblieben?«

»In der Mine.«

»Ein Freund?«

»Ja.« Youngman sah Anne an. »Die Hopis haben ihm viel zu verdanken.«

Der Wissenschaftler machte sich Notizen. Er fragte Anne nach dem Feuer, der Höhle, den Fledermäusen; sie erklärte ihm, sie hätten das Feuer mit Benzin gelegt, die Höhle sei in jeder Hinsicht ganz normal gewesen, und keine Fledermaus habe auch nur die geringste Chance zur Flucht gehabt. Während sie sprach, schob sie eine Hand unter Youngmans Arm. Als der Wissenschaftler sein Notizbuch zuklappte, war er höchst zufrieden.

»Vielen Dank. Für Sie beide ist ein Krankenwagen unterwegs. Sie werden sich für zwei Tage zur Beobachtung ins Krankenhaus begeben müssen, aber ich glaube, Sie können die Ruhe ganz gut gebrauchen. Wirklich erstaunlich, daß Sie dem da entkommen sind.«

»Meinen Sie?« gab Youngman trocken zurück.

»Nun. . . ja«, stotterte der Wissenschaftler. »Kaum zu glauben.«

»Gut.«

Ein wenig verwirrt kehrte der Wissenschaftler zu seinem Wagen zurück und fuhr davon, zu der Reihe der Spritzenwagen, die auf das Morgengrauen warteten.

Youngman nahm Anne mit unter die Decke, damit sie sich

aneinanderschmiegen konnten. Der Himmel um den Canyon herum wurde blasser.

»Du willst aus Paine einen Helden machen, nicht wahr?« fragte Anne.

»Er war einer.«

Oder Abner war einer und Harold, ja sogar Chee. Man muß ihnen Gerechtigkeit widerfahren lassen, alle hatten recht, dachte Youngman. Alle, außer vielleicht ihm selbst.

»Aber du hast es getan«, sagte sie.

»Ich weiß nicht, was ich getan habe. Ich hoffe, niemand wird je erfahren, was ich getan habe.«

Das Morgenlicht hob die Einzelheiten des Canyons aus dem Dunkel. Die verschiedenfarbigen Sandsteinwände waren allesamt schwarz verkohlt. Die Klippen, ausgebrannt, hohläugig, zerrissen, trugen eine schwarze Maske. Schwarzer Rauch trieb reglos auf dem Morgenwind.

»Ich hoffe, ich werde es niemals erfahren.«

Der Schein der Flammen sah aus wie die Sterne eines Universums, das gestorben und in sich selbst zusammengefallen war. Als in Youngmans Rücken die Sonne aufging, verblaßten die Sterne und waren bald, einer nach dem anderen, erloschen.

C. P. Snow

Mord unterm Segel

Roman

Ullstein Buch 20652

»Sechs Personen sind im engen Raum einer Segeljacht zusammengepfercht, um eine Lustfahrt anzutreten. Doch bald stoßen Verhängnisse älteren Datums aufeinander, um in einem rätselhaften Mord zu explodieren. Mit Scharfsinn, kühler Verhaltenheit und Ironie wird eine Spannungslage durchgehalten, die auf den Schlußseiten überraschend aufgeht.«
(Rheinischer Merkur)

ein Ullstein Buch

Leonhard Frank

Bruder und Schwester

Roman

Ullstein Buch 22470

ein Ullstein Buch

Leonhard Frank hat mit dieser ungewöhnlichen Liebesgeschichte ein Meisterwerk geschaffen: einen sprachlich wie thematisch vollendeten psychologischen Roman, offen in der Darstellung erotischer Spannungen und überzeugend in der Unmittelbarkeit der Aussage.

Will Tremper

Das Tall-Komplott

Roman

Ullstein Buch 20814

ein Ullstein Buch

»Will Tremper, der vom Machtkampf zwischen einem Kohlenpott-Tycoon und einem Großbankier erzählt, tut dies geradezu aufregend: knappe, pointierte Dialoge, rasche, brillant kalkulierte Szenenwechsel, ein lässig präziser Blick für Typen und Milieu. Dazu kommt eine Faszination durch den Mechanismus kapitalistischer Machtausübung, die nicht ängstlich versteckt, sondern souverän präsentiert wird.«

Die Zeit